Le Grand Dehors
collection dirigée par Michel Le Bris

ANNIE VAN DE WIELE

Au fil de l'étrave

Antilles, jardin de la voile

HOËBEKE

ISBN : 2-84230-027-0
ISSN : 1159-7429

L'homme ne joue que là où il est homme dans sa pleine signification, et il n'est homme que là où il joue.

Schiller

1

Prétextes

C'est sur mer qu'en dépit des années nous retrouvons notre âme d'adolescents. C'est vers elle que nous nous tournons quand la machine grince et quand nous risquons de perdre pied, ou si nous sentons que le dur et précieux joyau de notre enfance va nous échapper. C'est à bord de mon bateau que je me sens dans mon habitat naturel. C'est là que je vis avec le plus de rigueur ma vie réelle. Tout le reste n'est qu'un rêve.

Je n'en fais point une philosophie. Comme la petite tortue de mer à peine née, je cours aveuglément, la tête vide de pensées, vers l'océan. Il y a beaucoup de déchet parmi les petites tortues. Moi, j'ai eu de la chance. Lancée dans la vie sous les meilleurs auspices, destinée à me perdre avec succès dans le flot du corps enseignant et à me noyer bourgeoisement, je me suis trouvé assez vite un guide qui voyait clair et qui pensait pour moi, et mon capitaine m'a donné un bateau. Je suis devenue une tortue robuste pourvue d'une carapace en dur.

Celui-ci, notre second bateau, s'appelle *Hierro.* Cela veut dire fer, en espagnol, car il est construit en acier. C'est aussi une des îles Canaries. C'est un nom court, flatteur à l'oreille, facile à héler dans un porte-voix et, du reste, comme dit le capitaine : *What's in a name* ?

Il mesure 9,53 m hors tout, 7,64 m à la flottaison, 3,10 m

de bau maximum au pont. Il cale 1,40 m et déplace 6,6 tonneaux. C'est donc, dans le sens longitudinal, un petit bateau, mais au sens propre et pris à son poids un bateau de bonne taille, habitable, costaud. Construit avec soin et avec une idée de derrière la tête, solidement équipé, il est capable de nous mener partout avec sécurité. Il est gréé en cotre aurique, sans beaupré, et porte environ 44 mètres carrés de toile, voilure de route.

C'est l'enfant de mon mari. Sans doute ai-je joué dans sa conception un rôle passif et à vrai dire assez obscur. Il paraîtrait que ce bateau aurait été bâti uniquement pour me faire plaisir. Il n'en est pas moins vrai que le germe en fut jeté bien avant qu'il ne fût question de construction, dans une période de fièvre créatrice et dans la stricte intimité d'un atelier en glaise et bouse de vache, sur les hauts plateaux du Kenya, à 750 kilomètres de la côte la plus proche. J'aurais mauvaise grâce à me plaindre quand mon époux me trompe avec une planche à dessin, c'est une rivale honorable sinon peu dangereuse. Je ne m'en méfiais point. Tenace, elle nous suivit quand nous quittâmes l'Afrique, portant l'enfant.

Ces plans, mon mari les redessina deux ou trois fois, les mit à bonifier dans un coin pendant six mois, les reprit pour les considérer d'un œil plus libre, n'y trouva plus rien à changer et démolit sa tirelire à coups de marteau pour compter ce qu'il y avait dedans.

Cordonnier est toujours mal chaussé. Mon mari fait profession de dessiner et faire construire des bateaux, yaques à voile ou à moteur et bateaux de service, et le client, toujours plus pressé que nous, profitait sans cesse d'un tour de faveur. Le rejeton poussait lentement. Un constructeur anversois fit la coque nue. Un autre constructeur fit les espars et nous aida beaucoup de toutes sortes de façons. Notre ami s'occupa des aménagements tout en teck, et on peut dire qu'il y alla de tout son cœur ; il n'aurait pas moins épargné son temps et sa peine si ç'avait été pour lui-même. Aussi fut-il promu équipier, si et quand il avait le temps de se prévaloir de ce titre.

Le temps, par un curieux phénomène déjà observé par un nommé Einstein, est une matière plastique, élastique, dilatable et compressible, moins on en a, plus il va vite, et si je dis que *Hierro* mit longtemps à grandir, c'est une image à prendre ou à laisser. Nous n'étions ni impatients ni pressés. Les fins de semaine, les jours de congé passés à brosser, gratter, peindre, ajuster, aménager, gréer, fignoler suffirent pendant deux ans à notre bonheur. A l'état de coque, peint en jaune canari, équipé seulement d'un moteur Sabb monocylindre Diesel de 10 CV et d'un thème astral qui le vouait à la déconfiture, il parcourut les eaux intérieures belges d'Anvers à Bruxelles, où il séjourna tout un hiver pour être mis dans ses meubles. Il surgit ensuite à Boom, où il fut mâté, à Breskens, où il fut peint en bleu marine, à Zeebrugge enfin, son port d'attache, pour passer l'hiver à l'eau.

Nous parlions chauffage. A la chaleur asphyxiante d'un pot de fleurs retourné sur le Primus, nous examinions à fond le problème et passions en revue toutes ses solutions, depuis le brasero jusqu'au chauffage central, type autobus. En ce qui nous concerne, nous avons épuisé le sujet. Toute suggestion avait son bon côté et ses points faibles. L'hiver ayant passé sans mettre fin à la controverse, nous nous aperçûmes que nous étions bien bêtes de ne pas tenir compte de ce qui est l'évidence même : la meilleure façon de ne pas avoir froid à bord est de mener le bateau au soleil, sous des latitudes dont nous avions gardé la nostalgie dans nos vieux os.

Il y aurait beaucoup à dire au sujet de *Hierro*. Un écrivain anglais qui nous est cher, du nom de Weston Martyr, a écrit un livre entier rien que sur la construction de son *Dreamship,* des gabarits à la dernière surliure. C'est passionnant à lire et il serait tentant de l'imiter. Mais mon sujet, c'est un voyage aux Antilles, et je n'irai pas faire l'école buissonnière dans le taillis technique et les futaies des gréements périmés. Pour l'aménagement, l'équipement, les matériaux, je renvoie le lecteur au petit bonheur la chance, il débrouillera cela durant les longues traversées, quand nous serons à court de conversation.

Mais les Antilles ? j'y arrive. Elles clignotaient à l'horizon comme feux follets sur la lande, attirant le voyageur vers les vastes solitudes.

En 1950, nous passâmes à travers l'archipel des Antilles à bord d'un voilier français poétiquement nommé *Fleur d'Océan,* avec de brefs arrêts à Trinidad et Curaçao. En 1951, nous y repassâmes à bord de notre propre voilier, *Omoo,* en faisant escale à la Barbade et à la Martinique.

Il y avait juste de quoi aiguiser notre curiosité. Qu'y avait-il ailleurs dans les Caraïbes ? Que se cachait-il derrière ces ports assez sordides et ces monotones champs de canne à sucre ? Ayant, comme Colomb, traversé l'Atlantique lentement, comme lui nous fûmes éblouis par cette soudaine effusion tropicale. Au passage, des paillettes dorées s'accrochaient dans la mémoire. Elles y restèrent en suspension et se cristallisèrent beaucoup plus tard. N'allez pas croire que l'attirance des Antilles fut tellement irrésistible que notre bonheur en dépendait. Mais quand, un jour, il nous fut donné d'envisager un voyage d'un an en voilier, elles s'imposèrent immédiatement.

Au départ d'Europe, un aller et retour aux Antilles remplit exactement les conditions requises par le navigateur à la voile qui dispose d'un an.

Le départ s'effectue avec le gros du peloton pendant les grandes vacances. Le retour également, mais un an plus tard. Dans l'intervalle, les diverses étapes sont atteintes à propos durant la bonne saison du cru, le séjour aux Antilles se fait entièrement en dehors de la redoutable période des cyclones. Tout cela s'enchaîne assez bien. A faire sans hâte et, si l'on s'est bien préparé, garanti sans pépins, sinon sans fatigues et difficultés variées, car un voilier ce n'est quand même pas un train. C'est une des raisons pour lesquelles nous l'aimons.

Nous avons fait à la voile une fois et demie le tour du monde, et ensuite la Méditerranée sur toute sa longueur, la mer Rouge, l'océan Indien jusque dans l'Est africain. Nous avons vendu là l'inoubliable *Omoo,* et nous sommes restés environ cinq ans en brousse, d'où nous sommes revenus lessivés, mais riches de cette expérience qui, paraît-il, vaut cher. Cinq ans de Belgique nous ont ensuite définitivement ouvert les yeux sur une brousse d'un autre genre, dont les dangers sont plus cruels. Si je crois au progrès matériel, il m'est impossible de constater le moindre progrès moral parallèle. Grattez la pellicule brillante et vous retrouvez l'âge de pierre. C'est déjà bien beau que l'homme ait sécrété cette pellicule. Après avoir vécu en solitaires et pendant certaines périodes en ermites, cinq ans de surpopulation, de circulation intense, d'un rythme de vie essoufflant, d'air pollué, de bruit, de cris et d'agitation à court terme nous laissèrent pantelants comme poisson sur la rive, désirant la mer avec emportement. Nous avions un urgent besoin d'un an de vacances. Mais comment, quand on n'est pas riche, disposer d'un an ?

D'abord, ce sont généralement les bien-nantis qui n'ont jamais le temps de rien faire, ou alors il est déjà trop tard. Ensuite, mon mari était prêt à quelques sacrifices et j'avais moi-même des employeurs généreux qui consentirent à engager une intérimaire.

Ce qu'il faut avant tout, c'est une bonne dose d'égoïsme, sans lequel rien ne se fait dans la vie d'un peu inhabituel. Là, je suis tranquille, la nature a assez bien pourvu chacun de cette commodité. On peut donner à cet égoïsme le nom de renoncement, cela dépend des tempéraments. En bref, il faut pouvoir immoler certaines choses à l'idée qui vous occupe, mettre dans un des plateaux de la balance les notions de gain, de confort, de sécurité, de devoir, d'engagement, de carrière ou seulement de boulot quotidien, dans l'autre plateau l'envie qu'on a de partir, et voir ce qui pèse le plus lourd.

Après quoi, ce n'est plus qu'une question d'organisation.

Notre balance doit être déréglée : quelque louable effort que nous tentions de faire de temps à autre, elle penche toujours du même côté. Nous mangeons notre pain blanc le premier avec une effrayante insouciance. Nous nous préparons de sombres vieux jours loqueteux et faméliques. Mais en attendant, nous faisons parfois ce que nous avons envie de faire.

C'est facile, disent les grincheux. Cela n'a pas d'enfants, pas de conscience, pas d'ambition, pas de maison, pas de parents à charge, un métier commode. D'accord, il n'y a pas de justice. Que nous ayons choisi de vivre à contre-courant, et qu'en outre cela nous réussisse, voilà qui est profondément immoral. On devrait nous mettre en prison pour nous apprendre à trop aimer la liberté.

Car enfin, cet an de vacance cyniquement volé à la société, nous l'avons pris, c'est entendu, pour nous reposer d'elle, mais aussi et surtout pour retrouver un équilibre menacé, pour nous prouver que nous ne sommes pas encore complètement enrégimentés, que nous sommes encore assez libres pour, moyennant quelques apprêts, nous dégager du courant tourbillonnant qui emporte le monde. Que nous sommes encore aussi libres qu'il est possible de l'être au XXe siècle. Les Antilles, dans tout cela ? C'était un prétexte.

Idéologiquement, les Antilles se scindent en deux parties, les Grandes : Cuba, Haïti et Saint-Domingue, Porto Rico, la Jamaïque, et les Petites : d'Aruba aux îles Vierges. Notre choix s'est fixé sur ce dernier chapelet d'îles, également appelé sur les vieilles cartes îles du Vent. Les Grandes Antilles ne présentent pas grand intérêt pour nous, sans compter qu'à Cuba ou à Haïti, le petit yacht, en ces temps hostiles, n'est pas précisément le bienvenu.

Les Petites Antilles, ce serait un terrain d'exploration à

notre mesure. Nous pourrions, de Grenade à Saint-Thomas, les visiter systématiquement, grâce au moyen de locomotion idéal, trôler de l'une à l'autre, muser, nous arrêter à notre gré, sans trop de hâte et sans grand souci.

Il suffit de regarder la carte des vents dominants pour comprendre pourquoi nous avons laissé de côté Aruba, Curaçao, Bonaire et Margarita : l'alizé souffle d'est en ouest. Quand on vient de l'est, ces îles sont facilement atteintes, mais en revenir pour joindre Grenade est un dur labeur, exigeant plus de temps et de patience que nous n'en avions à notre disposition.

Enfiler les Petites Antilles du nord au sud, eût été possible mais en aboutissant à Grenade, nous nous serions trouvés en mauvaise position pour retraverser l'Atlantique. On ne remonte pas les alizés. C'est peut-être faisable, mais l'art du marin ne consiste pas à se compliquer la vie.

Il fallait donc logiquement choisir de remonter du sud au nord de l'archipel des Petites Antilles, passer de là aux Bermudes pour trouver les vents favorables au retour, et choisir n'est pas le mot juste, car rien n'est soumis à des lois plus rigoureuses qu'un voyage à la voile. Le trajet doit se préparer en respectant les conditions de vent et de saison ; cela est si vrai que l'histoire même de ces îles reste obscure sans l'aide de la géographie, guerres et conflits s'expliquent sur la carte des vents, et tel combat naval acharné n'avait pour but, au-delà des querelles nationales, que d'assurer aux navires une issue praticable et sûre.

En marchant du sud au nord et de décembre à mai, nous pourrions compter sur six mois de bonne saison et de brise garantie.

Sous la neige qui bloquait les écoutilles, nous tirions déjà nos plans, Zeebrugge frissonnante et pâle se parait d'un soleil imaginaire, de fantastiques hibiscus fleurissaient le long de la cale de halage. Nous freinions nos activités, apprêtant en catimini, entouré d'un voile de mystère aussi épais que possible, un voyage qui ne serait ni un exercice, ni l'assouvissement d'un irrésistible besoin, ni une affirmation de nous-mêmes, un appétit d'horizon ou le prolongement d'un rêve d'enfant, mais pour la première fois de notre vie une évasion.

J'écris vent debout. Le début d'un livre est aussi malaisé que le début d'un voyage, quand celui-ci commence par la Manche. Sauf pour les vicieux qui vont vers le nord, toute croisière au départ de Belgique vous oblige bon gré mal gré à vous tirer d'abord de ce goulot bouché par le suroît. Partir pour les Antilles, c'est vite dit. Il faut d'abord quitter Zeebrugge. Cela se passe à peu près de la manière suivante.

Le jour fixé pour le départ se trouve précisément coincé entre deux dépressions distributrices de vents assez forts à forts et très forts à la côte, temps nuageux à couvert, averses locales, baromètre en baisse. Prévisions pour demain : même type de temps.

Nous sommes fin prêts. *Hierro,* inséré dans le paquet de bateaux qui hérisse les pontons du club, tend l'oreille à un concert de drisses tambourinant sur les mâts. Chez nous, elles ne tambourinent pas : elles sont frappées soit sur un râtelier au pied des haubans, soit sur des cabillots qui les maintiennent écartées du mât.

Les vacances légales ont commencé. Alertes et encore pleins d'ardeur, des yachtmen de toute catégorie s'arrêtent, posent une main sur l'étrave et prodiguent questions, vœux, conseils et cadeaux. Au bout de trois jours, débordante de gratitude, je supplie le Cap : « Partons, je t'en prie, par n'importe quel temps. Tous ces gens sont si aimables que je m'en voudrais de faire quelque réponse grossière au premier qui me demandera encore : Et alors, quand partez-vous ? »

Le Cap ferait n'importe quoi pour faire plaisir à son mousse, même se lever à 3 heures du matin parce que la marée est à 4 heures. Nous nous sommes adjoint un chirurgien de nos amis qui espère nous faire spectaculairement l'ablation de l'appendice entre Dunkerque et Douvres. Nous sortons modestement du port endormi, le Cap à la barre, olympien, le Docteur et moi pleins de cet enthousiasme juvénile qui se rit des embruns. Après avoir tiré beaucoup de bords, nous arrivons passablement trempés à Ostende, avant 8 heures du matin.

Toujours selon sa rigoureuse ligne de conduite, le temps reste infiniment contrariant. Nous avons cependant gagné un point : nous sommes amarrés incognito tout au fond du port, aussi anonymes que l'enfant qui vient de naître.

Suivent les trois jours d'attente traditionnels. Nous avons beau connaître le processus de longue date, nous ne nous lasserons jamais d'espérer qu'un jour nous quitterons la Belgique vent arrière. Toutefois, nous nous sommes décrochés. C'est comme si nous étions déjà en terre étrangère et je regarde les estivants, du reste très pittoresquement attifés, de l'œil observateur du voyageur qui s'instruit. Je dois me retenir pour ne pas prendre des notes, décrire la Reine des Plages, son casino, son horloge de fleurs détrempées et sa rue commerçante dont nous léchons, sous une pluie battante, les vitrines avec application.

Mais le Docteur se languit, tire sur la longe. Le Cap interroge les cieux d'un œil expert. Il se trompe aussi souvent que le météorologue de service, mais pas plus. Au bout de la période réglementaire, le temps beausit et nous filons sur Dunkerque, où nous entrons brièvement pour attendre la renverse du courant, en essayant incidemment de faire ajuster par un spécialiste le régulateur de la dynamo. Sans succès, car c'est un jour férié. Tant pis, le Cap le fera lui-même plus tard.

Nous tirons des bords dans la passe de Dunkerque. Il y a des gens auxquels on ne fera jamais croire que le chemin le plus court d'un point à un autre est le zigzag, et c'est le louvoyage qui, en allant à l'encontre des convictions intimes de l'homme, fait du navigateur à la voile un être à part certainement fêlé du crâne. Le bateau-phare *Dyck* devrait être en vue. Nous le cherchons avec une inquiétude croissante, pour découvrir enfin qu'il a été remplacé temporairement par une bouée, et traversons nuitamment la Manche sous un ciel si bien décrassé que tous les feux de part et d'autre du détroit sont visibles en même temps, galants et pleins de zèle.

Douvres au visage pâle, à une heure du matin. Le cri d'une mouette qui rêve tout haut, les bruits sourds d'un port qui ne dort jamais, l'ancre toute neuve jetée au fond avec son étiquette. Il n'y a plus qu'à attendre les services de l'Immigration, qui ne se manifestent pas. Le Docteur, obligé de retourner à ses bistouris, a fait ses bagages. Sa place sera prise par l'ami César, qui doit arriver par la malle de 2 heures. La malle arrive, pas de César. Le temps passe, l'heure de la marée favorable nous talonne, nous quittons le mouillage pour tourner en rond devant la jetée-promenade. César, tel qu'on le connaît, aura eu des histoires à la douane, à moins qu'il ne soit en train d'expliquer à un agent de police que la conduite à gauche n'a pas le sens commun. Nous avons deviné juste. Pendant que nous nous rongions les poings à l'attendre, César discutait avec les autorités de Sa Majesté en ces termes :

— Vous avez rempli votre carte d'immigration, monsieur ?

— La voici. Veuillez y mettre aussi un cachet de sortie, je repars tout de suite.

— Comment, vous ne débarquez pas ?

— Mais oui, je débarque. Mais je ne vais que jusqu'au bout de la jetée et je me rembarque sur un yacht.

L'employé consulte ses ongles :

— Dans ce cas, vous immigrez.

— Immigrer, immigrer, c'est tôt dit. Faut-il considérer le trajet autour du port comme une immigration, ou comme une migration simple ? Je suis en transit et me garderai bien d'envahir votre sol.

— Monsieur, je n'ai de cartes que de deux couleurs. Décidez-vous. Il faut qu'une porte soit ouverte ou fermée.

— Je l'entrouvre.

— L'Angleterre ne peut se contenter de demi-mesures,

et vous avez beau être mince, vous ne passerez pas entre les mailles du règlement, Réfléchissez, prenez votre temps. Vous immigrez ou non ?

— J'immigre pour dix minutes seulement, monsieur. Le temps de rejoindre un autre bateau qui repart sans délai.

— Dans ce cas, repassez me voir avant de partir, pour les formalités de sortie.

— Considérant mon cas particulier, pourquoi ne pas imaginer que je n'ai jamais immigré ?

— Monsieur, nos services ne sont pas habiles à imaginer, et je ne vois rien dans le règlement qui m'y autorise.

On n'en sortait pas. Entre-temps, les bagages césariens s'étaient égarés, bref, un fourbi comme seul César sait en créer spontanément sur son passage.

Le Docteur se trouvant dans le même cas que lui, mais en sens inverse, les deux opérations s'annulaient ; il ne fut donc pas discuté plus avant, la légalité dut s'incliner (involontairement) devant une logique supérieure. Nous fîmes l'échange des équipiers en voltige devant une espèce de débarcadère houleux et précaire et vîmes avec regret le Docteur s'éloigner, traînant ses bagages. Le temps pressait, une exceptionnelle brise de nordé s'était levée. Nous poussâmes César en bas : « Vite, change de frusques. Viens hisser la grand-voile. Prends la barre, que j'étarque le foc. » A peine eut-il le temps, lui si méticuleux, de jeter son équipement sur une couchette que nous étions déjà dehors, toutes voiles dessus et bondissant sur la houle. Quand tout fut convenablement bordé, il vint nous serrer la main dans le cockpit et nous raconter une histoire embrouillée de départ précipité, de fatigue nerveuse compliquée d'une dégustation de homard et aggravée par les bisbilles de l'arrivée, le tout expliquant lumineusement, à son sens, pourquoi il ressentait déjà les premières atteintes du mal de mer. Ajoutons tout de suite que César n'est pas homme à s'arrêter à des obstacles aussi futiles et que nul mal de mer ne l'a jamais empêché de tenir à la perfection son rôle d'équipier.

Nous marchons bien. Le vent est portant, mais il fait presque mauvais, ce nordé ne durera pas. Le bateau-phare *Owers* est atteint à bonne allure lorsqu'en effet il faiblit. La marée tourne contre nous. Au petit matin, le Cap montre une tête ébouriffée et tourne ses yeux fripés vers la terre :

— Qu'est-ce que c'est que ça ? Portland Bill ?

— Loupé. C'est l'île de Wight.

— Encore toujours Wight ? Mais qu'est ce que vous avez fabriqué tout ce temps-là ?

Nous arrondissons les épaules, comme pris en faute :

— Ben, il n'y a pas eu beaucoup de vent, et puis la marée est contre…

Elle tourne bientôt, Wight s'ébranle et consent à reculer plus vite. Par brise faible, nous passons très au large de Portland et du creux profond de Lyme Bay, et doublons le Start Point désiré. C'est dimanche. Il fait beau, mais brumeux. De ce voile lumineux émerge de temps à autre quelque yacht en promenade, ou un pêcheur appliqué. Il s'agit d'arriver à Salcombe avant la nuit. L'entrée est défendue par une barre et soumise aux impératifs d'un alignement confidentiel qui consiste en un piquet au ras de l'eau et le pan gauche d'une maison très bien camouflée de verdure. Mais nous la connaissons bien, cette entrée, Salcombe est une de nos escales de prédilection. Nous y avons d'excellents amis.

Mouillés près de l'escalier du ferry, nous regardons avec un intérêt toujours neuf les centaines de voiles qui croisent et recroisent dans cet estuaire voué au yachting à outrance. A Salcombe, on navigue à toute heure, par tous les temps et à tous les âges, ça entre, ça sort, ça gite, ça vire de bord et vous coupe à 10 centimètres du tableau arrière. Salcombe est aussi très joli, comme toute la côte sud-ouest de l'Angleterre. Les yachts français sont nombreux. L'un d'eux nous intéresse par une manœuvre dont nous retiendrons le principe pour le jour où nous voudrons nous faire une place dans un mouillage encombré. Le procédé est simple : arriver un beau matin par SW frais, mouiller n'importe où dans le tas, se jeter au complet dans le youyou et s'en aller gaiement à terre. A la renverse de marée, le bateau se débrouillera tout seul pour voyager follement sur sa chaîne et entrer en collision avec tous ses voisins, qui ne se débattront pas longtemps. La place est rapidement nettoyée. Quand notre tour est venu, nous nous mettons hors d'atteinte au lieu dit « Bag », une crique tranquille, située un peu loin de la ville, mais maintenant que nous avons un hors-bord...

En arrivant à Salcombe, nous avons pris livraison du youyou qui nous manquait, un Avon pneumatique. Passant sur mes objections, le Cap a fait l'emplette d'un petit hors-bord ultra-léger développant un unique cheval-vapeur. Instruite par quelques expériences malheureuses, je reçus cette mécanique assez fraîchement. Hors-bord, générateurs et autres pouèt-pouèt à essence, je mets tout cela dans le même sac à malices et n'en attends rien de bon. En ce qui concerne celui-ci, je fus obligée de faire amende honorable : les services qu'il nous a rendus dans les mouillages subséquents ont forcé mon estime. Il trouva sa place dans la cabine du moteur, l'élevant ainsi au rang de chambre des machines.

Nous recevons des visites et nous en rendons avec usure. Nous complétons nos provisions de Dundee cake. Nous dégustons des glaces aqueuses dans des salons de thé tout Formica. Les jours passent. Nous replions le nouveau canot. Nous voilà coupés de la terre et nous tournant languissamment les pouces en écoutant le suroît siffler sa sempiternelle rengaine. César voit comme sable dans un sablier couler ses jours de vacances.

Chaque bateau a ses marottes. L'idée fixe de *Hierro* est d'aller voir derrière le coin si le temps y est meilleur. C'est un piège dans lequel nous avons donné plusieurs fois. Les abords de Salcombe possèdent un coin où jadis le trois-mâts *Herzogin Cecilie* se perdit sur les rochers, *Hierro* insista pour aller voir cet endroit historique. Le temps y était aussi mauvais qu'ailleurs et la houle nous en expulsa au pas de charge. Par paresse, plutôt que de retourner d'où nous venions, nous continuâmes sur Plymouth, qui offre un très joli choix de coins. Posté bien au large de la baie, le phare d'Eddystone semblait soutenir avec peine un ciel bas couleur de muraille. A l'ouest, des masses de nuages menaçants tendaient le poing. Le Cap ausculte la mer, interroge l'horizon, mélange dans sa tête un cocktail d'indices subtils et de signes impondérables et, au moment où César déjà se délecte des futures délices touristiques de Plymouth, vire de bord, ajuste les écoutes, et entame sans crier gare la traversée du golfe de Gascogne. Si tout va bien, avec ce vent-là, nous pourrons doubler Ouessant au plus près.

La nuit tomba, le temps se gâta. Des grains successifs réduisirent la voilure à trinquette et grand-voile arisée. Dans l'obscurité froide et pluvieuse, nous cachions tous trois un mal de mer péniblement réprimé. Nuit agitée, coupée de petits sommes dégustés n'importe où, tout habillés, suivie d'une journée toute pareille. *Hierro* taillait sa route vaillamment, malgré sa jeunesse, et remontait tant qu'il pouvait en bataillant contre une mer gasconne, querelleuse, ivre de puissance. Visibilité moins que médiocre. Le Cap se tracassait : constamment rejetés par les lames, n'allions-nous pas perdre graduellement du terrain, être poussés sur la Bretagne ? Entrer dans un port breton, c'était nous prendre au piège. Si Ouessant ne pouvait être doublé, il n'y avait plus qu'à retourner piteusement à Plymouth, 90 milles en arrière. Son dernier mot, avant d'aller fermer un seul œil pendant vingt minutes, était : « Ne pas laisser abattre, surtout. Bien barrer ! » Nous faisions de notre mieux, ruisselants d'embruns qui sautaient jusqu'aux deux tiers de la grand-voile. Enfin, vers 9 heures du soir, nous aperçûmes le feu d'Ouessant, bien à bâbord à nous. Brave *Hierro* ! Il se défend bien, au plus près, pour un cotre aurique. Nous lui donnons des petites tapes encourageantes sur la lisse et il s'enfonce, plus gaillard que jamais, dans une nuit noire comme l'as de pique et tempestueuse comme la dame de même couleur. Cinq tours de rouleau dans la grand-voile, et ce n'est pas un tour de trop. La mer prend du tonus et de l'ampleur. Passe un grand paquebot illuminé comme un gratte-ciel, impassible et hautain. Ses douillets passagers, s'ils pouvaient nous voir, réviseraient certainement leur opinion sur les joies du yachting. Il fait si sinistrement moche que même César en est réduit au silence. Par précaution, nous avons élu de faire des quarts à deux, ce qui laisse souvent vacants les bras de Morphéc. Jc venais justement de piquer un rapide roupillon, accrochée des deux mains à l'hiloire du cockpit et laissant la pluie tomber où elle voulait, quand le Cap vint relever César. Celui-ci prit ma place imperceptiblement chaude. En bas, avantage inestimable du bateau tout en acier, il faisait sec. Je m'introduisis dans mon sac de couchage. Un énorme coup de boutoir ébranla tout le bateau et une déferlante s'abattit sur le pont, emplissant d'un coup le cockpit, balayant César et le Cap qui barbotent, se cherchent, se regroupent : le compte y est. Un cri s'élève : « Annie, les harnais ! Où sont les harnais ? » Mesure utile, bien qu'à effet rétroactif. Je repousse Morphée, déçu, et sors de leur cachette des harnais tout neufs, résistant fermement à toute tentative de déroulement nocturne. Secoués, saboulés, entrant en contact avec une grande quantité d'angles fort durs, nous parvenons enfin à nous les enfiler l'un l'autre, après quoi il est impossible de les enlever. Nous avons l'air de trois samoyèdes attelés.

Cela dure comme ça quatre jours, avec un intervalle ensoleillé et plus calme, pour nous laisser souffler, suivi d'un nouveau coup de suroît levant devant lui une mer plus méchante à mesure que nous approchons des fonds plus relevés près de la côte espagnole. Le masochisme n'est pas une des raisons pour lesquelles nous aimons la mer et, franchement, je ne souhaite à personne l'expérience inutile de traverser le golfe de Gascogne vent debout. Inutile, peut-être pas pour tout le monde. César, qui persiste à avoir le mal de mer, mais qui a bon caractère et un idéal de boy-scout attardé, se prétend ravi. Il paraît qu'il n'y a rien de tel pour chasser les miasmes empoisonnés du marais commercial bruxellois.

Le cinquième jour nous trouve au grand soleil, sur une mer enfin bleue, peinant dès l'aube contre un bon force 6, ou un petit force 7, comme vous voudrez, pour approcher d'une côte qui semble s'éloigner à mesure. C'est un phénomène propre à cette partie de la côte espagnole, pudiquement drapée dans une brume impénétrable. Les flots outremer sont couverts de moutons et balayent le pont, on marche dur dans la direction d'un lavis aux contours incertains, et pendant dix heures nous avons l'impression décourageante de rester sur place. Il est certain que nous avons été rejetés quelque part à l'est du cap Ortégal et peut-être même de la pointe de l'Estaca. Encore faudrait-il s'y reconnaître dans cet informe barbouillis de côtes, car il est toujours dangereux d'entrer dans une baie sans savoir à laquelle on a affaire. Les jumelles, constamment couvertes de sel, ne nous étaient pas d'un grand secours. Aveuglés d'embruns, engoncés dans nos cirés, secoués dur, tapant dans la lame et souquant sur la barre, nous vîmes passer le midi et décliner le soleil avec appréhension, enragés de voir, aux limites d'un ciel si net, une côte si vague. Avec quatre tours de rouleau dans la grand-voile et la trinquette arisée, nous mîmes à la cape pour tenir conseil. Soudain, j'en ai passionnément marre du vent debout, et plantant là le consistoire je me retire lâchement dans ma couchette, tout dessus sauf les bottes. Peu après, j'entends démarrer le moteur et je me renfonce, car j'ai pour principe de ne pas bouger si on ne m'appelle pas.

— Annie !

Allons, bon, on y va. A force de comparer la carte, les *Instructions nautiques* et le profil de la côte, à force de se frotter les yeux pour les dessaler (et voici enfin ce verbe employé dans son vrai sens), Louis a découvert un petit phare qui lui semble être celui de Burela, un petit port de pêche à l'est de l'Estaca, et a mis le cap dessus.

— Jette donc un coup d'œil sur la carte. Ça pourrait bien être Burela. Qu'est-ce que tu en penses ?

Flattée d'être consultée, j'en pense tout le bien du monde. C'est incontestablement Burela, mais agrandi et augmenté d'une nouvelle jetée. Le crépuscule bleuit, le petit phare-balise se met à clignoter et soudain, comme si nous étions passés à travers un écran translucide, nous avons le nez dessus. A 9 neuf heures du soir, recrus, nous amarrons parmi les thoniers un *Hierro* étrangement horizontal.

César, indestructible, saute sur le quai. Las d'un régime alimentaire qui a consisté dernièrement en noisettes, biscuits et coups de gnôle, il part à la recherche de pain, nous laissant à nos rangements, sous les yeux d'une garniture de spectateurs attentifs. Le peuple espagnol possède cette rare qualité : il sait regarder. Il regarde avec une constance et une patience extraordinaires. A plusieurs reprises, durant la nuit, nous serons tirés d'un sommeil magnifiquement satisfaisant par les commentaires des badauds qui prennent le quart sur le quai. Ils estiment le prix du bateau *(cuesta una casa)* et discutent jusqu'à l'aube la question de savoir si la coque est en bois ou en plastique, alors que le mot HIERRO leur crève les yeux. Joie intime de retrouver cette langue, ce peuple, si vivacement plantés dans notre cœur.

Je suis bon public, aisément émerveillée. Je ne puis cependant trouver Burela joli. C'est un port à demi achevé uniquement consacré à la pêche, encroûté de gravats, blanc de poussière quant aux abords, mazouteux quant à l'eau. Sur le quai, des collines de petits poissons pas frais sont transférés à la pelle dans des camions pour être convertis en engrais. Quelques rues, hésitant à se grouper en village, s'égaillent dans une nature aride. Il y a quand même un semblant de bureau de poste, tenu par le boucher à ses moments perdus, ainsi qu'un local intitulé « banque » où un vieux jeton soupçonneux et presque aveugle se penche longuement sur le problème des livres anglaises que lui présente César. Il les palpe et les regarde en transparence, les compare à ses modèles, change de lunettes, se convainc enfin qu'il peut sans trop de risques allonger pour chaque livre 170 pesetas. Il pose en colonne dix fois le nombre 170 et fait l'addition. Pour vérifier, il fait ensuite la multiplication par dix avec preuve par neuf. César lui serre la main, il le couronnerait de lauriers, s'il en avait.

Les pêcheurs de Burela sont généreux et accommodants, comme sont pêcheurs presque partout. L'un d'eux me fait cadeau d'un thon de belle taille. Néanmoins, Burela n'est pas un port pour yachts. Nous sommes de trop, nous encombrons toujours l'endroit du quai où doit amarrer un de ces thoniers qui entrent et sortent constamment et nous maintiennent en alerte au service des amarres et des pare-battage. Dès le second matin, tiré de sa couchette pour de nouvelles manœuvres, le Cap donne le signal d'un départ immédiat et nous nous retrouvons soudain en mer, en pyjama. Tout en lovant les cordages, César commente les nombreux avantages de cette tenue et me rappelle qu'un jour, j'eus l'ambition de faire en pyjama l'ascension d'un certain pic des Hautes-Pyrénées.

Il faisait nuit quand nous étions entrés à Burela, et ce n'est que ce matin que nous pouvons faire justice à la beauté de la ria del Barquero qui rachète avec éclat ce que Burela pouvait avoir de décevant. Ce port eût-il été plus laid encore, nous aurions quand même été contents d'y entrer.

Nous longeons la côte au près. Estaca, Ortegal, Candelaria défilent et la brise vire autour de ces caps afin de rester toujours debout, comme elle a décidé de le faire de Zeebrugge à Casablanca et même au-delà. Doublé le cap Prior, nous abattons vers les lumières de la Corogne, fendant une phosphorescence sans précédent. La mer est une flamme verte devant l'étrave et glisse le long de la coque en traînées de feu pâle. Silencieux dans le cockpit, le capitaine et son mousse communient devant cette beauté retrouvée qu'ils n'auraient jamais dû quitter.

Je ne sais pas comment s'y prend le général Franco pour deviner la date de notre arrivée. Jamais nous ne sommes entrés à la Corogne sans y trouver son yacht *Azor* (Médor pour César) nous attendant avec grand déploiement de fastes. Il est gardé par un petit roquet de vedette qui mène grand bruit alentour, jour et nuit, déplaçant des vagues de gas-oil irisé.

Notre ami Don Evaristo est allé chercher le repos dominical à Mera, une plage de l'autre côté de la baie. C'est là que nous ferons donc les essais de hors-bord, en quêtant de bistro en bistro un Don Evaristo introuvable. Non que notre ami fût un pilier de cabaret, mais à Mera il n'y a quasiment que cela. Retraversant la baie, nous le découvrons au club, avec son bon visage rond, son chapeau rond, son ventre rond, ses gestes ronds, toujours aimable et pareil à lui-même.

Nous entendons héler : « Ohé, *Hierro* ! » C'est René Hauwaert qui arrive à bord de son *Vent de Suroît,* premier Belge solitaire. Son bateau porte un nom bien troussé, pour un de chez nous, René l'a bien vu entre Belle-Île et l'Espagne, aux prises avec le même temps que nous, dormant par tranches d'un quart d'heure et se nourrissant de chocolat. René a toutes les qualités d'endurance et de simplicité qu'il faut à un solitaire, alliées à une modestie confinant au défaut. Il ira loin. Il y est même déjà arrivé. La coque mangée de rouille de son bateau, son visage cuit, son toupet blond en bataille et ses galoches obtenues par l'ablation de la partie supérieure d'une paire de bottes font sensation dans ce yacht club guindé, et César, d'enthousiasme, l'invite à partager le repas de *mariscos* qui sonne le glas de ses vacances. L'industrie belge réclame ses bras et plus encore sa tête. A mon avis, elle aura sa peau. Il nous manquera beaucoup. Innombrables sont les fois où, plus tard, vautrés au soleil et barrant du pied, nous dirons : « Pauvre César ! Il n'aura eu que la mauvaise part. »

Un autre yacht est entré à la Corogne pour souffler un peu, après une traversée strictement similaire à la nôtre. Il est sorti de Plymouth au moment où nous décidions de n'y pas entrer. A quelques milles l'un de l'autre, nous luttions ensemble au large d'Ouessant et peut-être la même lame qui noya notre cockpit emporta-t-elle une partie de sa superstructure. C'est un cotre d'une quinzaine de mètres, construit à Hong Kong avant la guerre, le *Golden Dragon.* Nous l'avons rencontré jadis à Cowes, sous le précédent propriétaire. Son présent équipage est composé de Dudley Pope, sa femme, le bébé Jane au berceau, et un couple de jeunes gens qui va les quitter ici. Dudley Pope est un écrivain et historien naval anglais, bien connu pour ses livres sur Nelson et son époque, créateur d'un fougueux lieutenant Ramage destiné de toute évidence à remplacer sur le marché du livre le défunt Hornblower. Avec sa femme et son bébé, et une impressionnante bibliothèque de référence, il est en route pour les Antilles, sans intention d'en jamais revenir, si possible, et nous l'y retrouverons.

La Corogne se développe. Don Evaristo, de ses mains potelées, nous décrit de vastes horizons industriels futurs. A ses pieds, la base du club nautique baigne dans un mazout visqueux. Ce club, fort accueillant, n'a de nautique que le nom, à la mode espagnole. Il aime que les visiteurs étrangers se présentent dans une tenue convenable, ce pourquoi il met à leur disposition quelques solides barques tapissées de journaux, à interposer entre l'envahissant gas-oil et nos tenues n° 1. Je ne sors plus sans un flacon de détachant. C'est à vous dégoûter de faire du bateau.

César s'est envolé, nous voilà donc seuls, tous les deux. Sortant du port, nous troquons ses eaux huileuses et noires contre une mer du plus bel écarlate. Les myriades de noctiluques qui la faisaient étinceler, la nuit, d'une blanche incandescence la teignent le jour d'un rouge de zinnia dans lequel *Hierro* trace un sillage mordoré. Via Vigo, au sujet de laquelle il n'y a rien à signaler, sinon la beauté superbe de sa baie, nous atteignons la longue côte portugaise presque rectiligne offrant peu de refuges. La nuit nous prend au large de Leixoes. Nous nous trouvons inextricablement mêlés à une flottille de pêcheurs vigilamment gardée par trois ou quatre vedettes rapides, actives comme des furets, leurs yeux rouges et verts brillant tantôt devant, tantôt par tribord arrière, tantôt très près et tantôt loin, braquant à l'improviste leurs phares aveuglants sur le pauvre *Hierro,* qui se sent tout nu sous les projecteurs et comme pris au piège.

La question des quarts, quand on est deux, est assez controversée. Les uns tiennent pour un horaire très strict, les autres pour un laisser-aller qui tient compte des caprices du moment. Je défends la théorie des quarts de quatre heures, parce que cela permet d'en dormir trois durant le quart en bas ; mais le Cap trouve que c'est bien long. Nous optons donc pour les quarts de trois heures, qui se répartissent plus équitablement sur les vingt-quatre. Sinon, même en faisant un demi-quart ou *dog watch* en fin d'après-midi, on se retrouve barrant douze heures une nuit, et seulement quatre la nuit suivante. La décision est plus grave qu'on ne le croit, elle régit en mer notre rythme de vie et décide finalement de ce que nous éprouvons ou non. Chacun de nous, en somme, ne connaît qu'une moitié de traversée, les rencontres nocturnes de mon mari ne sont pas les mêmes que les miennes et me resteront à jamais inconnues.

Au quart du matin, je le trouve tout givré de gouttelettes jouant du cornet de brume, au centre d'un édredon de brouillard. Nous sommes heureusement bien au large de la côte. L'oreille en conque et le menton tendu, nous attendons le signal de brume de Cabo Mondego qui doit nous donner notre position approximative, tout en avançant dans le néant avec un doux froissement satiné, portés par une brise de noroît qui traverse le brouillard sans le déplacer. Notre cornet cancane comme un hippopotame embarrassé, et si l'on trouve l'image audacieuse, j'en réponds cependant, c'est le reflet d'un souvenir africain qui m'est resté bien vif sur le tympan. Enfin Mondego meugle par trois quarts arrière. En croisant son relèvement avec un sondage, nous savons où nous sommes. Vient la pluie qui dissout le brouillard, et en fin d'après-midi le temps s'éclaircit. Avant que le soleil ne se couche, il prend le temps de nous esquisser la silhouette de Cabo Carvoeiro et celle des Berlingues, devant nous. Un trafic empressé s'engouffre entre ces deux points, nos quarts de nuit passent à une allure inhabituelle, on n'a pas une minute à soi, toujours quelque navire à tenir à l'œil. Un vieux petit cargo au cœur poussif mit plus de deux heures à nous rattraper, haletant, expectorant des jets d'escarbilles. Quand le Cap prend la barre à 1 heure du matin, les Berlingues sont déjà derrière nous. Il me la rend à 4 heures devant Cabo Rocca :

— Dans une bonne petite heure, tu auras Rocca par le travers. Appelle-moi.

Il doit y avoir un courant contre nous, la bonne petite heure se traîne, en devient deux, trois, je m'ennuie à périr. Je rampe vers la côte en diagonale, au près. C'est ici qu'un navire essaya très fort de nous couper en deux. *Hierro* et moi, nous le vîmes venir, rapide et corpulent, courant bien droit sur l'entrée du Tage et incidemment sur nous. Le matin était bien clair. Pas un obstacle à cinq milles à la ronde. Un degré à tribord l'aurait fait passer derrière nous sans fatiguer l'homme de barre. Mais non, soit orgueil, soit automatisme, il semblait se soucier de nous comme de sa première bernache. « C'est pas possible, dis-je à *Hierro*, il nous vise. Ou alors, il est monté sur rails. » La situation devenait critique, bientôt il serait trop tard pour y remédier. Je m'affolai un peu, j'appelai le Cap, il dormait de tout son cœur, devant, dans le poste. La mer était trop turbulente, les secondes trop comptées pour lâcher la barre et aller le secouer. Le navire était très près maintenant, lissant ses grosses moustaches. Je capitulai, virai de bord en hâte, courus vers le large. Une heure plus tard, remettant à son capitaine un bateau entier, j'en tremblais encore.

Le cap Rocca est une frontière de vent. C'est le point le

plus occidental du continent européen. Ici commence à souffler réellement le vent du nord dit « alizé portugais », qui se mélange plus loin, vers le cap Saint-Vincent, au véritable alizé. Généralement faible ou absent au nord du cap Rocca, cet alizé portugais se manifeste dès le coin tourné, fraîchement et parfois avec brutalité. Dès le cap suivant, Cabo Raso, le ciel se nettoie, la mer grossit. Le sommet de Cabo Rocca, imposant agent de police, arrête net les nuages qui s'empilent les uns sur les autres en freinant trop brusquement. C'est dans une gloire de soleil ruisselant que nous entrons vers midi à Cascais. Nous y mouillons dans un kaléidoscope vacancier. Des enfants jouent au ballon sur la plage, des nageurs barbotent et piaillent, les speed-boats remorquent à quarante les skieurs aux talons ailés, des couples mûrissants montrent en pédalo les cuisses familiales. Au milieu de ce tintamarre saisonnier, les pêcheurs imperturbables poursuivent leurs laborieuses allées et venues. Un air pétillant rehausse tous les tons d'un cran. Nous préférons ce mouillage bien ventilé au port des yachts de Belém, où l'on mitonne dans la grosse chaleur.

Un Bristol Channel pilot cutter gréé en ketch et battant pavillon suisse nous détache un canot, nos premiers visiteurs. Le bateau s'appelle *Snoris*. En entrant, j'avais lu « Snobis », en me faisant la réflexion que voilà au moins des gens qui avaient le courage de leurs opinions. Erreur. Rien n'est moins snob ou même snobis que ce très jeune couple, tout de suite baptisé les « petits-suisses », parce qu'ils sont helvètes et pas très grands. Leur bateau est robuste et bien tenu, ils sont pleins de zèle et de ferveur, très adroits des mains et du cerveau. Ils sont en route, avec simplicité, pour faire le tour du monde, et nous témoignent une déférence qui nous vieillit de vingt ans. Nous faisons figure de vieux rouliers sagaces qui cesseront bientôt de rouler pour échouer au magasin des accessoires. Ainsi la vie toujours renouvelle le même thème, nous croyons nous revoir à nos débuts et en sommes tout rafraîchis.

A vrai dire, nous tombons de sommeil. Mais on ne fait pas de quartier au bateau qui arrive. Du pont d'un autre yacht part un puissant appel : c'est notre ami Manolo, à bord de l'*Ana-Teresa II*. Ce bateau-là aussi est un enfant de mon mari. Il y a peu, nous l'avons mené de Hollande en Portugal, avec son propriétaire, César, et force 8 dans le golfe de Gascogne. Manolo nous prend en charge et nous pilote vers les différents bureaux qui pourraient, s'ils le voulaient, nous accorder la libre pratique du Portugal. Nul n'est plus naturellement gentil que le Portugais, même plumitif et galonné, mais la police décline courtoisement d'apposer son sceau avant l'immigration, la douane avant la police, et l'immigration avant le médecin. Devant la porte close de ce dernier, au quatrième étage sans ascenseur, nous bouclons ce cercle vicieux et remportons à bord, la conscience pure, nos papiers vierges de tampons. Le Service de santé, dans les ports, c'est de toute façon une formalité vidée de toute pensée prophylactique. Nous avons rencontré beaucoup de médecins charmants, mais aucun ne nous a fait tirer la langue et dire trente-trois. Si nous l'avions voulu, nous aurions pu exporter de par le monde vingt maladies contagieuses.

Il fait extraordinairement froid pour la saison. Le vent du nord gonflant nos génois, nous partons en convoi de deux, *Ana-Teresa* et *Hierro,* pour longer en navigateurs du dimanche la belle côte portugaise toute en hautes falaises d'un gris rosé, crevassées à la base, repoussant du pied la mer impétueuse qui brise en fuseaux irisés dans les cavernes. Au fond de l'embouchure du Tage, un pont tout neuf enjambe le fleuve d'un geste élégant. Derrière Cabo Espichel au noble profil, Manolo jette à l'eau son équipier Vasco, plongeur professionnel avec mission de capturer le déjeuner que nous consommerons dans la menue baie de Balieira, une miniature de port de pêche, trois barques et deux maisonnettes sur une courte plage enchâssée dans des rochers trop grands pour elle. Cette côte solitaire et sauvage nous surprend, à deux pas de Lisbonne, comme une rare trouvaille. Nous découvrons le Portugal. On nous a gâché notre Espagne à force de Costa del Sol et de gratte-ciel à festons, une tendresse de quinze ans s'évente au souffle commercial de la publicité en quatre couleurs, laissant dans nos cœurs une place vide que le Portugal ne demande qu'à occuper. Nous passons la nuit dans une carte postale : Sesimbra, avec son improbable château-fort sur la colline, cachant artistement derrière les rochers les éphémères estivants qui en font une plage de vacances. Avec ses ruelles en pente, ses placettes un peu baroques, la lumière pékinée des terrasses de café, sous l'orme, Sesimbra fait penser au midi de la France d'avant l'invasion tropézienne.

Frappé sur une bouée aimablement prêtée *Hierro* se trouve en flatteuse compagnie : *Jolie Brise* est là. C'est un magnifique cotre-pilote du Havre, construit par Paumelle en 1913. La date de sa construction suffirait à garantir la qualité du produit. Il y a bon nombre d'années, ce bateau célèbre, gagneur de régates, dont le portrait illustre pas mal de savants bouquins d'architecture navale et dont le parfait plan de lignes orne le bureau de mon mari, tomba aux mains d'un Anglais et échoua à Lisbonne sur les récifs de l'impécuniosité. Sur le point d'être acquis par un démolisseur qui lui aurait ôté la vie pour quelques tonnes de plomb, il fut sauvé *in extremis* par un syndicat de Portugais, gens de cœur et de tradition, le président de l'Association nautique de Lisbonne en tête. *Jolie Brise* coule maintenant d'heureux et dignes vieux jours. On l'aime, on la bichonne, on la polit, on l'astique. Les bois vernis brillent de quatorze couches transparentes couleur caramel, pas une de moins, on en mangerait. Avec une admiration fétichiste, nous visitons cette merveille, remise avec beaucoup de goût dans son état d'origine. Le banc de quart, lissé par trois générations de derrières, envergue toute la largeur d'un pont blanc comme un os de seiche. La barre franche mesure quatre ou cinq mètres. L'antique et monumental guindeau sert encore tous les jours. Le syndicat a beaucoup d'enfants et ces enfants beaucoup de petits amis, *Jolie Brise* sert de navire-école familial, résonne de cris, de rires et de plongeons, entourée de respect et d'affection comme une matriarche indulgente. On nous invite à dîner. Les grandes personnes sont déjà dix-neuf autour de la table du carré, quatre de plus ne feront pas grande différence. La troupe des enfants mange sur le pont, dans la mâture ou dans la soute à voiles, et de temps à autre une bonne figure hâlée s'encadre dans un hublot. Pour commémorer cette rencontre, le président et Manolo nous offrent, pour *Hierro,* un joli service de table « marin » aux armes de l'ANL.

Nous passâmes un jour tout secoué de rafales à gréer les trinquettes doubles. Ces deux voiles identiques se placent sur l'avant, maintenues par des tangons jumeaux et doivent servir à courir devant le vent arrière, barre amarrée, sans gouverner. En quittant Sesimbra dans le matin tranquille, nous les hissons par bravade, mais le vent n'aime pas à être nargué, il se lève de l'ouest, nous replions nos ailes intempestives et hissons grand-voile et génois. Une rangée de petites bouées blanches, tout à fait comme des canards en baudruche, nous saluent de plongeons comiques. A midi, la côte n'était plus qu'un songe et vers 10 heures du soir nous relevions le feu du cap Saint-Vincent, dernier adieu de l'Europe qui se retirait de nous pour un an.

2

Au Maroc sans capitaine

A partir de Saint-Vincent, le trafic cesse brusquement. Il s'engage en procession dans le détroit de Gibraltar et nous nous trouvâmes tout seuls dans le tortillard du Maroc. La brise faiblit, la bôme se mit à battre douloureusement. Nous rehissâmes les trinquettes jumelles, gréement de paresse et de vent favorable, chéri des hauturiers. Les points d'amures, de ces voiles sont frappés, sur des anneaux fixés dans le pont, derrière le guindeau. Les extrémités des bômes sont retenues par des bras, courant vers l'arrière, ramenés sur le gouvernail par un système de poulies. L'ajustement idéal et la traction convenable exigèrent quelques soins, mais le Cap finit par trouver un équilibre qui permettait d'amarrer la barre en son point optima et de laisser courir. *Hierro* courut donc. Tout seul, roulant un peu, sous une pleine lune féerique et une lourde rosée qui tombait du gréement en grosses perles. Nous nous croisâmes les mains derrière la tête dans la position classique de l'exempté de quarts. Nous pouvions ainsi nous consacrer entièrement à la tâche de nous amariner. Car les débuts de traversée nous trouvent souvent dans un état voisin de l'abrutissement, quasi somnambules, sans appétit, la réaction lente et le cervelet vaseux. Nous travaillons dans le flou. Une petite flottille de bonites nous suit entre deux eaux.

Ce furent nos premiers jours de chaleur, entre un horizon

rose et un ciel d'un blanc bleuté comme du lait trop baptisé. Cette traversée fut marquée du signe du bizarre, l'atmosphère vaporeuse inclinait à la fantasmagorie.

Quand notre point astronomique nous dit que nous approchions de la côte, à peu près entre Larache et Mehdia, la brise vira. Le troisième matin, je me retrouve donc à la barre. Devant nous, il n'y a qu'un large ruban sombre comme une falaise lointaine ; la mer luisante comme de l'asphalte mouillé est un large fleuve plongeant vers les profondeurs d'un obscur abîme et donne l'impression incommode qu'elle est en pente. Le tout dans les tons noirs, gris, olive. Je prédis des orages exceptionnels, ce Maroc-là ne me dit rien qui vaille. Bien entendu, la fameuse intuition féminine s'est trompée, encore une fois : le soleil perce, dissipe les nuages, la côte se dévoile, la mer reprend son assiette ordinaire. Une bande de hautes dunes uniformes se déroule sur une longueur de cinquante milles au moins, nous nous trouvons comme Aladin devant la porte de la caverne aux trésors. Le sésame de cette côte muette, c'est une unique éolienne, amer dûment consigné dans les *Instructions nautiques*, le tout est de savoir s'il faut la chercher à tribord ou à bâbord. Par chance, nous tombons presque tout de suite sur cette providentielle mécanique, il n'y a plus qu'à longer la côte vers Mehdia, à l'embouchure du fleuve Sebou. Nous croisons un langoustier breton se hâtant vers la Mauritanie, et plusieurs felouques à l'allure de pirates.

Mehdia n'a pas bonne réputation, maritimement s'entend. Elle est défendue par une barre, et l'oued Sebou est un fleuve à courants rapides et bancs de sable rapaces. A 12 milles en amont, au terme d'une grande boucle en U, se trouve Kenitra, anciennement Port-Lyautey. Des calculs compliqués nous font augurer que nous arriverons à marée montante et qu'elle durera encore tout juste le temps qu'il nous faut pour remonter jusqu'à Kenitra. La brise est fraîche. Vent debout, nous embouquons la passe étroite entre les brisants de la barre et le musoir sud, emportés par un courant de 3 à 4 nœuds, très près, trop près au gré du capitaine, des blocs de béton chaotiques de la jetée. A peine avons-nous eu le temps de déglutir ce qui nous reste de salive qu'il faut se dépêcher de trouver les premiers alignements, puis les suivants, qui contrarient les premiers, de doubler à toute allure une langue de sable découverte et d'arrondir proprement la première boucle du fleuve. De balise en alignement, nous suivons son cours changeant. Toute l'Afrique nous retombe dessus d'un coup, paysage plat et semi-désertique, fermes isolées encloses de figuiers de Barbarie, petits garçons bruns puisant l'eau au puits, ânons trottinants, vaches d'une maigreur exotique qui s'abreuvent au bord de l'eau sablonneuse, et un unique berger qui nous suit des yeux sans curiosité. Un dernier quart de tour à droite, un dernier tronçon rectiligne, voilà Kenitra. Par une étrange illusion d'optique elle a l'air d'être un étage plus bas que nous, et pour la deuxième fois aujourd'hui nous avons le sentiment démoralisant de naviguer sur un plan incliné. Arrivant à marée étale, nous n'aurions pas fait mieux si nous l'avions fait exprès.

Les clients de mon mari sont ses amis, et c'est parce que l'un d'eux a ses dieux lares à Kenitra que c'est ici qu'il a décidé de nous laisser *Hierro* et moi, l'un gardant l'autre, pendant qu'il retournerait en Belgique vaquer à ses affaires. Au préalable, il prit une peine infinie pour nous amarrer à satisfaction, le nez sur le ponton du petit club nautique, deux ancres à l'arrière, une amarre sur une bouée qui se trouvait vacante, d'autres sur divers points de la berge ; *Hierro* se trouvait comme une araignée au centre de sa toile, et, s'il avait pu, le Cap m'aurait bien attachée aussi de la même façon. Nous avions la bénédiction du capitaine du port et jouirions de la protection du gardien Driss et de son chat Moush.

J'agitai mon mouchoir sur l'aérodrome de Rabat jusqu'à épuisement de l'avion et me retrouvai seul maître à bord, munie d'une longue liste de choses à faire et de choses à ne pas faire. Je me disposais à deux mois de solitude et de studieux ennui. Mais la bonne société de Kenitra avait d'autres projets. Les offres de service, les surprises, les invitations, les sorties se mirent à pleuvoir. On « se me passait » de main en main. J'eus voiture, téléphone, machine à écrire, piscine privée. Abstraction faite de la mélancolie provoquée, surtout au coucher du soleil, par l'absence de mon capitaine, je m'amusais énormément. Pas de jour qu'il ne vînt au moins quelqu'un pour s'informer si tout allait bien, si je n'avais besoin de rien, si mon amarrage tenait. Il tenait. Casablanca excepté, nous n'aurions pu trouver sur toute cette côte assaillie par la mer, mouillage plus sûr et mieux veillé. *Hierro,* tout joli sur les eaux couleur de thé fort (avec un peu de lait) du Sebou, était devenu, semblait-il, l'attraction du moment. Il me faudrait dix pages rien que pour la nomenclature de mes nouveaux amis, leur portrait et la liste de leurs bienfaits. Je dois me limiter à leur tresser une couronne collective enrubannée de mes sentiments reconnaissants en lettres d'or.

Kenitra est une ville à demi morte où seul le port palpite encore, grâce à un dragage et à un entretien constants du fleuve. Pourquoi Lyautey a-t-il été fonder un port si loin de la mer, en amont d'un oued d'accès si difficile aux grands navires ? L'explication en gît sans doute quelque part dans l'arrière-pays. Le port fonctionne, mais la ville artificiellement créée s'étiole. L'exode de la population européenne n'a pas été également compensé par un afflux d'autochtones : le Marocain quittant son bled pour chercher fortune ne vient pas à Kenitra, il va à Rabat, à Casa, à Tanger. Le client manquant, le commerce s'en va. Ce ne sont que boutiques fermées, étalages condamnés. Parquer une voiture n'est pas un problème. Toute l'animation de la ville s'est repliée sur la médina, malgré les efforts des édiles. Quand d'aventure passe un ministre, on pavoise, on dresse des arcs de triomphe. Annuellement se tient une foire commerciale dont l'ouverture solennelle, selon le quotidien local, « dure quinze jours ». Tout cela ne va pas bien loin, quoique Kenitra soit la capitale du Gharb. Petit titre : le Maroc foisonne de capitales. Casablanca est la capitale industrielle, Fez la capitale intellectuelle et religieuse, Marrakech celle du tourisme, Rabat la capitale administrative, Tanger la capitale du Nord, et j'en oublie certainement. Le Maroc se paye volontiers de mots, mais c'est un pays, si beau, si passionnant, doué d'un charme si irrésistible qu'on lui passerait tout.

Deux mois, c'est peu de temps pour saisir, même de façon sommaire, l'expression d'une civilisation aussi ancienne et d'un peuple aussi déroutant. Bah, j'ai connu des gens qui pour être restés quinze jours à Tahiti ont écrit un livre sur la Polynésie, et d'autres auxquels dix minutes dans un port étranger suffisaient pour concurrencer les *Instructions nautiques.* Je m'efforçai donc honnêtement d'apprendre et beaucoup de gens m'y aidèrent. J'eus des conversations avec des Français nés natifs du Maroc et avec des Marocains patriotes. Je dévalisai des bibliothèques. Je fis du tourisme et du lèche-monuments. Un archéologue m'expliqua les cinq couches de civilisations superposées de la Chellah de Rabat. Je vis la plaine et le Rif, l'université de Fez et le nid d'aigle moyenâgeux de Chaouen, les fermes crépies en bleu azur qui apaise les bêtes et écarte les mouches, les longues plages ensoleillées et l'admirable médina de Salé, qui regarde Rabat avec une tenace rancune par-dessus l'oued qui les sépare. Je me délectai de la remarquable cuisine marocaine et me barbouillai de couscous.

On me convia à une inoubliable incursion dans les déserts pelés du Moyen Atlas, qu'on atteint en traversant la forêt de la Maamora. Je vis les ruines glorieuses des petits fortins de la Légion, si touchants dans leur isolement dénué. Grâce à mes amis, je pus loger chez l'habitant, entre deux tapis pailletés, et manger avec les doigts sous une belle tente noire le repas de fête des nomades. La lumière et le suc du terme « oasis » me furent révélés. Le désert m'enivra, je compris combien il est comparable à la mer et pourquoi il fait naître une même vocation. Ce n'était pas le Maroc inch'allah, minaret, méchoui et fantasia pour touristes, mais un Maroc vrai, d'une variété insoupçonnée, vu par l'intérieur. Je pris le pauvre pittoresque et lui tordis le cou. Il en restait bien assez. Qualités, défauts, j'aimai tout.

Un de mes adages favoris, c'est qu'il ne faut pas demander aux choses ni aux gens plus qu'ils ne peuvent donner (c'est peut-être une erreur). Le Maroc donnait tout avec charme, avec grâce. La civilisation arabe, ayant atteint jadis des sommets inégalés, s'est endormie sur ses lauriers depuis cinq siècles, tous feux éteints. Ce que la vie moderne et occidentale lui apporte n'est finalement que coussins où poser sa tête assoupie, en attendant un petit miracle. Comme la Belle au Bois Dormant, elle est donc très ancienne et très jeune.

Dans ma candeur, je pris pendant une semaine des précautions ridicules. La nuit, je bloquais les écoutilles, disposais des seaux d'eau en forme de piège et dormais un revolver à la main. Nul ne s'étant présenté pour me couper la tête, j'oubliai mes craintes. Driss, le gardien de nuit, la gardait bien. J'osai m'entretenir avec les pêcheurs qui frôlaient *Hierro* en passant. Par gestes, bien entendu, mon vocabulaire arabe s'arrête au chiffre cinq et à *barak'allah oufik,* pour dire merci. Malgré tout, on cherche à scruter ce peuple inscrutable. C'était moi, en somme, qui tentais de les violer. Ils n'ont rien lâché. Le mystère de ces magnifiques yeux opaques est resté entier.

Octobre, le plus beau mois du Maroc, s'annonçait plein de bourrasques et inhabituellement pluvieux. L'alizé de nord-est, tombé bien bas, se promenait quelque part du côté des îles du Cap-Vert. Quand mon capitaine, enfin, vint rejoindre sa femme marocaine, il trouva le Sebou déjà turbulent, gonflé du sable d'or roux que les pluies raflaient à la montagne. *Hierro* tirait sur ses amarres.

Par gros temps, la barre de Mehdia devient tout à fait impraticable pour un petit bateau. A Casa, par contre, nous serions indépendants de la marée et prêts à larguer les amarres au moindre souffle propice. Bref, dès que le Cap arriva, fini de jouer, il fallut passer à l'ordre du jour. Je remisai mes robes, pliai mon échiquier, rendis la voiture et le reste, et fis mes adieux, non sans quelques larmes. Cette petite ville laide, l'accueil de ses habitants me l'avait rendue jolie. J'englobais tout le Maroc dans cette affection.

Sous l'aile du club nautique de Casablanca, tout un paquet de bateaux amenés par le dernier coup de nordé attendait de prendre la mer, hauturiers de tout poil, impatients d'atteindre les Canaries et de défier, comme on dit, l'Atlantique. Ils trompaient leur faim en fignolant la peinture et le gréement. Le suroît se plaisait à contredire les prédictions les mieux fondées. Nous fûmes les premiers à être las d'attendre. Nous reprîmes à bord les amarres visqueuses d'un gas-oil tenace et enlevâmes notre ami Didier quasiment à la pointe de la gaffe, pour l'emmener à Mazagan, portant une brosse à dents d'une main et de l'autre une bouteille de Malouba, « véritable rhum marocain », première d'une série dont la consommation critique et réfléchie allait enfin départager les concurrents au titre de meilleur rhum du monde. Nous faisions un voyage scientifique.

El Jadida, ex-Mazagan, où nous arrivons le lendemain, est un ancien port fortifié portugais aux enceintes rose-thé, fort ensablé. Pour débarquer Didier, nous nous amarrons en couple d'un remorqueur, et nous nous endormons, sonnés par une nuit de veille poétique et de Malouba. La brise profite de ce répit pour passer enfin au nord. Contre une houle assez forte, nous contournons péniblement l'épi de récifs, cimeterre menaçant qui prolonge le cap Mazagan.

La brise forcit graduellement, le baromètre baissa. Des grains de plus en plus nombreux charriaient une pluie glaciale. Au bout du quatrième jour nous filions cinq nœuds sous le foc tout seul, encore heureux qu'il ne fût pas emporté par une rafale. *Hierro* écumant, porté, déporté, mais sec et obéissant à la barre, galopait comme un jeune poulain, tandis que, ballonnés de vêtements nordiques et baissant la tête sous l'averse, nous nous demandions où l'été était allé se fourrer cette année. Certainement pas sur la route des Canaries. Une éclaircie de cinq minutes nous permit d'apercevoir Alegranza et Lanzarote. Je dégustai pendant mon quart de nuit un grain particulièrement violent, accompagné d'éclairs et de tonnerre hystériques, et aperçus enfin le feu de la Luz de Gran Canaria. Une aube agitée se levait dans un ciel déchiqueté. Une boule de plumes mouillées s'abattit sur le pont, un petit oiseau genre moineau cherchait refuge, crevant de peur mais agressif comme un coquelet. Nous lui trouvâmes en bas un endroit confortable où il pourrait à loisir combattre ses moulins à vent personnels, et commençâmes à préparer l'arrivée. Las Palmas, alternativement noyée de pluie et de soleil, précisait son architecture simpliste en couleurs fondamentales. Bien avant le bout de la jetée, ça sentait fort le gas-oil, signe avant-coureur d'une des escales les plus sales du monde, et pourtant des plus achalandées : La Luz reçoit annuellement des dizaines de yachts avides de traversées atlantiques. On sait pourquoi : c'est un port franc, les provisions de toute sorte n'y sont pas chères. Là s'arrêtent ses qualités. Les Canaries ont été choisies comme tremplin de départ par des pionniers, par ceux qui nous ont montré la voie, et depuis lors tous les voiliers suivent loyalement cette trace. Ils acceptent de confiance un mouillage bruyant, encombré, mazouteux, aux berges garnies de ruines et de gravats ; ils pataugent avec leur youyou dans d'innommables souillures, cherchant vainement un robinet d'eau potable, une source de combustible ou seulement un endroit pour poser le pied. Les pseudo-yachtmen du cru ont compris bientôt que ce n'était pas là un endroit pour eux, le yacht club du fond du port a été démoli, la société a transféré ses douches, ses vestiaires et ses salles de restaurant dans une très magnifique construction prudemment située face à un mouillage impraticable. On y est fort bien reçu, si on se donne la peine d'aller si loin contempler ce paradis inaccessible.

Le monde a la bougeotte, nous sommes les derniers à avoir le droit de nous en plaindre. Las Palmas, désireuse d'avoir sa part du gâteau, s'est jetée avec avidité sur un tourisme propre à lui apporter prospérité et renommée. Comme elle jouit d'un plantureux coefficient d'ensoleillement, elle a cessé d'être la ville provinciale et laborieuse que nous avons connue au temps où, avec *Tzu-Hang*[1], nous étions deux au mouillage. Nous ne faisons plus figure de curiosités que les petits garçons précédaient à reculons, bouche bée. C'est nous qui béons en regardant passer, au son des tonitruants haut-parleurs de la plaza, un régiment d'estivants de toute origine mis comme des chiens savants. Les Canariens ne s'étonnent plus, si parfois ils rigolent encore. De l'émission radiophonique au vendeur de billets de loterie, tout est braqué sur le touriste et en tire profit jusqu'au trognon. J'en ferais autant à leur place. Le vice fleurit là où il n'y avait qu'une calme ruelle bourgeoise, la pauvreté a reculé dans les faubourgs, sans pour autant disparaître. Elle n'a perdu que l'honneur. Les Canaries s'ébrouent, lissent leurs plumes et chantent. Tout cela fait partie du progrès, on ne fait pas tourner la roue à l'envers, mais à mon avis on ne devrait laisser voyager que les gens sérieux.

Un peu perdus, mais aidés par une longue expérience de la chose, nous dénichons quelques bons endroits pas trop frelatés où faire la lessive et acheter les provisions, notamment une boulangerie parfaite. Au bout de la calle Ripoche, on débouchait jadis sur une superbe plage arrondissant ses sables déserts jusqu'à Punta Cumplida. Nous nous arrêtons, muets de surprise : plus de plage, rien que des milliers de

1. Bateau des Smeeton, qui ont tenté à deux reprises de passer le cap Horn. Cette aventure est racontée dans *Une fois suffit* (Ed. Arthaud).

corps pour la plupart scandinaves, aussi loin que porte l'œil, des kilomètres de côtes de veau rissolant au soleil sous le regard des indigènes alignés le long de la promenade neuve. Rouges de plaisir, ils ne perdent pas un coin de fesse, pas un poil d'aisselle, pas un nombril. Spectacle permanent et gratuit pour populations économiquement faibles.

Car Las Palmas et La Luz ont beau profiter de la fortune présente, Gran Canaria ne vit pas tout entière dans l'aisance, il suffit de quelques lieues pour retrouver une aride misère rurale très contrastante. On ne parvient pas à décider si cela est beau ou triste.

Parmi les yachts de passage au port règne la solidarité compréhensive d'un asile d'aliénés. Tous en proie à une conception de la vie quotidienne qui n'est pas celle de la plupart des autres gens, nous sommes bien d'accord : ce sont les autres qui sont fous.

Le suédois *Monsunen III* est le premier à partir, et nous devrons attendre Saint-Barthélemy des Antilles pour faire connaissance. Suit *Northern Light*, avec son décoratif équipage, quatre filles blondes de treize à vingt et un ans sous la maîtrise de papa-maman. Il y avait quelques Anglais, des Américains. *Rêverie II,* battant pavillon canadien à feuille d'érable, devint notre ami. C'est un assez gros ketch pourvu de tous les conforts presse-bouton. Parmi les gadgets et les petits bouquets de fleurs vit, et navigue, un aimable couple d'âge mûr sans être canonique. Ce bateau neuf, c'est pour eux la retraite idéale, peu coûteuse, mobile et indépendante.

— Dis, Maman, où elle est, grand-mère ?

— Elle traverse l'Atlantique à la voile, mon enfant.

Mais où restaient donc les petits-suisses ? Les voilà qui entrent dans le port au moment même où nous en sortons, je leur jette en passant quelques-uns de ces petits pains frais dont je viens de faire provision, et apprends que le gros temps les a retardés. Nous ne nous reverrons plus. A l'heure où j'écris, ils sont dans le Pacifique.

En suivant de cap en cap le profil hexagonal de Gran Canaria, nous atteignîmes son extrémité sud, au moteur faute de vent. Étagé en perpective comme un diorama le paysage, d'aspect ingrat, nous reposait du clinquant de Las Palmas. Attendu qu'il faisait calme plat, que nous n'avions pas de gas-oil à gaspiller, que le ciel se couvrait, que le baromètre baissait et que, le soir tombant, nous nous trouvions devant le phare de Maspalomas, le jury décida après délibération de mouiller pour la nuit. Maspalomas est un mouillage forain dont il faut se méfier par suroît, mais c'est son seul défaut, il offre par ailleurs une eau merveilleusement limpide et un calme annonciateur des solitudes atlantiques. Pas un bruit ne s'élève des quelques cahutes misérables de la côte. Une barque de pêche surmontée d'une tour de casiers à langoustes décore l'avant-plan d'une perspective de montagnes suaves, mauves et brunes. Seul le dénuement, dirait-on, préserve la silencieuse paix.

Nous aurions aimé, profitant de l'occasion, présenter à *Hierro* l'île du même nom. Malheureusement, le vent n'était pas favorable, nous ne pouvions nous permettre un détour de 200 milles au moteur, et nous avons renoncé à ce projet. Prenant appui sur Maspalomas et portés par un frisquet petit vent du nord, nous courûmes sus à l'Atlantique.

3

Entre ciel et océan

La question d'un animal à bord avait été posée à diverses reprises. J'avais résisté tour à tour à un jeune membre de la communauté féline qui a colonisé les abords du bassin des Anguilles-Sacrées, à la Chellah de Rabat ; à un chiot laineux à queue en cor de chasse nommé Pétrole, dont les caractéristiques laissaient l'amateur dans une cruelle incertitude quant à ses futures dimensions ; à une bassette en tout point parfaite dont la propriétaire n'a pas voulu se séparer. Les filles de *Northern Light,* accortes sirènes, tranchèrent le nœud gordien en déposant à bord un chaton qu'elles avaient cueilli sur le banc de carénage des pêcheurs, un minable promis à la noyade. C'était une œuvre de miséricorde. Nous étions sur le départ. En hâte baptisé Couscous, ou plutôt Ksskss avec l'accent, l'objet ne payait pas de mine. Minuscule, maigre comme une épingle de sûreté, pelé, galeux, couvert de poux, la tête trop grosse, l'arrière-train décharné, bavant de frousse, Couscous s'illustra dès le premier quart d'heure en vomissant sur le pareu tahitien qui nous sert de courtepointe. Il faillit périr de saisissement quand nous mîmes le moteur en marche. Pendant plusieurs jours, cette larve pas plus grosse que le poing, lovée dans un coin de la meilleure couchette du bord, dut être nourrie à la cuiller. Le Cap considérait cette fragile recrue avec perplexité. Cela survivrait-il à une traversée de l'Atlantique ? Mais on peut toujours faire confiance à l'élasticité des félins. Couscous sortit de sa léthargie et s'occupa dès lors à devenir un fort beau chat de mer.

La traversée de l'Atlantique à la voile a été dite, redite et chantée sur tous les tons. Il m'est arrivé, de guerre lasse, de la débiter en alexandrins. Comme sur la plupart des sujets, il faut se battre les flancs pour trouver quelque chose de neuf à en dire. Toutefois, grâce à Couscous, nous fûmes sans doute les premiers traverseurs d'Atlantique à passer notre temps à la chasse aux puces.

L'alizé ne donnait pas, cette année, il manquait de mordant et d'allure, c'était un alizé pour demoiselles garanti peu grisant et coupé de grains. Les premiers jours, toujours les plus difficiles, le bateau n'avait pas encore pris sa place d'élection au fil du vent, nous essayâmes diverses combinaisons avant de trouver l'équilibre idéal qui permet de hisser les trinquettes doubles et de laisser *Hierro* tracer son sillage tout seul. Cette traversée vous a toujours une allure héroïque et je m'en voudrais de décevoir le public. Cependant, entre Las Palmas et la Barbade, on se trouve dans une région particulièrement privilégiée de ce formidable océan. Entre 10 et 30 degrés de latitude nord et entre octobre et mai, on serait bien en peine de trouver la moindre tempête un peu spectaculaire. Le vent y est, de plus incurablement arrière, c'est l'alizé de nord-est qui souffle toute l'année. Le petit bateau soigneux traverse l'Atlantique dans un fauteuil les doigts figurativement dans le nez. Il y en a qui s'arrangent pour avoir quand même des accidents, conflits, casse ou incendie, mais cela n'est pas à imputer à l'innocent océan. Pour ce qui est du gros temps et de la rude vie du marin, il faudra attendre le retour et la traversée en sens inverse.

La première qualité du navigateur, c'est la patience. J'en connais que trois semaines sans rien voir que de l'eau, sans journal, sans TV, sans la petite auto et les petites affaires rendraient fous à lier. Ne rien faire est sans doute aussi difficile que travailler dur, mais c'est moins fatigant. Nous regardions. On parle trop légèrement du vide de la haute mer, alors qu'il y a tant de choses à voir sur cette grande étendue constamment mouvante et changeante. Le soleil se lève, grimpe au ciel, choit dans la mer et chaque heure se teinte de couleurs différentes. Le vent souffle plus ou moins fort, des grains accourent à fond de train et se perdent à l'horizon, suivis d'un cortège de phénomènes On s'absorbe dans la contemplation du poisson-pilote, apparu à sa place familière et auquel tous les matins il faut rendre visite, sous peine de le vexer.

Il y a aussi la position à calculer. Avec les méthodes actuelles et les tables précalculées, la besogne est mâchée d'avance, mais on peut la faire durer en finassant, en contrôlant.

Mille choses font passer le temps vite et agréablement, et on pourrait en faire deux mille si on ne se sentait pas aussi délicieusement paresseux. On pourrait pêcher, par exemple. Mais il nous manque ce quelque chose qui fait les vrais pêcheurs, l'adresse, la patience, le matériel adéquat ou seulement le goût foncier. Les poissons de haute mer, rares à la surface, sont si beaux qu'on préfère les regarder vivre. Le vrai pêcheur les voit de haut et de loin, quand il les voit, et ne pense qu'en termes de quantité. Nous, couchés sur le ventre, la tête par-dessus la lisse, nous voyons le poisson de tout près, dans toute sa vive personnalité unique et irremplaçable. On ne mange pas ses amis. Du reste, nous n'avons ni ligne ni hameçon.

Le Cap fut durant tout le début de la traversée obsédé par l'absence extraordinaire de poissons volants. Pas d'alizés sans poissons volants, c'est un de ses adages. Il dit aussi : pas de nuages, pas d'alizés. Ces dictons olympiens me tombent par l'écoutille du carré comme de la bouche même d'un dieu invisible qui parle tout seul dans le vent. Il sait très bien ce qu'il dit : quand le ciel se garnit enfin de beaux cumulus crémeux, l'alizé suivit et les poissons volants tombèrent sur le pont, seule pêche qui nous réussit à tous les coups. Il nous arrive de gréer une lampe tempête, la nuit, pour les attirer. Pour le reste, *Hierro* navigue obscur et invisible. Tout au plus consentons-nous à allumer le feu de tête de mât quand la carte nous dit que nous croisons une des grandes lignes de navigation. Nous n'avons rencontré de toute la traversée qu'un seul navire, et encore était-il fort loin. Je rêvais de voir un des autres yachts pareillement occupés. Cela ne nous est jamais encore arrivé, tout confirme que l'Atlantique est immense.

L'électricité du bord, contenue dans une batterie de 12 volts à charge du moteur, ne nous sert que pour les feux de position, le compas et un lumignon au-dessus de la table des cartes, pour le reste nous nous éclairons au pétrole. Nous consommons peu de watts, c'est un souci de moins. En fait, tout ce bateau est organisé dans le sens de la simplification et du tintouin minimum, on aurait pu l'appeler *Sans Souci* si ce nom n'avait été pris par un Prussien auquel rien ne pouvait moins convenir.

Nous dormions, nous lisions, nous jouions aux échecs sur un petit échiquier de voyage antiroulis. Nous écoutions la radio. Nous faisions la chasse aux puces que Couscous avait amenées dans ses bagages. Nos trinquettes tiraient bien. Parfois il fallait les abattre en catastrophe devant un grain trop violent. Pas trop souvent, parce qu'en fait, en employant par économie du nylon au lieu de dacron pour les bras de trinquettes, le Cap avait fait sans le vouloir une petite découverte, d'ordre mineur il est vrai, mais non sans utilité. En effet, ces voiles établies en ciseaux plus ou moins ouverts selon la force du vent deviennent, grâce à l'élasticité considérable du nylon employé pour les bras, ce que les Anglais appellent *self reefing*. Dans le cas d'un vent subit et violent, par exemple, les bras s'allongent sous la pression accrue et les ciseaux formés par les tangons se ferment en angle moins obtus, ce qui correspond à une diminution automatique de la surface de voilure.

Parfois aussi la toile pendait avec des froissements de

faille devant un souffle trop léger. Mais jour après jour l'autre côté approchait.

Certains exagèrent beaucoup l'importance des ablutions quotidiennes. Avec adjonction d'eau de mer, d'eau de Cologne et d'eau du ciel, trois litres d'eau par jour nous suffisaient. Une cocotte minute est très utile dans ces circonstances, et nous sommes d'autre part passés maîtres dans l'art de faire resservir deux ou trois fois la même eau douce, en suivant une progression sanitairement logique, des dents aux pieds puis au plancher de la cuisine, et non l'inverse.

Nous n'avancions pas très vite. Le Cap s'impatientait quand ayant chanté hosannah pour une heure de bonne brise, il la voyait retomber à presque rien. Il fallut descendre jusqu'à moins de 100 milles des îles du Cap-Vert pour trouver les vrais alizés, et ils étaient médiocres. Mais nous avions retrouvé cette belle mer indigo rehaussée de blanc, roulant en grands creux majestueux. Nos distances journalières s'améliorèrent, atteignant parfois 110 milles. Malgré la houle assez ample, *Hierro* se gouvernait lui-même avec une grande aisance et roulait étonnamment peu. Par vent arrière, plus il va vite, moins il roule, même par forte mer, et à partir d'une certaine allure il ne bouge presque pas. Nous prenions tous nos repas en bas, à table, sans même que les verres se renversassent.

Gros agglomérés de nuages bas du cul, il y avait parfois une dizaine de grains à la fois sur l'horizon, dans toutes les directions, se confondant avec lui quand il en tombait de la pluie. Généralement nous les recevions à sec de toile, mais parfois ils nous prenaient par surprise, surtout la nuit, et nous trouvions *Hierro* fonçant désespérément dans le noir sous une pluie diluvienne, et nous nous battions avec les trinquettes pour les amener. Nous tentions aussi de recueillir un peu de cette bonne eau du ciel, dans un prélart prévu à cet effet avec écoulement direct dans le bouchon de remplissage du tank par un tuyau en plastique. Nous avions compté sans le vent qui le secouait furieusement et faisait tomber notre eau un peu partout, sauf dans ledit tuyau. Pendant toute la traversée, nous recueillîmes peut-être vingt ou trente litres.

De temps à autre, nous étions surpris par un bizarre phénomène descriptible mais non explicable. Nous nous trouvions pris dans une espèce de raz. La houle venant de l'arrière ne disparaissait pas, mais elle se croisait avec une nouvelle houle de bâbord qui s'amenait sans crier gare en creux écumants et nous claquait brusquement les flancs. Le bateau gîtait, des objets se déplaçaient avec fracas. C'était la bande de lancement. Suivait une série de lames issues du sud qui bouleversaient notre houle habituelle en une violente confusion de crêtes désireuses de briser à bord, avec tous les aspects de la mer qui commence à se démonter. Cela durait de dix minutes à une demi-heure et disparaissait aussi vite que c'était venu. Le mystère de l'origine de ces raz n'est pas encore éclairci.

Il faisait chaud, maintenant. Tout nus, nous gorgions consciencieusement de soleil nos pores affamés. Pour fêter les saintes étapes : mille milles, mi-chemin, deux mille milles, je puisais dans un stock de boîtes de conserve que j'avais achetées au rabais, excellentes, mais dépourvues d'étiquettes, cela nous réservait de petites surprises, je piquais par exemple une boîte d'asperges alors que je craignais des épinards. La vie est faite de menus plaisirs. Il m'arrive de penser que tous nos égoïstes efforts ne tendent qu'à nous trouver de temps à autre au centre exact d'un cercle d'eau bleue, au midi d'un dimanche où tout n'est qu'harmonie.

Un savant radiologue nous avait donné à emporter des pommes dont certaines avaient été traitées aux rayons de cobalt, ou quelque chose de ce genre, sinon pour les rendre impérissables, du moins pour les conserver très longtemps. Nous avions pour mission de les surveiller étroitement et de noter leurs variations. Chose curieuse, celles-là se mirent à pourrir bien avant nos pommes ordinaires, dont nous mangeâmes la dernière en l'honneur de saint Nicolas.

Il était peut-être 6 heures, le matin de l'arrivée, quand le Cap monta sur le pont, ayant dormi un peu plus longtemps qu'il n'avait prévu. Je l'entendis grommeler et lui passai la tasse de café qui éclaircit le blanc des yeux et galvanise les facultés. « C'est curieux, dit-il, nous devrions être dessus, sur cette Barbade. La visibilité est bonne. Mais je ne vois rien. »

Devant nous, à la place de la Barbade, il n'y avait que la mer. Quelle étrange disparition ! D'après le point d'hier et la distance parcourue au loch cette nuit, elle devrait pourtant être là. Nous scrutons la frise de nuages qui meuble le fond de l'horizon. Un arrêté royal a-t-il supprimé la Barbade ? je regarde négligemment par-dessus mon épaule et… la voilà ! Elle est au nord à nous, nous étions proprement en train de passer à côté.

A baisser les trinquettes, à hisser la grand-voile, à hisser le foc pour remonter au vent. Tourneboulée par cet événement, je fais tout de travers, le langage du capitaine effarouche le chat, qui fuit dans la soute marquée « divers ». Enfin *Hierro,* gîtant sur bâbord, se hâte au près vers South Point et une fois tout en ordre, drisses lovées, petit déjeuner servi dans le cockpit, tous les fronts, au nombre de deux, se rassérènent.

Dès que nous eûmes reconnu le phare de South Point, nous pûmes abattre vers Needham Point à une allure plus confortable. La Barbade basse et vert pomme agitait ses eucalyptus au passage, baignant dans ce bleu turquoise délicieux dont le fond de nos yeux se souvient si bien. En quinze ans, cela se voit de loin, on a ajouté pas mal de buildings, silos et hangars, mais les plages sont toujours aussi blanches, et les pêcheurs indigènes dans leurs pirogues ramènent toujours du même geste régulier les mêmes palangrottes.

Les Antilles doivent leur nom à la mythique Antilia, que montrait encore la mappemonde de Martin Behaim, en

1492. Parfumées, coquettes et chaudes, elles s'étirent entre les deux Amériques, enserrant dans leur croissant l'intense bijou bleu de la mer des Caraïbes. Colomb, ébloui, les prit pour les Indes fabuleuses d'où viendrait plus d'or qu'il n'en pourrait porter. Il épuisa pour les nommer tout le calendrier, jusqu'à ce que les saints vinssent à manquer. Tant d'îles, et si belles, l'enivraient, après sa longue traversée incertaine. Le contraste était vif. Terre ! Terre ! et c'était de la terre qui sent bon de loin, de la terre pas encore tout à fait séparée de la mer, mais intégrée à elle, de la vraie terre pour marins.

Plus tard, ce même Colomb les renia, ou du moins ne s'en occupa plus. Ce siècle était obsédé par l'or comme le nôtre par la Lune. L'occupation espagnole des Petites Antilles a été tiède et brève, ils se désintéressèrent assez vite de ce sol sans métaux précieux. Pas d'or, pas d'amour, se dirent ces très-catholiques gigolos de la Conquistad, et ils rejetèrent les Antilles comme une femme qui a cessé de plaire. Que valaient en effet, en poids d'or fin, ces îles où l'on ne trouvait que des arbres, des fleurs, des récifs, des plages de sable ? De sauvages Caraïbes à peau foncée, mal convertissables et cannibales de surcroît, s'y occupaient fougueusement à détruire les doux Arawaks à peau claire du sud, avant de succomber eux-mêmes sous le nombre et les armes de nouveaux venus non moins sauvages à leur façon.

Les Antilles se vengèrent élégamment de ce dédain en devenant riches. L'Europe s'engoua de café, de thé, de chocolat. Le sucre se changea en or. Nulle bulle papale ne résiste longtemps à une telle prospérité. Celle qui avait partagé le nouveau monde entre l'Espagne et le Portugal ne resta pas longtemps indisputée, et pendant deux siècles et demi l'Angleterre, la France, l'Espagne, la Hollande rivalisèrent pour les faveurs des Antilles. Les îles subissaient le contrecoup de toutes les querelles du continent européen. Chacune d'elles, ou presque, fut prise, perdue et reprise dix fois, et parfois surprise, car les communications étaient lentes, plus d'une se trouva en guerre sans le savoir. Dans cette tapisserie bariolée, pirates, corsaires et flibustiers tissaient leur motif, politiquement impartiaux, avides d'aventures et de gain. Les flottes se disputaient les issues : le passage au Vent, entre Hispaniola et Cuba, le passage d'Anegada, entre Saint-Martin et les îles Vierges, et l'issue vers le golfe du Mexique.

Le fond de la mer recevait les navires coulés et les recouvrait de sable.

Les guerres d'Indépendance et de Sécession américaines n'ont pas été sans influence sur les Antilles. Ce furent les grandes époques des forceurs de blocus et des contrebandiers. Tache sombre dans les couleurs aveuglantes de ces combats au soleil, c'était aussi l'époque faste des négriers qui amenaient d'Afrique la main-d'œuvre abondante et bon marché pour les plantations.

La bataille navale des Saintes, que les Français appellent la bataille de la Dominique, peut être considérée comme un tournant dans l'histoire des Petites Antilles. En 1782, la situation politique était aussi embrouillée que possible. Les Anglais avaient perdu beaucoup de combats, mais ils gagnèrent celui-ci, en défaisant l'amiral de Grasse. Les avantages réels de cette victoire ne se firent sentir que plus tard. Si la France n'y perdit pas la face, matériellement elle ne gagnait rien. Elle se retrouvait pauvre, elle n'avait pas conquis un pied de sol de plus durant toutes les guerres des Antilles, et la bataille des Saintes asseyait plus solidement que jamais la suprématie des Anglais sur la mer. Cependant, en Europe, on faisait la paix, pour ce qu'elle valait, les « îles fortunées » allaient pouvoir se refaire. A Vienne, en 1815, on battit allègrement les cartes et on distribua les îles entre le Danemark, la Hollande, la France et l'Angleterre. A peu de chose près, cette distribution n'a plus changé en cent cinquante ans, sauf par vente et achat ou accord pacifique. Reste-t-il autre chose du traité de Vienne ?

Des changements lents et subtils détruisirent peu à peu

la prospérité des îles. Une à une, les nations souveraines se désintéressaient de possessions qui leur rapportaient de moins en moins et les laissèrent se débrouiller. L'expression « riche comme un créole » cessa d'avoir cours. Les Antilles s'endormirent au soleil à l'ombre des manguiers. Elles commencent à se réveiller.

On leur a fait la cour et on les a vilipendées. On les a aimées passionnément et on les a prostituées. On les a négligées ; du reste, indolentes, elles se négligeaient, travaillant peu, chantant beaucoup, se faisant dire la bonne aventure par les sorciers et craignant les dieux. Mais à notre époque, toute guerre est totale, dans quelque coin du globe qu'elle ait lieu, et si les Antilles, entre 1940 et 1945, ne connurent ni les bombes, ni la captivité, ni la faim, cette guerre n'en fut pas moins un nouveau tournant dans leur histoire. La rapidité des communications et la publicité les ont remises en vedette, le tourisme y fait rage. Les Antilles se font une nouvelle jeunesse, s'habillent de neuf, se maquillent, se vendent à prix d'or et présentent au visiteur pressé un résumé de leurs charmes qui n'a que peu de chose à voir avec leur véritable personnalité. Il faut prendre cela avec sérénité. Notre époque est passionnante, devant nous s'étend un avenir si extraordinaire qu'on ne peut même pas l'imaginer. Pour faire une telle omelette, il faut casser des œufs, et nous ne sommes pas de ceux qui pleurent longuement sur les coquilles brisées, même si nous les regrettons parfois amèrement. Il n'est pas défendu de regretter le passé et de s'attendrir un peu, mais il ne peut se refaire artificiellement. Les Antilles sont activement occupées à se fabriquer un nouveau passé que dans cent ans, sans doute, les fous dans notre genre regretteront aussi.

Dans Carlisle Bay, à la Barbade, nous ne sommes fichtre pas seuls. Une dizaine de yachts s'y balancent au gré d'une houle fatigante, on y roule plus fort qu'en pleine mer. Dudley Pope est le premier à nous rendre visite. *Golden Dragon* est arrivé ici il y a une semaine, via Tenerife, sans faire escale au Maroc, Baby Jane a accompli avec succès sa première grande traversée, elle est hâlée et dodue et barbote dans sa piscine miniature et plastifiée, sur le rouf. J'ai toujours eu idée que la navigation profite aux bébés.

La première chose que nous demande le préposé à l'Immigration, c'est la durée de la traversée. Il inscrit sur son carnet : *Hierro,* vingt-neuf jours. La Barbade se trouvant légèrement décalée vers l'est par rapport aux autres îles est l'atterrage favori des « atlanticos », et l'Immigration fait des statistiques. Nous n'avons battu aucun record, pas même celui de lenteur.

Remarquez le mot « atlanticos ». Les Espagnols ont fait là une trouvaille. Je suis toujours embarrassée quant au terme à appliquer à un yachtsman qui n'est pas vraiment un yachtsman, mais un navigateur hauturier, et quand même un yachtsman puisqu'il fait ses traversées en petit bateau, et pourtant pas un yachtsman, puisqu'il vit à bord et considère son occupation comme une carrière, toutefois yachtsman puisqu'il n'y gagne pas sa vie. J'aimerais créer pour ce phénomène un mot comme « atlantico ». Atlante serait beau, mais prête à confusion. Atlantiste, atlantard ? Mais il y a aussi le Pacifique, l'océan Indien. Hauturier, c'est tellement hautain. Océanier. Largiste. Traversaire. Toute suggestion sera la bienvenue.

En attendant, plusieurs petits-bateaux-petits-équipages se reposent déjà à Carlisle Bay, et après nous entreront encore *Northern Light*, *Rêverie II*, *Altair* et *Dido,* tous barrés de noir à la ligne de flottaison par le tenace gas-oil de La Luz que même la haute mer n'a pas effacé.

Les choses ont un peu changé à la Barbade, mais le Yacht Club et l'Aquatic Club tiennent bon, c'est toujours au même escalier branlant que, depuis des années, les youyous de tout genre sont amarrés. Il y a maintenant, juste au bord de Bridgetown, ville et port principal, un gros hangar de béton et un telpher, la plage est déparée par une petite raffinerie de pétrole, derrière les maisons vertes et roses s'élève l'écrasante silhouette d'un Hilton en construction.

La Barbade fait énormément d'effet quand on vient de passer un mois entre ciel et océan, surtout si l'on n'a jamais vu d'île tropicale. Tout ce bleu vif qui n'a pas l'air d'être vrai, ces cocotiers, ces hibiscus, le soleil rayonnant, les plages ourlées de gros rouleaux éclatants, c'est le nouveau monde, facile et insouciant. Dès qu'on a vu d'autres îles, on remet la Barbade à sa place, qui n'est pas la première. C'est une île corallienne, dont le sol fertile est formé de sédiment volcanique apporté par le vent et la mer à la faveur d'éruptions parfois assez lointaines. On appelle encore maintenant ce sédiment *May dust,* la poussière de mai. En effet, le sol a été en partie formé par les éruptions successives de la soufrière de l'île Saint-Vincent, dont les cendres, portées par un courant d'air sur une distance de près de 150 kilomètres, sont tombées sur la Barbade. La première chute de cendres dûment enregistrée date du mois de mai 1812, de là le nom. La basse altitude de l'île et son climat conviennent admirablement à la culture de la canne à sucre, elle en est couverte, et c'est un des végétaux les plus ennuyeux de la création. De loin, la canne à sucre fait illusion par son joli vert frais. De près, ses champs sont monotones, sans relief, aussi assommants que des champs de pommes de terre. On lui pardonne à cause du rhum, mais cela vous fait une île sans attraits, si ce n'est des plages, qui attirent beaucoup de monde. Elle est très bien organisée, rationnellement développée, et occupe politiquement et administrativement une place importante dans les Petites Antilles. Elle est indépendante, populeuse et prospère. Elle a produit quelques-uns des meilleurs joueurs de cricket du monde. Ils ont bien du mérite, car il doit faire chaud à l'entraînement. Malgré une réputation excellente sous le rapport du climat, la Barbade allait courbée, durant notre séjour, sous une chaleur anormale pour la saison, fatigante, saturée d'humidité. Les muscles s'amollissaient, les idées s'évaporaient. Nous ne pensions qu'aux douches et aux glaces du club, la moindre occasion était bonne pour piquer une tête par-dessus bord à toute heure du jour et de la nuit. Plus de gas-oil, l'eau était limpide et azurée. La tente gréée au-dessus du cockpit fait partie, dans ces climats, de l'équipement indispensable, elle protège aussi bien du soleil que de la pluie, car les grains se succédaient, déversant des averses drues et tièdes. Toute l'île fumait.

Par la route, Carlisle Bay, où mouillent les yachts, se trouve assez loin du port de Bridgetown, drapé autour de son carénage où s'amarrent les pansues goélettes à voile du cabotage local. A pied, c'est tuant. En taxi, c'est cher. A bicyclette, c'est chaud à l'aller et on a le vent debout au retour. En autobus, c'est aléatoire. C'est ici que le petit moteur hors-bord révéla toute sa valeur. Nous traversions toute la largeur de la baie en youyou, amarrions à l'escalier du quai en plein cœur de la ville, embarquions commodément les provisions et retournions bravement contre le vent en escaladant chaque vague, bien mouillés mais sans nulle fatigue.

A Bridgetown, la poste est toujours pareille à une église poussée dans les palmiers, où les fidèles font la file pour prier aux guichets. Les chapeaux de ces dames négrillonnes sont toujours aussi remarquables, le stock n'est heureusement pas épuisé, et elles mettent toujours leurs colis en équilibre par-dessus. Mais les boutiques se sont multipliées, les ressources ont crû et l'animation rit dans les rues, canalisée par des « agentes » noires, sanglées, au poitrail plein d'autorité. La victuaille surgelée fait prime sur le marché, la moindre laitue fraîche à trois feuilles coûte les yeux de la tête, et il faut ruser pour en avoir. Je fréquentai assidûment une grosse mémère qui postait son panier de légumes au coin d'une rue. Si sa marchandise était réduite, sa parole était abondante, elle soutenait sans faillir trois ou quatre conversations à la fois, interpellait les passants dans les intervalles, débordante d'une verve indomptable ponctuée de rires caverneux qui laissaient voir une langue très rose au milieu d'un visage anthracite. Elle me disait, rendant la monnaie : « *God bless you, my darling.* » J'étais enchantée d'être la *darling* d'une aussi remarquable personne.

Cela nous faisait plaisir de retrouver ce peuple barbadien toujours prêt à sourire. Dans les villes, les Noirs sont plus sophistiqués qu'avant, savamment pétris par le démon politique, mais leur joie de vivre surnage, trahie par ce déhanchement glissant qu'ils ont en marchant et qui ressemble à la danse. L'approche de Noël emplissait les deux ou trois rues principales d'un brouhaha terrible, on faisait la queue dans les banques, c'était à qui achèterait le veston fuchsia le plus voyant, le bibelot américain le plus inutile. Les caisses enregistreuses des distilleries tintaient joyeusement. Vers la fin de l'après-midi, on voyait apparaître, balançant au milieu de la rue des arrière-trains provocants, des métisses admirablement roulées qui faisaient quelques pas nonchalants avant de commencer leur numéro dans un des nombreux cabarets.

Car si la Barbade, disons le tout net, manque de distractions, pendant le jour, elle se rattrape la nuit. Ses boîtes de nuit sont célèbres d'ici à Tombouctou. Dans nul autre endroit du monde, peut-être même pas à Paris, on ne peut voir, entendre et toucher un programme aussi naïvement érotique, le rhum, le climat et le dépaysement aidant. Violemment épicé, il s'adresse directement à la libido avec une rare franchise. La prostitution simple a de tout temps été cordiale et familière à Bridgetown, c'était une escale chérie de tous les marins, du temps où « madame » allait personnellement présenter, en baleinière, la marchandise en bas de l'échelle de coupée. Elle a enfanté ce bourgeon moderne : la boîte de nuit sans complexes. Malheureusement, nous ne sommes pas fêtards de nature et nous avions trop chaud pour faire un effort.

C'en est fait des musiciens assemblés spontanément, le

soir, sur la plage, et qui rythmaient sur leurs bidons de fer habilement accordés une petite bamboula impromptue. Les *steel bands* scandent maintenant l'avènement d'un temps nouveau. Ils sont syndiqués. On ne joue plus gratis, sans ordre et sans public. Le but suprême est de se faire graver sur disque. Du coup nous découvrons que ce rythme envoûtant, dépouillé de la magie nocturne et de son primesaut naturel, n'a que de très lointains rapports avec la musique. Ce n'est qu'un bruit bien scandé.

La plaine d'aviation, les touristes sud-américains, les initiatives progressistes, le luxe tout neuf et clinquant de la Barbade, finalement, ça pourrait mener très loin et même au-delà. Mais la Barbade n'est de toute façon pas la plus typiquement antillaise des îles. Avec Antigua, elle est la seule Antille à n'avoir jamais changé de mains. Fraîchement indépendante, elle n'en reste pas moins profondément marquée par le mode de vie colonial anglais.

Les Marchands de Londres, dépossédés de leurs *Tenn thousand Acres of Lande* au centre de l'île, y ont laissé leur marque et même quelques fantômes plus écossais que nègres. A Christchurch, près de la côte sud, existe une crypte fermée hermétiquement en 1819 sur six cercueils de plomb. Chaque fois que cette crypte a été ouverte subséquemment, on a trouvé les cercueils déplacés sans que rien n'y laissât supposer une humaine manipulation. Cette crypte est maintenant abandonnée, recouverte de mousse et de broussailles, mais le mystère reste entier et on y tient encore beaucoup. Le fantôme anglais fait toujours très distingué.

A Carlisle Bay, les atlantards avaient aussi leur fantôme, une longue flûte de ketch anglais appelé *Star Shine,* datant apparemment de l'ère victorienne et promis, à vue de nez, à des destins bizarres. Tous les renseignements confirmaient cette impression. *Star Shine* n'avait pas moins de sept propriétaires, dont deux étaient restés prudemment en Angleterre, trois avaient fait défection en route, et deux avaient traversé l'Atlantique considéré comme la première étape d'un tour du monde. Le capitaine-navigateur, médecin de son état, avait mis sac à terre à la Barbade, laissant ainsi aux soins du seul survivant les sept septièmes de la propriété commune. Il s'en échappait chaque soir des accents de guitare, des chants et des cris féminins. On vit arriver un jour quelques copains australiens désireux de faire un peu de yachting, si possible jusqu'en Australie. Ils s'installèrent à bord en pays conquis et, faute de se mettre d'accord avec le résidu des propriétaires, ils filèrent un jour la chaîne avec l'ancre et décampèrent, en route vers la gloire. Une heure plus tard, *Star Shine* se mettait au sec sur le récif quasiment en vue de Bridgetown, et la grande aventure se termina en prison. Dudley, qui participa au sauvetage, hochait la tête en nous le racontant : « Il n'a pas fini d'en voir, *Star Shine.* C'est le type du bateau maudit. »

Aux dernières nouvelles, il est dans le Pacifique, et ça ne va pas beaucoup mieux.

Nous n'étions pas venus aux Antilles pour y chercher l'insolite à tout prix, mais seulement pour les voir le mieux possible sous l'angle du petit bateau. Nous avions aussi un objectif parallèle : résoudre une fois pour toutes la question de la qualité des rhums, à la faveur d'une étude comparative portant sur l'arôme, la vigueur, le moelleux et les effets physiologiques. Selon la discipline française, le rhum est distillé à partir du jus extrait de la canne à sucre. L'école anglaise distille la mélasse, qui est un sous-produit de la fabrication du sucre. Quand il est fraîchement distillé et qu'il n'a pas vieilli dans des fûts de chêne, le rhum anglais est aussi blanc que le rhum français, mais les Anglais l'aiment brun et y adjoignent du caramel. Celui de la Barbade est justement réputé. On nous vit donc pèleriner dans les maisons de gros et de détail, goûtant assidûment. Nous sélectionnâmes, pour une étude plus approfondie, une marque dont deux gallons, pris en franchise de douane, mettraient le prix du litre à environ 2,50 F (lourds). On aurait tort de s'en priver. Le jour où nous fûmes las de rouler comme un tonneau au mouillage et que nous n'eûmes plus rien à faire à la Barbade, nous prîmes rendez-vous à 10 heures au Carénage avec ces messieurs des accises. Il y fait une chaleur mortelle, et le processus de mise à bord dure quatre heures, pendant lesquelles j'essaye vainement de trouver en ville le moindre petit morceau de glace. Conclusion : aux Antilles, il faut un réfrigérateur, si petit soit-il. Nous en avons un, j'en reparlerai. Pour l'heure, je retrouve à bord le Cap à un fil de la liquéfaction, tenant à distance un douanier qui veut absolument mettre notre marchandise sous scellés. Son regard globuleux erre dans le carré. Je le persuade avec peine qu'il n'y a pas le moindre recoin qui se prête tant soit peu à cette opération, que nous partons sans plus attendre pour Grenade, que vraiment… Il se retire à regret, son poinçon tout neuf à la main. Il aurait tant voulu l'utiliser.

4

Au pays de cocagne du yachting

Nous n'avons plus eu aussi chaud depuis la mer Rouge, aussi respirons-nous à pleins poumons la brise molle qui nous accueille au large. La terre s'estompe, la brise fraîchit un peu. Nous prenons tour à tour des quarts de trois heures en compagnie de Couscous et du transistor.

Nous sommes arrivés au pays de cocagne du yachting. La mer y est toujours de saphir, le temps toujours beau et il y a toujours du vent, puisque les Petites Antilles prêtent le flanc à l'alizé du nord-est. Les îles sont si nombreuses, si proches l'une de l'autre que les traversées sont toujours courtes. Cette alternance de terre et de mer met l'une et l'autre en valeur, et des différences très marquées d'une île à l'autre entretiennent constamment l'appétit.

Le climat est sensiblement le même toute l'année, mais il y a moins de vent durant la saison des cyclones. Les saisons ne sont pas quatre, mais deux : la saison des cyclones, et celle où il n'y en pas, où il n'y en a jamais eu. Par une heureuse coïncidence, c'est durant la bonne saison qu'il y a le plus de vent. Il souffle du nord-est au début (décembre, janvier, février), frais à fort, faiblit ensuite et passe à l'est et parfois au sud-est. De juin à novembre, il fait peut-être un peu plus chaud, mais en général la température ne varie pas beaucoup. Les vents coutumiers sont plus faibles, mais le cyclone menace. Les plus mauvais mois sont août et septembre.

Notre route passerait presque entièrement sous le vent des îles, c'est-à-dire à bâbord, dans la mer des Caraïbes, l'Atlantique baignant leur côte opposée. Protégés par elles, nous trouverions des eaux tranquilles et souvent des calmes, coupés de rafales descendues des montagnes. Entre les îles, dans ce qu'on appelle ici le « canal », large en moyenne de 20 à 30 milles, le vent s'engouffre et la mer est souvent très agitée.

Pour l'instant, avant de remonter toute la kyrielle des îles du Vent et des îles Sous-le-Vent, nous devons descendre sur Grenade, à 160 milles au sud-ouest. La nuit passe sans histoire, et dès 11 heures du matin on voit déjà que rien n'est plus dissemblable de la Barbade que cette Grenade qui nous envoie galamment une avant-garde de petits îlots rocheux de toutes sortes de physionomies amusantes. Il fait toujours aussi chaud. Nous marchons bon train, vent trois quarts arrière, et assis côte à côte dans le cockpit nous devons former un bien gracieux tableau, vêtus de lunettes de soleil, et tenant au-dessus de nos têtes un parapluie vert du type Tom Pouce. Le parapluie devrait faire partie de l'équipement standard de tout bateau conçu pour les longues traversées.

Nous abordons Grenade (je l'appelle ainsi par commodité. En réalité, c'est Grenada, prononcez Grenéda avec l'accent tonique sur le é), nous abordons donc Grenade par le nord-est, longeant tout son littoral atlantique pour atteindre le port de Saint-George, qui est juste derrière la pointe sud. Nous nous tenons bien au large, il y a là un bel assortiment de rochers, brisants et autres obstacles à éviter si l'on n'est pas un familier de la région. Grenade est entourée d'îlots, cochonnets noirs se pressant autour de maman truie. L'île mère se dresse majestueusement, couvrant ses ondulations volcaniques d'un superbe tapis vert. La côte sud-est se creuse de fjords étroits et profonds, qui se terminent curieusement en crochets, une série de griffes recourbées. La carte est étalée sur la banquette du cockpit, entre nous.

— Cela doit faire de bons mouillages, rêvasse le capitaine.

— Si on passait la nuit dans un de ces crochets ?

— La carte n'est pas assez détaillée. Et puis, demain est un samedi. Si nous faisons travailler les manitous portuaires de Saint-George un jour non ouvrable, ils vont nous compter des heures supplémentaires.

Je soupire. La vie est compliquée. Et qu'est-ce que c'est que ces jours qu'on ne peut pas ouvrir, et dont la bureaucratie détient la clef ? Cependant le soleil décline dangereusement, il va choir dans la mer. Nous ne serons plus à Saint-George avant la nuit, car le vent faiblit. Aux dernières lueurs du jour, qui ne tombe quand même pas aussi vite sous les tropiques qu'on le dit dans les romans, nous repérons une baie ronde et dans cette baie quelques mâts. Prickly Bay. Le Cap me jette un coup d'œil, marmonne quelque chose. Moi, je suis tout de suite d'accord. Nous virons de bord et tirons au plus près vers ce mouillage tentateur. C'est une beauté. Cette baie toute enclose de verdure sombre, frisée de cocotiers, l'eau vert émeraude muette et calme, cela vous a une allure polynésienne et plus précisément marquisienne. Un silence de bonne qualité s'exalte au crissement des cigales. Une véritable jonque chinoise achève de donner au paysage un air de tableau peint sur soie. *Ying Hong,* construite en teck, mesure 42 pieds et en paraît le double, tant elle est spacieuse avec un château arrière surélevé sur lequel on peut réellement se promener de long en large, les mains nouées derrière le dos et une longue-vue sous l'aisselle. Mike Briant l'a ramenée de Hong Kong. Nous trouvons à bord son équipier John, quatorze mois blonds et grassouillets, et la gentille Mrs. Briant enceinte jusqu'aux oreilles d'un second équipier qui naîtra la nuit de Noël. L'intérieur de la jonque, bien que pas encore entièrement achevé, est aussi attirant que l'extérieur. Le Cap remue les sourcils, je le vois penser en chinois, le concept jonque s'installe dans son cerveau comme rat dans un fromage.

Sur la rive, il y a un petit chantier de construction et de réparations, avec un slipway de carénage, le tout appartient à un Hollandais qui construit des catamarans très rapides.

Prickly Bay déborde d'atmosphère, nous y serions bien restés. Mais nous avons atteint une espèce de jardin d'Eden de la navigation à voile, et si nous restons collés à tous les coins séduisants que nous rencontrons, nous n'arriverons jamais au bout. Longeant des plages de sable blanc vêtues avec grâce de manguiers et de cocotiers, des plages qui nous font pousser alternativement des soupirs de désir et des exclamations d'admiration, nous atteignons la passe de Saint-George, évitons un récif assez dangereux planté en plein milieu, essuyons quelques rafales brutales et irrationnelles, remontons en diagonale un courant très sensible et pénétrons dans le carénage.

Tout port, aux Antilles, a son carénage. C'est le nom spécifique du bassin de commerce entouré de quais, autour duquel a poussé la ville. Carénage il y a, car ces bassins intérieurs comprennent toujours un endroit où les goélettes vont se faire repeindre et calfater. On les abat sur le flanc à l'aide de palans pour peindre d'abord un côté puis l'autre. Dans ces eaux presque sans marée, c'est le seul moyen d'entretenir un bateau à peu de frais.

Le carénage de Saint-George est entouré de quais à la française. Dans la verdure des collines qui l'entourent s'étagent les maisons d'une jolie petite ville, complète avec fortin de défense, tours d'églises au pluriel, vieilles bâtisses de pierre. De la couleur, du pittoresque, quelques yachts splendides, on se croirait sur la Riviera italienne, cocotiers en sus. Nous tournons en rond là-dedans, indécis. Faut-il attendre ici les bonzes immigrateurs ? De l'autre côté de la baie, en forme d'O à peine ouvert, une étroite passe a été creusée à la dynamite dans le corail. Le lagon ainsi libéré est devenu le port des yachts. Il y a une marina privée, des pontons, un club. C'est un des hauts lieux du chartering, commerce dont nous reparlerons, et souvent. Nous y mouillons modestement à égale distance de la marina et du club. Au fond, des vaches paissent sous les bananiers.

Nous savons bien que nous aurions dû mouiller d'abord dans le carénage et attendre que les autorités viennent à bord, mais plutôt que nous fatiguer à toutes ces manœuvres, nous allons faire les naïfs. Le Cap jugeant que c'est moi qui fais cela le mieux, m'envoie en plénipotentiaire, munie des papiers de bord et du seau à glace. Les autorités lèvent au ciel leurs mains noires : j'ai enfreint tout un lot de règlements rien qu'en mettant le pied à terre. Eh, ce n'est pas de ma faute si les règlements changent à chaque île. Il faudrait unifier cela. J'use d'une grande quantité de pommade et de charme. Heureusement, j'ai arrêté sur la route un officier des douanes rigolard et café-au-lait et me suis mise de vive force sous sa protection en l'appelant colonel. Descendant magnanimement jusqu'à mon niveau mental, il m'explique que, non, les Petites Antilles ne sont pas une grande famille, beaucoup s'en faut, et il ne faudrait pas tout confondre sous une même étiquette. La Fédération ? Ah, oui, la Fédération : il y a belle lurette qu'elle a péri. Sous les coups de Trinidad, précise-t-il, venimeux. Administrativement parlant, Grenade est aussi loin de la Barbade que l'Angleterre du Japon. Conclusion : je me trouve dans une position illégale au possible.

Je fais mes yeux en boules de loto et secoue discrètement le seau à glace.

— Qu'est-ce que c'est ? Vous voulez de la glace. Attendez, justement on passe devant l'usine. Vous immigrerez après.

Finalement, je me retrouve prodiguant explications et gracieusetés dans divers bureaux, remplissant des formules pêchées au petit bonheur dans des monceaux de papiers en désordre, et tout finit dans les meilleures dispositions d'esprit de part et d'autre. La sentinelle qui défend la grille du port me serre affectueusement la main et me souhaite un joyeux Noël, les oisifs de la jetée se bousculent à qui me passera la bosse du canot, je suis fatiguée de sourire.

C'est un nuage dans le ciel idyllique de la navigation aux

Antilles que ce particularisme ridicule des autorités locales, pointilleuses en raison inverse de l'importance de l'île. L'archipel ne se visite pas comme un musée où l'on paye à l'entrée et où l'on reprend son parapluie en sortant. Chaque île entend être considérée comme un pays à part, il faut « entrer » le bateau à l'arrivée et le « sortir » avant de partir. C'est juste : pourquoi les priverait-on de ce petit profit et de toutes ces jolies places de fonctionnaire à distribuer ?

Admis dans le sein de la communauté grenadienne, nous nous apprêtons à en étudier le décor. Il ne s'agit plus de cannes à sucre fastidieuses ni de maigres ombrages : Grenade est l'image même de la fertilité végétale, un pur joyau monté sur corail et présenté dans un écrin de mer bleue. Assez haute, de formation volcanique, elle accroche les nuages et se trouve rarement à court d'eau.

D'accord avec Kay et Dudley Pope, qui viennent d'arriver, nous louons une auto et faisons le tour de l'île. Nous savons déjà que ces romanesques Antilles sont pleines de ressources et qu'on pourrait aisément y passer des années sans les épuiser. Comment faire le plein en quelques mois ? Nous nous trouvons comme des enfants, les doigts écartés devant un arbre de Noël trop chargé.

Nous nageons dans l'admiration. Chaque centimètre de cette bonne terre de lave, enrichie de pluies abondantes et gorgée de soleil est couvert d'une végétation expansive, incroyable foisonnement botanique dominé par la chevelure en zinc des cocotiers. Nous suivons la ligne de la côte, nous avons à tribord le flanc de la montagne inextricablement couvert d'arbres, de fleurs, de fougères arborescentes et de succulentes plantes vertes, tandis qu'à bâbord la mer pénètre les terres en larges baies paisibles ou en langues profondes et rétrécies. Il y a des plages de sable fin et noir, et des plages de sable fin et blanc. Les petites rivières descendent de la montagne en clapotant sur les grosses pierres et sautent les derniers mètres à pieds joints, dans des petits bassins où les négresses au derrière rythmique lavent des hardes colorées. Les gamins tout nus courent à toutes jambes derrière la voiture, comme de jeunes chiens. La population de l'île n'est pas près de s'éteindre, les enfants sont si nombreux que je songe à en kidnapper un, personne ne s'en apercevrait. Heureux enfants, jamais emmitouflés, jamais enfermés.

Leur maison est un dé monté sur pilotis, style faubourien avec rideaux à franges et plantes en pots. En pots ! Comme si c'était nécessaire quand on vit dans un immense jardin. Ces dés, assez proprement tenus, se suivent en file tout autour de l'île comme un seul village, interrompu seulement par des plantations, cacao, banane, muscade, canne. Grenade est l'île des épices, surtout de la muscade. On vend les noix de muscade aux touristes en petits sachets, avec la râpe « typique » qui est à s'y méprendre celle qu'employait ma grand-mère. Toutes ces richesses exigent une grosse main-d'œuvre. Nous n'avons pas vu un seul endroit vraiment solitaire, il y a toujours sur le bas-côté de la route quelque groupe en route, la machette à la main. Tout ce monde ne paraît ni pauvre, ni malheureux, ni guetté par l'infarctus des surmenés. Chacun gagne dans la dignité son Coca-Cola quotidien. Grenade se gouverne elle-même. Son peuple a l'air content. Faudrait-il en plus en faire des intellectuels ? Le mot de pauvreté n'a pas beaucoup de sens ici. Elle n'est en rien comparable à la sordide misère des grandes villes, et tel gamin dont le short laisse largement apercevoir les fesses d'ébène peut se permettre de s'en ficher éperdument : cela ne lui fait littéralement ni chaud ni froid. Nous constatons du reste une curieuse propension à habiller les petits Grenadiers à l'envers : on les couvre des épaules à la taille, laissant le reste en liberté.

Dudley au volant, nous suivons les méandres d'une route en toboggan, évitant des chèvres méditatives et des ânes affolés, frôlant les téméraires autobus indigènes, ouverts sur les côtés, peints de couleur crues, croulants de régimes de bananes et de négresses dûment chapeautées.

Au lieu de numéros, ils portent des noms pittoresques . *Fortunate Cow-Boy* ou *Cocoa Baby,* et nous venons d'éviter de justesse le *Swinging Sandfly* de 10 h 34.

Constamment émerveillés, un peu suffoqués par tant de végétation, nous nous prenons à souhaiter un bout de clairière bien nue. Autour d'une église de petit style villageois anglais (français, dit Dudley), les bourgs ont une allure de Far-West qui rappelle à la fois certains films américains, et l'époque où Grenade était la proie des luttes entre bandes adverses. L'histoire grenadienne n'a pas été sans tribulations, on ne peut s'arrêter au fond d'une baie ou boire au fond d'une source sans la trouver sous ses pas. Que l'histoire ne soit toujours que guerres et drames tient sans doute au goût de l'humanité pour le malheur des autres. Tous les lieux historiques de Grenade rappellent des catastrophes, ce en quoi cette île n'est pas unique, et je n'ai pas encore rencontré la plaque commémorative de mes rêves qui dirait : « Ici le gouverneur sir Longh-Fayce éclata de rire en apprenant que les esclaves révoltés vivaient heureux dans la montagne et lui envoyaient le bonjour. » La toponymie décore des sites d'une admirable beauté de noms peu rassurants : Grand Mal, Requin, Champ-la-Mort, Sauteurs. Noms français, car après sa découverte par Colomb, Grenade fut annexée par les Français sur papier timbré et vendue à un neveu de d'Esnambuc.

Chaque île des Antilles a été prise et renvoyée comme une balle pendant plusieurs siècles. On se les arracha longuement. Chacune a son histoire, cela les fait à la fois ressemblantes et très différentes. Nous ne nous étendrons pas sur ces histoires pourtant si riches en assauts, révoltes, combats fantastiques et anecdotes invraisemblables. Cependant, on ne peut pas plus parcourir les Antilles sans la moindre notion d'histoire que visiter la région de la Loire sans savoir qui étaient Henri II et Diane de Poitiers. Au morne Sauteurs, le visiteur ne voit que rochers surplombant la mer à pic, mais ils prennent un tout autre relief quand on sait que les derniers Caraïbes y formèrent leur dernier carré et que, quand ils ne purent plus résister à l'envahisseur, ils lui échappèrent en sautant dans la mer et se fracassant sur les étocs. D'île en île, ensuite, il nous suffira de savoir, sans approfondir, que primo, les Caraïbes ne se sont jamais soumis, secundo, les nations européennes se sont âprement disputé la possession du terrain, ce qui explique des noms de lieux et des coutumes très divers, ramassés sur une superficie relativement restreinte.

Proche des Sauteurs, un cimetière de tombes naïves enclôt un nombre surprenant de victimes des ouragans. Les cyclones portant des noms de femmes, on y trouve des inscriptions singulières : « Ci-gît X., tué par Janet en 1956 », « Que repose en paix Y…, tué par Bella en 1960 ».

Passé Goyave et Victoria, nous atteignons l'extrémité nord et redescendons la côte est, où la mer se précipite en gros rouleaux fracassants. Nous trouvons pour pique-niquer une belle cocoteraie jonchée de palmes tombées. Encore une fois, on se croirait en Polynésie entre ces fûts élancés, dans cette belle lumière quadrillée. L'alizé souffle dur de ce côté-ci, la mer et les frondaisons mènent grand vacarme. Juste à côté, la plaine d'aviation se termine dans l'océan, devant l'île Conférence. Un quadrimoteur décolle en fanfare, et juste derrière lui débouche, traversant le tarmac désert, un vieux bonhomme à dos d'âne, placidement anachronique. Un tas d'impertinents merles noirs font les importants autour de nous, comiques, bavards ; Dudley prétend qu'ils lui fourniront l'entrée en matière de son prochain roman, et il faudra qu'il se méfie s'il ne veut pas les voir se faufiler partout dans le texte.

La côte découvre une à une ses baies merveilleuses, si diverses qu'on ne saurait laquelle préférer. Beauté touffue, extravagante, en quête d'adjectifs et se perdant dans des forêts de points d'exclamation. Dans l'ensemble, Grenade exagère ses effets de verdure pulpeuse et dévorante. De la presqu'île de Westerhall, un architecte perspicace a fait un quartier résidentiel harmonieusement agencé en larges parcelles, avec vue imprenable rigoureusement garantie. Le fouillis de la brousse tropicale s'y assagit savamment en un parc fleuri aéré de pelouses. Au lieu de surimposer à la beauté existante de hasardeux suppléments, on a élagué, supprimé, on a stylisé la nature. C'est de l'art. En limitant la quantité, la qualité se dégage et comme c'est fait avec intelligence, ce paradis n'a rien d'artificiel. Il n'est évidemment pas à la portée de toutes les bourses. C'est sans doute très bien ainsi, peut-on imaginer un éden surpeuplé ?

Westerhall Point est baigné de part et d'autre par ces fameux fjords en F que nous avions remarqués en arrivant : Westerhall Bay, Calivigny Bay, Hog Bay, ponctuées d'îlots rocheux, toutes belles et toutes tranquilles, défendues par les récifs. Passé la pointe sud de l'île, le coucher du soleil nous attend à Grande Anse, dont les hôtels luxueux ne nous impressionnent plus : nous avons trouvé notre Grenade ailleurs. Comblés, saturés, bourrés de plantes grasses, de forêts, de cascades, d'épices et de fleurs étranges, nous sommes devenus silencieux, même Dudley, digérant un banquet de tropiques, et Baby Jane s'est endormie dans le giron de Kay. Le mouillage qui reflète les étoiles nous paraît pur, frais et sans détours.

Le père Noël sévit aussi parmi les yachts. Un grand yacht à moteur allume chaque soir une espèce de grand pavois électrique. Les générateurs tournent jusque tard dans la nuit, une incorrection assez commune dans le quartier, répondant du tac au tac aux pétarades des scooters sur la route. Des établissements alentour s'échappent les accents d'un drôle de *Minuit, chrétiens* rythmé par un *steel band* sans fausse honte. Nous qui désirons un Noël paisible et pas préfabriqué, nous irons le passer ailleurs, près de Westerhall Point précisément. Nous armons le youyou et partons d'abord aux provisions : nous achetons de l'indépendance. Saint-George n'est pas sans ressources, il y a un supermarché climatisé dont on se fait client pour se mettre au frais, et où l'on retrouve tous les amis du mouillage, en train de se ruiner comme nous avec la légèreté du Christmas spirit. Il y a même du vin ordinaire portugais en dames-jeannes, le Cap est consolé : à Bridgetown il s'était fâché tout rouge dans une grandiose et prétentieuse boutique de « vins et liqueurs » où, ayant demandé du vin de table, il s'est vu apporter du Dubonnet. Le rhum blanc vendu à Grenade frais arrivé de la distillerie coûte 2 dollars 60 cents antillais, c'est-à-dire environ 8 francs le litre. Il est étiqueté : « très fort ». L'épicier nous met en garde, sans savoir qu'il a affaire à des gosiers épris de recherche scientifique. Au naturel, c'est du feu liquide qui fait voir quatre soleils, mais il est bon en punch et garantit entrain et bonne humeur en dix minutes, montre en main. J'en mets un peu en réserve pour le cas où l'alcool à brûler viendrait à manquer.

Au marché, assez dénué de denrées comestibles, il règne en revanche un fol affairement d'autobus bariolés, de négresses en robes d'organdi jaune, de petits ânes surchargés, de marchands de pacotille et de graines de pastèque grillées. Les énormes gants blancs d'un agent poteau tentent de régler cette circulation primesautière. Il y a des siècles que l'envahisseur a commencé à inonder les îles d'objets inutiles, les étalages en débordent, ils sont très demandés par une population joyeuse, enfantine, pas encore trop sophistiquée, dont l'idéal se situe à peu près au niveau du poste à transistors. Elle se bouscule dans les rues, affairée, gagnée par la propagande d'un Noël à cadeaux et à girandoles, et je m'attendris à les voir acheter des sapins en plastique tout givrés d'une neige légendaire.

La grand-rue pavée de basalte, très en pente, escalade l'échine de la colline qui divise la ville en deux. Il y a plusieurs églises de confessions différentes mais de style similairement quelconque, et bien entendu il y a un fort. C'est aux Antilles que j'ai trouvé le bon moyen de persuader le capitaine de grimper sur une montagne. Homme des plaines de Flandre, il considère tout dénivellement comme un accident suspect. Mais placez un fortin au sommet et il le gravit d'un pied résolu. Le fort de Saint-George date de 1705 et de M. de Caillus. Du haut de son promontoire, il domine l'entrée du port et une vue superbe sur les alentours.

Nous avons trouvé une faiblesse dans la ferrure du pic, et pendant que le Cap s'active à la faire ressouder, je m'escrime sur le réfrigérateur. Malgré le handicap de quelques visites amicales et petits coups de rhum hospitaliers, je parviens à le faire fonctionner et y dépose, reconnaissante, le poulet de Noël qui doit attendre deux jours encore son heure de gloire.

C'est le moment de parler du frigo. Sous le rapport de l'électricité nous ne sommes pas assez puissamment équipés pour nous permettre un réfrigérateur de cette sorte, cela notamment parce que nous allons sur mer pour avoir la paix, et non pour la troubler par de constants ronrons de générateur. Conscients de l'utilité du froid sous les tropiques, nous avons essayé le pétrole. En Afrique, le réfrigérateur à pétrole était ma spécialité. Je me faisais fort de son fonctionnement, du moins dans les ports. En mer, les mouvements du bateau le troublent en déplaçant la flamme, mais à l'ancre j'espérais bien en tirer le maximum. Malheureusement, nous nous sommes rendu compte de deux inconvénients : primo, nous aurions dû veiller, lors de son placement, à une meilleure aération, secundo, quand la température ambiante ferait la joie d'un ver à soie, une petite flamme brûlant jour et nuit dans la cuisine est nettement superfétatoire, et finalement le nombre de cubes de glace obtenu ne justifiait pas la quantité de sueur dépensée pour les obtenir. Je me servis la plupart du temps de l'espace intérieur du frigo comme d'un garde-manger ordinaire et fis l'emplette d'une boîte portative en polystyrène qui conservait durant vingt-quatre heures la glace achetée. Mais tout n'est pas dit, la question frigorifique ne s'épuise pas si facilement. Pour Noël, le frigo marcha trois jours, il n'y a pas de raisons de ne point espérer d'autres Noëls aussi bénéfiques.

En principe, nous sommes prêts. Mais plusieurs grains consécutifs déversant des pluies abondantes nous font hésiter à partir, puis ils font place à un vent rafaleux qui fait claquer le taud, soulève en torche mes cheveux fraîchement lavés et sème la pagaille parmi les petits bateaux chassant sur leur ancre. L'arrivée de *Rêverie II* nous décide à différer le départ, nous sommes trop contents de revoir nos amis, il faut fêter cela. Les réjouissances commencées à bord de *Hierro* se poursuivent par étapes sur *Rêverie,* puis au célèbre bar du port *The Nutmeg,* de là à bord du trimaran *Spearhead* pour se terminer sur la goélette *Te Hongi.* Confortablement installés sur le pont autour d'un bol de « soupe », ou punch au rhum, également appelé vin du pays, nous apprenons tout ce qu'il faut savoir sur le chartering, vocable que je crois intraduisible en français. Affrètement ou nolisement n'en traduisent qu'imparfaitement la nuance plaisancière, les Français des Antilles tournent la difficulté en disant chartaire.

Le chartaire est actuellement un aspect très important de la vie antillaise, et Grenade en est un des centres nerveux, avec Antigua pour la partie centrale de l'archipel, et Saint-Thomas pour le nord.

C'est une entreprise sérieuse qui ne souffre pas plus la négligence et le laisser-aller que n'importe quelle autre transaction commerciale. Il ne s'agit pas seulement d'être propriétaire d'un bateau en ordre de marche, suffisamment confortable pour y loger trois ou quatre Américains exigeants par nature, et de les promener un peu sur mer. Si l'on veut en vivre, il faut un tas de qualités solides : le courage, la discrétion, la bonne humeur, l'adresse manuelle, de la conversation, de la persévérance, du bon sens, une bonne santé et une certaine souplesse de caractère. Il faut s'aboucher avec des agents qui rabattent le gibier et prennent environ 15% de la recette. Il faut faire de la publicité, tenir une comptabilité sévère, maintenir une correspondance régulière. La concurrence est féroce, quoique latente. On se fait risette au port, mais dès qu'on a embarqué le client et surtout dès que le yacht est en route, les autres sont strictement tabou. On ne se connaît plus.

On rencontre actuellement aux Antilles très peu de yachts qui ne soient pas engagés dans ce métier, et ils forment une espèce de clique, une communauté à l'intérieur de laquelle, comme dans tout cercle fermé, l'envie, les menues jalousies, les coups de Jarnac et la médisance font rage. Il s'est formé des clans. Tout naturellement, le chartering s'est divisé en catégories selon les dimensions du bateau, son degré de luxe et ses prix. Chacun défend sa clientèle, tout en restant dans les limites d'une camaraderie de surface. Il y a de solides amitiés et des haines corses ; des histoires scandaleuses ou comiques font le tour des îles comme l'éclair, colportées par les postes émetteurs privés. Il arrive même que l'entraide sacrée des gens de mer, les jours d'infortune, perde ses droits (c'est heureusement rare). Chacun pour soi, faute de quoi on risque de ne pas nouer les deux bouts.

Ceux qui exercent ce métier avec le plus de succès, ce sont les couples, propriétaires d'un yacht de dimensions raisonnables, et réunissant toutes les qualités susnommées. Ils ont moins de frais généraux que les grands bateaux nécessitant un équipage payé. L'Antillais est un marin-né et fait un excellent matelot, mais il est instable, peu sûr et n'a pas le sens des responsabilités.

Bref, nous avons vu tout de suite que personne ne pourrait être moins doué que nous pour exercer cet état avec tout le tact nécessaire, et nous admirions beaucoup la force de caractère qui permettait à Jim et Hildi de *Te Hongi* ou Mike et Annabel de *Spearhead,* par exemple, de se tailler un tel succès.

J'admire particulièrement les femmes du chartaire, car d'elles dépend toute l'atmosphère de la croisière. D'elles on attend toute l'utilité du parfait équipier, tous les accomplissements de la parfaite maîtresse de maison et tout le charme de la parfaite hôtesse.

En revanche, les couples qui réussissent dans le chartering ont trouvé la solution d'un problème ardu : comment vivre à bord toute l'année sous des cieux cléments tout en gagnant son pain quotidien.

Vent debout, nous partîmes le lendemain pour Westerhall et la baie du Chemin. Il faisait magnifique, mais l'alizé soufflait bon frais et il fallait tirer des bords très durs. Au large, la mer était agitée. Les embruns volaient. L'équipage, Couscous compris, souffrit incontinent du mal de mer, et le Cap n'était pas content : qu'avions-nous besoin, pour satisfaire un caprice, de quitter un mouillage bien protégé où nous ne comptions que des amis ? Mais le mousse était en proie à l'idée fixe. De loin, les détails de la côte se confondaient en un uniforme paquet de verdure, légèrement embrumé, dans lequel il était impossible de reconnaître le moindre point « conspicueux », comme disent les *Instructions.* Il le fallait cependant, car chacune des baies est défendue par des hauts-fonds et des brisants, on n'entre pas au hasard dans la première venue. En tirant un dernier bord sur la côte, nous fûmes raisonnablement sûrs que nous ne nous trompions pas et quand nous pénétrâmes dans le fjord élu, nous sûmes qu'il valait bien quelques heures de boulot.

Nous trouvons la passe et avançons vers le crochet qui forme au fond de la baie le parfait mouillage entouré de vertes collines appelé Shipping Bay. Juste avant d'y arriver, la carte marine s'envole dans un coup de vent. Ce n'est rien, je plonge après elle. Le Cap largue le youyou après moi, mais le vent le pousse comme un ballon à une allure que je ne puis soutenir. Le Cap amène la grand-voile et manœuvre pour me récupérer. Je dépose ma carte et me rejette à l'eau, munie des avirons noués ensemble. Pendant que je nage vers le canot accroché dans les palétuviers, le Cap jette l'ancre. Surtout, ne nous agitons pas : les deux autres yachts dans la baie doivent avoir l'impression que toutes ces clowneries font partie de l'arrivée normale au mouillage de tout marin chevronné. Enfin, les éléments épars se trouvent réunis et nous pouvons regarder autour de nous.

Ce ravissant petit coin est bordé par le parc résidentiel, prolongé par une épaisse brousse non domestiquée grimpant au flanc de la montagne en un riche fouillis. Une mince langue de sable éperonne le fond de la baie en formant un mouillage naturel parfaitement protégé et limpide. Bougainvillées, frangipaniers, jeunes palmiers, palétuviers garnissent les rives et en face la mer brise sur les rochers. Il fait calme et frais, on entend siffler les moqueurs et ces petits oiseaux folâtres qu'on appelle ici *banana quits*. Un ibis bleu poudre, debout dans la lagune, tend son cou onduleux. C'est l'image même de cette paix que nous sommes venus chercher. Le Sauveur est né pour la dix-neuf cent soixante-cinquième fois. Nous suivons l'étoile de mer sur la plage d'or, la forêt sent l'encens et la myrrhe, trois fruits mûrs sur un papayer sauvage font un bel arbre de Noël. Aux sons d'imaginaires musettes, nous sacrifions le poulet et massacrons une bouteille de champagne dont on nous fit présent au Maroc. Trois jours au paradis terrestre (je mélange tout).

Le lendemain, il pleuvait à verse, le vent dévalait des montagnes en beuglant, courait sur l'eau en ondes frémissantes, claquait la toile de tente. C'étaient les dernières pluies de la saison finissante.

Parenthèse :

— Bon, les dernières pluies de la saison. N'empêche qu'il a plu à seaux à la Martinique.

— C'était exceptionnel, tu t'en souviens bien : on n'avait jamais vu ça de mémoire de…

— Nous traînons certainement l'exceptionnel derrière la quille. Il a plu à la Dominique aussi, et à Nevis.

— Ce sont des nuages accrochés dans la montagne, c'est tout à fait différent. A la Dominique il pleut tout le temps. C'est local.

— Et à Saint-Thomas ?

— C'était déjà la fin de la bonne saison.

— Tout cela est difficile à expliquer. A force de nuances, on fait de la bouillie.

— Ne va surtout pas donner l'impression qu'il pleut constamment aux Antilles. Des grains tout au plus. A preuve, nous étions bruns comme des noisettes et tu n'avais que le mot soleil à la bouche, tu te retrempais dans le soleil comme une tulipe dans l'eau, on t'entendait positivement éclore. Du reste, débrouille-toi. Tu n'es pas obligée de tenir le compte exact des averses.

— C'est vrai qu'il ne fallait jamais en attendre bien longtemps la fin, et tout de suite le soleil revenait.

Visite au jardiniste-expert inventeur de Westerhall Point. Nous discutons des possibilités offertes par Grenade à qui voudrait s'y fixer. Nous avons soulevé ce lièvre dans la plupart des îles, partout on nous a donné, ou nous avons deviné, la même réponse : c'est un pays parfait pour y vivre en rentier ou en vacances, mais s'y tailler une place dans un corps de métier est plus aléatoire. Les carrières libérales sont exclues, c'est le cocotier à ne pas secouer, il est planté dans un jardin privé enclos de lois barbelées. L'hôtellerie n'est pas loin de la saturation. A moins de disposer de très gros capitaux, il est difficile de se faire une place à ce beau soleil. Ceux qui auraient le plus de chances d'y réussir, ce sont les ouvriers qualifiés : électriciens, mécaniciens, maîtres-maçons. Ces professions-là manquent de bras. Je crois cependant qu'une personne capable, qui ne boude pas le travail, trouve à s'employer presque partout et ne doit pas craindre de mourir de faim. Pour la position stable, l'avenir assuré et le rang social respectable, le problème devient plus difficile à résoudre. Notre jardiniste lui-même, avant son éclatante réussite, a dû consentir de gros sacrifices.

Nous réintégrâmes Saint-George, reçus par Norman et

Gladys de *Rêverie* comme des enfants prodigues. Ils s'étaient entre-temps accrochés au ponton de la marina, près du banc de carénage. Cette dernière commodité est assez rare aux Petites Antilles. Celui de la marina de Saint-George est fort coûteux, celui du Yacht Club en face est accueillant et pas cher, mais petit, il ne prend pas au-delà de sept à huit tonnes. Il y en a un petit à Prickly Bay. Ensuite, que je sache, il n'y en a plus jusqu'à la Martinique.

5

A l'ombre mortelle du mancenillier

Pour nous, Grenade personnifie le sud des Petites Antilles, les îles volcaniques, gonflées de sève, fragrantes et généreuses. A mesure qu'on remonte vers le nord, les îles deviennent plus plates, plus altérées, moins vertes. Ceci est un raccourci superficiel, car rien n'est plus varié que cet archipel réuni sous un seul nom, mais dont le caractère révèle à chaque étape une nouvelle facette. Grenade, notre premier enthousiasme, nous retenait de toutes ses forces : nous eûmes quelque peine à en décrocher l'ancre, solidement enfoncée dans la boue des fonds, vissée par plusieurs jours de bourrasques. Il fallut danser sur le tableau arrière pour enfin nous déhaler. Dans la petite passe, tandis qu'à grands seaux d'eau je rinçais des tonnes de glaise, nous faillîmes entrer en collision avec le canot de notre ami Robertson, que nous n'avions plus vu depuis notre rencontre à Tahiti il y a quinze ans. Cet excellent Robertson, représentant parfait de la vieille école anglaise, n'a pas cessé de naviguer entretemps, et venait d'arriver aux Antilles à bord de son *Vagabond,* ayant traversé l'Atlantique en solitaire. Pas encore à mi-chemin, il avait cassé une ferrure du mât de flèche et, poursuivant sa route sous voilure réduite, avait achevé la traversée en un temps infiniment long. Nous le reverrions plus tard à la Martinique, retrouvant avec plaisir son esprit indépendant, mais discipliné, et son inusable force de caractère.

Un moteur est aux Antilles un auxiliaire presque indispensable, j'ai le regret de le dire. Sous le vent des îles, on se trouve invariablement déventé, on mettrait des heures à les longer pour en doubler l'extrémité nord, et certains m'ont dit avoir passé vingt-quatre heures à faire trente milles en ne comptant que sur le vent. Par contre, dès qu'on se libère de la protection des montagnes, le vent accourt en furie. A hauteur de Gouyave le clapot du large commence à se faire sentir, à Little David c'est le tout grand jeu.

C'est la première traversée de notre parcours sud-nord. Nous sommes du côté caraïbe et on n'y retrouve plus la belle ampleur de l'Atlantique alizéen, mûrie sur des milliers de milles d'océans. La mer entre les îles est aussi courte, tordue, vicieuse que la Manche. Un plateau de hauts-fonds entoure ces Grenadines vers lesquelles nous allons. C'est une volée de petites îles lâchées au hasard entre Grenade et Saint-Vincent, meublant l'horizon de cônes, de tables et de diamants, pour la plupart trop peu importants ou trop inconfortables pour être habités. Un courant d'environ un nœud porte à l'ouest. La brise fraîche de N.-N.-E. nous frappe en plein nez, elle ne pourrait pas être plus debout. Constamment trempés d'embruns, nous tirons des bords assez péniblement, surpris puis indignés par l'état de la mer. Ce n'est pas de jeu, une mer pareille. Le syndicat d'initiative se garde bien de signaler cela, sauf pour se glorifier avec une ironie amusée d'un îlot nommé Kick'm Jenny. C'est le sobriquet populaire de la mule, symbolisant les ruades insensées de la mer alentour. Une autre étymologie, plus plausible parce que moins facile, tient que ce surnom bizarre serait la déformation du nom ancien « caye qui m'gêne », c'est-à-dire le caillou par excellence jeté sur les pas du marin.

Nous n'avons que l'embarras du choix pour le relais nocturne, car les mouillages possibles sont assez nombreux. N'exagérons pas : le choix est limité par la force et la direction du vent, et finalement c'est avec plaisir que nous approchons de la première île venue, Ronde, avec ses Sisters en sentinelle, rochelettes à pic laissées pour compte, dames sans chapeaux verts au visage raviné. Le paysage est vaguement sinistre, derrière la plage étroite le sol de l'île Ronde s'élève sans transition en pente raide couverte de cette végétation vigoureuse, mégalomane et un peu déprimante. Des nuages gris noircissent l'eau. Les pélicans crient et se laissent tomber lourdement sur l'eau. A la brune, les cigales se mettent à vibrer, et comme des lutins blancs, deux petites chèvres apparaissent sur la colline pour le sabbat.

Tôt le matin nous étions déjà en route, Kick'm Jenny butée reculait par tribord arrière, et Ronde, elle vécut ce que vivent... Oh là ! oh là ! ne nous emballons pas.

Autant dire tout de suite que nos Antilles particulières, toutes vues de la mer, atteintes par la mer, furent avant tout forme et couleur. Ne vous attendez pas que j'épuise le sujet, il en restera pour les voyageurs à venir. Le profil historique sera squelettique, les considérations politiques lapidaires. Pour l'énumération complète des monuments, des atouts économiques et des hôtels tout confort, on se référera à quelque bon manuel, il n'en manque pas, et l'*Encyclopaedia Britannica* vous livrera une liste complète de la faune et de la flore. Alors, que suis-je à vous raconter ? Le voyage de *Hierro* et de deux amphibies qui ont toujours une patte sur mer et une patte sur terre et grâce à cela voient tout de travers.

C'était le dernier jour de l'an. Pris déjà par la nonchalance îlienne et vacancière, pour laquelle nous sommes très doués, nous n'avions rien prévu pour un réveillon qui aurait tant soit peu de tenue. Nous aviserions en arrivant à Carriacou. Un nom qui roule des syllabes aussi inédites ne peut que promettre des réveillons exceptionnels. En attendant, le vent soufflait comme cent mille diables, la mer bouillonnait dans les passavants. Trempés d'eau salée, séchés par le soleil, nos corps nus se couvraient d'une couche de sel comme anchois en saumure. Nous tirions un grand bord côté pleine mer en faisant semblant de ne pas vouloir du tout aller à Carriacou. La tactique à suivre dans la partie sud des Antilles est d'exploiter l'effet de surprise. Tout conspire à vous éloigner du but : vent, courant, dérive, clapot. Il faut dépasser bien au large l'île de son choix, en levant le nez dédaigneusement pour donner le change, virer subitement lof pour lof et revenir dessus en attaque éclair avant qu'elle ait eu le temps d'organiser la défense. C'est ainsi que nous prîmes Carriacou, le 31 décembre en fin d'après-midi.

Son nom est d'origine caraïbe, ou peut-être arawak, et il est dommage qu'il ne reste pas plus de ces vestiges autochtones, ils vous ont une toute autre allure que Hillsborough ou Harvey Vale. Toutefois, un des sommets de Carriacou s'appelle Chapeau-Carré, ce qui est bien consolant.

Nous négligeons le mouillage principal pour mouiller à Tyrrell Bay parmi les goélettes du cabotage local, peintes en rouge vif sur mer turquoise et fond de palétuviers vert pomme, couleurs primaires en pleine pâte auxquelles un soleil effréné donne une luminosité à les faire crever en trente-six étoiles. Couscous, qui a une dent contre le vent debout, sort de quelque cachette connue de lui seul. Il a trouvé dans *Hierro* des doubles-fonds à ressort et des tiroirs secrets que l'architecte jure n'avoir jamais conçus. Hiératique, il suit d'un œil attentif et féroce le vol des pélicans, les bonds des petits poissons. On voit le sable blanc et pur par deux brasses de fond.

S'amènent quelques négrillons étalant dans leur canot leur fond de commerce : une tortue de mer, une cigale, des poissons, une énorme langouste. En échange de 2 dollars antillais et 75 centimes nous nous rendons propriétaires d'un dîner de réveillon et envoyons nos mareyeurs nous chercher ces petits citrons verts sans lesquels on ne peut apprécier la vraie saveur de la vie. C'est l'ingrédient indispensable du vrai, du bon, du divin punch. Le dosage du punch est affaire strictement personnelle, mais sans citron vert il n'est jamais qu'un pis-aller, et le punch ne s'accommode pas d'une manière de grosso modo. Anxieux de mener à bien nos chères études, il n'est pour nous apéritif que de punch, c'est la gaieté dans les verres. Ce style publicitaire me vient spontanément sous la plume et le punch a produit bien d'autres phénomènes : il est capable de tout. En se forçant à peine on expliquerait l'histoire des Antilles par le punch.

Il ne manque au menu que des huîtres. Qu'à cela ne tienne, nous irons en cueillir. Nous nous adjoignons un jeune homme en réglisse armé d'un coutelas et ramons vers le carénage, où les goélettes inclinées, bonnes bêtes, offrent leur ventre à gratter. Une passe exiguë livre passage à un lagon et le premier tournant à droite nous mène vers le parfait *hurricane hole*. Le « trou à ouragan », très demandé pendant la mauvaise saison, est un mouillage intérieur naturel, profond, parfaitement abrité, à peu près sûr par tous les temps. Il n'y a pas beaucoup de trous à ouragans aussi parfaits que celui de Carriacou. Il est entouré de palétuviers dont les racines en faisceaux, tipis aquatiques, sont couvertes d'huîtres arboricoles, bivalves plats d'une couleur boueuse. Notre noir adolescent disparaît dans la forêt de racines en sifflant comme un chachalaca et nous les jette par paquets, le youyou déborde. Au retour, il nous tient des discours décousus auxquels nous ne comprenons goutte. Les indigènes croient qu'il parle anglais. Erreur : c'est un langage épais et dialectal qui rend les conversations laborieuses. Dans cette bouillie, il surnage que cet heureux jeune homme a refusé tout net d'aller s'éduquer au lycée parce qu'il préfère la mer, et qu'il est matelot à bord d'une goélette. Il nous demande, l'air futé : « Vous naviguez au compas ou avec une carte ? — Les deux », dit le Cap, surpris. « Eh bien, mon capitaine à moi, il navigue rien qu'avec une carte », annonce le fin matelot, avec une nuance de mépris à notre adresse.

Dîner de luxe : punch, huîtres, langouste-mayonnaise, champagne. Les huîtres se révèlent décevantes, on se lasse vite, malgré force poivre et citron, de leur goût vaseux. Nous ne terminerons même pas nos trois douzaines et Couscous lui-même les flaire d'un nez prudent, mais nous nous rattrapons tous les trois sur la langouste.

Toute la nuit, la gent carriacoute crie, danse et chante pour accueillir l'an neuf, aux sons discordants mais rythmés du *steel band*, le seul gratuit et spontané du voyage. Il s'est logé dans l'autobus vicinal, on l'entend venir de loin, longeant la route côtière, bourré de natifs fort gais, bras et jambes sortant par les fenêtres. Le chauffeur conduit avec un superbe abandon auquel le rhum n'est certainement pas étranger. Tandis que, en guise de bain matinal, je brossais notre hélice rugueuse de bernacles, je songeais que si nous voulions visiter Carriacou, il y avait peu de chances que les autobus aujourd'hui respectassent leur horaire.

Notre belle solitude fut troublée par l'arrivée du yacht américain *Copacetic,* un petit comique dans notre genre qui ne fait pas de chartering et navigue pour son plaisir. Ce couple d'Américains gentil et calme, nous l'avons déjà rencontré à Grenade et nous sympathisons. On a beau essayer de généraliser, « les Américains », cela n'existe pas, sauf quand ils voyagent en troupeau. Le Yankee pris séparément, avec un peu de sel, est très comestible, et même on ne peut pas s'empêcher de l'aimer, tant il est cordial. Nous avons parfois quelque peine à établir le contact, nos cerveaux cheminent par des chenaux différents. Ils ont parfois quelque chose d'étrange mais aussi mainte qualité aimable. Fasse le ciel qu'ils pensent la même chose de nous.

Le Cap voulut honorer le premier jour de l'an en se donnant congé. Je me trouvai assez d'énergie pour suivre les *Copacetic* dans leur expédition à terre. L'unique taxi pratique des prix d'une rare fantaisie. L'autobus est en goguette. Nous partons donc à pied d'un bon pas, à la découverte des principales caractéristiques de Carriacou.

On oublie, quand on lit un livre sur les Antilles, que le commun des mortels s'y rend en avion ou en paquebot, loge à l'hôtel et se déplace en auto, et on s'étonne de se trouver en désaccord avec les plus illustres reporters et voyageurs, de découvrir dans leurs écrits tellement de routes en tarmac, de moustiques, de barmen, de boîtes de nuit, de sous-préfets, et si peu de plages, de récifs et de cocotiers. Les petits bateaux, et c'est pourquoi ils font bande à part, voient leurs Antilles autrement. On ne saura jamais lesquelles sont les vraies. Du reste, ça m'est égal. Mais j'estime que des terres aussi entourées d'eau, aussi pénétrées de mer, doivent s'envisager par l'extérieur. La mer les définit et les explique.

L'approche par l'extérieur, singulièrement, met en contact direct avec les sites et les populations, sans intermédiaires plus ou moins intéressés. C'est à pied qu'on voit du pays. On n'en voit qu'une partie, mais on la voit bien. Il vous pénètre de partout et se décante en transpiration. Le touriste motorisé recueille-t-il dans le creux de la main la graine éclatée, duveteuse, de ce cotonnier de qualité supérieure que seule cultive encore Carriacou ? A-t-il fait le tour, avant d'y entrer, de ces maisons carmin et brique, festonnées de boiseries à plumetis peintes en blanc ? Style bord de mer 1920, on dirait des gâteaux garnis de papier-dentelle. Carriacou en prend une mine riante et surannée. Moins boisées que Grenade, ses collines montrent un visage plus ouvert. La population est engageante, bavarde même. Il est vrai que les neuf dixièmes des hommes sont aujourd'hui sinon ivres morts, du moins sensiblement éméchés, les apostrophes, les bonjours, les vœux pleuvent de tous côtés, nous avançons en saluant comme saint Nicolas et sa suite.

La route monte, découvrant des échappées sur le large. Des îles partout. On ne peut pas se retourner brusquement sans en voir une nouvelle, surgie entre deux eucalyptus. Derrière son magnifique mouillage naturel, Hillsborough est le modèle de ces veules petits ports coloniaux strictement utilitaires, une verrue sur le nez de Carriacou, infiniment inférieur à la poignée de maisons ombragées de manguiers qui forment, autour d'une épicerie à terrasse de bois, le Tout-Tyrrell inconscient et pas très organisé. Nous y retournons en boitillant, la science d'un pays pénètre par les pieds.

A l'ombre d'un acacia, au bord de la plage, l'omniprésente bouteille de coca à la main, quelques naturels se reposent de leurs fatigues. Nous voyant rentrer d'excursion :

— Tu aimes Carriacou ? me demande un grand brun dégingandé.

— Mais bien sûr. Vous avez tous bien de la chance d'y vivre.

— Ah oui, ah oui, mais… (avec l'expression « on dit ça… »). Tu viens des States ?

— Non, je viens d'Europe. Et dans mon pays, il pleut, il fait froid, il n'y a presque pas de soleil.

— Ah oui, ah oui.

Il réfléchit activement. Il trouve.

— Mais dans ton pays, on fait des petits feux brûlants comme du poivre rouge !

Ce n'est certes pas pour rien qu'on appelle cette partie des Petites Antilles les îles du Vent (Windward Islands). Tapant dans la mer, *Hierro* repart en faisant fuser l'eau, et le soleil y met chaque fois un petit arc-en-ciel. Nous laissons là Prune Island, et nous avons tort, car nous en entendrons beaucoup parler bientôt. Tout alentour, la mer est semée de petites îles comme pâquerettes au pré, aux noms parfois pittoresques, Saline, Frégate ou Jack Adam, et Petite Martinique parce qu'on y a trouvé exactement la même race de serpents que dans la grande île du même nom. Voici Union Island, une merveille du genre, et Ashton Bay est une merveille dans la merveille, déserte à souhait. « Il n'y a pas un chat ici », dit le Cap tout joyeux, oubliant Couscous. Non seulement il n'y a pas un chat, mais pas un homme, pas une maison, pas une hutte, pas une pirogue, rien qu'un grand silence bruissant de feuilles. De quoi s'amuser inépuisablement. L'eau tiède est de plusieurs bleus et verts indécis, dégradés, transparents comme une gelée, la baie est galonnée de plages blanches, une verdure championne escalade la montagne, des grottes capricieuses et des récifs rocheux appellent l'exploration. Les rafales tombent sec des sommets et s'épuisent au large, inoffensives, car les fonds de sable nous retiennent d'une griffe solide. Prenant pied sur la plage brûlante, nous nous sentons remis à neuf, les muscles libres, la cervelle ventilée. Pour que nous enchante ainsi la moindre découverte de bois mort et la trace menue du rat des champs, il faut vraiment que nous ayons fait le vide intellectuel, retrouvé une innocence animale.

Nous fûmes chassés de cet éden par un malentendu en forme de pomme. Atterrissant, ravie, sur la plage après avoir un peu butiné les fonds, j'avise un des jolis arbustes à feuilles rondes si nombreux le long de la grève. Ils ont un air popote et bien nourri tout à fait rassurant. « Tiens, des goyaviers ! Voilà une goyave mûre, Louis ! » Je cueille, suivant l'antique tradition, et offre à Adam le joli fruit jaune, rond et lisse. Il y goûte docilement, je mange le reste. Je lui trouve une saveur intéressante et rêve déjà de confitures. Aussitôt après, nos entrailles prennent feu. Une brûlure intolérable envahit la bouche, la gorge, l'estomac. C'est comme si nous avions mangé du poivre de Cayenne pur à grandes cuillerées. Il est difficile de feindre longtemps l'indifférence devant ces ardeurs infernales, il faut rentrer à bord de toute urgence, boire des bols de lait chaud, vomir abominablement. Tout notre système digestif, d'un bout à l'autre, clame sa révolte. Impossible de se le cacher : nous avons mangé le fruit empoisonné du mancenillier, l'arbre qui tue. Plus question de confitures. Une indescriptible sensation de dégoût nous détournait de tout ce qui se mange. L'intérieur de ma bouche pela en larges peaux blanchâtres. Cela dura plusieurs jours.

Le mancenillier est fort redouté eu égard à ses propriétés vénéneuses. Le seul contact de son latex produit des ulcères et s'il faut en croire la légende, son ombre même serait mortelle. Bref, cette remarquable sottise aurait dû nous tuer, elle épouvanta tous ceux auxquels nous osâmes la conter, mais ils se montrèrent assez déçus. Une fois de plus, nous avions failli aux normes les plus répandues, et c'est tout juste s'il ne fallut pas s'excuser de n'avoir point péri.

Encore flageolants, frugalement nourris de lait et de miel, nous quittâmes le lendemain ce paradis dangereux, pour peiner vent debout, bien entendu, en direction de Tobago Cays. Le nord-nord-est souffle vraiment pleins gaz en cette saison, soulevant entre les îles une mer insultante. Des grains s'annonçaient, le Cap tourna deux tours de rouleau dans la grand-voile. Après avoir longé l'île de Mayero et après l'avoir largement dépassée, suivant les directives d'une bonne stratégie, nous virâmes de bord pour tirer sur ces Tobago Cays réputés pour leur beauté analogue à celle des îles du Pacifique sud. *Cays*, en français caye, est le nom local pour un récif émergé. Le mouillage, atteint par une passe entre les pâtés de corail, se trouve dans un couloir entre deux petites îles, dont l'autre extrémité est entièrement barrée par un récif de brisants qui le protège de la haute mer. Il ne fait pas bon y entrer la nuit. De toute façon, dans les Petites Antilles semées d'obstacles et parcimonieusement balisées il est de bonne politique de ne jamais entrer de nuit nulle part, sauf si on les connaît de longue date. Cela n'est pas difficile, rares sont les traversées qu'on ne peut pas faire en un jour, et les escales possibles sont nombreuses.

Le couloir étincelle, le vent s'y engouffre violemment, courbe les cocotiers, rebrousse la mer. Tout vibre et scintille d'un de ces bleus qui résonnent comme un gong.

Ce vent brutal que la nuit n'apaise pas ne laisse pas d'être assez éprouvant pour nos nerfs ébranlés par la consommation du fruit défendu, et la beauté vraiment merveilleuse de cet endroit ne fait qu'accentuer une impression de désincarnation. Nous ne savons plus si nous sommes de simples limaçons des mers cabotant d'île en île, ou des espèces de Münchhausen lancés à toute vitesse dans les airs. De toute façon, le contact des funambulesques Antilles doit nous faire perdre la boule et nous conférer une légèreté qui confine à l'incurie, car, chose tout à fait nouvelle dans notre carrière de navigateurs, nous avons péché par négligence : nous arrivons avec un réservoir d'eau vide mouiller entre deux îles désertes, charmantes mais sèches.

Aussi lorsque, vers le soir, un quarteron de charter yachts vient mouiller pour la nuit dans ce relais n° 1 de leur programme, faut-il aller l'oreille basse mendier un peu d'eau douce à ces ploutocrates. Et non sans peine, car le hors-bord a été noyé dans le clapot, et la brise fait à peu près ce qu'elle veut de notre léger youyou pneumatique. Le vent a entre-temps atteint la côte tempête, de temps à autre un grain balaye le corridor, entravant les opérations touristiques. Nous avons, vu notre état de santé, visité assez rapidement les terres inhabitées et décidons de consacrer vingt-quatre heures aux travaux d'entretien. Le coup de l'eau douce a déclenché une saine réaction. Nous déroulons nos soixante-dix mètres de chaîne d'ancre pour enlever les nœuds, nous graissons les poulies, le guindeau, l'enrouleur de bôme. Nous nettoyons la radio qui s'est légèrement corrodée, nous lavons le foc, nous vérifions chaque mousqueton, nous lubrifions les charnières des hublots (tous ouvrants), nous vérifions le niveau de la batterie, nous… Il y a décidément toujours quelque chose à faire à bord d'un bateau et je ne comprends pas les gens que cette vie ennuie.

Au matin suivant la brise fulmine force 6 dans les gréements. Malgré quoi tous les yachts s'en vont, car la plupart, les veinards, descendent sur Grenade, sauf *Flica,* un rapide 12 mètres J. I. transformé en ketch, dont nous voyons l'élégante coque rouge filer, penchée, entre deux récifs par une passe confidentielle que nous n'osons emprunter à sa suite, car nous n'avons pas leur connaissance de la géographie sous-marine locale. Nous ferons le grand tour par l'extérieur de tous les pâtés. Nous évitons aussi Cannouan, très proche et très mignonne, dont le mouillage n'est pas sûr, pour aller aussi directement que possible vers Bequia, à 25 milles droit dans le vent. Dure étape. Tenue de rigueur : maillot de bain et veste de ciré à capuchon. Les embruns fouettent, le pont est sous l'eau. Nous n'aimons pas trop réduire la voilure, car il faut quand même qu'on avance, et nous sommes fort encouragés de voir comme nous progressons bien, malgré une mer « carrée » qui nous conteste chaque mètre. Les fonds passent ici sans transition de quelques brasses à 1 000 mètres, on imagine ce que cela peut donner à la surface. De temps à autre un grain lâche quelques mètres cubes de cette eau douce qui nous manquait avant hier, l'un d'eux si intense qu'il faut baisser le foc en toute hâte et mettre à la cape pendant une demi-heure pour le laisser passer. La pluie hérisse chaque poil de notre peau cuite. Les Antilles ne se cueillent décidément pas comme des fleurs dans un jardin.

Cannouan a défilé à fond de train, un éventail de petites îles se déploie à l'est, je fais ma quotidienne moisson de noms amusants : Mustique (non, pas Moustique) et Petit Mustique, Pillories, Battowia, All Awash (ça ne m'étonne pas) et Baliceaux, qui est une déformation de Beaux Oiseaux. D'un grain dans l'autre, nous tirons nos bords pour entrer dans l'immense Admiralty Bay de Bequia. Yachts et goélettes de travail se mêlent agréablement devant Port Elisabeth, un grand nom pour un petit village. *Flica* est là depuis belle lurette. *Te Hongi* entre juste après nous et mouille à nos côtés avec une précision décontractée qui force l'admiration. Car cette goélette assez grande n'a pour tout équipage que Jim et Hildi. Question manœuvre, les passagers comptent pour rien, on aime mieux qu'ils ne s'en mêlent pas.

Bequia (prononcez Békoui) est la plus antillaise, la plus grenadine, la plus miraculeusement respectée des Petites Antilles, celle qu'on aimerait serrer sur son cœur et garder pour soi tout seul. L'île qui fait sourire quand on y pense. Elle a un côté naïf, un peu comique, je serais bien en peine d'expliquer pourquoi. Elle est placide et sans détours. Amateurs de noubas et de confort air conditionné s'abstenir.

C'est un des rares endroits où nous avons eu quelque contact direct avec les résidents, pourtant un des privilèges du voyage en petit voilier. Tant de yachts besognent maintenant parmi les Antilles que plus personne ne s'en soucie, ils font partie du paysage, on ne se dérange pour eux que s'il y a quelques dollars à en traire. Ils forment un petit monde à part, et même l'oiseau rare qui s'y trouve temporairement mêlé leur est assimilé. Que l'on soit un hauturier de passage, émerveillé et timide, ou une luxueuse goélette de location creusant toujours le même sillon entre Grenade et Antigua, pour les îliens, c'est kif-kif, tous dans le même panier. On garde ses distances.

A Bequia, ne m'en demandez pas la raison, c'était différent. Peut-être parce que, gagnés par sa grâce rustique, nous y sommes restés assez longtemps, parcourant à pied ses chemins escarpés semés d'ombres indigo. Dès qu'on quitte le bord de mer, tout de suite la montagne s'élance, chaque pouce de terre couvert d'essences de toute sorte, de buissons en floraison continue, de plantes méconnaissables, dominées par le palmier qui tend au-dessus de la foule végétale une tête chercheuse, dressée pour voir la mer. Malgré sa formation montagneuse, il y a peu de sources à Bequia, mais il y pleut parfois, l'eau ne manque pas, ni le suc, ni la sève.

Notre entrée officielle se fait par la double porte du poste de police où, tout en remplissant un petit papier, le Cap s'enquiert auprès d'un officier du guet, luisant comme une toile cirée noire, où l'on peut s'approvisionner en eau douce. « Je vais vous en donner », dit-il, magnanime, et emmène personnellement le Cap et son bidon dans la salle de bains. Impossible d'introduire le jerrican sous le robinet du lavabo. Reste une douche pas très généreuse. Aidé par les forces policières, Louis passera là un très long moment à remplir laborieusement des tasses d'eau et à les vider dans le bidon. Pendant ce temps, j'entre à la poste, deux comptoirs de bois blanc surmontés d'une cage à poules et ornés d'un portrait de Mgr Makarios, l'air étonné de se trouver là. Je ne puis résister au plaisir de transcrire textuellement une affichette qui, en termes officiels, exprime admirablement le ton bon enfant de la vie quotidienne à Bequia. Cette notice invite les membres du public « à témoigner de considération en s'adressant aux fonctionnaires pour demander leurs Lettres et Colis. La Pratique en usage qui consiste à les héler par leur Prénom est insatisfaisante, il serait fort apprécié que cette Habitude soit discontinuée ».

Là-dessus entre une bonne grosse fille hilare criant à la cantonade : « Ho, Charlie, donne-moi vite deux timbres pour écrire à tante Agathe ! » Et Charlie s'exécute avec un bon sourire.

Qu'on aime beaucoup une île, ou un peu moins, dépend d'un tas de petits faits de ce genre, et c'est toujours sans doute un hasard. On ne peut passer un an à chaque escale pour s'imprégner de tous ses aspects et corriger les premières erreurs. J'aime à croire à la métempsycose, car on n'a nettement pas assez d'une seule vie pour voir tout ce qu'il y a à voir. La disproportion entre le temps qui nous est accordé et l'appétit d'apprendre qui naît avec nous est trop flagrante pour que l'au-delà n'y portât point remède. Rendez-vous dans mille ans pour étudier, s'il y a lieu, le revers de la médaille béquiarde. Nous n'en avons vu que la très accorte face. Cette face est ronde et rebondie, souriante et couleur olive comme celle de l'épicière qui vous sert le sucre et la farine en puisant à même les gros sacs de jute, comme au temps du pain à un sou. Quand je dis olive, je fais la moyenne. Le teint des habitants de Bequia va du rose hâlé (à tribord, sur Pleasant Hill) au noir cœur d'ébène (de l'autre côté de la baie), avec mille gradations intermédiaires. Des enfants blonds aux yeux bleus et des enfants en chocolat jouent ensemble dans la poussière très fraternellement. Le mépris n'apparaît qu'avec l'âge. Devenus grands, ils développent un complexe de supériorité gradué, un noir trouvant toujours un plus noir qu'il écrase de son dédain. C'est pure question de nuance. On en arrive à cette situation comique, qu'il y a moins de discrimination d'Antillais à Européen que de nègre cacao à nègre caramel. S'il reste dans tout cela quelque trace de Caraïbe, elle est bien dissimulée. Sur ce point, très peu d'îles ont livré leur secret. Il semble y avoir aussi à Bequia une évidente influence portugaise. Bref, le moins qu'on puisse dire, c'est qu'ils sont un peu mêlés.

Ayant planté notre tente bien au milieu du mouillage, nous sommes très bien placés pour observer le trafic maritime et le port en éventail sur l'arrondi de la baie, avec son caractère un peu XIXe, ses égouts de pierre, le mail sous les amandiers où l'on travaille et l'on cause. A la petite jetée de bois s'amarrent les goélettes locales. On voit entrer et sortir quotidiennement le voilier de la banque transportant les avoirs, spectacle propice au réveil de nos vieux instincts de pirates, et la vedette qui apporte de Saint-Vincent le pain et le courrier, que nous appelons la porteuse de pain. Il n'y a pas de boulanger à Bequia. Mais il y a un boucher, un drôle de métis à peau rose vif. Tous les samedis il débite une bête et se retire avec elle dans une cabane sur le quai, à l'abri d'un épais grillage guicheté qui le protège des clientes. Les ménagères, chacune brandissant une assiette d'aluminium, se bousculent et se chamaillent autour des guichets comme chiens autour d'un os, pendant que le boucher impavide, et d'ailleurs hors d'atteinte, détache à la machette les morceaux de viande, sourd aux cris, aux récriminations et aux supplications, et les dépose impartialement dans les assiettes tendues. On prend ce qui tombe sous la hache. Ce boucher n'est pas une brute, comme on pourrait le penser. On le voit un peu plus tard participer avec une rare délicatesse de toucher à la confection d'un nouveau mât de goélette. Il est aussi le meilleur voilier de l'île, c'est lui qui recoupera notre trinquette trop creuse, fort habilement. Tout cela se passe sur la plage. C'est comme si nous étions au spectacle.

Il y a aussi une église sur la plage, grise, trapue, avec un campanile. Le dimanche dès 7 heures du matin un tintement campagnard appelle aux dévotions les paroissiennes enrubannées, empaquetées dans l'organdi mauve et rose, chapeautées de tulle, gantées de blanc, mousseuses de ruches et de volants comme des pralines dans un emballage de luxe. Les hymnes flottent sur l'alizé, mêlés au chant du coq, au bêlement des chèvres, au braiment d'un âne entravé sur la colline, dans un de ces jardinets inclinés qui semblent devoir glisser à tout moment en bas de la pente. Ces champs, ces basses-cours à 30° de gîte, on les voit sans perspective, comme les enluminures des *Très Riches Heures*.

Parmi les canots négligemment tirés sur le sable, les jeunes gens devisent, les enfants jouent et dansent le ventre en avant, toujours à moitié dans l'eau, leurs petites mains toujours prêtes à tirer ou pousser notre canot pneumatique dont le rebondi les enchante. Deux petites filles avec d'immenses yeux de velours et des cheveux crépus serrés en cent petites tresses raides, expriment le désir de visiter *Hierro*. Très à l'aise, elles furètent partout, font un sort à ce qui reste de limonade, demandent à faire pipi, écrivent laborieusement leur nom dans le livre de bord. La plus noire s'appelle Ingrid, l'autre Léonetta, méfaits de la littérature à un shilling. Leur anglais est fortement accentué, cela ne nous empêche pas de tirer les uns des autres une surprenante quantité d'informations, car elles sont aussi curieuses de nous que nous d'elles. Un peu plus tard, elles nous attendent sur la plage avec un fardeau d'oranges, de citrons, de fruits de l'arbre à pain et de pastèques. C'est un cadeau de pure bienveillance.

Comme la plupart des îles, Bequia ne produit fruits et légumes que pour ses besoins personnels, en circuit fermé. Le marché est si pauvre que ce n'est pas la peine d'y aller. Les charter yachts se fournissent chez McIntosh. C'est un Écossais à la barbiche en pointe, installé avec sa femme depuis vingt-cinq ans dans une plantation de l'autre côté de la montagne. Nous y fûmes. Ce couple qui respire la joie de vivre est, malgré son aspect infiniment calédonien, né aux Antilles. Ils font prospérer deux cents acres de terrain, cent trente-cinq poules, une cocoteraie dont ils exportent le coprah, un potager, un verger. Ils fournissent en denrées un peu Port-Elisabeth, beaucoup les yachts de passage, et organisent pour les « clients » des barbecues. Ils sont connus comme le loup blanc. De chez eux, on ne voit la mer que de loin, en cherchant bien, et soudain nous nous croyons revenus dans une de ces fermes résidentielles du Kenya. Même confort anglais, même mélange de vieux meubles importés et de matériau local astucieusement employé. Sydney McIntosh, actif et plein de savoir-faire, n'est pas seulement cultivateur. C'est un photographe remarquable et un archéologue amateur. Sa collection de pièces caraïbes déterrées au hasard de ses pérégrinations est la plus intéressante de la région. Une fois de plus, il a réussi ce tour de force britannique de s'assimiler entièrement le pays sans se laisser du tout assimiler par lui. C'est l'Afrique coloniale, moins les bêtes sauvages.

En fait d'animaux non domestiqués, il n'y a à Bequia que deux sortes de serpents non venimeux, des opossums, des iguanes, des rats, quelques variétés d'oiseaux dont les ramiers, en saison. Dans la presque totalité des Antilles, la mangouste jadis importée pour combattre les serpents a disparu. On s'est rendu compte qu'elle mangeait autre chose que du serpent, notamment la canne à sucre.

Dans le patio, nous dégustons la variété de punch de la

maison, assis sur des vertèbres de baleine déguisées en tabourets. Car on pêche la baleine à Bequia, ou plutôt le cachalot, à raison de trois ou quatre bêtes par an, pêche modeste suffisant à entretenir une petite industrie concentrée autour de Friendship Bay. On y construit aussi des baleinières, car les Béquiens sont d'habiles charpentiers.

Par l'odeur alléchés, nous gravissons en transpirant Mount Pleasant qui nous sépare de Friendship Bay. Nous nous méfions des taxis et des guides, même bénévoles, soucieux à la fois de notre liberté et de nos sous, et si cette méthode nous a fait, sans doute, manquer quelques sites recommandés, nous y avons gagné l'indépendance de nos mouvements et la joie des surprises. Un guide patenté nous eût mené tout droit au grand hôtel chic et désert, et nous aurions raté le bar *La Pompe* dont l'enseigne nous ravit. La mer à Friendship Bay est belle et agitée, se recourbe en rouleaux sur une courte grève où l'on construit des bateaux selon une technique lente, ancienne et éprouvée. Un sémaphore, une tour de guet attendent la problématique baleine. Assis au bord de la falaise, nous absorbons une vue superbe sur les îles Quatre, Battowia, Baliceaux, sur lesquelles passent les ombres de nuages académiquement parfaits. Nous devisons, tentant de nous représenter ce que doit être la vie dans une de ces maisonnettes banalement carrées, face au vent, entourées d'une haie d'hibiscus, ombragées de citronniers, dans un perpétuel été. Une vie se refermant sur elle-même comme un basset qui court après sa queue. Il en est, qui ne sont pas nés à Bequia, qui s'en accommodent très bien. Non loin d'ici, un couple américain s'est creusé dans le roc, au bord de la mer à l'entrée de la baie, une habitation baroque, mi-rocher volcanique mi-ciment, comme faite pour la hantise de bêtes marines cauteleuses et froides, et en réalité bourgeoisement confortable. Un autre Américain, le sieur Lulley, a installé, voici une pièce de seize ans, son génie commercial sur un des plus beaux promontoires de l'île. Sur cet épi prometteur de paysages, d'air pur et de liberté, il a installé sa maison et une boutique bien fournie d'articles de pêche et de marine. C'est à un bon mille de grimpée du village. Il s'est dit que s'il ne va pas au client, le client viendra à lui, et il ne s'est pas trompé. Rare est le visiteur qui n'a pas besoin d'une manille, d'un grappin, d'une longueur de cordage ou d'appeau pour la pêche. Pas bête, Mr Lulley s'est adjoint un réfrigérateur et un choix de boissons rafraîchissantes, car les pratiques arrivent la langue pendante. Il s'est aussi fait expert en rhum, terrain sur lequel nous le suivons bien ; son salon de dégustation, c'est 2 m^2 de terrasse rafraîchis par la brise du large. Il se fait envoyer, lorsque cela lui paraît rentable, des fûts de vins de France et de Portugal, les élie et les vend. Il a installé une bibliothèque tournante. Il rend service comme gréeur, fait des épissures, conseille les pêcheurs. Baratineur comme pas un, il tient sa partie dans n'importe quelle conversation et est au courant de tout. Il a trouvé sa voie et plus rien ne saurait extirper d'un bonheur à sa mesure cet homme tranquille mais hypersociable. Il est irrésistible. Nous lui achetons sans presque nous en apercevoir une foëne à trois pointes, ce même trident au moyen duquel j'ai raté par la suite maint poisson et une langouste.

A l'hôtel de Port-Elisabeth, banale succursale du *Sunny Caribbee,* nous préférons, pour la douche et le punch, Mitchell, qui a pignon sur quai, mulâtre capitaine de goélette en retraite, hospitalier, très renseigné, pas chic, mais directement issu du terroir. Bequia, en somme, c'est la province grenadine, enfermée dans ses petites habitudes et se souciant des allées et venues des étrangers comme d'une mangue de l'année dernière. Mais c'est une province entièrement tournée vers la mer, où tout le monde est un peu pêcheur, beaucoup marin, s'intéressant aux *vrais* bateaux (par opposition aux yachts). Avec l'aide indigène, un jeune Allemand qui a élu de vivre aux Antilles s'est construit sur place un petit bateau baptisé *Plumbelly* par ses ouvriers.

Les Antillais aiment beaucoup le sobriquet et ne sont pas dénués de sens de l'humour. L'Allemand Claus est très populaire dans le quartier. On ne sait pas très bien ce qu'il y fait, toujours à trafiquer entre la terre et son bateau, un peu guide, un peu chartaire malgré l'absence d'un moteur, un peu placier en terrains. Il se débrouille. Il est jeune, adroit, barbu, avec des yeux très bleus et un sourire Colgate. On a l'impression qu'il est heureux et ne cherche pas à faire fortune. La vie lui plaît beaucoup, telle qu'il se l'est faite, creusant son trou à l'endroit qui lui agrée. Étant donné qu'à Bequia comme partout l'ambition de toute jeune fille est d'épouser une peau plus claire que la sienne, Claus est très demandé et, en fait, je crois qu'il vit comme coq en pâte.

A bord de *Te Hongi,* on s'occupait surtout des passagers, mais comme nous ne constituons pas une concurrence, nous ne sommes pas tenus à l'écart et nous apprenons à mieux comprendre encore, et admirer, le boulot que Jim et Hildi accomplissent si allègrement. Un soir, nous fûmes invités à l'apéritif, manière du bord : rhum et jus de passiflore, exquis et producteur d'euphorie. Je cassai un verre, comme d'habitude. Ce ne fut pas la seule bêtise de cette nuit mémorable. Rentrés à bord, nous fîmes bombance d'une queue de langouste, et le Cap s'endormit illico. Mais parmi les nuages naviguait une lune pleine et immense, déversant sur l'eau un frétillement argenté et sur mon âme une exaltation poétique et tropicale. J'eus envie de faire un petit tour en canot. Je ramai dans la nuit et commis un poème d'une parfaite niaiserie. En remontant à bord, l'amarre du canot m'échappa des mains et je le vis partir à la dérive, poussé par de puissantes rafales. Prise de panique, je plongeai dans le vain espoir de le rattraper à la nage, perdis un temps précieux à me rendre compte que c'était impossible, revins bredouille, épuisée, sanglotante, le cerveau tout à fait hors d'usage et persuadée d'avoir perdu notre youyou à jamais. Réveillé, le Cap prit l'affaire dans ses mains énergiques, sans m'accabler de compliments. L'ancre fut à bord en un temps record, le moteur mis en marche, une demi-heure plus tard nous retrouvions l'enfant perdu qui se dirigeait tranquillement vers la pleine mer, au clair de lune.

Après l'affaire du mancenillier, je ne risquais définitivement pas d'avoir trop bonne opinion de moi-même.

Le Cap souffrait, (il en souffrit tout le long du voyage), d'une variété fort désagréable d'eczéma dans les oreilles. C'est protégé par un bandeau qui lui donnait l'air d'un guerrier comanche qu'il donna le signal du départ. Bequia, nous y serions bien restés quelques mois, dans la quiétude et la gaieté d'une île sans prétentions, mais d'autres cocotiers nous attendaient le long de nouvelles plages, toutes pareilles et toutes différentes. Les grains s'en étaient allés sévir ailleurs, il faisait un temps superbe, avec nordé bon frais et mer maniable. Les sept milles qui nous séparaient de Saint-Vincent, nous les fîmes cette fois d'un seul bord, la lisse sous le vent au ras de l'eau. La trinquette, grâce aux bons offices du boucher, s'établissait mieux. C'était de la très jolie navigation.

6

Ronde, profonde, parfaite, Cumberland Bay…

Avec Bequia, nous quittons les Grenadines au nom acidulé. L'étape suivante est Saint-Vincent.

Pour y être reçu, il faut d'abord s'amarrer devant son port principal, Kingstown. Qui ne connaît que Kingstown n'a rien vu. Il n'a vu que ce que voient les passagers du paquebot qui s'amarre brièvement à la jetée : des hangars, la cimenteuse nudité qui caractérise les installations portuaires, un *steel band* quémandeur qui sévit dans une barque, et une petit ville cynique qui n'a pas le temps de faire du charme. Il faut qu'elle tire du touriste le maximum en un minimum de temps, allez, circulez, le premier bar est au fond à droite. Cathédrale fin XIXe, jardin botanique, usine cotonnière, fort Charlotte. N'oubliez pas la Barclay's Bank. Magasin à rayons multiples réputé dans les îles. La meilleure vue se voit du mont Saint-André, le meilleur bain se prend à l'Aquatic Club de Villa. La soufrière, le volcan qui fit éruption un jour avant le mont Pelé de la Martinique… Personne pour le volcan ? Taxi ! On s'engouffre. En deux heures, on avale sans mâcher Châteaubelair et les chutes de la Baleine, avec petit supplément pour la vallée de Mésopotamie et retour par les anciens camps caraïbes et les boutiques de souvenirs. Ouf ! Les dames ont chaud, les messieurs ont soif. Ils ont pris beaucoup de photos. Plus tard, en causant avec leurs amis, ils auront vraiment l'impression d'avoir bien connu Saint-Vincent et en parleront avec l'autorité du voyageur dessalé.

Parole, de me trouver dans la grand-rue avec mon sac à provisions, nu-tête et pieds nus, à la recherche d'un épicier, je me sens presque née native, sous prétexte que mon domicile se trouve à Saint-Vincent, bien que temporairement. Je me sens solidaire des indigènes. Cela me place de plain-pied pour discuter avec un jeune garçon qui a cru m'avoir, l'objet du litige étant un bloc de glace. Nous n'étions pas tout à fait d'accord sur le prix. La glace fondait.

— 40 cents, comme tu l'avais dit.

— Mais 20 cents de plus pour le transport.

— Tu as dit 40 cents, bloc au bord du quai, franco de port. (Je sais très bien qu'il l'a payé 15 cents à l'usine.)

— Non, non 20 cents pour le transport.

— Dans ce cas, tu peux remporter ton bloc.

Il faiblit : « 50 cents en tout ». Il regarde mes pieds avec mépris. Je pose mon sac et dénoue la bosse du canot. La glace fond avec rapidité : « Remporte-le, ton bloc, vends-le à un touriste. »

Cette flèche le touche. Il est furibard. Nous nous comprenons très bien. Il m'aide à mettre la glace dans le canot et empoche 40 cents, le temps de le remporter à l'usine, et il n'y aurait plus eu de glace du tout.

Les Antilles sont pauvres, les Antillais sont pauvres, c'est entendu. Il ne faudrait toutefois pas exagérer. La vie n'y est point dure, les nécessités vitales s'obtiennent sans trop de peine. Reste le superflu si nécessaire. Eh bien, les touristes sont là pour ça, et je refuse de me classer dans cette catégorie, la vénalité organisée me révolte. Tout en souquant sur les avirons pour retourner à bord, je regrette l'atmosphère familiale de Bequia.

Ai-je employé le mot vénal ? Au bord du dégoût, après avoir refusé six taxis, une excursion au pic du Grand Bonhomme, une montre en or « souvenir de Saint-Vincent », une sérénade de steel band à 10 dollars l'heure et la petite sœur d'un portier d'hôtel pour moins cher encore, nous serons sauvés du pessimisme par un garagiste. Le Cap est allé lui porter le hors-bord. A deux, ils ont travaillé plus de deux heures pour l'ouvrir, nettoyer les contacts électriques corrodés et le faire fonctionner presque aussi doucement qu'une jaguar grand sport. Le garagiste n'a pas voulu toucher un sou. Il a fallu le forcer à accepter quelque chose. Ce bienfaiteur de l'humanité s'appelait de Freitas, et je retire vénal.

Du reste, nous ne sommes pas restés longtemps à Kingstown. Le port n'y est pas très bon, le seul coin possible pour y mouiller un petit bateau est encore fort houleux, les charter yachts n'y entrent eux-mêmes que brièvement, pour prendre la libre-pratique et le gas-oil. Dans notre recoin, nous avons vue sur les « faubourgs » étagés sur la montagne aussi opaquement boisée que celle de Grenade, les maisons sont accrochées là-dedans comme des cages d'oiseaux chez un oiseleur. A mi-chemin du coteau pousse le plus haut cocotier que nous ayons jamais vu. Du pont de *Hierro,* nous participons à la vie des arrière-cours et l'écho nous renvoie amplifié le caquet de la poule toute fière d'avoir pondu, le grincement de la pompe à eau, le halètement de chaque auto qui s'essouffle sur la pente raide et passe en première, le vacarme de piscine des petits garçons qui prennent leur bain parmi les rochers, et les hymnes chantés en chœur chaque soir pour le plaisir du Bon Dieu, qui n'en demandait pas tant.

Nous restâmes quand même assez longtemps pour voir entrer *Outward Bound,* avec John et Mary Caldwell. Ce sont de ces vieilles connaissances que nous n'avions jamais rencontrées. Nous en avons beaucoup de pareilles : nous connaissons leur physionomie, leur bateau, leur carrière et parfois leur livre et leurs projets, et eux de même pour nous, de sorte que quand le hasard nous réunit, on est tout de suite en famille. Ah, c'est vous ? Et hop, on parle bateaux et traversées.

Après avoir écrit le célèbre *Desperate Voyage,* John Caldwell s'est ravisé et est devenu bon marin et vrai navigateur. Ce livre racontait les aventures d'un solitaire cherchant à rejoindre à la voile, juste après la guerre, une fiancée australienne. Cette fiancée, c'est maintenant sa femme, Mary. John lui-même rit de bon cœur en parlant des péripéties abracadabrantes que ses éditeurs ont cru bon de lui faire inclure dans ce livre assez ébouriffant. Ils avaient raison : c'est un best-seller de la littérature dite d'évasion, prouvant par là que le public est plus avide de contes que de réalité. Mais c'est de la vieille histoire. John et Mary ont maintenant deux grands garçons, un nouveau bateau et un solide passé de marins. Au point que, bien qu'un des rares couples à faire du chartaire toute l'année, quand ils prennent leurs quinze jours de vacances, ils vont encore naviguer !

C'est un couple parfait. Ils sont énergiques, rafraîchissants, bouillonnants d'idées, pleins d'enseignement. Non seulement ils font de la location depuis quatre ans, en et hors saison, mais ils avouent sans fard qu'ils aiment ça. C'est déjà une exception. Toutefois, les garçons grandissent, il faut songer à l'avenir. Nous sommes tombés en pleine mutation : John a loué pour quatre-vingt-dix-neuf ans au gouvernement l'île Prune dans les Grenadines, celle à côté de laquelle nous sommes passés sans nous arrêter. Il la rebaptise Palm Island, car il connaît son monde, la débrousse, la replante, la développe, y construit un hôtel et diverses commodités, y amène de l'eau, électrifie, lotit, vendrait éventuellement des lots à personnes bien sous tous les rapports. Prune Island, déjà ravissante, sera transformée en un jardin discipliné. Prise en main par un couple aussi résolu, nappée d'un peu de publicité, Prune Island, pardon, Palm Island *doit* marcher le tonnerre. Et John, heureux, y plantera non ses choux mais ses cocotiers. Son violon d'Ingres, c'est la défense et la promotion du cocotier. Il plante des noix germées partout où il passe. Dès qu'il a jeté l'ancre, avant toute autre chose, il se rame à terre pour visiter ses baliveaux, les soigner, les dorloter. Cette délicieuse manie du reboisage est un de ses traits les plus sympathiques. Elle n'est pas tout à fait sans danger, car pour protéger ses pépinières, il abat et déracine les mancenilliers qui prolifèrent indécemment. Il y a quelques jours à peine, il a pris de la sève dans la figure et le voilà aveugle pour deux ou trois semaines au bas mot. Ce n'est pas la première fois. Il nous conte comment, en période d'ouragan, les branches cassées et les feuilles rompues laissent échapper une sève sirupeuse qui mord comme de l'acide ; on a vu du bétail, la chair brûlée de trous gros comme le poing, en mourir. Le Cap et moi, nous nous regardons. On n'a pas fini d'entendre parler du fruit du mancenillier.

C'est John qui nous conseilla Young's Island. Le Cap allait toujours courbé sous le poids d'une otite étouffée par la pénicilline et compliquée d'eczéma. Mais s'il fallait attendre qu'il soit guéri, autant valait le faire dans un décor plus agréable, et je courus à la poste notifier l'adresse à laquelle il fallait faire suivre un courrier baladeur qui ne parvenait pas à nous rattraper. Et pour cause : il nous suivait en goélette.

Young's Island se trouve à une portée de mousquet de la côte sud de Saint-Vincent. Mouillés entre les deux, dans une passe défendue par de superbes récifs, nous avons à bâbord l'Aquatic Club, utile pour les douches, et à tribord un énorme arbre de Noël encore illuminé, bien que nous soyons à la mi-janvier. Peut-être le gardent-ils toute l'année. Sur les quatre-vingt-dix acres de Young's Island, un astucieux Américain de l'école de Hilton a fait construire un bar-restaurant central en bambou, bois natif et « wallabe », l'ardoise du pays, entouré de cabanes d'aspect rustico-indigène, mais pourvues de tout le confort désirable. Ce sont les chambres de l'hôtel. L'île a été partiellement déboisée et replantée avec goût : c'est un vrai jardin botanique. Hibiscus, bananiers, divi-divi penchés à la brise, flamboyants en bouquets démesurés et même un gaïac que je considère avec froideur. Car les margouillets du pont sont en gaïac et mon orteil lui garde rancune. Il y a un vivier où les langoustes et les tortues barbotent de conserve avant de nager dans la soupe, et une piscine de natation en forme de rognon, entourée de fleurs. Le service est parfait, la chère soignée et on ne s'habille pas pour dîner. La publicité est basée sur l'*absence* de toute distraction telle que boîte de nuit, golf, casino, cinéma, dancing. C'est l'hôtel d'avenir des Petites Antilles, aménagé pour permettre aux industriels fatigués de ne rien faire du tout dans une atmosphère de langueur tropicale savamment suscitée. C'est très joli et parfaitement agréable. C'est aussi très cher. Assez cher pour être exclusif et pour permettre d'amortir les frais considérables tout en ne logeant qu'une vingtaine de personnes à la fois. Signe particulier : on n'y voit pas de jeunes gens. Seules les personnes d'un âge certain ont le compte en banque en rapport et la lassitude nécessaire. Je ne suis pas sûre pourtant que, quand nous quittons le bar, quelques paires d'yeux ne nous suivent pas, pour se poser avec envie sur le petit *Hierro* qui roule un peu sur son ancre, modeste mais se suffisant à lui-même, transportant ses soucis et ses travaux, mais libre. Et je suis plutôt contente de mon sort.

Détail piquant, Young's Island a été jadis cédée au gouverneur Young par un chef caraïbe en échange d'un étalon noir.

A l'est de Young et tout à côté, il y a une autre île encore plus petite, un rocher presque à pic de deux cent soixante pieds de haut, surmonté de l'ancien fortin qui défendit cette partie de Saint-Vincent. C'est le fort Duvernette. Je ne sais pas qui était Duvernette ; Louis dit que c'est la femme de Mouton-Duvernet, mais je n'en crois rien. Nous y abordons en canot sur un coin de plage battu par le ressac et gravissons une grande quantité de degrés partiellement maçonnés, partiellement creusés à même la lave granulée et violette. De gros canons aux initiales GR entrelacées

(George Rex) menacent de leur gueule rouillée la passe et le village de Calliaqua au fond de sa baie arrondie. Le fortin défend les quatre points de l'horizon, ses ruines sont parlantes et même tonnantes. Le passé des Antilles, c'est la guerre, la sueur, le sang, l'exaltation des batailles navales, les sublimes manœuvres des grands amiraux. On croit entendre craquer les mâts, voir voler les boulets.

Une unique barque orange sur la mer fait vibrer tout le bleu intense qui l'entoure. Les petits lézards courent sur la pierre brûlante. Sur Duvernette élevé et étroit, il faudrait s'asseoir en tailleur et, comme le stylite sur sa colonne, méditer longuement sur l'éphémère folie des hommes, ce qui n'empêche pas, en dernière instance, les femmes de se coucher sur cette petite plage, là, tout en bas, et de se faire dorer au soleil.

Cette Saint-Vincent qui étale sous nos yeux son opulence a, comme presque toutes les autres îles, changé de maître comme un caméléon de couleur. Après avoir été fauchée sous les pieds des Caraïbes, qu'hypocritement nous nommons belliqueux, elle est restée quand même indienne, avec une teinte espagnole, plus longtemps que bien d'autres, avant d'être cédée au comte de Carlisle par Charles Ier. De quel droit ? je n'en sais rien. Les Caraïbes décidèrent en 1660, dit un savant manuel d'histoire, de se considérer comme sujets du roi d'Angleterre. Oh, beauté des tournures manuéliennes ! Les Caraïbes, évidemment, n'ont rien décidé du tout. Sujets, objets, c'était tout comme, la date leur importait peu et on votait sur liste unique. Quoi qu'il en soit, on s'abstint cette fois de les décimer, ils donnèrent même abri aux réfugiés indiens des îles voisines. Il se trouva donc à la fois à Saint-Vincent des Caraïbes clairs d'origine et des Caraïbes foncés fortement métissés d'ouest-africains. Ces derniers prédominaient déjà quand la vraie colonisation démarra vers la fin du XVIIIe siècle, portant guerre et disputes et refoulant les indigènes vers le nord de l'île. Saint-Vincent se mit alors à osciller entre les Français, les Anglais et la résistance locale menée par des métis, avec incendies de champs de cannes, pillages, meurtres et tous les accessoires habituels. Le dernier soulèvement franco-caraïbe fut noyé en 1796 dans la paix anglaise pour la plus grande gloire de Sa Majesté. Et si maintenant l'île de Saint-Vincent jouit d'une espèce d'indépendance fraîche comme une pâquerette, c'est au nom d'un peuple sans attaches, qui y est venu par hasard, pour ne pas dire par malheur.

Je ne vois pas pourquoi on nous reprocherait d'avoir le goût du passé. Ce passéisme se confond avec le goût d'une qualité artisanale, d'une valeur véritable, non frelatée. Il se défend et s'explique aisément. Cependant, nous avons voulu voir les Antilles telles qu'elles sont maintenant, il le fallait bien, on sait très peu de choses au sujet de leur passé indien. A voir les quelques pierres taillées conservées au musée de Kingstown, ce passé indien intéresse plus l'anthropologie que l'esthétique. Au demeurant, presque tout, aux Antilles, a été importé au cours des derniers siècles, et même cette couleur locale récente a tendance à s'effacer, l'Antillais ne s'intéresse pas aux coutumes mortes, il est en pleine mue et prend avec avidité tout ce que lui apporte un monde moderne tout pailleté de tentations. La couleur locale des Antilles, c'est le bleu, tout ce bleu qui est à nos pieds et sur nos têtes.

Tous les matins, un grain brosse le ciel, passe sur la mer à rebrousse-poil et court s'accrocher pour la journée sur les sommets de l'île, c'est le processus classique. Quand nous repassons devant Kingstown pour nous rendre plus loin sur la côte ouest, le port est sinistrement sombre et on y voit pleuvoir, alors qu'en mer il fait beau. C'est le pays des arcs-en-ciel, il pleut d'un côté, il fait soleil de l'autre, les nuages poussés par l'alizé déversent une ondée brusque puis s'effilochent, laissant traîner un bout de l'écharpe d'Iris.

Nous filons vent trois quarts arrière, tricotant gentiment nos cinq nœuds. Sur la carte étalée dans le cockpit, nous suivons cap à cap et rocher par rocher la côte sous le vent, verte à ne pas y croire, toute en crêtes et en vallées et révélant tous les demi-milles des petits creux et des anses au fond desquels se mussent des paradis de poche. Plus belle encore que Grenade, plus grande, plus harmonieuse, Saint-Vincent n'étouffe pas dans sa propre exubérance. Midi efface toute perspective dans une extase de chaleur lumineuse. Éblouis, nous voyons les lointains sommets se rapprocher et le profil des côtes s'aplatir. Une diapositive en couleurs. La physionomie camuse de la rive se fige dans un hiératisme clos qui n'a plus aucun rapport avec la carte. Nous croyons être devant Layon et c'est déjà Barrouallie, Wallilabo empiète sur l'anse Mahaut mangée de soleil, et cette pointe vert golf, c'est sûrement Cumberland ! Mais derrière la pointe nous trouvons une petite île, incontestablement Châteaubelair. Nous avons donc raté Cumberland. Il ne reste qu'à humblement interroger un pêcheur qui, pesant sur ses rames, nous remet dans la bonne voie. Ici, ce n'est pas dans la nuit qu'on se perd, mais à midi.

Ronde, profonde, Cumberland Bay est parfaite.

L'écho sondeur persiste à marquer des trente brasses comme si c'étaient des centimètres. L'eau est verte, on n'en voit pas le fond. A moi le bon vieux plomb de sonde. Mais j'ai beau tâter, jeter, relever, pas de sol, c'est inquiétant. A toucher la plage enfin, sept brasses, cinq, quatre, mouille ! Nous avons le nez sur le marché au poisson du samedi, qui réunit sous une gloire de cocotiers tous les pêcheurs et villageois d'alentour, dans une animation folle. Passent et repassent les radeaux-catamarans crûment construits où s'entassent les achats, ou plutôt les trocs. Cela dure une heure puis, comme sur un signal, tout ce monde disparaît dans les mystérieuses profondeurs d'une brousse serrée, ne laissant qu'un cri d'oiseau dans le silence immédiatement rétabli. Un adorable petit pourceau noir trottine sur la plage, une poignée de gosses pêchent au débouché de la rivière. Des jeunes gens viennent en barque nous proposer une séance de *steel band*, que nous déclinons. L'orchestre-bidon sur commande, c'est contraire à nos principes. Faudrait pas nous prendre pour des chartaires.

A voir les naturels de Cumberland, l'industrie du caleçon ne fait pas fortune, les garçons courent nus comme des lombrics jusqu'à des quinze ou seize ans. Je note la chose sans aucun commentaire pour ni contre. L'innocence ne se cherche pas dans les caleçons. Par contre, le béret alpin est très porté. Des gamins jouent au cricket dans l'herbe, avec des planchettes pour bats et des écorces de noix de coco en guise de balles. Nudité en bas, béret au sommet, cricket britannique : Christophe Colomb serait bien étonné. Peu à peu, l'heure de la sieste engloutit toute trace humaine et nous restons seuls au centre d'une incomparable beauté.

C'est difficile à décrire, la beauté. Cumberland au nom encombrant, c'est l'harmonie même, un parfait agencement de pics et de vallées, de plages et de cocotiers, de mer verte et de rivière rapide sautant sur les galets, orchestrés par un hasard parfait ensemblier. Dans l'eau jusqu'aux genoux nous remontons le ruisseau, levant dans les bambous, les corosols et les amandiers des tas d'oiseaux qui protestent, jouant aux explorateurs perdus (mais en sécurité) dans les virginités sud-américaines. A cet endroit pacifiant s'attache ce rien de mélancolie propre aux lieux tropicaux trop beaux, et comme une vague menace verte, opaque. Cumberland, où nous arrivons les mains offertes comme des enfants, nous oppose un visage indéchiffrable. A quelques kilomètres d'une route en tarmac où passent certainement des autobus, ses centaines de cocotiers serrés retiennent comme une claie un silence et un mystère qui nous renvoient en direct cinq cents ans en arrière, et les cailloux de la rivière sont plus magiques que ceux du musée de Kingstown.

Nulle magie ne prévaut sur les impératifs de la navigation. Je vois le Cap renifler la brise qui cherche et tournoie. Nous sommes mouillés très près de la petite jetée branlante ; si le vent fraîchit du sud-est, l'arrière de *Hierro* pourrait bien accrocher le phare et le démolir. Le phare est une petite cage de verre fichée sur un poteau, dans laquelle on n'allume un lumignon à pétrole que quand on attend vraiment quelqu'un. On dirait une petite chapelle de coin de rue, ce serait dommage de l'abîmer. Les mouillages ne manquent pas sur cette côte abritée, nous irons passer la nuit ailleurs. Il y a notamment une baie appelée Petit-Bordel *(sic)* qu'on s'en voudrait de ne pas ajouter à la collection. On s'imagine je ne sais quoi, quelque chose de feutré, de rose et d'accueillant. Vu du large, au soleil couchant, c'est tout à fait ça, un petit bordel 1900 pour pères de famille cossus. Mais la carte marine, puritaine, la déconseille et nous allons l'oreille basse mouiller devant le village de Châteaubelair, cherchant de notre œil électronique dans l'eau très profonde quelque table sous-marine où déposer notre ancre.

De château point de trace, si le bel air est présent. Rien qu'un village archibanal. A la soupe ! Oh, encore de la langouste, dit Couscous, boudeur. La langouste est l'aliment le meilleur marché des Antilles mais Couscous ne supporte bien ni la navigation ni les nourritures trop riches. Le Cap lui fait honte. Comment ! Voici un chat recueilli dans la fange et promis à la mouise, on lui paye une croisière sous les tropiques et des soupers fins, et mademoiselle (car enfin, c'est définitivement une chatte), mademoiselle, dis-je, hérisse les moustaches d'un air dégoûté. « La jeunesse d'aujourd'hui... », soupire le capitaine. Il n'est maître à bord qu'après Dieu et Couscous.

Dans la nuit calme, noire comme suie. *Hierro,* suspendu à un maillon et demi de chaîne, rêve sans doute à l'étape de demain. Ce sera une longue traversée : trente milles au moins.

Le ciel est gris, des nuages bas se défont en charpie en traînant sur les sommets des monts, des grains lambinent sur l'horizon. L'extrémité nord de l'île atteinte, la danse commence, mais nous connaissons la chanson : moteur sous le vent de l'île, puis hisser les voiles et filer au plus près serré. Soit dit en passant, nous sommes très contents de notre moteur. Il ne s'est jamais encore détraqué, ce qui n'est pas commun pour un moteur, il est sûr, robuste et économique. Nous marchons encore au gas-oil de Las Palmas.

Le chenal entre Saint-Vincent et Sainte-Lucie est malfamé. Tout conspire à y fabriquer une mer tordue dénuée de sens commun. Nous trouvons d'un coup la brise de nordé bien fraîche, un grain de pluie, et des mascarets turbulents. *Hierro* lape tout cela comme du lait. Saint-Vincent s'efface, gommée par de sombres nuées ; très vite après nous apercevons la silhouette de Sainte-Lucie. A partir de maintenant, les étapes se feront sans louvoyer, sur un seul bord, c'est un progrès. C'est dimanche, pas la moindre voile de pêcheur en vue, et il pleut de temps en temps, comme chez nous. C'est tout voilés et embrumés que poindront ces fameux Pitons de Sainte-Lucie, cuberdons jumeaux qu'on voit de si loin que l'approche en paraît interminable. Enfin les voilà tout près, impassibles gardiens d'une soufrière ni très grande, ni très présomptueuse, mais en légère activité. Elle nous envoie au passage une de ces bouffées de soufre à faire périr de peur Mme MacMiche.

Plus on approche de la Martinique, plus il y a, dirait-on, de noms français. Sainte-Lucie en est farcie, tous fleurant bon l'époque hardie des corsaires du Roy et des premiers comptoirs : Moule-à-Chique, Grand-Magasin, Trou-Gras, Cul-de-Sac et mont Parasol. Une certaine Mahaut doit avoir sévi particulièrement dans cette partie des Antilles, on ne compte plus les anses Mahaut et les Fort-Mahaut. Qui pouvait donc être cette populaire personne ?

Nous sommes venus à Sainte-Lucie pour voir la baie de Marigot. Son image adorable s'étale, grande comme une nappe et en quatre couleurs, sur le mur d'une salle de séjour amie, et nous avons formellement promis… Mais les autorités de Sainte-Lucie passent pour être plus pointilleuses qu'une couche de fakir et il faut sans rémission se faire dédouaner à Castries avant toute chose. Péniblement, car la brise est tombée, nous égrenons un à un les caps et les criques : Castries se trouve très au nord de la côte ouest. Des Pitons à Castries, il y a seize à dix-sept milles au bas mot. Une île plus basse que les précédentes, vallonneuse, avec de beaux arrondis vert lézard et des échappées gracieuses, déroule à tribord son relief coloré de nuances abricot par le couchant. Un feu clignote déjà, au sommet d'un îlot relié à la terre par une jetée, c'est l'entrée de la baie de Castries. Plus au nord se dresse l'île aux Pigeons, en forme de brioche. Ce sera tout juste : le temps de parcourir toute la longueur de cette immense baie, et il fait nuit quand nous jetons l'ancre à l'endroit imposé, au fond à droite, non loin d'un quai éclairé au sodium.

Ce n'est pas féerique, la nuit. C'est affreux le matin. Nous flottons dans une lavasse visqueuse le long du tas d'ordures municipal, prolongé par un ignoble village de baraques à demi démolies, ou jamais achevées, accroupi au bord d'une plage couverte d'immondices. Hangars moisis, bidons éventrés, ruines de bateaux aux côtes décharnées... Eh bien, eh bien ? Voyons ce prospectus. Il dit pourtant, en toutes lettres : « Port magnifique, eaux bleues, site enchanteur ». Côté ville, ce n'est pas beaucoup plus riant. On a bouté le feu à Castries si souvent au cours de son histoire qu'il ne reste presque plus de vieux bâtiments pittoresques. L'église catholique gothique domine seule des maisons basses et blanches auxquelles les arbres trop jeunes refusent l'ombre clémente. Il semble traîner sur tout cela une impalpable poussière noire qui est peut-être celle du charbon. Traditionnellement, ce combustible était chargé, à bord des navires qui « charbonnaient » à Castries, par des femmes portant les paniers sur la tête, en longues files psalmodiantes. A notre époque de mazout, si d'aventure on en voit encore, elles doivent être à la solde du syndicat d'initiative.

Un beau gros bonhomme, le visage et les chaussures cirés de frais, ayant observé notre pavillon jaune, hissa à bord ses cent dix kilos moulés dans un uniforme d'une blancheur impeccable. Solennellement et fort aimablement, il constata. On ne sait pas très bien quoi, mais il le constata avec soin, en transpirant extraordinairement, et nous conféra la libre-pratique comme s'il nous apportait le Saint-Graal.

« Après avoir entré le bateau, m'avait recommandé Mary Caldwell, dépêchez-vous de faire toutes les courses à terre et filez ensuite sur Vigie Cove, qui est de l'autre côté de la baie et plus près de l'entrée. Vous y serez mieux. »

Nous n'eûmes rien de plus pressé. Dans le très petit bassin intérieur, très fréquenté, nous amarrâmes la bosse du youyou, faute d'anneaux ou piquets ad hoc, au pare-chocs arrière d'une voiture parquée, espérant dévotement qu'elle ne démarrerait pas avant notre retour. Nous trouvons des rues assez larges et un centre commercial moins sordide que le bord de mer ne l'avait fait craindre. Bien entendu, le marché est pauvre et mal fourni. On y voit surtout des montagnes de paniers tressés, des rangées de braseros en terre cuite et sur les étals de tout petits tas de manioc, de grains de café, de haricots, se vendant chichement en quantités individuelles. Les marchandes s'occupent les doigts à lier des petits bouquets de légumes, une mince tranche de potiron, une branche de céleri, une échalote, un brin de thym, une côte de bette, juste de quoi faire la soupe pour une seule personne. Les paysannes ne sont pas aimables, c'est le diable et son train pour en tirer l'ombre d'un sourire. Progressant à travers la ville, nous découvrîmes à mesure que le peuple Saint-Lucien est difficile à approcher et à dérider. Rageur et glacé, réticent, il imprègne l'atmosphère d'une hostilité palpable, alors que dans les autres Antilles les rapports entre gens de couleur différente (fût-ce une nuance) sont empreints de bonhomie. Ce n'est pas que le Saint-Lucien soit méchant ; il est fermé. La différence avec les indigènes des autres îles est extraordinairement sensible. Et pourtant Sainte-Lucie est tout aussi belle, sinon plus, une île fertile, boisée, sanctifiée de cours d'eau, une île à garder précieusement sans la gâter.

Elle aussi a passé de main en main au cours des ans, tour à tour espagnole, française, anglaise. Je demandai à un inspecteur des douanes de quelle nationalité il se targuait.

— Mais je suis Antillais, me dit-il, étonné d'une question aussi bête.

— L'Antille n'est pas une nation, la Fédération a mal tourné, et il y a trois cents Antilles, toutes différentes.

— Je suis Antillais.

— Voyons, votre langue est française, vos lois anglaises, votre terre caraïbe, vos ancêtres africains, vos goûts américains.

— Je suis Antillais, maintient-il obstinément.

Ainsi, de tout cet imbroglio est issu un peuple nouveau et la nation est son fétiche.

J'aurais dû compter, durant ce voyage, les fois que j'ai relevé l'ancre, pour la rejeter à l'eau peu de temps après. Cette fois, c'est pour aller mouiller devant la marina, qui n'est pas un club nautique, mais une entreprise commerciale. Tout est prévu, même une laverie automatique où je me précipite avec la lessive d'un mois qui mijotait dans un grand sac.

Nous avons pris place au milieu d'un groupe nombreux, en rade ; mais il y a aussi des pontons d'amarrage fort bien conçus où on peut louer en même temps qu'un emplacement un cottage prolongeant en quelque sorte les aménagements du bateau, système astucieux qui attire surtout ceux qui considèrent leur yacht comme une villa flottante.

Nous commencions à connaître beaucoup de monde sous voile aux Antilles, jamais nous n'avions été aussi sociables. Nous retrouvâmes à Vigie Cove, un jour ou l'autre, une série de tableaux arrière portant des noms déjà connus, et quelques nouveaux. J'eus le coup de foudre immédiat, irrémédiable, pour un Colin Archer de soixante pieds proportionné à miracle, grandement gréé à vergue carrée, par ailleurs célèbre : *Havfruen III* a fait le tour du monde en 1952, un an après nous. Quand nous eûmes détecté à portée de voix *Wanderer III* avec les Hiscock, très occupés à installer un nouveau moteur, nous nous trouvâmes six personnes au mouillage à avoir fait le tour du monde à la voile à peu près en même temps. Ces coïncidences se célèbrent au punch.

Ann et Terence Carr, de *Havfruen,* font du chartaire à leur corps défendant, pour gagner leur vie tout en gardant le bateau qui est la prunelle de leurs yeux, mais comme ils sont justement entre deux fournées de clients, ils me laissent baver à mon aise d'un bout à l'autre de cet adorable navire. « Batchy » Carr passe pour être difficile à vivre. Il est fait pour s'entendre avec mon capitaine. Il y aurait beaucoup à dire au sujet de ces réputations-là. Pour peu qu'on ne soit pas tout à fait comme les autres, qu'on ne se jette pas au cou du premier venu et qu'on ne partage pas toutes les idées reçues, ça y est, on est un ours. Eh bien, vivent les ours. Ce sont les ours qui accomplissent les destins peu communs, ce sont les ours qui prennent la vie et la ploient à leur gré au lieu d'être ployés par elle. Ce sont les ours, croyez-moi, qui sont les plus agréables et les moins agaçants dans l'intimité. Au fond de tout ours, il y a une petite fleur bleue, parfois en forme de bateau, et l'ours navigant, plus ours que les autres, est mon ours favori.

Les Hiscock, c'est un couple à part. Tranquillement, sans panache inutile, ils vont leur petit bonhomme de chemin, précis, soigneux, expérimentés, vraiment professionnels. Rien ne les prend au dépourvu. Les cuivres brillent, la coque est lisse, tout glisse. Même la crispante mauvaise volonté de leur nouveau moteur qui refuse de s'adapter au bloc du précédent, ne les énerve pas, seul le caractère saint-lucien a le don d'exaspérer Eric Hiscock. Ils ont bien du mérite, car ils ne sont plus tout jeunes, et de plus Eric est myope comme une taupe et sa peau craint le soleil. Malgré quoi, ils font leur vie exactement comme ils l'entendent.

Si Eric est myope, Louis est temporairement aveugle. A force de se bourrer de pénicilline pour guérir ses oreilles, les yeux ont gonflé par réaction, il n'y voit goutte. Bandeau sur les oreilles, bandeau sur les yeux, il aura bientôt l'air d'une patiente momie. Il subit tout cela avec une équanimité qu'il faut souligner, mais ne quitte pas le bord.

Aux commandes de notre unique cheval-vapeur, je traverse avec Susan Hiscock toute la largeur du golfe de Castries pour aller faire des emplettes. Justement vient d'arriver un paquebot cracheur de touristes, les rues en sont pleines. Nous nous tortillons de joie stupéfaite. Les ferait-on sur mesure ? Y a-t-il quelque part aux États-Unis une fabrique de touristes ? On le croirait, à les voir partout si conformes aux descriptions les plus hyperboliques.

Touriste, dit Pierre Daninos, est le terme employé par le touriste pour désigner d'autres touristes. C'est juste. Pourtant, il doit y avoir des nuances, et les boutiquiers, les conducteurs de taxis, les rabatteurs ne s'y trompent pas. Ceux-ci, ils les identifient à cinquante mètres le dos tourné, à des détails facilement reconnaissables, et la preuve c'est que, prise par hasard dans la harde, Susan passe inaperçue tandis que les urubus du « tour de l'île en deux heures » se jettent sur tous les autres.

Vigie Cove est tout à côté du terrain d'atterrissage, on voit passer les avions à petite vitesse sur le tarmac, ils virent de bord et accélèrent, prennent leur élan. Le bruit n'est pas excessif, nous y trouvons même quelque agrément. On pense à des départs, à la conquête du ciel. Nous consacrerons une de nos vies futures à l'aviation, c'est dit. Dans le fond de Vigie Cove règne Mrs Ganter. Son mari atteint d'une mystérieuse maladie qui ne supporte pas le climat des tropiques, est parti se faire soigner en Angleterre. Il y a trois ans de cela. En attendant son retour, Mrs Ganter, persévérante et courageuse, se débrouille pour équilibrer le budget à la tête d'un demi-atelier de mécanique, d'une fortune en machinerie rouillée, d'une série de constructions inachevées, d'une vague fabrique de briques creuses et d'une case à toit de chaume. Tout cela est ouvert à tout venant, c'est la personne la plus accueillante du monde. Tous les charter yachts font usage de son atelier et les visiteurs de passage meublent sa solitude. Elle sert de complément à la marina, on n'imagine pas Vigie Cove sans Mrs Ganter, son salon délabré et ses anecdotes. Elle connaît tous les potins du monde navigant antillais, le fin mot de toutes ses histoires peu ou prou scandaleuses. Il y a de quoi remplir un livre, se brouiller avec la moitié du monde navigant et faire rire l'autre moitié. Rire ou pleurer, car il y en a de pathétiques.

Les gens aiment tant le tragique. Demandez-leur ce qu'ils sont allés voir de Sainte-Lucie, ils vous énumèrent en se pourléchant les babines le morne Fortuné qui vit de sanglantes batailles, Bar-de-l'Isle, scène du glissement de terrain qui tua cinquante personnes, Grand-Cul-de-Sac d'où la flotte française dut se retirer en désordre, la Barabara, un zigzag délicieusement dangereux dévalant dans la spectaculaire vallée de Fond-d'Or, la Soufrière encore en activité (attention aux chiens et aux enfants) et la sublime majesté des Pitons qui incita maint désespéré à se jeter la tête en bas sur les rochers.

L'œil du maître s'est dégonflé, nous rehissons l'ancre pour aller visiter Marigot où personne, que je sache, n'a connu une fin dramatique, C'est la pièce de résistance publicitaire de Sainte-Lucie, encensée par les dépliants, photographiée par les compagnies aériennes, chaudement recommandée à qui désire convertir des dollars nombreux en un demi-acre de brousse bien située.

Cette réputation n'est nullement surfaite. L'entrée de Marigot, rétrécie entre deux pointes de sable, est déjà un petit tableau de maître. Derrière s'arrondit un parfait bassin du plus pur vert émeraude entouré de collines, bordé de palétuviers. Sur les pentes croissent manguiers, cocotiers, arbres à pain, papayers, frangipaniers et petite brousse frisée. Arrivant à midi, nous avons la chance insigne et rare d'y être seuls. Nous pouvons en canot barboter à notre aise en suivant le bord de la plage, plonger pour cueillir sur le récif ce corail-éventail souple qui ondule sous l'eau transparente, prendre pied parmi les hibiscus pour interviewer un hôtelier... turc qui parle français. Nous tentons même de nous mêler à un groupe de pêcheurs avec femmes et enfants, mais ils nous tiennent à distance avec ce froid regard et ces mines gourmées déjà cités. Des hauteurs de Marigot où nous sommes grimpés, la vue est exquise. Il monte de cette crique rayonnante une bouffée romantique pétrie de senteurs agrestes. On se mettrait à genoux dans la poussière pour prier le ciel, quelque nom qu'on lui donnât, de préserver cette Marigot si bien lotie. Bientôt elle sera lotie tout court. D'ici on ne voit, entre les arbres, que son incomparable beauté, celle des affiches. On n'aperçoit ni les deux hôtels, ni la route macadamisée, ni les vandales inconscients qui font du pédalo devant la plage. J'ai rarement vu chose plus choquante que les pédalos dans la baie de Marigot. Et nous imaginons les bungalows qui vont pousser l'un après l'autre sur ces parcelles du bord de mer, déjà étiquetées de planchettes : A. W. Smythe, U.S.A. ; G. Schutzkopf, Switzerland ; B. Laréal, Canada... Le paysage sera plus ou moins heureusement réaménagé. Les enfants de Mr Smythe feront du ski nautique derrière Chris-Craft et Mr Laréal aura un carré de tomates. Frau Schutzkopf fera construire un muret pour empêcher le chien de la señora Sauero (Argentine) de faire pipi contre ses sièges de jardin en aluminium. Il y aura un supermarché, une station de taxi, un générateur commun marchera nuit et jour. De plus en plus terrifiés, nous voyons déjà le gas-oil flotter sur les eaux limpides, les boîtes de conserve tapisser les fonds de corail et les poteaux téléphoniques évincer les papayers. Dans dix ans, Marigot sera un lieu très civilisé. Ce sera sans doute encore très joli, on ne peut pas effacer complètement une telle merveille naturelle. Et même, si le lieu reste résidentiel, y a-t-il une petite chance pour qu'on n'en fasse pas un nouveau Castries. Mais les lots sont beaucoup trop petits pour que cela devienne un second Westerhall Point.

Au crépuscule s'amènent les charter yachts, *Havfruen III* avec sa coque du même bleu turquoise que le lagon, *Ron of Argyle* avec son sémillant équipage de jeunes filles en bikini qui sautent à terre sur la pointe de sable et amarrent expertement le bateau au tronc d'un cocotier.

Avant de poursuivre, il nous fallait bon gré mal gré la libre-sortie de Castries. Chemin faisant, nous rencontrâmes un canot qui nous intercepta, un jeune homme barbu se dressa et cria : « Vôlez-vôs dîner avec nôs ?

— Mais volontiers. Est-ce qu'on se connaît ?

— Je souis Henry Wakelam, dou bâteau *Pheb.*

Il tend le doigt vers un ketch mouillé devant Vigie Point. Wakelam, mais comment donc ! Le célèbre bricoleur ! Sur-le-champ nous jetâmes l'ancre à côté de *Pheb*, où nous accueillit un sympathique souffle méditerranéen, une légère gaieté bandolaise propre à nous revigorer. Laissant Louis se plonger dans les souvenirs du Midi, je fus en hâte, avant 4 heures qui sonnent l'avènement des heures supplémentaires, voir les autorités qui se chargèrent de transformer mon allégresse en une de mes rares colères.

Maintenant, je comprends beaucoup mieux le Cap, auquel j'ai si souvent prêché la douceur dans ses démêlés avec les administrations. Si tous les fonctionnaires du monde pouvaient se donner la main, ils feraient autour du monde une ronde où nous serions pris comme des rats.

Assis dans notre carré, Henry s'étendit longuement sur un système de gouvernail automatique simple et économique qu'il se faisait fort d'adapter en vingt-quatre heures au derrière de *Hierro.* Henry est l'empereur du système D. Il a pour femme une nymphe blonde aux longs cheveux à laquelle il a même bricolé un bébé, à naître d'un instant à l'autre (il est né entre-temps ; c'est un garçon). Ann, douée d'une angélique patience, vivait heureuse avec un époux généralement couvert de cambouis, parmi les ferrailles et les pièces détachées, sur le bateau en acier répondant au doux nom de *Pheb*. On pourrait croire qu'il s'agit de la lumineuse Phébé. Pas du tout, ça veut dire Phares et Balises. Cette unité a en effet servi fidèlement l'organisme français de ce nom jusqu'au moment où elle coula. Henry la racheta au fond de l'eau « dans l'état bien connu de l'acquéreur », la renfloua et donna libre cours à son génie. Nous avons vu *Pheb* à Bandol durant cette période de gestation. Puis Henry le mena aux Antilles, où sauf erreur il est encore.

— Vingt-quatre heures, et je te fais un gouvernail automatique.

— Pari tenu. Qu'est-ce qu'il faut te fournir ?

— Mais rien du tout. T'occupes pas. J'ai tout ce qu'il faut à bord. Tuyaux galvanisés, tuyau d'arrosage (pour les paliers, tu comprends), pignon de bicyclette pour l'embrayage, tôle, chambre à air (pour y découper des élastiques), manche à balai pour la girouette. S'il manque quelque chose, on l'inventera.

Couscous se gara et disparut. On ne sait jamais…

— Mais la soudure ? dit Louis.

— J'ai tout le matériel à souder sur le pont.

— Bon. Donne-moi quelques précisions, je vais faire un croquis.

— Peuh, pas besoin de croquis.

Et en effet… Henry regardait longuement *Hierro,* on voyait que ça bougeait sous sa toison bouclée. Il sautait sur ses outils, travaillait à une vitesse phénoménale, et tout s'adaptait au premier essai. Pour le forage des trous destinés aux brides du gouvernail secondaire, au ras de la ligne de flottaison, nous fûmes mouiller devant l'atelier de Mrs Ganter, avec 5 centimètres d'eau sous la quille. Henry, forant à la chignolle, enfonçait dans la vase toutes les deux minutes en faisant des bulles. C'était grandiose. Le Cap s'était fait son obéissant adjoint. S'ils y mirent quarante-huit heures, c'est parce que Henry avait à faire quelques autres petits travaux entre-temps. Ann fit don d'une vieille robe pour faire une girouette provisoire et nous pûmes sortir en grande pompe pour faire au large de Castries des essais, ma foi, concluants.

Pendant ce temps, Ann m'apprenait l'impression sur tissu, car l'adresse de ce couple n'a pas de bornes. Les visiteurs nous trouvaient toujours tous les quatre dans un terrible désordre de soudure en haut, de pots de peinture en bas.

C'est vers cette époque que nous vîmes entrer les jeunes Turcs. Ils étaient deux, dont une Allemande, leur joli petit yacht immatriculé à Istanbul s'appelait, c'était inévitable, *Kismet.* Ce jeune couple très sympathique était lui aussi en route pour le tour du monde flanqué d'un chat. Le chat, vous l'avez deviné, était issu des Astilleros de La Luz, grands fournisseurs de chats navigants. Les Bodo, patronnés par un journal turc qui publie le récit de leurs aventures, seront les premiers Turcs à faire un long voyage à la voile, à bord d'un joli bateau de 10 à 11 mètres, à arrière norvégien, très marin.

7

La beauté de la Martinique ne se mange pas seulement des yeux

Ayant pris amicalement congé de *Pheb* dans la satisfaction générale, c'est avec *Kismet* que nous quittâmes enfin Sainte-Lucie. Nous irions à la Martinique en convoi, mais en convoi très étiré, car les Jeunes Turcs, dans leur énergique enthousiasme, partirent à 7 heures du matin, alors que nous commencions tout juste le dernier rêve de la nuit. Quand, vers 9 heures, nous sortîmes de la baie, ils étaient déjà loin. Nous longeâmes la côte jusqu'à l'île aux Pigeons, l'île favorite des pique-niqueurs où, paraît-il, le climat est plus salubre encore qu'à Sainte-Lucie. Est-ce grâce aux pigeons ? Mystère. Puis nous mîmes cap au nord, la brise fraîchit, l'azur s'étala sur le ciel tout entier et bientôt tout fut parfaitement au point pour la traversée la plus idéalement belle depuis la Barbade. En cette saison, en effet, la force et la direction du vent rendent les traversées assez ardues dans la partie sud des Petites Antilles, quand on se dirige vers le nord. Ce n'est qu'à partir de Sainte-Lucie qu'on cesse d'avoir la brise tout à fait debout. Rissolant au soleil, nous nous relayions à la barre, qu'un enfant aurait tenu d'une main. Il faisait trop beau pour manger, trop beau pour faire quoi que ce soit d'autre que contempler la mer, les papillons blancs des voiles de pirogues et la silhouette de la Martinique perçant langauissamment devant nous, virant au vert clair. Très loin, on apercevait *Kismet,* tout pareil à nous et qui nous paraissait l'image même de notre jeunesse revenue. Nous avions leur âge, il y a quinze ans, quand à bord d'*Omoo* nous labourions ces mêmes eaux, allant directement de la Barbade à la Martinique. Nous aussi, nous partions pour faire le tour du monde, à nous aussi rien ne semblait plus important, plus impératif. L'équipage d'*Omoo*, pas plus que celui de *Kismet*, ne cherchait l'aventure : il cherchait à se réaliser à sa façon. Il l'a fait, et en voyant passer pour la deuxième fois les facettes miroitantes de l'illustre rocher du Diamant, nous ne regrettions rien. Pour ma part, je ne songeais qu'au bonheur d'être admise à recommencer.

Kismet, maintenant, se trouvait déventé par la masse de la Martinique, la distance se réduisait.

Passa la Petite Anse d'Arlet, puis la Grande et le cap Salomon. Si vaste est la baie de Fort-de-France, qu'il y a bien aussi loin du cap Salomon au mouillage que du Diamant au cap Salomon. Il faisait chaud, la brise défaillait. Nous avions ouvert tous les hublots pour aérer le carré. Sur quoi, à peine tourné le coin, la baie nous accueillit avec un petit nordé bien frais, *Hierro* gîta, l'eau gicla et nos couchettes furent inondées. Ce sont là choses à prendre aussi philosophiquement que possible, surtout quand il n'y a pas moyen d'en faire endosser la faute à un autre. *Kismet* amena les voiles et traîna pour nous attendre, préférant gagner à notre suite un mouillage de lui inconnu. Le Cap, un œil sur le sondeur, levait pour lui un nombre de doigts correspondant au nombre de brasses sous la quille. Je hissai joyeusement le pavillon jaune et le pavillon tricolore. Fort-de-France clignait de toutes ses lumières tandis que le couchant étendait sur les rêveuses montagnes un royal manteau d'or et de pourpre. La Martinique se mettait en frais pour nous rappeler qu'elle est la plus belle.

Nous voilà donc revenus à ce mouillage des Flamands, qu'on n'appelle plus que « la Savane » parce qu'il se trouve juste en face de cette vaste place. Joséphine de

Beauharnais, immuablement plantée sur son socle sous son impériale couronne de palmier (tiens, ils ont l'air un peu malades) laisse errer son regard blanc sur un Fort-de-France considérablement modernisé. De loin, je pense tout de suite aux villes marocaines, aux côtes et aux monts moins crûment verts que ceux que nous venons de quitter. Il y en a comme cela, pour lesquels quelque chose évoque toujours autre chose. Et comment décrire si l'on ne peut comparer ? Mais n'attendez pas un mémoire complet sur cette Martinique archiconnue, cent fois évoquée dans des pages immortelles, symbole même des Petites Antilles et leur plus beau fleuron.

C'est ici que les charter yachts amènent leurs clients pour les égayer un peu. L'ancrage de la Savane où, il y a quinze ans, nous étions seuls, est pavoisé de yachts de toutes sortes et de toutes nationalités. Une bonne odeur de feu de bois et d'appétissante friture flotte vers le large. Des Caravelles survolent la baie, pétant le feu. Le paquebot *Flandre* glisse lentement vers le port, derrière Fort Louis aux massifs contreforts. Autos, vélomoteurs passent bruyamment sur la promenade du bord de mer brillamment éclairée, sous les vastes panneaux-réclames. Et nettement, dans tout ce fracas, se détache le mi-ré-sol du vieux clocher qui n'a plus de cadran. L'attirance particulière à la Martinique est due sans nul doute à ce mélange d'ancien et de nouveau, à l'impalpable survivance d'un monde disparu. Plus de doudous, mais on sent bien qu'il y en a eu. Plus de madras, mais la rivière Madame coule toujours sereine entre ses rives et dans les rues les collecteurs sont toujours à ciel ouvert. Les nouveaux buildings ne font qu'accentuer la grâce surannée d'un Fort-de-France XIXe siècle, pas très joli, mais attirant. L'avenir du pays est du reste largement assuré, il suffit de se trouver par hasard devant une école à l'heure de la sortie des classes. C'est une marée déferlante qui vous happe et vous colle au mur, il en vient, il en vient, c'est à ne pas y croire. Je me suis laissé dire que l'âge moyen de la population se situe aux environs de 25 à 30 ans. Le Cap, admiratif, tourne la tête pour suivre des yeux les coquettes mamans, au port gracieux, qui savent si bien s'attifer. Notre ami Pierre prétend que les allocations familiales ne sont pas étrangères à l'accroissement des familles martiniquaises... Pierre Hamel s'est ajouté à notre collection Il est propriétaire d'Orca, un yacht d'origine belge armé en chartaire par Pierre tout seul. Il prend des clients pour un ou plusieurs jours, et leur présente un extraordinaire numéro en solo, mouillage, manœuvre, gouverne, entretien, navigation, cuisine, service, distractions, c'est Pierre qui fait tout. Il lui reste tout juste le temps d'aller sauver quelque canot qui part à la dérive, de conseiller les nouveaux venus et de rendre service à tout le monde.

Il faut dire que, malgré le nombre encombrant de yachts qui entrent actuellement à Fort-de-France, les Français sont restés aussi gentils et prévenants qu'avant. Ils n'hésitent pas à nous prêter une machine à écrire, à m'emmener faire la lessive à la maison, voire à nous changer de l'argent belge que la banque dédaigne. La vie est chère à la Martinique, on nous l'a seriné sur tous les tons. En fin de compte pas plus chère qu'à Paris ou dans les autres Antilles, anglaises ou américaines, et au moins on en a pour son argent. Le marché de Fort-de-France est le premier digne de ce nom que je vois depuis Casablanca. On remarquera que je suis une assidue des marchés et discute gravement de leurs mérites respectifs. Indépendamment du fait que je suis commissaire de bord chargée de l'approvisionnement, j'ai une petite théorie selon laquelle c'est dans les marchés qu'on en apprend le plus sur un pays, ses coutumes et ses habitants. Chez les Anglais, qui mangent pour se maintenir en vie, les marchés sont du très petit tout-venant à usage indigène. Chez les Français, c'est une merveille de couleurs, de bruit, de mouvement, une prodigieuse abondance de fruits, de fleurs, de chair et de mouches, où se bousculent ménagères et flâneurs dans un joyeux vacarme.

D'abord, nous avons besoin d'une inoculation contre la variole. Besoin n'est pas le mot juste : cela nous était imposé par ces dieux multiples qui, assis sur des nuages, dévorent du papier. Levés tôt et le ventre creux, parce qu'un mauvais plaisant nous a persuadés qu'il fallait être à jeun, nous prîmes l'autobus pour nous rendre, sur les hauteurs de la Redoute, à l'Institut Pasteur. Nous prîmes la file. C'est étonnant combien de gens craignent la variole. Derrière une jeune femme noire en pantalon rose et devant l'inévitable joyeux drille, celui qui aura encore le mot pour rire au jugement dernier, nous nous faisons marquer d'une croix et tamponner de mercurochrome. L'inoculation dure cinq secondes, la remise des papiers une heure.

Nous avions sur ces entrefaites noué connaissance avec Carl de Gryse, un Belge bien incrusté à la Martinique, dont nous entendons parler depuis vingt ans sans jamais avoir réussi à le rencontrer. Il s'y est marié à une jeune fille de la bonne société et y mène la vie laborieuse du planteur d'ananas. Il vit à la Trinité, du côté de l'île opposé à Fort-de-France, plus exactement au lieu dit Brin-d'Amour, dans une fraîche maison rose, assez ancienne et confortable, au milieu d'un très beau jardin tout rouge de poinsettias, avec vue magnifique sur la baie et la presqu'île de la Caravelle.

Nous passâmes là à plusieurs reprises des heures délassantes, reçus avec cette cordialité simple qui vous met tout de suite à l'aise. Nous vîmes une autre face de la vie martiniquaise, le côté familial aisé, apprîmes à connaître un milieu social qui puise tout naturellement aux sources des anciennes traditions et dont la vieille cuisinière détient la vraie recette du boudin aux épices. Par le canal des de Gryse nous fûmes mêlés à l'élite de Fort-de-France, Mme de Gryse a beaucoup de sœurs et frères, et du reste tous les *békés* se tiennent par un bout ou par un autre, leur manguier généalogique doit partir de trois ou quatre grosses branches maîtresses. Authentiques créoles, ils ne ressemblent cependant nullement au portrait présenté par

Alphonse Daudet dans *le Petit Chose.* Pour les indolents oiseaux des îles, voir littérature. Le créole est un homme comme vous et moi, et plutôt comme vous, car moi, je suis paresseuse.

Il y a dans la vie de chacun des repas-qui-comptent. Ils ne comptent pas tous pour la même raison, c'est parfois un casse-croûte improvisé auquel la chance a souri. Le décor, l'imprévu, l'heureuse conjoncture des humeurs ont autant d'importance que le menu. Parfois il compte par l'excellence de la chère. Un de ces repas-qui-comptent, nous le fîmes chez une des sœurs de Mme de Gryse, qui avait invité une trentaine de personnes, le gratin de la Martinique, et nous en surnombre, par cordialité. Quand une Française de la colonie, pardon, d'un département lointain, par nature experte en cuisine, se mêle de donner un déjeuner prié, je vous jure que c'est pour le voyageur une expérience inoubliable. Cela se passait au jardin, sous la tonnelle, par petites tables. Le temps était parfait, les convives spirituels, les dames jolies, le couvert ravissant et le menu, du punch au dessert glacé en passant par le crabe farci et le rôti façon gibier, sans omettre d'autres victuailles délicates, d'un raffinement inouï et d'une exacte perfection. Ce repas-là compte double et je voyais bien que mon capitaine, appréciant de son ami Carl la place qu'il avait su se créer, lui enviait surtout sa belle-sœur. Gloire à la Française, car c'est une artiste. Rentrée à bord, je considérai mon primus, supputant ce que je pourrais en tirer. Mais ma finesse se borne, comme disait une mienne amie, à « rendre mangeable la patte arrière d'un âne sauvage ». Pour nous, à présent, la beauté de la Martinique ne se mange pas seulement des yeux.

Grâce aux infatigables de Gryse, nous découvrîmes d'autres aspects de l'île, ses coteaux bien cultivés, le charroi des cannes à sucre, les baies magnifiques, les caractères d'une race africaine modifiée jusqu'à devenir aussi particulière à la Martinique que la forme de ses montagnes.

Nous visitâmes une sucrerie. Nous vîmes comment vit un paysan, un ouvrier, un patron d'usine, un jardinier, un petit bourgeois. Nous choisîmes, parmi quelques îlots à vendre, celui qui nous plaisait le plus, jeu platonique, faut-il le dire ? L'immense chœur nocturne des cabris-bois faisait vibrer les ombres, la fougère arborescente s'élançait en vertes contorsions, le sable grumeleux des plages moulait nos pieds aux heures les plus éclatantes. Le soir, des ombres diaphanes et violettes, délicatement, veloutaient les Pitons du Carbet.

A bord, je tournais souvent le bouton de la radio pour écouter le beau parler enfantin que le speaker gazouillait en oubliant les « r ».Ce n'est pas un français tout à fait orthodoxe, mais il me plaît. J'écoutais les naissances, mariages et décès, à cause des noms, me disant qu'un pays où les gens se prénomment Anacharsis, Clodomir Bonaventure ou Léonidas (dit Ti-Jojo) est certainement un pays d'avenir. Les disques demandés valaient leur pesant d'or : pour Coco Dile, de la part de sa femme à l'occasion de leur vingtième anniversaire de mariage, *Maintenant, tu peux t'en aller* ; de la part de Riri pour sa chère tante, *Je suis fauché.* L'esprit des îles ? Il était aussi sur les enseignes naïves de la ville : *Untel, Spécialiste en Tous Genres* ; *Visagiste, Soins de Beauté* : *Ripolin.* Ou ce bar nommé simplement *Au cow-boy breton.* Au cinéma, un pompiste funèbre mais inspiré vous incite à acheter « des Cercueils pour Vous et pour vos Amis ».

Mais *Hierro* réclamait nos soins. Nous prîmes rendez-vous avec M. Grant pour hisser le bateau sur son chantier petit, mais renommé, afin de lui donner une nouvelle couche de peinture. Décision discutable, car nous n'avions pu trouver la peinture qui lui convient, et la coque n'en avait pas encore un urgent besoin. Nous regrettâmes un peu par la suite cet excès de zèle. N'empêche, M. Grant était on ne peut plus aimable et généreux, et son chantier était bien le plus sympathique que nous ayons rencontré de toute notre carrière jalonnée de chantiers. On y gratte et on y peint dans un cadre bucolique, protégé du soleil par de beaux arbres où chantent les petits oiseaux, et on fait la causette avec les visiteurs. Les ouvriers sont polis et prévenants. M. Grant est la providence des bateaux simples. Sa clientèle est choisie : nous avions pour voisin rien de moins que l'illustre roi du Balata. Sa Majesté repeignait son royaume.

Un passage en cale sèche est toujours traversé de péripéties dans une ambiance de vacarme mécanique, de poussière, de sueur crasseuse, baignant dans la satisfaction simpliste du gros travail manuel. Couverts d'antifouling, nous paraissions atteints de quelque sanglante maladie qui se guérissait par la douche. Il fallut presser les étapes, car il suffit que nous décidions de peindre pour que le ciel le plus serein s'assombrisse en pluie. En revanche, il y avait le Roi. Dès qu'une ondée menaçait, le Cap s'abritait sous le bateau royal et priait Sa Majesté d'égrener quelques-uns de ses nombreux et fantastiques souvenirs.

Le Roi n'est pas grand, mais il est musculeux. Il porte une tête petite, à lunettes et air malin, sur un corps couleur cannelle orné de tatouages indigo plantés d'un solide poil noir. Un slip nominal l'habille, complété par un anneau d'oreille, un chapeau de paille pointu, une ceinture dorée et une bonne renommée. Dans l'ensemble, on dirait un lutin destiné à garnir un jardinet de banlieue, mais ce lutin-ci a garni bien d'autres jardinets beaucoup moins conformistes. A me lire, vous croyez qu'il s'agit d'un roi nègre. Pas du tout : c'est un navigateur français bon teint. Ce balata dont il est le souverain est une espèce de caoutchouc dans lequel il sculpte des figurines plus ou moins folkloriques, gommiers avec pagayeurs, cocotiers et doudous, sans parler de quelques bagatelles qu'une plume honnête, etc. Ce métier le fait vivre présentement, après moultes aventures si fabuleuses qu'on en tirerait dix romans. Ce hors-la-loi des Batignolles a vu la Guyane, le Venezuela, la Floride et autres lieux, il a fait une surprenante traversée en pirogue, avec un chargement de balata, il a crevé de faim et fait naufrage, il a connu des bagnards et a même passé pour tel aux yeux de gens qui n'y connaissent rien, il a connu la souffrance, la soif, le labeur épuisant, la mer, le feu à bord, le coup de feu. Cela ne l'empêche pas d'avoir comme tout le monde une femme et des enfants, un chat et un ulcère à l'estomac. Mais l'intermède balatien et martiniquais n'est qu'un amuse-gueule, et le voilà prêt à d'autres départs.

— Sire, deux mots, lui disais-je, et j'ouvrais les vannes, plus moyen de le faire taire, et pourquoi aurais-je arrêté un flot de réminiscences aussi vigoureux dans une langue aussi pittoresque ? Ce monarque nous plaisait. Il trimbalait avec lui un gros manuscrit où se trouvaient consignées toutes ses aventures, qui ferait les choux gras d'un éditeur.

J'allais aux provisions par un solide raidillon pavé à la romaine et bordé d'arbustes brillant d'excellents petits piments rouges. En haut se trouvait encore un autre Fort-de-France, celui des bungalows de banlieue avec antenne de TV, banc de jardin peint en vert, ménagères à tablier fleuri, celui du petit Français moyen, article d'exportation. Plus loin se trouvait le bidonville, hélas, inévitable, pour tous ceux que la ville attire mais n'accepte pas. Je redescends songeuse vers mon petit univers bien abrité.

Du rouge, nous passâmes au bleu, puis ce fut le grand nettoyage. On rinça les pots, on purifia les brosses. Le câble fut débloqué. Roulez ! *Hierro* s'ébranla doucement et enfonça moelleusement son ventre lisse et pomponné dans la mer.

A la Savane, il y avait eu quelques allées et venues. *Te Hongi* était arrivé. Qu'avait-il fait entre-temps ? « Monter et redescendre le boulevard ! », dit Jim avec un sourire acide.

« Can-naval » était là. Je ne sais comment étaient les carnavals de jadis, mais celui-ci ne courait pas beaucoup les rues. Presque tout se passait à l'intérieur, dans les dancings et les bals. Peut-être n'avons-nous pas bien regardé, peut-être aurions-nous dû aller dans les campagnes, où s'élisaient dans une atmosphère endiablée (lisions-nous dans les journaux) Miss Gros Morne et Monsieur Lamentin. Plus tard, le mercredi des Cendres habillerait tous les Martiniquais de blanc et noir comme des négatifs de photographie. Mais le carnaval était handicapé par la pluie, plus précisément par un vrai temps de cochon, bien entendu tout à fait exceptionnel. Il tombait des cordes, comme on dit, dont la brise faisait quarante nœuds. La mer écumait, tous les chartaires des environs venaient se réfugier à la Savane, amusant comme ils pouvaient leurs clients bardés de cirés. A terre, le vent cassait les branches des arbres, couchait des centaines de bananiers ; les vitres tremblaient, les portes claquaient, le circuit électrique était troublé. Il faisait un froid surprenant, après une période de lourde chaleur. Cela dura bien une semaine, avec de petits intervalles un peu moins violents.

L'amusant, c'était quand les paquebots déversaient là-dedans des fournées de quinze cents congés-payés américains ou allemands bien décidés à ne pas perdre une bouchée de leur croisière. Pluie ou pas, le dispositif était en place pour les recevoir, Roger-Albert ouvrait les portes de sa caverne d'Ali-Baba parfumée, les marchandes ambulantes étalaient leurs boîtes pleines de poupées, les chauffeurs de taxi claquaient les portières d'un air engageant. Quelques heures durant, Fort-de-France, toujours gaie, s'emplissait de messieurs en short bermudien, les bras chargés de paniers et de chapeaux de paille à pompons, et de dames coiffées du madras qu'elles viennent d'acheter tout noué, protégé par un carré de plastique, et qui leur sied comme une bavette à un rhinocéros. Des vedettes rapides allaient et venaient constamment, bouleversant le mouillage. Nous levâmes l'ancre et fûmes chercher la paix de l'autre côté de l'immense baie, à l'anse Mitan.

Très jolie, l'anse Mitan, prolongée par une vue merveilleuse de Fort-de-France, bleuie et adoucie par l'éloignement et posée sur le fond des Pitons du Carbet comme sur un écrin de velours, féerique le soir quand, après un crépuscule mauve et citron, toutes les lumières se mettaient à scintiller.

M. Grant, Pierre Hamel, le roi du Balata ont tous ici une petite maison avec un bateau mouillé devant. C'est peut-être une des formules du parfait bonheur. Le dimanche étant beau entre deux jours de pluie, beaucoup de bateaux arrivèrent pour passer la journée devant cette plage de week-end, lieu de repos recherché par tous ceux qui désirent fuir les fracassants canots à moteur de la Savane. Une goélette à vergues carrées arrive sous voiles, dessinée à la plume sur un ciel de porcelaine, *Independance*, un des plus jolis bateaux que nous ayons rencontrés. Vers midi, voilà Carl à la barre de son *Vagabond,* à ne pas confondre avec le *Vagabond* de notre indestructible ami Robertson, le solitaire anglais. Les vagabonds ne manquent point sur les mers et même sur les côtes, où ils ne risquent pas d'être arrêtés pour vagabondage. Voilà aussi *Te Hongi* et Claus avec son *Plumbelly*. Nous étions venus pour nous reposer dans la solitude, nous voilà volant de visite en visite, sablant le champagne avec Carl, recevant Pierre Hamel qui nous amène un couple américain. Sans coup férir et après deux punchs seulement, ils nous invitent à dîner à l'auberge de l'Anse-Mitan.

Les Américains sont bizarres, mais généreux, je l'ai déjà dit. Minuit n'a pas encore sonné que nous voilà au courant de leur moindre divorce et du montant de leur fortune, et nantis de deux adresses où nous trouverons toujours le gîte et le couvert. Ce ne sont point paroles en l'air, je crois dur comme fer que nous avons maintenant un pied-à-terre dans le Connecticut. Une pleine lune incroyable, suspendue comme une lanterne japonaise aux branches d'un amandier, se penche sur nos étranges conversations, les grenouilles y mêlent leur coassement, une chouette roucoule, à moins que ce ne soit un ramier qui hulule, si bien qu'on ne sait plus très bien à qui on répond, dans la magie d'une nuit tropicale chaude comme un manteau.

L'auberge était à ce moment-là tenue par un couple de navigateurs appelé Desnoyer qui habitaient un très joli petit thonier breton mouillé dans la baie.

Une houle du nord s'est formée qui nous fait rouler inconfortablement. En prenant congé de Balata, qui travaille sur son *Bittern,* nous devisons un moment sur les difficultés du débarquement en youyou parmi les rouleaux puissants qui brisent à grand tintamarre sur la plage. Confiants dans son expérience, nous n'attachons qu'un bref intérêt à cette remarque, mais le soir même Hamel vient nous dire que Balata a été pris dans une déferlante, chaviré, assommé et aux trois quarts noyé et qu'il se trouve à l'hôpital, heureusement sans fractures. Ce roi est malchanceux. Nous avons su plus tard qu'ayant quitté la Martinique à bord de *Bittern* comme prévu, il a fait naufrage sur les récifs au large de Porto-Rico et que cet excellent bateau est perdu, Balata (disons enfin qu'il s'appelle Roland Théreau) est pourtant arrivé en France, a vu, a compris, et est reparti sur l'Atlantique, nullement découragé. Il n'abdiquera pas.

Il pleuvait encore un peu, mais il y avait comme une promesse dans l'air. Nous étions à Fort-de-France depuis trois semaines. Nous avions repeint la coque, revu le gréement, tapé des articles, briqué les cuivres, récuré le plafond et les planchers, mis à jour la correspondance, renouvelé nos passeports périmés, fait le plein d'eau douce, gratté les petits barnacles attachés au fond du youyou. *Hierro* avait, une fois de plus, été rangé de fond en comble. Les de Gryse nous avaient donné des fruits et des boîtes d'ananas, leurs parents des bouteilles de rhum ; la secrétaire du consul, une métisse d'une parfaite distinction, nous fit cadeau d'un paquet de papier de machine qui dure encore. Comblés, il ne nous restait plus qu'à nous arracher à une escale si riche, si variée. Mais il pleuvait toujours, nous différions toujours, les adieux traînaient.

Un samedi après-midi vers 4 heures, menacée de départ

par le capitaine, je trouvai soudain qu'il n'y avait plus assez de pain et me rendis en ville, pour me rendre compte que c'était le jour et l'heure exactement propices à un dernier regard sur Fort-de-France. Jamais je ne l'ai vue sous un aspect plus innocemment bénévole. La statue de bronze de Desnambouc n'avait pas de circulation à régler de son bras autoritaire, les taxis somnolaient, dans les rues presque désertes, coupées en deux par l'ombre, toutes les boutiques aveuglées par des volets de bois gardaient un moelleux silence provincial, souligné par les gammes malhabiles d'un piano. On imaginait les petits doigts noirs sur les touches blanches et deux grands yeux ronds fixés sur le premier Czerny. Un chien sans race se balade impunément au beau milieu de la rue Victor-Hugo. Seule la boulangerie est ouverte, il s'en échappe une enivrante odeur de pain encore brûlant, la boulangère me donne la fleur archaïque de son langage et je m'assois un moment, incapable de résister à ses chaussons à la noix de coco.

Et nos chères études ? Eh bien, de tous les rhums, celui de la Martinique, qu'il soit blanc ou vieux, est le meilleur ; de tous les rhums de la Martinique, nous avons sélectionné le plus brave ; de toutes les variétés de punch, le punch à la martiniquaise est notre favori : un doigt de sirop de canne, deux doigts de rhum, un quartier de citron vert et deux blocs de glace. Qu'on me hache menu si j'en démords.

— Alors, qu'est-ce qu'on fait ?, dit le Cap. On déjeune d'abord ou on part tout de suite ?

8

Dominique, île-fée, les Saintes, îles énigmatiques

On part. La coque est lisse et la mer itou. Nous prenons vent arrière un de ces départs en flèche à croire que nous nous entraînons pour l'America's Cup. Le temps de lover les drisses et nous sommes à la pointe des Nègres, la mer clapote autour du gouvernail avec un petit bruit mouillé de partie de canotage sur la rivière. Bourg-de-Case-Pilote défile à toute allure, vif et pittoresque. Émergeant du corps de la colline, une maison en forme de proue de navire, avec hublots et mer bleue peinte devant l'étrave, offense à la fois le paysage, la marine et le goût français. Cocoteraies, bananeraies, champs de cannes colorent la côte à pans coupés de leur verdure onduleuse, et tous les villages sont festonnés de filets. On pêche, on pêche, dans ces Antilles, et il n'y a jamais de poisson sur le marché. Des truites surgelées et du saumon importé tant qu'on en veut. Encore un mystère que nous n'aurons pas percé.

A l'approche du mont Pelé, chapelles, croix blanches sur les mornes, statues immaculées de la Sainte Vierge se multiplient, on voit bien que les habitants ont pris toutes les précautions pour que la catastrophe ne se reproduise plus. Doublé le bourg du Carbet, c'est Saint-Pierre.

Tout change, et nous aussi, mais Saint-Pierre est resté pareil à lui-même, chargé de soixante-cinq ans de mélancolie, à l'ombre sinistre du volcan brouillé de nuages. La vieille réclame de Saint-James aligne ses grandes lettres bénisseuses et rouillées en haut de la colline. L'eau est profonde et sombre. Nous mouillons sous un fin grésil, avec vue sur des arrières de maisons délabrées, une plage de sable noir et des watères publics.

Sur l'horizon, nous voyons passer les quatre mâts du *Sebastian de Elcano,* le navire-école espagnol, émissaire de l'Espagne rôdant parmi les îles qu'elle a découvertes et abandonnées.

Ainsi que lors de notre première visite, nous nous sentons oppressés, et ce n'est pas, non, ce n'est pas notre imagination. Quarante mille fantômes rôdent encore à Saint-Pierre. Elle ne parvient pas à s'en débarrasser.

Un M. Dumas les exorcisa pour nous. Pas Alexandre : Jean. Il nous enleva à la hussarde et à la nage dans la petite maison qu'il s'est construite sur la plage, nous aligna tous les profits qu'il y avait à vivre là plutôt que dans le dix-septième arrondissement, et nous rasséréna. Le carreau de faïence colorée et la plante vivace voisinaient dans cette petite maison avec le meuble Lévitan, tout parlait d'un patient assemblage, d'une espèce de bonheur fait main. Arrivé ici pour soigner une grave maladie, Dumas Jean s'y est plu, y est resté. C'est un sage. Retournant à bord, toujours à la nage et poussant devant nous le sac de plastique qui contient nos cigarettes, nous songeons à tous les gens, en révolte contre la réalité quotidienne, qui ont trouvé aux îles leur niche idéale, et pensons aussi que l'impromptu de ce soir relève un voyage comme le poivre relève la soupe.

Nous n'irons pas autrement à terre, ayant vu de Saint-Pierre accablé tout ce qu'il faut en voir, il y a quinze ans.

« Bwise de 15 à 20 nœuds, dit la météo. Mê agitée à fo'te. » Promesse tenue. A peine doublé le bourg du Prêcheur, nous fumes bien soignés, abreuvés de grains, rafales et embruns, avec des creux de trois mètres. Pas de quoi se faire du mouron, il n'y a jamais bien loin d'une Antille à l'autre, la terre martiniquaise n'a pas plutôt disparu, happée par un grain, qu'un autre grain dégoise la Dominique. Dès le début de l'après-midi nous faisons déjà tête à droite regardant défiler une autre île à tribord, avec sa soufrière personnelle. A chaque île sa soufrière, de quoi faire beaucoup d'allumettes, comment n'y ont-ils pas encore songé ?

Nous essayons le gouvernail automatique système Wakelam breveté, et c'est les mains dans les poches que nous filons droit sur Roseau, port et capitale de la Dominique. Image hardie, nous n'avons pas de poches. Un voilier, LE voilier de Fort-de-France, nous a fait une girouette triangulaire pour remplacer la robe d'Ann. Un mètre carré de tergal et un quart d'heure de travail. C'était cher, trop cher, mais c'est une très jolie petite voile, que *Hierro* porte coquettement.

A première vue, baigné d'une pluie morose, Roseau n'a rien de folichon. Une forte houle venue de nulle part rend le mouillage très incommode. Assise dans le cockpit, dubitative, je surveille le chargement de deux cargos de Trinidad strictement identiques, en recousant tous nos pavillons effilochés par le vent. Que nous réserve cette île, peu visitée parce que les voyageurs la trouvent triste ?

Elle nous réserve une surprise : c'est la plus belle de toutes les Petites Antilles du Sud, la Martinique restant hors concours. Haute et escarpée, couverte d'une végétation foncée et grandiose, elle accroche tous les nuages qui passent. Entre les averses luit un « soleil d'eau », comme on dit chez nous, les arcs-en-ciel se forment, fondent, renaissent constamment. La Dominique est un château fort mouvant sans cesse refaçonné par la lumière, entouré d'arcs polychromes, une sorte d'île-fée. L'homme n'y est qu'un fort petit accessoire et Roseau elle-même, à l'extrême bord de la mer, écrasée par la montagne, ne semble pas très sûre de sa solidité.

La nuit a fait surgir partout une floraison de petits drapeaux, le village se pare de guirlandes, on repeint la jetée en bleu-blanc-rouge, on apporte de pleins camions de bananiers en cuves. Que se passe-t-il ? Pourvu que tout ne soit pas fermé. Nous filons à la poste au pas de course.

— Demain, dit la postière réjouie, la Reine et le duc d'Edimbourg viennent nous rendre visite à la Dominique. C'est la première fois qu'il vient un souverain depuis que nous sommes anglais « pour de bon », c'est-à-dire depuis… (Elle consulte un petit carnet)… depuis 1805.

Espérons que Sa Majesté n'aura pas oublié de prendre un parapluie. Ses loyaux sujets, avec un enthousiasme très rafraîchissant en ces temps de Cuba-si et de Lubumbashi, pavoisent fébrilement, mobilisent toutes les fougères, toutes les palmes disponibles. Les Union Jacks et les portraits de la famille royale s'enlèvent comme des petits pains, décorent les endroits les plus étonnants. Toutes les femmes sont hérissées de bigoudis. On passe l'office du tourisme tout entier à l'eau de javel. Il nous semble que les gens sont particulièrement gentils. On nous regarde en souriant déambuler par les rues, semblables à des anges annonciateurs du grand événement. Nous en avons vite fait le tour. Ce qu'on montre fièrement au passant est toujours le moins intéressant, nous nous fatiguons d'admirer les maisons cubiques, la banque, le snack-bar et la cathédrale style 1850, mais tombons en arrêt devant quelques vieilles bâtisses de bois à balconnets qui persistent, vétustes et dédaignées.

D'une auto garnie de lys nous voyons émerger une mignonne jeune mariée, sa ronde figure prise comme une perle de caviar dans les œufs à la neige de son voile mousseux. La demoiselle d'honneur, robuste fille, fait craquer aux coutures des mètres de satin vert chartreuse, et le marié est en habit noir, cravaté, calamistré. La suite est à l'avenant. C'est un très beau mariage. Tout ce monde s'engouffre, on ne sait comment, dans une infime épicerie obscure qui sent le poivre, et le contraste entre la brillante assistance fleurie et ce repaire du haricot rouge et de la mélasse nous laisse pantois devant la porte.

Plus loin, nous nous rendons acquéreurs d'une bouteille

de rhum local, d'un brun douteux visiblement artificiel, mais d'un bouquet agréable, proche du rhum barbadien, très différent de celui de la Martinique, un produit de l'école dite anglaise conçu pour l'alliance avec des jus de fruits.

Nous sommes rentrés nantis d'un poulet. Tandis que je tourne la mayonnaise, un monsieur de race blanche nous hèle de la berge. Aux jumelles, sa tête ne nous rappelle rien. Le Cap saute dans le canot et comme il approche le monsieur tend vers lui un doigt vengeur et lui crie : « C'est de votre faute que nous sommes ici ! Nous avons lu le livre d'*Omoo* et… » Le reste se perd dans le raffut d'une vague qui se brise sur les rochers. Déjà le Cap s'apprête à une prudente retraite, car voilà sans nul doute quelqu'un qui médite une atroce vengeance. Mais les mots reviennent dans le vent et semblent plus conciliants : « Très content… Viendrai vous chercher demain pour visiter ma plantation. » Il se nomme, et Louis se souvient de Bruce Robinson, planteur de bananes, éleveur de poulets. Un de nos amis a passé six mois chez lui et nous a beaucoup parlé de lui. Il nous conseille un mouillage meilleur, derrière le coin, passé le pont, devant Balahou (le balahou est un petit poisson très commun par ici, mais pas sur les marchés). L'eau y est si merveilleusement limpide qu'on voit le fond à huit brasses, et nous suivons des yeux l'ancre qui se dépose la pointe en l'air, tandis que la chaîne s'allonge nonchalamment dans les courtes algues. Voilà qui exige un plongeon immédiat. *Hierro* flotte dans du cristal liquide, le ventre ombilicalement lié à la chaîne qui descend presque droite au fond et y retient une ombre allongée et jumelle.

La plantation de Bruce Robinson s'appelle Sylvania Estate. Le trajet pour y aller nous découvre par paliers toute la splendeur dominicaine. Pas de doute, c'est la plus belle.

—Tu as déjà dit ça à Grenade, à Bequia et à la Martinique, me rappelle le capitaine.

Mais si je m'embarrasse de logique, je serai gênée aux

entournures. Mettons que ce soit la plus sauvage, la plus pure. S'il n'y pleuvait pas tant, ce serait aussi la plus attrayante. Mais s'il n'y pleuvait pas tant elle ne serait ni aussi fertile, ni aussi boisée. Nous avons de la chance aujourd'hui, il fait très beau, le soleil diagonal entre les grands arbres accuse les reliefs des ravins, se faufile parmi les bambous plumeux et les fougères athlétiques, jette un poudroiement doré sur les acacias délicats couverts de fleurs rose pâle comme pour un printemps japonais. La route monte encastrée dans les hautes montagnes retentissantes d'eau vive, au milieu de l'indiscipline végétale, dominée par les Trois Pitons qu'on voit à droite, à gauche, au gré des virages en épingle à cheveux et en esse. La route monte de deux cents mètres par mille et chaque palier est une découverte. Soudain le regard tombe sur un petit hôtel très chic, très choc, joliment situé, qui doit servir à son propriétaire américain à en défalquer le déficit du montant de ses contributions, car le touriste n'est pas commun. Que viendrait-il chercher dans cette farouche Dominique, grande mais peu habitée ? Il y a peu de plages et elles ne sont pas aménagées. Il n'y a pas de distractions organisées. Le confort moderne est confortablement absent. Il faut avoir l'esprit contemplatif pour se plaire sur ces pluvieux sommets. Rien n'est prévu pour attirer l'amateur sérieux, pas la moindre de ces commodités au nom hybride, souvenir-shop, air-conditionnement, *goggling tours*.

Il y a bien les derniers Caraïbes... On en a rattrapé quelques-uns juste à temps, au moment où la race allait disparaître, et on les a soigneusement parqués quelque part dans le nord de l'île, sous le sceptre d'un roi de fantaisie. Comme nous abordons ce sujet :

— Pas la peine, dit Bruce. Ils ne sont ni beaux, ni purs, ni avenants.

— Vous êtes bon : seriez-vous avenant à leur place ?

— Non, sans doute, rit Bruce. Mais enfin, ils ont tout perdu, la bataille, leurs traditions, leur religion, leur adresse manuelle, leur art, leur langue, tout, quoi. Il ne leur reste que la couleur orange de leur peau et un désir sacré de ne pas la teinter de noir. Est-ce suffisant pour aller les regarder comme des bêtes curieuses ? Vous n'y apprendrez rien sur les Caraïbes, je vous assure. Ce sont des brutes. Laissons-les en paix.

Et vlan pour le bon sauvage.

Une mangouste très pressée traverse la route tavelée de soleil. Un siffleur passe comme une flèche d'une cime à l'autre, fulgurant éclair de plumage prolongé d'un cri lugubre. D'autres oiseaux pépient aux alentours, soutenus par le long murmure du colibri, et brillamment commentés par Bruce, qui est très doué pour le reportage en feu roulant et dévoile, une à une, tout en conduisant, les merveilles tropicales, sylvestres et décoratives de l'île du Dimanche.

Tout là-haut, dans un cratère éteint, est un lac d'eau douce craint par les Noirs et habité par une sirène. Ou peut-être par un monstrueux serpent, la légende n'est pas fixée sur ce point, mais on sait que l'un ou l'autre garde une précieuse gemme qu'on voit parfois briller d'un lustre prodigieux. Nous y voilà, au pays des forêts mystérieuses et des contes extravagants, je l'avais bien deviné : tant de brumes, de soufre, d'arbres outrecuidants, de cascades prisonnières et d'échos nerveux, c'est l'Antille du vaudou et ici, peut-être… Mais nous arrivons à Sylvania.

Bruce et sa femme vivent sous le signe du poulet. Il y a quelques années, victime d'une certaine littérature d'évasion, Bruce quitta un boulot sans élan à la télévision américaine pour partir avec sa femme en bateau, en route pour « les îles ». A la Dominique, il s'établit à terre, acheta une plantation abandonnée et entreprit de la relever. Ayant tâté d'abord de la banane, il se lança dans l'élevage du poulet selon les méthodes modernes. Le poulet, bien que choyé, n'est pas considéré à Sylvania Estate comme un individu. Il n'est qu'une goutte dans une mer de poulet. Pourtant, il y règne en maître. Bruce a le droit de dire qu'il a réussi, ses poulets marchent le tonnerre. Il fournit tout l'archipel en volatiles aéroportés, sans compter les œufs. Mais à quel prix ! Sa femme et lui, ils sont esclaves du poulet. Les Robinson, ayant trouvé l'île de leurs rêves, sont empêchés par une outrance de poulets d'en jouir sereinement. Ils n'ont pas une minute à eux. Demain arrive le yacht royal *Britannia,* nous aimerions avoir Ellen et Bruce à bord pour voir ensemble le débarquement de la Reine.

— Impossible, dit Bruce, tout marri. J'en ai bien envie, mais ça tombe trop mal. Demain, c'est jour de fête, et après-demain commence le carnaval. Total : tous mes employés se sont dès ce soir fondus dans la nature. Ils feront la fête sans désemparer jusqu'au mercredi des Cendres. C'est une période de pointe. Si nous prenons congé ne fût-ce que demain après-midi, nous ne pourrons jamais nous rattraper.

C'est au point que, toute affaire cessante, je resterais bien ici quelques mois pour les aider, dans une aura avicole, car mon tendre cœur s'en est ému. Je m'accommoderais assez bien de cette vieille maison rongée de termites, tapissée de livres, meublée à la diable, dominant une vue incomparable. Nous dînons là, devinez de quoi et redescendons à bord fort tard, heureux de les avoir rencontrés et munis de réflexions pour longtemps.

C'est le grand jour. Comme prévu par le programme, *Britannia* paraît à l'horizon dès huit heures et demie, escorté par le destroyer D 108. Nous n'avons pas de grand pavois, le jeu de pavillons de *Hierro* se borne aux lettres Q et V. Nous estimons donc plus correct de lever l'ancre et de croiser dans les environs. Seul yacht en rade à part *Britannia*, c'est sur nous que retombe la charge de représenter la confrérie. Faute de grand pavois, nous pavillonnons comme nous pouvons, et Louis ayant oublié celui des Frères de la Côte au mur de son bureau, je hisse celui des Louves de Mer. Chaque fois que notre parcours nous amène derrière l'un des augustes navires, j'empoigne la hampe du pavillon belge, la tire d'un coup sec de son socquet et l'incline respectueusement. Cela n'a rien d'orthodoxe, mais c'est de bon cœur. Et chaque fois, nous voyons le matelot pavillonneur de service se précipiter aux drisses et répondre à notre salut, poliment, en nous envoyant mentalement à tous les diables, et de préférence plus loin.

Nous sommes aux premières loges. Sur la jetée, la clique est prête, en casques blancs. La presse est aux aguets, caméras sur les toits, débarquée ce matin même du petit avion qui se pose audacieusement entre deux crêtes de montagne. Des trucks bondés ne cessent d'arriver, la foule moutonne le long de la rive. Une flottille de pirogues garnies de drapelets défile en formation de parade et exécute une espèce de ballet naval scandé de coups de sifflets. Bien stylés, les pêcheurs de Roseau. Un seul, au large, trempe sa ligne, air buté, le dos tourné vers le port, un séparatiste sans doute.

Enfin une vedette battant l'étendard royal se détache de *Britannia* et une rumeur s'élève. La clique attaque *allegro con brio* quelque chose de martial. Les cloches sonnent. La Reine, chapeau safran, robe beige, et le duc d'Edimbourg mettent pied à terre au milieu de cris enthousiastes, serrent quelques mains, écoutent quelques allocutions que j'aimerais bien entendre, se dressent dans une limousine découverte et, fouette cocher, ils disparaissent de notre horizon. La foule court à toutes jambes vers le pont pour le second acte. Le soleil joue à travers la pluie en virtuose, pour montrer la spécialité du pays. Et comme nous balayons une dernière fois le bord de mer de nos jumelles indiscrètes, nous avons le bonheur de découvrir, dans une petite rue écartée, l'évêque changeant de tenue en vitesse.

Vers midi, nous relevons l'ancre et rehissons la toile. Comme les invités de la souveraine, nous déjeunerons en mer, en escortant gravement le précieux navire jusqu'à son escale suivante : Portsmouth. Déjeuner sans doute un peu plus mouvementé que le leur : canalisées et amplifiées par les vallées étroites, des rafales s'abattent sur nous à l'improviste. On voit de loin les bourrasques, devant nous, fouetter la mer en petites crêtes écumeuses. On est encalminé tout à fait, ou bien on file comme un guépard, pas de milieu. Il s'agit de veiller à la barre et en temps utile de tout lâcher pour donner du mou aux écoutes en remontant dans le vent.

Rares sont les charter yachts qui font pause à la Dominique. Ils la trouvent triste et laide. Pourtant, quelle magnificence elle déploie sur toute la longueur de sa côte ! Riche, lourde de verdure, épanchant le soleil autour d'elle pour en gonfler son velours sombre, c'est le théâtre des songes où le rideau ne tombe jamais.

Britannia et son bouledogue nous rattrapent, nous devancent, mais nous abattons nos milles nous aussi, car nous abordons Prince Rupert Bay juste à temps pour voir S. M. Elisabeth II entamer la seconde partie de la corvée du jour, et tout Portsmouth en tenue n° 1 se presser si dru sur la jetée que les plus proches du bord tombent à l'eau. Un brillant arc-en-ciel tend au-dessus de la ville une immense écharpe mayorale, un pied dans la montagne, un pied sur le village qui baigne dans un grand poudroiement polychrome. O miracle, il reste là, ferme et parfait, de l'instant exact où la Reine met pied à terre jusqu'au moment précis où, ayant accompli son tour d'honneur, elle se rembarque avec un soupir de soulagement. C'est sensationnel. Le syndicat d'initiative a bien fait les choses. Nous avons mis cette heure à profit pour saluer encore quelques fois. La tête du matelot en dit long sur ce qu'il pense de ces politesses. Et *Britannia,* tous feux dehors, se détachant sur l'ardoise bleue du ciel comme une ravissante image, disparaît dans la nuit.

La fête est finie, la fête commence. Le carnaval maintenant se déchaîne, la pulsation du tam-tam et les cris de la joie débridée courent sur le port avec les bourrasques, tout Portsmouth se paye pour 40 cents de *drum beats* et les chiens aboient en mesure. Liesse sans art, mais frénétique, dont le rythme fracture notre conscience et engendre une excitation africaine et primitive qui chasse le sommeil. Tandis que carnaval fait rage, nous regardons longtemps autour de nous un million d'étoiles se refléter dans l'eau tranquille.

Au matin, les pieuses campanes appellent en vain un village assommé par le rhum. Portsmouth, derrière un nom qui sonne comme du bronze, ne dissimule à vrai dire que quelques cubes de bois sur pilotis baptisés maisons, des hangars bancals baptisés chapelles, méthodiste ou adventiste, une seule rue sordide et une puissante odeur de poisson salé. Des tableaux noirs aux portes de deux ou trois antres qui se prennent pour des épiceries offrent, écrits à la craie, des prix spéciaux pour le rhum, le vin et le whisky. Un ivrogne tout à fait hors de combat rampe sur les degrés de bois d'une échoppe *licensed to sell spiritual liquors*[1] (sans doute la contagion des chapelles), sous l'œil torve d'une matrone pansue coiffée d'un petit chapeau de papier. Des femmes passent, balançant sur la tête de vastes paniers à provisions, et nous les suivons ; elles nous mènent au marché qui retentit de cris aigus, de discussions patoisantes et passionnées au sujet des choux, des ignames, taros et pamplemousses, seules denrées offertes. Un tronc de cocotier jeté sur le ruisseau conduit à la plage et nous revoilà face à Prince Rupert Bay, dans un village de pêcheurs négligents. Filets suspendus, cochons noirs farfouillant dans les détritus, cuisine en plein air. Deux pêcheurs ont tiré leur gommier sur le sable et vendent à même le fond du bateau les balaous minces, brillants comme des lames d'acier bleuté, au milieu d'un cercle de ménagères agressives. Tout le beau croissant de plage est bordé d'une frange-poubelle. Les décorations tendues pour la Reine sont restées là, se fanant, jusqu'au jour où elles tomberont d'elles-mêmes. Pour rédimer ce pittoresque malpropre, il faut toute l'ardeur du soleil, toute la superbe des cocotiers, tout le luxe de bon aloi de l'immense baie.

1. Autorisé à vendre des liquides *spirituels.*

Ces indigènes si sales ne sont pas méchants, et s'ils sont pauvres, ils ont l'air de s'en ficher souverainement. Du reste, cela vote, madame. Bientôt la Reine et le gouvernement grand-breton leur donneront l'indépendance, considérant que l'Antille est plutôt héritage qu'avantage, et c'est libres comme l'air qu'ils pourront continuer à gratter le corned beef et jeter la boîte vide sur la plage.

Mais qui est donc ce prince Rupert ? Quel Poldave d'opérette a donné son nom à cet amphithéâtre tout bleu ? J'ouvre le dictionnaire : c'est un amiral anglais, j'aurais dû m'en douter. Né à Prague toutefois, et neveu de ce Charles Ier qui donnait des îles comme nous offrons une boîte de bonbons, le prince Rupert « se borna », dit-on, pendant plusieurs années à faire le métier de corsaire. Ce sont des bornes assez larges. Aurait-il du reste débordé dans la piraterie que son grand nez dominateur n'en serait que plus sympathique. En 1643, pour services rendus en se battant contre Cromwell, les Hollandais, les Irlandais et tout ce qui passait à sa portée, il est nommé duc de Cumberland… C'est lui, l'inventeur de Cumberland Bay. Sous quel que nom que ce soit, il se spécialise dans la baie, et on ne peut que s'incliner devant son goût parfait.

La rumeur publique lui attribue comme dernière demeure un petit édifice en pierre pas trop mal venu, au beau milieu du marché de Portsmouth, mais cette rumeur est devenue presque imperceptible. Après tout, c'est peut-être lord Cathcart qu'on a enterré là, et c'est peut-être personne. On voit mal les restes de Rupert le Corsaire se lever la nuit pour méditer parmi les épluchures.

Trois mâts et une coque basse se profilèrent à l'entrée, le rayon laser du Cap les reconnaît tout de suite : c'est *Rara Avis,* un yacht considérable, mené par un équipage en kaki, battant comme nous pavillon belge et pavillon du RBSC[1] Voilà qui n'est pas banal en ce lieu écarté. Son propriétaire,

1. Royal Belgian Sailing Club.

qui est Gantois comme moi, n'est malheureusement pas à bord. *Rara Avis* était comme nous en route pour les Bermudes et pour l'Europe via les Açores. Du pont de trente mètres de ce beau bateau bien briqué, bien équipé, de bonne qualité, *Hierro* nous paraissait soudain bien petit.

Terre d'ombre et de lumière, la Dominique nous quittait sur un dernier *morne. Morne* est le nom créole, bâtard de l'espagnol *morro,* de ces sommets arrondis qui donnent aux Petites Antilles leur physionomie personnelle. Une espèce de cordillère de mornes court sur toute la longueur de la Dominique, leurs noms expriment assez les préoccupations des premiers envahisseurs, le diable y revient fréquemment, bouillant et soufreux. C'est pour le tenir en respect, sans doute, qu'à côté de l'apaisant jardin botanique (toute île anglaise a son jardin botanique) s'est installé le couvent de la Vierge-Fidèle où de nobles et charitables filles de Dieu prêchent par l'exemple. Pour diverses raisons ayant trait aux rares moyens de transport et à la maigreur de notre escarcelle, nous n'aurons, hélas, pas vu sœur Clotilde, qui est flamande comme nous.

Il est bien vrai que l'inventaire du bord compte une bicyclette pliante à petites roues, objet très utile pour aller aux provisions et faire des petits tours dans les environs. Mais le couvent ne se trouve pas précisément dans les environs de Portsmouth, et les chemins sont partout si escarpés qu'un hélicoptère aurait mieux fait l'affaire. Je sais bien que ce sont les sentiers les plus ardus qui mènent au ciel le plus sûrement et que nous avons péché par paresse, mais nous ne voulions pas encore aller au ciel tout de suite, nous voulions d'abord aller aux Saintes.

Les nuages restèrent cramponnés aux mornes de la Dominique et nous retrouvâmes dès que nous fûmes au large le soleil égaré. Il n'y a que seize milles à faire. Familiers des longues traversées, natifs d'un pays de mers froides et traîtresses, nous ne pouvions nous lasser de ce genre de navigation tout nouveau, qui nous promenait en quelques heures d'une terre à l'autre sur un océan toujours bleu. Le croissant d'îles maintenant s'incurvait peu à peu vers l'ouest, et le nordé toujours frais, au lieu de nous contrecarrer, se laissait docilement prendre dans les voiles pour nous tirer tout droit vers le but choisi. Si la perfection existe en matière de plaisance, c'est aux Antilles qu'il faut la chercher, et je me demande comment il se fait qu'on ait mis si longtemps à s'en apercevoir. C'est encore la faute à Colomb. Il en a été fait un tel plat, de cette expédition vers les Fausses Indes, que des siècles en furent impressionnés. Mais ce qui était au XVe siècle un saut dans l'inconnu, une aventure difficile, pénible et dangereuse, a été refait de nombreuses fois depuis, et les progrès matériels du monde moderne, pour le meilleur et pour le pire, l'ont rendu accessible. Pourtant, il n'y a pas trente ans que la voile privée et désintéressée a trouvé le chemin de la haute mer pour s'émerveiller de ce qu'elle trouvait de l'autre côté. Il a fallu que des Colomb du nom de Slocum et de Gerbault montrent hardiment le chemin pour que se mette en branle toute une théorie de braves petits bateaux en quête non d'or et de fortune, de pillage et de sang, mais d'un bonheur personnel mérité par l'effort.

Pour ce groupe d'îles où nous allions, le baptiseur de service s'était trouvé court d'invention, le calendrier ne suffisait plus, il était pressé : il les appela les Saintes, en bloc. L'ombre tutélaire de la Guadeloupe les englobe dans un même regard bleu. Comme nous approchions, dansant sur la mer éclatante, le bloc se décomposa en îlots rocheux striés et crevassés par l'érosion. Laissant à bâbord Terre-de-Bas, nous passions à toute allure entre la Coche et Redonda, découpée en tuyaux d'orgues, et toutes les dix secondes le paysage se regroupait en nouvelles compositions décoratives. Des troncs d'arbres flottants marquaient les casiers à langoustes. Une de nos ambitions est de relever un jour un de ces casiers, le vider, remplacer la prise par une bouteille de rhum et nous embusquer pour voir la tête du pêcheur. Ce ne serait pas encore pour cette fois-ci, car la houle était forte et la brise fraîche aurait rendu la manœuvre malaisée. Nous avancions en vrombissant comme un frelon, toutes voiles dessus. Derrière Redonda s'ouvrit une baie au dessin compliqué et Bourg-des-Saintes apparut, le port de Terre-de-Haut, un hochepot coloré de cases, de cottages, de barques et de cocotiers dominé par un très blanc sanctuaire en forme de croix. La large entrée commode n'est pas balisée, on l'appelle la passe du Pain-de-Sucre, et de-ci de-là se cache sous le flot une langue de corail. Il n'est que de choisir, parmi les bleus et les verts brillants de l'eau, le plus foncé pour passer en sécurité. Nous mouillons proprement au bord d'un îlet minuscule entièrement occupé par une villa rose, comme un chapeau posé sur un tabouret dans l'antichambre.

Il n'y a que 16 milles d'ici à la Dominique, mais nous trouvons un décor, une atmosphère totalement différents. Plus de pluies, plus de sorcelleries, les Saintes sont raisonnables et posées. Ici, parmi les collines d'un vert sec, de modeste altitude, Bourg-des-Saintes essaye très fort de ressembler à une sous-préfecture, proprette, astiquée, avec jardinet géométrique à bancs de béton, église à tour carrée avec sujets style Saint-Sulpice fraîchement peints. Le Bourg échappe de justesse à la laideur par une netteté villageoise, le blanc du crépi, le vert charnu des plantes, le rouge vif des toits de tôle, le tout plaqué sans nuances sur le bleu fondamental du ciel. En Bretagne-sur-Caraïbe, les Saintois sont blancs et ne se mélangent point, ils mènent sur leurs îles une existence têtue et renfermée, depuis des siècles isolés, archibretons, tache blanche dans un archipel noir. En bons Flamands amateurs de quant-à-soi et d'indépendance, cela n'était pas fait pour nous déplaire. Marins d'adoption, nous nous entendons à demi-mot avec ces îliens entièrement tournés vers la mer nourricière, peuple de pêcheurs descendant de corsaires. Aucun regard curieux ne nous suit dans les rues. Indifférence ou discrétion, c'est en tout cas très reposant.

En plus, les filles des Saintes sont jolies.

A l'époque des vacances, les Guadeloupéens d'en face envahissent les Saintes, occupent toutes les chambres disponibles, plantent la tente sur les collines et mènent grand bruit de moteur dans la baie. Sitôt les congés terminés, le Saintois prend une éponge et efface, il enterre la saison et, nullement influencé, retrouve son intégrité et son inusable candeur. On repeint le joli canot de pêche, on repart au boulot. Ce canot de grande réputation est, lui aussi, appelé saintois, et nous le connaissons dans les coins, un saintois servait précairement de youyou au premier voilier à bord duquel, en qualité d'équipiers, nous fîmes un long voyage. C'est une embarcation des plus instables, mais fine marcheuse.

Au bout de cinq jours, nous n'avions rien appris de plus des discrets Saintois. Aidés, si l'on peut dire, par la maigreur des ressources du pays, ils ont conservé une ombrageuse dignité de pauvres honnêtes. Ni cultures ni vergers, ou si peu, sauf une humble vigne qui produit d'excellent raisin, une fois l'an. Pour le reste, la mer.

La télévision, émise de Pointe-à-Pitre, a insinué dans les Saintes l'image de la civilisation. Chez l'épicier, son énorme œil opaque reflète, dans la boutique même, les poissons séchés et les bouteilles d'apéritifs. A part ça, comme distractions, il y a le rhum et la fabrication des enfants. Les familles sont nombreuses, ça va chercher parfois jusqu'à quinze, dix-sept enfants par maisonnée, enfants blancs, beiges, kaki ou sapotille, toujours avec des yeux bleus. Couverts d'un chaume roux ou blond, ils sont ronds, robustes, et pas plus bavards que papa. On sait gré aux Saintois de s'accrocher à leur territoire, ces îles sédatives sans voitures, sans téléphone, sans fièvre, qui ne demandent rien à personne.

Pas idiot, le gendarme préposé, au cœur d'une population vertueuse, à un ordre public rarement troublé. Pas idiot, le gars qui représente à lui seul les Douanes. Il jette sur nos papiers un regard en coulisse, d'un geste nous les fait rengainer : il a autre chose à faire. Il tient le bon bout d'une canne à pêche et, assis sur l'appontement, jette l'autre bout, avec une régularité de métronome, dans de véritables nuages de petits poissons. C'est le fretin qui lui permettra d'appâter cette nuit des pêches plus importantes. L'argent mouvant des poissonneaux attire un oiseau de mer qui tournoie au-dessus de nos têtes, fonce en piqué et ne rate pas son coup. L'administration des Douanes se précipite, rassemble son fretin et le cache : « Sacré bandit ! Toujours à chiper la pêche des autres ! » Il rit, bon enfant, hausse les épaules : « Il est si gâté… » Et voyant nos visages en forme de point d'interrogation : « Il appartient à un gars d'ici, c't'un oiseau apprivoisé. On siffle et il vient. Z'allez voir. » Il module un son aigu et lance en l'air un petit poisson, le sterne familier l'attrape au vol, part à tire-d'aile, revient en flèche, le bec quémandeur.

Décidément, nous nous plaisons ici. Histoire de prendre de la hauteur, nous montons sur le Morne-à-Mire voir le fort Napoléon, vieille redoute rébarbative datée de 1867. « Ce n'est pas le vrai Napoléon », dit le Cap, déçu. Mais ce sont de vraies douves comblées d'épineux et de cactus, c'est un vrai pont-levis, et je fais le tour du fort par un vrai sentier de chèvres en me faisant de vrais accrocs. Au plus épais des fourrés, à deux pas, je lève deux iguanes bleu-vert, le dos préhistoriquement hérissé, l'œil en émerillon plein d'alarme. Nous nous regardons, immobiles, osant à peine respirer. En prendre un par la queue et le ramener en triomphe… Je pense aux iguanes naturalisés qui se dessèchent dans les boutiques de Bourg-des-Saintes en attendant l'acheteur désinvolte. Laissons à ceux-ci ce répit avant de finir en dessus de bibliothèque. D'un bond, ils disparaissent dans les profondeurs des douves altérées.

Longuement, nous contemplons une vue aérienne indiscrète et splendide, révélant tout le minuscule archipel aux contours capricieux, comme découpé au massicot et déposé sur la mer. On voit la Dominique et Marie-Galante, la Désirade et la Guadeloupe toujours voilée d'une brume seyante, Terre-de-Bas et les îlets de la Coche, et l'îlet à Cabrit, où il n'y a plus de cabris. Beauté âpre et furtive, pas immédiatement saisissable d'en bas et qui s'étale ici soudain souveraine et s'exalte dans un coucher de soleil safran et jonquille. Les terres des Saintes, sourdement, annoncent Saint-Barthélemy par un même charme fruste et poignant.

Sur tous les sommets, il y a de petits fortins ronds et des ruines de murailles défensives. Il n'est aucune de ces îles qui n'évoque le cliquetis des armes. Devant nous s'étend le plan d'eau stratégique où les flottes de Rodney et de l'amiral de Grasse croisèrent leurs beauprés en une des plus mémorables batailles navales de l'histoire antillaise. C'était en avril. Les tulipiers et les flamboyants étaient en fleur et l'alizé déjà faiblissait avant la saison des cyclones. De Grasse transportait des troupes et du matériel lourd, Rodney était armé en course. La brise fantasque scinda en deux la flotte française, Rodney saisit l'occasion et inventa sur-le-champ une technique de combat toute neuve qui allait faire la fortune de Nelson à Trafalgar. Piétinant les prescriptions du Manuel de la bataille navale, il changea son ordre d'action en pleine mêlée (hérésie pendable) et précipita six vaisseaux dans la brèche de la flotte française, enlevant un morceau décisif. Cette victoire releva le prestige des Anglais, un peu ébréché à cette époque dans les Antilles, et la bataille des Saintes peut être considérée comme le début de la période des accords plus ou moins pacifiques qui a duré jusqu'à nos jours. La mer roule sur toute cette Histoire des flots indifférents, il n'y a pas de tombe du Matelot inconnu. Peut-être se trouve-t-il, de temps à autre, un petit Saintois sortant de l'école pour évoquer en regardant au large soixante-dix vaisseaux à phares carrés s'entrechoquant en colère ? je n'en crois rien : il rêve de Thierry la Fronde et court traquer « mon » iguane, petit Celte pur et borné.

On va nous reprocher, je le sens, d'avoir aimé les Saintes d'une affection spontanée et négligé la grande Guadeloupe.

Où ai-je récemment rencontré un Guadeloupéen bon teint, yachtsman de surcroît, que j'ai félicité sur la beauté de son île ? J'étais sincère. A la carrosserie, il n'y a rien à redire.

La Guadeloupe en forme de diabolo, avec sa Grande-Terre et sa Basse-Terre unies par la Rivière-Salée, qui est un détroit, est plastiquement sans défaut. C'est ce qu'on a mis dessus qui n'est pas beau.

— Voyons, m'a dit d'autre part un Guyanais impartial, mais pris aux sortilèges modernes, la Guadeloupe est une grande île, très *up to date*. Il y a des hôtels magnifiques, des usines formidables, la télévision. Il y a l'enseignement moyen, des plaines d'aviation, l'urbanisme, le cinéma et le suffrage universel. Comment pouvez-vous dénigrer une île aussi développée ?

— Loin de moi de la dénigrer. Je ne me le permettrais pas. Seulement, nous sommes allés déjà à Pointe-à-Pitre, et nous n'avons nulle envie d'y retourner. J'en garde un souvenir noirâtre qui me poisse la mémoire. Laissons là ses docks, son sous-sol calcaire et ses sources minérales. Et même, nous n'irons pas compter sur les doigts ce qui a changé, nous ne sommes pas ici pour admirer le zèle des urbanistes, mais celui des dieux bienveillants qui ont permis la banane et le cacao après avoir créé le palmier royal.

— La nature, quoi, si j'ai bien compris ?

— La nature, dis-je fermement. Vous pensez bien que nous n'avons pas quitté notre grand-ville et affronté les périls marins pour nous jeter en plein rodéo ?

Mon Guyanais est sceptique. Pour lui, la brousse tropicale, c'est malsain.

La nature souffla donc dans nos voiles et nous poussa vent arrière vers Basse-Terre et le port du même nom, sous une espèce de velum de nuages.

— Par vent d'est-sud-est, prédit le Cap, nous sommes bons pour une grosse houle devant ce qui sert de port à Basse-Terre. C'est ce qu'on appelle un mouillage forain ; cela veut dire que, comme à la foire, on y est secoué.

Bon train, nous doublâmes la pointe du Vieux Port, où il y a un phare. C'est rare, les phares, aux Petites Antilles. Mais une triste chose se déploie peu à peu. Que n'ai-je mon Guyanais sous la main ! C'est d'abord un piteux ramassis de cases, mi-village de pêcheurs mi-faubourg, s'agglomérant, durcissant en ville, rues grises, files d'autos, pont moderne menant à une espèce de port malgracieux. Un peu de pluie là-dessus, on se croirait à Tourcoing. Seules taches de couleur, les beaux atours d'une foule bariolée qui, justement aujourd'hui, enterre Can-naval. Voici un wharf, une grue, un cargo, une digue de pierre battue par la mer et un tas de gravats ou deux. C'est le mouillage. Nous amenons la toile et je prépare mon ancre. Louis avait raison : dans ce coin exposé, nous voyons le charter yacht *Dixie* et deux tristes canots à moteur rouler comme des tonneaux. Nous jetons autour de nous des regards peu complimenteurs. A bâbord le cimetière, à tribord une berge accidentée, et pas même un endroit où amarrer le youyou. J'empoigne l'ancre, attendant le signal.

— Quelle heure est-il ?, dit le Cap.

En voilà un moment pour demander l'heure… Je consulte de mon œil d'aigle le cadran de la cathédrale :

— Cinq heures moins vingt. Et l'ancre pèse quinze kilos !

— T'occupe pas, dit le Cap. Viens prendre la barre, que j'aille voir la carte.

Nous virons de bord avec un salut à l'adresse de *Dixie* et en tirant la langue au cimetière. Penché sur la table des cartes, le Cap marmonne ; six milles d'ici à l'anse à la Barque, nous pouvons y arriver avant l'obscurité. N'importe quel mouillage plus au nord vaudra mieux que celui-ci. Et puis, alors, zut, c'est vraiment trop laid…

Pour nous féliciter, le soleil s'échappa des nuages, dessinant les crêtes et rafraîchissant les couleurs avec une joyeuse prodigalité. Nous laissions la grisaille derrière nous et reprenions gaieté en longeant une Basse-Terre plus engageante. Sur la rive, des ribambelles de déplorables cahutes forment avec de hautes constructions ultramodernes un contraste propice aux conclusions faciles. Plus loin, des gens pique-niquent sur la plage de sable noir, les autos rangées sous les goyaviers. Comme dans trop d'autres îles, le bord de mer sert de dépotoir. A l'arrière-plan des monticules de la voirie, les monts verts et bleus rêvent, bien au-dessus de tout cela. Au loin, c'est déjà l'îlet à Goyaves. La terre s'ouvrit comme une noix sur une crique profonde et bien protégée, émaillée de petites bouées de corps-mort, de barquettes et de canots. Au fond, une unique maison, et autour une route qui s'élève et descend en suivant la côte. Nous avons bien fait de dédaigner Basse-Terre pour cette anse à la Barque au nom irrésistible, qui nous enveloppe confortablement et nous borde pour la nuit.

Tôt levée, j'enfilai avant tout mon maillot de bain, comme de coutume, pour le petit plongeon matinal. Encore heureux que j'aie pensé à le mettre : à peine eus-je mis le nez dehors qu'un bonhomme plein d'espoir me héla de la jetée : Taxi ? Taxi ? Comme si j'allais, au saut du lit, me payer sur l'heure des virées en automobile.

Mais il est dit que nous ne garderons de l'anse à la Barque qu'un tableau visuel à ranger derrière la rétine. La brise s'était mise à l'ouest, phénomène curieux, inquiétant même. Dans cette région, à cette époque, il ne devrait y avoir que du vent d'est, c'est mathématiquement prouvé. De voir pour la première fois *Hierro* le nez tourné vers le large, vers l'ouest, nous mettait mal à l'aise. Il culait déjà périlleusement vers la jetée. Il n'y avait pas à hésiter : en route pour un autre mouillage. Dehors, nous nous rendîmes compte qu'il s'agissait d'un vent local entré là par simple curiosité. De brises légères en calmes plats, de calmes en brises variables, de zéphyrs en rafales soudaines, nous avançâmes spasmodiquement le long d'un rivage maintenant admirable. L'ombre violette des nuages courait sur les sommets et les vertes vallées d'une Guadeloupe voluptueusement étalée. Dans chaque petite anse, chaque petit village embellissait à mesure que nous nous éloignions de l'affligeant port de Basse-Terre. Tentés par chacune d'elles, nous élûmes l'anse Deshayes, prise entre la pointe Ferry et le Gros-Morne. Tiens, voilà *Flica* ! On revoit toujours les mêmes têtes.

Une bonne odeur de verdure, une petite plage claire, les omniprésents cocotiers jamais de trop, des rochers harcelés par le flot, des maisons de bois et tôle ondulée qui montrent le derrière à la mer, c'est l'anse Deshayes. Nous y fûmes heureux et le souvenir de ses eaux rêveuses couleur de pêche pas encore mûre s'entache de mélancolie : car depuis, Deshayes a été balayée par un des premiers ouragans de la saison. Un courant d'air féroce et hurlant comme les hordes d'Attila a foncé sur la douce Deshayes et a tout emporté.

La douce Deshayes, c'est bien ainsi qu'il faut la nommer, car nous n'y avons rencontré que gens aimables. Des noirs ou des métis sans malice au sourire cordial. Nous fîmes l'emplette de la traditionnelle bouteille de rhum local, et la marchande nous fit cadeau, en prime, avec une grâce très bon enfant, de tout ce qu'il faut pour faire un sirop parfumé, notamment le sucre brun, la cannelle et la vanille. Nous avions fait envoyer le courrier à Pointe-à-Pitre et nous informions déjà de la meilleure façon d'aller l'y chercher quand une employée des postes aimable (c'est normal) et efficace (c'est moins fréquent) nous assura qu'elle nous le ferait tenir le lendemain par l'autobus quotidien. Et il arriva. Je me souviens aussi d'un vieux pêcheur, à mi-corps dans la mer, occupé à laver le fond de sa pirogue avec une tendresse touchante. Deshayes vivait au ralenti et c'est un des endroits où nous avons pu capter encore l'écho d'un passé langoureux. Même l'hôtel avait une allure rustique, genre rose-pompon. Le grand hôtel moderne et chic est caché derrière le Gros-Morne.

Tout cela n'était pas, à vrai dire, bien joli ni impeccablement propre, mais inimitable, et Deshayes nous plut un peu à la façon de Bequia, par sa simplicité.

Je fus nager sur les récifs, au bord des rochers tortueux, et le Cap, auquel l'état de ses oreilles interdisait toujours la trempette, et qui du reste est moins rat d'eau que moi, ramait aux alentours en surveillant mon petit périscope baguenaudeur. Les fonds antillais, dans l'ensemble, sauf peut-être à Tobago Cays, ne valent pas ceux du Pacifique, mais un fond de mer est toujours bon à prendre, ne fût-ce que pour l'adorable sensation de flotter sans pesanteur dans une fluide et lumineuse aigue-marine.

Nous avions fort à faire. Des périodes de paresse envoûtante faisaient place, quand les travaux s'accumulaient, à des poussées d'activité. Nous fîmes le plein d'eau à un robinet public, par touques, prévoyant une série d'îles assez sèches. Car peu à peu nous allions atteindre la partie nord de notre chapelet et l'orographie allait changer. Nous prîmes quelques provisions, car les îles suivantes seraient anglaises. Nous écrivîmes quelques lettres dix fois différées. Il fallut réparer le taud de soleil, rongé par les bourrasques martiniquaises et la pluie dominicaine. Et je me livrai à ma première chasse aux cancrelats. On a beau avoir quelques notions de propreté à la flamande, le cancrelat ne s'évite pas dans les pays chauds. A la faveur d'un cageot de légumes, je devais avoir embarqué quelque chose comme une maternité cancrelate, les naissances étaient quotidiennes et la façon dont les petits prospéraient faisait plaisir à voir. Couscous, dont une des occupations favorites était de faire le tour du pont en passant la tête par tous les hublots l'un après l'autre, additionna le résultat de ces divers points de vue, bondit à l'intérieur et passa à l'action. D'une patte agile creusée en cuiller, il attrapait son cancrelat et le croquait.

L'*Ortac* vint alors nous tenir compagnie dans la baie. C'est lui aussi un ex-bateau belge, mûrissant mais portant beau encore, construit par Cockerill en acier avant la guerre. Celle de 40. Il appartient maintenant à un couple français. Bien entendu, ils font un peu de chartaire. Complètement vannés par une dure traversée d'Antigua à la Guadeloupe vent debout, ils acceptent néanmoins de venir boire un pot à bord, et jusque tard dans la nuit le carré de *Hierro* résonne d'une débauche de cancans et de petites nouvelles. Mme Ortac est, je crois, vietnamienne, et en tout cas absolument ravissante, une de ces beautés mates et fragiles de femme-enfant, de femme-liane, qu'on associe mal avec la vie en mer. Pourtant, ils vivent à bord depuis cinq ans, ce qui tend à prouver tout ce que vous voulez.

9

La capitale du chartaire

Antigua. Il y a, bien pesés, 45 milles d'ici à la Guadeloupe, et c'est un autre monde. Si celle-ci a passé jadis par des périodes d'appartenance étrangère, du reste courtes et à peine effectives, celle-là n'a jamais été qu'aux Anglais, une des rares Petites Antilles à n'avoir pas changé de mains. C'était la base navale britannique, le tremplin stratégique et par mauvais temps le refuge parfait de la flotte, avec une entrée en chicane invisible du large. L'ennemi qui osait s'en approcher pour reconnaître les abords se cassait le nez sur les récifs ou se faisait emporter les mâts par les boulets des fortins de l'entrée.

Le coq venait tout juste de tirer le jour de ses antipodes quand nous quittâmes Deshayes. Une mince brise virant au sud-est nous soutenait difficilement à travers une forte houle contraire compliquée de petits houles adventives, dans l'ensemble la plus désagréable des combinaisons. Les bômes battaient, les mouvements heurtés et imprévisibles nous jetaient contre les coins les plus revêches du bateau. De petits grains passaient, crachotant un peu de pluie, on n'arrêtait pas d'ôter et de remettre les cirés. La Perle, joli rocher bien nommé, au nord de la Guadeloupe, perlait comme une larme sur un horizon de plomb. Mais les Antilles, bonnes filles, ne boudent jamais longtemps. Dès midi les nuages se regroupèrent en inoffensifs petits tas de crème à raser, bien moussants, la brise se posa à l'est, le temps de border les écoutes et il faisait superbe. Nous retrouvâmes le sourire. A croire que nos âmes primitives sont liées par un fil invisible au soleil, il les ouvre et les ferme à volonté.

Nous approchions plus vite maintenant. Nous observions, l'œil rétréci par la vive lumière, les falaises stratifiées et les brisants, cherchant cette entrée, réputée si difficile à trouver que bien des yachts l'ont quêtée en vain. Je me demande où ils avaient la tête. Dépassant le profil bas des côtes, les mâts des bateaux se voient à un mille et une balise orange collée sur le rocher ne laisse subsister aucun doute.

Nous entrâmes avec un peu de désordre. Cela arrive, je suppose, aux plus chevronnés, certaines conjonctures de pic, grand-voile, écoute et bôme s'entendent assez bien à vous emberlificoter à l'improviste. Empêtrée dans une avalanche de térylène, je confondais garcettes et rabans et répondais d'une voix étouffée aux objurgations du capitaine, qui courait des drisses à la barre, conscient de dix paires d'yeux désœuvrés qui suivaient avec intérêt une manœuvre originale. Je les envoyai mentalement se faire photographier ailleurs, ces marins d'eau bleue, yachtmen à la Marie-Claire frottés d'oléo-bronze. Il y a des moments où toute sérénité m'échappe.

La toile enfin ferlée à satisfaction, nous nous retrouvâmes, pour la première fois depuis Casablanca, amarrés le long d'un quai. Côté jardin : une baie multiforme, parfait mouillage naturel. Côté cour : un musée. Un vrai musée formant port de yachts. Les grands navires, les barques de pêche et les goélettes caboteuses sont impitoyablement envoyés de l'autre côté de l'île, à Saint-John, ailleurs. English Harbour est réservé aux yachts. Cela préserve son caractère, le voilier embellit ce que le cargo aurait déparé et les yachts, Dieu merci, n'ont pas besoin de grues, de débarcadères et d'entrepôts.

Les constructions principales de l'ancienne base navale furent érigées sur une langue de terre dont l'angle fait saillie dans le port et dont les côtés revêtus de pierre descendent tout droit dans l'eau claire et profonde, fleuris d'anémones de mer aux couleurs pastel. Il n'y a pas bien longtemps, un certain commandant Nicholson, arrivé aux Antilles à bord de son yacht *Mollyhawk,* s'enticha de ces séduisantes ruines abandonnées et s'installa dans l'ancien quartier des officiers. Il fonda la Société protectrice d'English Harbour, réunit des capitaux, retroussa ses manches et entreprit la restauration de la base navale. Elle n'est pas tout à fait terminée, mais d'intelligents travaux ont déjà relevé la plupart des bâtiments, la voilerie, le quartier des matelots, la scierie, l'atelier de menuiserie, le corps de garde, la cuisine. Des colonnes marquent l'ancien abri de baleinières et le bassin de radoub. Tout est en belle pierre grise qui se marie heureusement au vert suave des collines. Le port ressemble à nouveau beaucoup à ce qu'il était au temps de Nelson.

Le commandant Nicholson habite toujours la même maison, où il tient maintenant un bureau de chartering et un magasin bien fourni. Du poste de police on a fait l'Admiralty Inn, une jolie auberge dans le style anglais. La maison qu'occupa Nelson est devenue le musée Nelson.

Lord Nelson, en effet, quand il n'était ni lord ni amiral, mais commandant de la frégate *Boreas,* a fait à English Harbour un séjour de trois ans. Il s'y ennuyait fort, si fort qu'il s'en fut tirer d'une île voisine une accorte veuve et l'épousa. Ambitieux, pointilleux, ennemi des compromissions, il ne se fit pas aimer des Antiguais et son séjour dans cette île aimable fut triste et solitaire. Il a, depuis, acquis quelque renom et Antigua, oublieuse, l'exploite à fond. Il n'y en a que pour lui. Trois fois par semaine, un son et lumière, ma foi très réussi, éclaire les docks d'une lumière glacée verte et jaune, tandis que sur la colline en face, devant Clarence House, se déroule une saynète plus ou moins historique. L'air est si sec et si pur qu'assis dans le cockpit nous pouvons en suivre les répliques par-dessus toute la largeur du plan d'eau, tandis qu'à nos côtés les projecteurs illuminent tour à tour les lieux évoqués. Chaque jour, des touristes, pas trop, viennent de Saint John flâner dans notre musée. Sans doute, après avoir trouvé d'autres endroits trop sales, je trouve English Harbour un peu trop propre. Ainsi sont les femmes. Mais à force d'évoquer la fin du XVIIIe, on se prend à regretter la poudre et les balles, les perruques et les bals. La vieille cuisine est un peu trop déserte, la vieille ancre de carénage qui décore le quai un peu trop fraîchement repeinte. Mais l'atmosphère est unique et peut-être sans égale dans le monde.

Antigua est une île de peu d'élévation. Elle n'a pas la grandeur majestueuse de la Martinique ou de Grenade, elle est toute en collines rondes semées d'anciens moulins à sucre et de maisons de planteurs en briques rousses. Les cannes courbées par le vent, les plages claires, la végétation courte et cuite de soleil la colorent de teintes mouvantes et délicates Elle n'est pas de ces îles qui crissent d'une floraison continue, elle appartient au groupe brûlant et léger qui annonce les îles du nord. C'est une île sèche où il pleut rarement, il n'y a ni sources ni cours d'eau. Il y a cependant quelque chose comme vingt-quatre hôtels dans cette gare de triage pour voyageurs cossus, on se demande comment font les hôteliers pour assurer aux Américains les abondantes ablutions qui leurs sont indispensables. Quant aux petits bateaux, ils sont priés de s'abreuver ailleurs. L'eau douce ne leur est accordée qu'à la dernière extrémité.

Le capitaine du port-conservateur du musée vint nous rendre visite et se révéla modestement un authentique descendant de Fletcher Christian. Il n'a sans doute rien fait pour ça, mais je ne l'en respecte pas moins, car cela n'est pas donné à tout le monde. C'est un digne et très britannique vieux monsieur avec barbiche et moustache à la Edouard VII. Il a vu des soucoupes volantes et, au milieu de sa reconstitution historique, s'est engoué de réalisme fantastique.

Couscous raffolait d'Antigua. Pour la première fois depuis son embarquement, c'est-à-dire depuis des temps immémoriaux, il mit patte à terre. C'est strictement interdit par le règlement, mais Couscous ne sait pas lire, et batifolait avec ardeur parmi les vieux murs et les herbes folles.

Le premier soir, comme je montais l'échelle du carré, le punch réglementaire à la main, je demandai machinalement :

— Où est le chat ? Il est rentré ?

— Je ne sais pas. Il y a dix minutes, il jouait derrière ce tas de caisses.

— Ah, le voici ! Mais… mais…

Qu'est ceci ? Deux chatons noirs identiques sont assis face à face sur le rouf. Je regarde mon verre sévèrement, mais non, il est encore presque plein. Le Cap ôte ses lunettes solaires pour mieux considérer ce fantasme crépusculaire. « Hé, Ksskss ? » La moitié du mirage tourne vers nous des pupilles dilatées, l'autre moitié suit. Soudain le miroir se rompt et deux Couscous jumeaux se poursuivent en course folle autour du pont, sautent à terre et disparaissent dans les magasins d'armement de Nelson.

Le mot de l'énigme nous fut donné par un bateau voisin, mené par un jeune couple anglais. Ce mot était, naturellement, La Luz. Leur chaton a été recueilli au même endroit que Couscous, au même moment, pas de doute, ils sont de la même portée. Après avoir galopé toute la nuit au clair de lune, ils revenaient fraternellement à bord se partager le petit déjeuner, si extraordinairement semblables qu'il fallait les retourner pour savoir à qui on avait affaire, décider qui était la nôtre et qui le leur.

Le taxi pour Saint John's coûtait dix dollars aller et retour, dix dollars « bioui », comme on dit ici, c'est-à-dire B(ristish) W(est) I(ndies), valant environ trois nouveaux francs. Notre budget ne permettait pas Saint John's, car le taximan s'y entend pour vous montrer en passant l'usine cotonnière, le jardin botanique, le grand fort Saint-George, le vieux port de Falmouth, le bar tenu par son beau-père et l'inévitable boutique de souvenirs, avec suppléments en rapport. Nous préférâmes investir nos bioui dans un rouleau de cordage de térylène fourni par Nicholson, et remplaçâmes la drisse de grand-voile, la drisse de pic, l'écoute de grand-voile, toutes en chanvre raide et rude, par des manœuvres plus souples, au toucher agréable et d'une liliale blancheur. *Hierro,* pimpant, excitait l'admiration générale. Sur la pelouse, dans l'ancienne armurerie pas encore restaurée, nous confectionnâmes avec une des drisses répudiées une carpette raide comme un caillebotis.

Peut-être aussi que, à force d'îles, nous commencions à nous fatiguer un peu de courir à l'autre bout voir une petite ville toute pareille aux autres.

Avec tous les grands et luxueux charter yachts amarrés au quai qui forme angle avec le nôtre, nous n'avions que peu de rapports. C'était un tout autre univers. Mais de notre côté, nous avions retrouvé quelques connaissances, notamment le tout petit *Dido,* un bateau en contre-plaqué à tonture inversée que je trouvais laid et que Louis trouvait « fonctionnel », de là d'actives discussions. *Dido* faisait à peu près le même parcours que nous, mené par deux jeunes Anglais simples et sympathiques. A l'encontre de bien d'autres, jamais espace marin restreint n'a été si bien tenu ; ces jeunes gens, sous le rapport de l'ordre, en auraient remontré à mainte ménagère. Dès qu'on y déplaçait le moindre objet, vite, une main vous passait sous le nez et le remettait à sa place, maintenu par crochets, tenons ou élastiques.

Ayant vainement cherché M. Christian pour lui payer notre amarrage (2 bioui par jour), nous disposâmes une enveloppe à la garde d'un buste de Nelson polychromé, et nos amis de l'*Ortac* retrouvés larguèrent nos amarres. Le vent soufflait frais et gonflait la grand-voile, nous étions à doubler l'angle du quai quand un cri s'éleva : c'était notre ami Gibbons, l'Américain du cotre *Mariann* : « Oh ! attendez ! pas si vite ! un petit cadeau pour vous ! » Nous le vîmes partir au petit trot vers l'Admiralty Inn tandis que, intrigués, nous virevoltions dans le port, gîtant à la brise. Une manœuvre hardie exécutée militairement nous amena à un mètre du quai et j'attrapai au vol deux bouteilles de whisky du type bourbon *for the ship's stores.* Généreuse Amérique ! Gibbons a pris place dans notre registre sentimental parmi mille autres que, sans doute, nous ne reverrons jamais, et qui pourtant sont nos amis. Ce n'est pas tellement le whisky, c'est l'idée, le geste, et ce geste répété d'étape en étape par tant de gens divers, sans que nous ayions rien fait pour ça, c'est lui qui me revient et me console quand j'écris pour la cinq millième fois « Veuillez agréer, Messieurs... ». Je revois la marquise chaussée de caoutchoucs qui m'apporte un bouquet de fleurs ; le petit garçon portugais qui vient spontanément plonger pour débarrasser l'hélice d'un filin embrouillé dedans ; Nada X... agitant son appareil photographique au bout de la jetée ; le voilier de La Luz prêtant son canot, ses dames-jeannes et ses bras pour embarquer de l'eau ; Harold Cherry écrivant sur la page de garde d'un livre qui nous intéresse « Pour *Hierro,* de la part de... » ; Peter effaçant les prix sur ses petits objets d'ivoire de cachalot, afin de nous faire une ristourne plus délicatement ; le boulanger de Tortola, qui est juif et ne vend pas de pain le vendredi, mais qui le donne ; et l'obscur club nautique d'une île lointaine qui trouva un drapeau belge à hisser à notre entrée.

10

Des îles qui attirent ou repoussent

Avant de doubler la redoute qui défend la passe, je vérifiai une dernière fois si on ne s'était pas trompé de chat, et nous sortîmes en beauté. Dehors, la mer était agitée, mais le vent portant. Antigua recula en rosissant comme une jeune fille. Au terme d'une traversée sans péripéties, Montserrat arrondit un dos de dromadaire. Nous l'abordâmes par sa pointe sud et longeâmes la côte abrupte toute en ressauts et pans coupés, ourlée de plages étroites sur lesquelles grondent les brisants. « Tout le monde veut maintenant sa petite maison à Montserrat », avait dit Mr Christian. C'est devenu l'île des vacanciers. Sources chaudes et froides, soufrière évidemment, climat tempéré, monticules boisés couleur vert chasseur. Une bonne senteur de verdure mouillée nous arrive par bouffées. Dans les replis des collines, ce ne sont que cottages trois pièces-salle de bains, bien situés mais d'une banalité désolante.

En vérité, Montserrat n'avait rien à nous offrir, cela se voyait au premier coup d'œil, et au second aussi. Nous doublâmes Bransby Point au jour déclinant, une demi-lune déjà prête à prendre la relève, et j'amenai le foc. Le port de Plymouth (les topologues anglais ne se sont pas démis la veine inventive) nous accueille avec les rafales prévues, descendues des montagnes. La houle en travers nous fait rouler plus qu'en mer. Les maisons de Plymouth sont assises en rond parmi les cocotiers, gardiennes d'un monument qui ressemble à une fusée prête à être lancée sur orbite.

L'île d'Émeraude, pour qui cherche la tranquillité, est un paisible refuge, c'est le total de ses attraits. Il n'y a rien à voir à Montserrat et rien à apprendre. Il nous était indifférent que les indigènes y parlassent avec l'accent irlandais ; où qu'on aille, l'accent du terroir est toujours épais et merveilleusement incompréhensible. Nous n'eûmes rien de plus pressé que de relever l'ancre, le lendemain, pour le court trajet vers Nevis.

Nous étions maintenant arrivés dans les Sous-le-Vent proprement dites, classification britannique, anciennement colonie fédérale comprenant Barbuda, Redonda, Saint-Christophe, Nevis, Anguilla, Montserrat, avec Antigua comme chef-lieu. Îles qui se ressemblent et s'assemblent, pareillement vigoureuses et sèches, avec les différences de détail qu'on voit parmi les enfants d'une même famille. Elles ont marché d'un même pas vers un même destin et ce qui se dit de l'une compte dans les grandes lignes pour les autres. Dans les petites lignes, chacune a son profil particulier et nous réserve quelque impression personnelle, c'est le plaisir de se promener aux Antilles : on va, comme dans une exposition, de tableau en tableau, découvrant, comparant, commentant.

Nous avions constamment l'impression très vive de naviguer dans une vallée entre des sommets émergés, quelque chose comme une vieille et gigantesque inondation. Impression banale, puisque pour autant, la sphère terrestre, c'est ça, mais ici remise à neuf et si pénétrante qu'on était tenté de regarder au fond de l'eau pour en reconnaître la géographie dissimulée.

Il faisait beau temps, avec des grains qui nous touchaient peu, une brise frisquette, rien de plus. Le rocher de Redonda, de plusieurs gris délicats, semblait avoir été peint à l'aquarelle. Nevis resta longtemps cachée par un nuage durable, puis se dégagea, cône parfait perpétuellement coiffé d'un bonnet de coton. De là son nom, sans doute, par comparaison avec les toques de neige éternelle.

Ici, pas de falaises abruptes ni de redans se ruant dans la mer. Avec son inévitable soufrière au sommet, le volcan Nevis descend en douce circonférence et s'étale jusqu'aux bords où défaille la mer. Sur ces côtes débonnaires et sans heurts sont disposées des ruines distinguées et des vieux moulins aptères. On se croirait aux Baléares si ce n'était d'une éruption de cocotiers, tropicaux jusqu'à l'extravagance. Nous nous tînmes à bonne distance de ces côtes, réputées pas très sûres. Doublant Nevis, la silhouette de Saint-Christophe apparaît en double-fond, comme si la première était un brouillon de la seconde, un brouillon réussi, un heureux premier jet. Un petit phare blanc sur un cap crie : Attention, récifs ! Le crépuscule orangé rehausse le silence, un âne brait, pareil à une mécanique qui a besoin d'une goutte d'huile.

Derrière le dernier cap arrondi, Charlestown cache au fond d'une baie intimiste des goélettes peintes en rouge, des maisons panachées et des centaines, des milliers de cocotiers balançant dans le vent leur chevelure de Beatle.

Les îles sont comme des personnes, sans raison définie elles attirent ou repoussent. Autant Montserrat nous rebutait, autant Nevis nous était sympathique. A première vue, on ne voyait pas bien pourquoi, l'éclairage peut-être ? La bourgade Charlestown est comme les autres un ramassis de bicoques posé là sans ordre ni idée préconçue, pas assez vieilles pour avoir acquis une espèce d'harmonie naturelle, bref, du laid. Mais quelle importance ? Elles sont peintes et repeintes comme des vieilles coquettes, attifées de faille verte, fleuries de rouge, le rayonnement du soleil habite leurs rides. Des pirogues rêvassent sur la plage au milieu des filets qui sèchent sur leurs pilotis, les pélicans planent par paires au ras de l'eau. Sur la jetée, des bateliers embarquent de force, à l'aide d'un palan, un bétail silencieusement obstiné, et quand la cale ventrue est pleine à n'y pouvoir ajouter un chevreau, ils hissent une voile rapiécée et glissent doucement dans le soir vers Saint-Christophe. Dans ce tableau idyllique, passerons-nous systématiquement sous silence les vastes tanks d'Esso qui luisent au ras de l'eau ? Loin des regrets inutiles, la Nevis du passé ne reviendra pas. Un jour, un voyageur des temps futurs écrira : « Trois gazomètres aux tons d'étain briqué par le sable rêvassent sur la plage et la lumière du couchant joue sur leurs flancs anciens, évoquant l'heureuse époque des véhicules à essence, quand l'homme connaissait encore la douceur de vivre. »

La Nevis du passé était le Vichy des îles. Les gens chic y allaient prendre les eaux. On voit, sur une légère élévation, les ruines de l'hôtel fin du XVIIIe siècle près duquel sourdait la fameuse source chaude dont le calcium, le magnésium, le chlorate de sodium, etc. guérissaient la goutte et le lumbago des planteurs, des gouverneurs et des maréchaux. Je pressai le Cap de nous y rendre.

A terre, tout est fermé, c'est jour de fête. Jour de fête ? Eh oui, les joueurs de cricket de Nevis sont allés disputer un match contre les joueurs de cricket de Saint-Christophe, en l'honneur de quoi chacun a fermé boutique et passe la journée l'oreille collée au transistor. Un gros nuage crève et l'averse crépite sur les toits de tôle tandis que nous longeons au trot la grand-rue en direction d'une boulangerie aux volets clos. Pas d'autre réponse à nos frappements que les clameurs du match. Nous attaquons la maison voisine et enflons la voix, faisant se matérialiser une vieille négresse décharnée, mal éveillée, presque aveugle, nouant en hâte son madras et stupéfaite de nous trouver dans sa salle à manger. D'amples explications font jaillir la lumière, elle ouvre la fenêtre, pousse les volets et appelle la boulangère, qui nous accueille avec un vaste sourire chryséléphantin. La miche sous le bras, après avoir remercié dix fois, nous prenons le chemin de Bath House. La plupart des maisons sont précédées de terrasses de bois couvertes, à colonnettes rudimentaires, sur lesquelles des jeunes gens désœuvrés font, en ce jour de fête, ce qu'ils font sans doute d'habitude : absolument rien. D'une ruelle débouche, ô surprise, une jeune négresse en costume de bain encore humide, portant son bébé. Des pancartes nous adjurent de ne pas abîmer l'herbe et les plantes, que nous cherchons en vain sur un terre-plein sec et nu comme un terrain de pétanque.

L'hôtel des Bains est vide, fenêtres béantes, portes ouvertes, pièces abandonnées et sonores aux planchers perfides, habitées de lézards zigzaguants et de fourmis rouges. Les petits oiseaux paniquent à notre entrée et se cognent le crâne au plafond. De la plus haute terrasse dont les moulures de zinc s'écaillent, on voit une grande partie de Nevis et, un peu plus loin, l'île de Saint-Christophe éparse et comme incapable de se rassembler. Mais où peut donc être cette source ? Nous avons fureté partout, j'ai trouvé un robinet aride au-dessus d'une baignoire de pierre effritée. Le Cap se penche sur un puits au fond duquel poussent la mâche et le pissenlit. Au moment où nous décidons que la source est tarie, j'aperçois un gamin qui disparaît dans les broussailles, une cuvette sur la tête. Pas de doute, où il y a cuvette, il y a de l'eau. Dans un coin écarté la source stagne en effet, tiède, jonchée de feuilles mortes, oubliée. Elle ne sert plus que pour la vaisselle du hameau le plus proche. Avis aux amateurs disposant d'un capital : faire revivre l'aspect balnéaire de Nevis à l'usage des Américains goutteux.

Est-ce l'eau ? Est-ce l'air ? Remarquables sont les femmes de Nevis. Grandes, grosses, robustes et décidées, ce sont des Rubens amplifiés, couleur de brou de noix. Elles inspirent le respect plus que le badinage. Mon capitaine se retourne sur elles avec révérence : « Il ne doit pas faire bon se disputer avec bobonne, dans ce patelin… »

En descendant la colline d'un pas léger, nous trouvons le touriste dans la place, tel qu'en lui-même l'éternité le figera sur pellicule. Nous sommes bien tranquilles : pas un seul ne grimpera jusqu'à notre hôtel-fantôme. Ils se ruent vers l'église sans prétention au nom plaisant de Fig Tree Church, pour y lire dans le registre l'acte de mariage de Nelson et de Mrs Nisbet, 11 mars 1787. C'est le prince Guillaume-Henri, alors gouverneur d'Antigua et plus tard Guillaume IV, qui servit de témoin à cette regrettable erreur.

Comme nous arrivons au débarcadère chargés de pommes de terre et d'un bloc de glace noué dans une serviette-éponge, un assez joli petit garçon me touche le coude :

— Tu veux prendre ma photo, dis ?

— Et pourquoi ferais-je ta photo ?

— J'ai envie d'être photographié.

Je le vois venir, sur ses grands ripatons noirs !

— A quoi ça sert ? Tu ne la verras jamais, cette photo. Nous partons. Nous ne reviendrons jamais.

Il pousse de l'orteil un petit caillou, l'air absorbé. Puis avec un sourire candide :

— Ça ne fait rien, tu me donnerais un peu de monnaie…

Irrésistible et impudent petit détrousseur. Avec l'envie de lui donner une pomme de terre et la honte d'encourager la mendicité, je lui glisse une piécette. Comme je déplore ma faiblesse de caractère, le Cap me fait remarquer que les cover-girls, les jeunes premiers et pas mal de grands sportifs se font aussi payer le portrait, et que peut-être, ils ont commencé aussi modestement que mon titi névisien.

L'agrément de notre façon de déambuler, c'est que tout se passe très à l'aise, au gré de notre fantaisie. Du moins à cette époque du voyage. On s'éveille sans sonnerie, on déjeune sans hâte. Nous nous partageons les petits travaux : enlever le taud de soleil, ranger le hors-bord, rétablir l'ordre, laver la vaisselle. A 10 heures, nous levons l'ancre et dans quelques heures nous serons arrivés, car Saint-Christophe n'est pas loin. La presqu'île qui la prolonge est séparée de Nevis par un chenal de 2 milles de large seulement, mais nous irons par l'extérieur. De loin, nous voyons dans ce détroit les vagues moutonneuses se presser, furibondes, car le nordé souffle très frais. Des grains en chaîne rappliquent, hurlent un moment, s'en vont effacer le port de Saint-Christophe, qui s'appelle lui aussi Basseterre, le paysage est magique. Les masses montagneuses de diverses altitudes et tonalités, passent l'une devant l'autre comme de majestueux mobiles.

Nous avions repéré sur la carte une petite baie longeant l'isthme. Déjà la grand-voile est baissée, mais avant même d'avoir trouvé un mouillage il faut décamper, notre baie est un véritable entonnoir à forcer le vent. Sans rehisser, remorqués par la trinquette, nous mettons le cap sur Basseterre. Une crique nous fait signe en passant ; si on mouillait là ? L'ancre tombe par deux brasses et demie, à côté d'un petit rocher à dos rond qui garde ce mouillage anonyme.

Il m'arrive de donner dans le « cher lecteur » et d'écrire comme je parle. Pourquoi pas ? A qui, après tout, m'adressai-je ? Au vide ? Au zombie ?

Tiens, le voilà, celui-là. C'est bien à lui d'arriver impromptu comme un cheveu sur la soupe. Le culte du vaudou n'est pas mort, les campagnards antillais s'y entendent encore à la télépathie et à l'incantation. Tout ce qui dépasse en dimensions la nature est zombie, tout ce qui est extraordinaire et inattendu, le veau à trois pattes, l'éclipse solaire, l'enfant muet. Mais le zombie n'est pas un revenant, c'est un être bien réel vivant parmi nous, allant partout et semant le désordre la nuit. Pourquoi serait-il gêné par la circulation et la puanteur de la vie moderne ? Il n'est visible qu'à l'œil africain, de préférence innocent, loin des villes, sous le couvert. C'est un produit de consommation à usage interne, jamais mentionné, soigneusement enfoui dans des âmes obscures et nullement handicapé par la prédication chrétienne, à laquelle il se mélange sans vergogne et harmonieusement. Le péril est grand pour le zombie, c'est pourquoi il se cache. Nul touriste ne l'a rencontré.

S'il vous dit que oui, c'était un zombie de pacotille, en carton-pâte. S'il est un seul endroit où nous avons eu cette chance, c'est ici, sans l'aide de personne, et peut-être l'avons-nous inventé, ce qui est la seule bonne méthode.

Nous avons mouillé devant un hameau-zombie. C'est un étrange monde perdu sous les rafales grondantes, cahutes de bois aux volets frappeurs, bateau pourrissant sur la berge, débarcadère en ruine, sous des arbres à pain redevenus sauvages. Aussi solitaires que Crusoé, nous errons dans cet abandon bizarre sec et sonore, c'est le Klondyke quand l'or vint à manquer, ou un de ces postes délaissés du *back-of-beyond* australien, rongé par le soleil et le vent. Étreints par l'impression insolite que nous nous sommes trompés de siècle, ou peut-être de planète, nous gravissons la colline en nous frayant un chemin parmi les épineux et les cactus, brousse stérile grise et mauve, rabougrie et pour nous adorable : on se croirait dans la partie la plus sèche du Tanganyika. D'instinct nos yeux cherchent l'animal sauvage. Là ! Une vache s'enfuit avec des bonds d'antilope. Le silence est parfait, les oiseaux sans crainte ne s'envolent pas à notre approche. D'en haut, nous découvrons Salt Pond, le lac salé au centre de la presqu'île. Noir et sans rides, il lape doucement ses bords encroûtés de sel. De trois côtés à la fois, des échappées laissent voir la mer. On lit clairement ce qui s'est passé, tout est là comme après une excavation archéologique : les barnes, les étiers, les baquets, la petite usine croulant au bord de la mer, l'éolienne rouillée, la citerne pour l'eau de pluie. Quelque société aura essayé d'exploiter le sel et aura fait faillite. Délaissée devant une vue magnifique, la maison du contremaître raconte en objets oubliés la vie qu'il y menait. Avec un minimum de provisions, on pourrait s'y réinstaller, il reste un fauteuil éventré, une table, des lits de camp, un réchaud, de la vaisselle. Je ramasse un *Illustrated London News* de 1959. Sur le fronton de la porte, en lettres fanées, on peut lire son nom : *Shangri-La*. Pauvre *Shangri-La,* eldorado renié où s'insinue le regret corrosif de la pourriture sèche. Sous le ciel couvert, dans le vent mugissant, tout cela est un peu exaltant, évoque le sortilège. Les termites règnent dans le hameau silencieux où vivaient les ouvriers. Coupés du reste de Saint-Christophe par une haute colline, les zombies de Salt Pond, c'est certain, fêtent chaque nuit leur victoire sur les concasseurs et les génératrices.

Les Basseterre se suivent et se ressemblent. Le mouillage très mouvementé, en plein vent, en plein clapot, est aussi inconfortable que celui de la Guadeloupe. Mais la ville est plus attrayante, plaquée sur la montagne que les champs et les pâturages colorent d'un beau vert pistache jusqu'aux deux tiers. Plus haut, c'est le vert sombre des forêts. Des drapeaux claquent, la Reine a passé par ici et les Basseterriens ont gardé les banderoles et les lampions de la fête. Il n'y a pas de quais à Basseterre, mais grand charroi de barges qui font la navette entre l'usine à sucre, la rive et un vieux cargo en rade. Des cotres aux cales profondes et au gréement caduc embarquent des ballots mystérieux.

La ville de Basseterre se flatte de deux banques superbes, d'une poste moderne toute en angles et en vitres et de deux quincailleries vraiment splendides. Sa place principale est ronde, on l'appelle le Cirque, et au milieu s'érige un monument sang-de-bœuf percé d'une horloge, le tout en l'honneur d'un vertueux citoyen décédé. Ayant traversé le cirque nous nous engageons dans une rue qui a le toupet de s'appeler Pall Mall et, ô aimable surprise, débouchons sur un square désuet, XIXe colonial.

L'Européen est pourri de prétentions concernant l'architecture. Tant de sublimes œuvres d'art l'entourent quotidiennement qu'il en faut beaucoup pour lui en imposer. C'est pourquoi dans d'autres continents il se prosterne devant la nature et se moque des édifices. Pourtant, le charme sans artifice de Pall Mall Square ne nous laissa pas insensibles. Un jardin, fort poussiéreux à cette époque de l'année, entoure une délicieuse fontaine aux Trois Grâces.

Tout autour se rangent des maisons de parpaing dont l'étage est en bois, à balcons ouvragés, de la maison commode pour marchands, portant à la fenêtre du haut la poulie à crochet pour hisser les ballots. Une église naïve en pierre blonde arrondit des arcs néo-romans, haussant les sourcils, intriguée de se trouver là parmi les palmiers. Un baobab tord ses branches sans feuilles au-dessus d'un couple d'amoureux noirs comme charbon, aussi seuls au monde que les amoureux partout ailleurs, obscurs Paul et Virginie mis exprès pour nous par le hasard dans le décor romantique qui leur convient.

Nous réussîmes à relancer le youyou sans naufrage et sans nous tremper beaucoup plus haut que la ceinture. A mi-chemin, je m'aperçois que j'ai oublié le pain. Tant pis.

Hierro gigotait au bout de sa chaîne d'ancre comme un goujon au bout d'une ligne. Le Cap, pervers, voulait des frites à dîner. Conséquemment, nous nous relayâmes à la manivelle du winch. C'est le guindeau des Danaïdes car à peine tous ces maillons sont-ils lovés dans le puits à chaîne que nous les rejetons à la mer dans un coin qui nous paraît moins turbulent et plus propice à la fabrication des frites. Nous sommes devant l'usine à sucre, un truc moderne contrastant puissamment avec le vétuste moulin à sucre sans ailes qui se tient à l'écart, l'air d'un parent pauvre. Il y en a un peu partout, sur les îles, de ces moulins en forme de cône tronqué, construits en grosse pierre gris foncé, inutiles et pataudes, coques sans voiles que le vent ne fait plus marcher.

Saint-Christophe, que les Anglais appellent amicalement Saint-Kitts, est la colonie-mère des Antilles britanniques, renommée pour son sol fertile. Évidemment volcanique, elle a comme les autres son cratère apprivoisé, il s'appelle ici Mont-Misère, est-ce une allusion aux difficultés de la première ascension ? Les noms français ne manquent pas sur ce bastion anglais, on y trouve pêle-mêle un Dieppe inattendu, un Dos-d'Ane descriptif et même un Molyneux qui sent, non pas la fleur de rocaille, mais le parfum amer du cacao. Espagnols, Caraïbes, Français, Anglais se sont, comme c'était la coutume, furieusement disputé ce bel os à la glorieuse époque où occupation égalait droit. C'était quand même plus commode que les congrès, qui coûtent cher et ne rapportent rien. Fortins et citadelles s'élevèrent tout autour de Saint Kitts, et Brimstone Hill en est le plus beau fleuron. Les touristes « font » Brimstone Hill en partie du programme qui les mène par le bout du nez autour de l'île (30 milles, 1 h 30). Nous jugeâmes qu'il valait bien toute une journée. En deux heures, nous fûmes rendus, à 5 nœuds de moyenne en comptant les moments où nous nous trouvons encalminés sous le vent des montagnes, et ceux où nous filons sur les ailes de Mercure. Le Cap prétendit que jamais plus nous n'atteindrions vitesse pareille à celle de ces moments de pointe.

Au beau soleil, Saint Kitts paradait ses flancs couverts d'une champêtre verdure semée de bouquets d'arbres, la vraie campagne anglaise. Des groupes de maisonnettes se serraient autour des anciennes sucreries désaffectées, leur haute cheminée comme un if planté sur une tombe. Les plantations, séparées par des gorges étroites, remontent en éventail le long des anciennes coulées de lave vers les sommets escarpés. Touchés par l'ombre indigo des nuages, des pans de paysage éclairés s'éteignent, se rallument. Paraît un parfait petit mont en pure pierre calcaire, c'est Brimstone Hill. Selon la tradition caraïbe, cette colline serait le sommet de la haute montagne qui se trouve plus loin, décapsulée par quelque glissement de terrain cataclysmique. Je suis tentée d'y croire. La masse de Brimstone Hill est en effet tout entière calcaire mais repose sans transition ni mélange sur un sous-sol de roc volcanique de nature entièrement différente. L'hypothèse légendaire est plausible, on a vu sur le globe terrestre des bouleversements plus biscornus.

Ayant choisi le moment le plus chaud de la journée, nous

débarquons sur une étroite grève de sable noir sur les arrières du village, traversons une cour d'école grouillante de jeunesse en bleu lessive et de poules picorant entre les bancs en plein air, et gravissons une route bétonnée qui vire entre des milliers, des millions de plants de canne, sans ombre, d'une extrême monotonie. Nous sommes en pleine saison de sa maturité, dans tout le village jeunes et vieux mâchent la canne, c'est peut-être pour cela que les femmes deviennent énormes ? Nous cassons quelques plants au passage pour en nourrir un petit âne amarré le long de la route. En nage, nous atteignons une belle avenue de cèdres blancs en fleur au bout de laquelle s'érige la maison du gardien. Il s'agit de l'éveiller à grands coups de poing sur la porte. C'est un vieux nègre qui a le langage militaire et l'air important de quelqu'un qui a longtemps ciré les souliers d'un colonel. Nous aurions mieux fait de le laisser dormir, car il nous réclame un dollar. Nous voilà obligés d'avouer que nous sommes totalement démunis de cette commodité. Pour faire un geste, nous grattons nos fonds de poche et exhibons la menue monnaie de cuivre qui nous reste, centimes martiniquais, pennies dominicains. Très ennuyé par la grave responsabilité qui lui tombe dessus, il consent quand même à nous lâcher gratuitement dans l'ouvrage d'art dont il est le Cerbère, non sans nous faire remarquer qu'il y serait de sa poche. Je n'en garde aucun remords : ce brave homme se rattrapera sur le prochain car.

Le fort couronne tout le sommet de la colline, ruines vastes et encore imposantes, hérissées de canons, construites pour durer en belles pierres bien patinées. Les divers corps de bâtiment s'agencent harmonieusement autour de pelouses plantées d'arbustes. Le large chemin de ronde commande de toute part une vue admirable sur les monts et les vaux de Saint Kitts et sur la mer aux belles îles. On voit Nevis et Montserrat et, encadré dans l'arcade du porche d'entrée, le cône bleu lavande de Saint-Eustache. *Hierro,* ancré au large et tout petit, semble dériver en pleine mer. Le regard plonge le long de la colline et des épais murs d'enceinte. C'est le Gibraltar des Antilles. De la pointe d'un redan, nous regardons comme d'avion circuler un petit train pimponnant chargé des obsédantes cannes à sucre. Nous sommes seuls, le temps ne compte pas, il n'y a pas un coin de cette citadelle imprenable que nous n'aurons longuement exploré. Elle fut prise, cependant, par l'amiral de Grasse, qui tenait Sandy Point. Affreux carnage, bataille mémorable même parmi ce fouillis d'engagements navals, d'assauts, de sièges, de combats sanglants, de débarquements repoussés et de ruses de guerre réussies qui forme l'histoire des Petites Antilles.

Un minuscule cimetière ombragé, semé de pierres tombales moussues, nous retient longtemps dans le ravissement, à déchiffrer ses inscriptions évocatrices. Jeunes morts venus de loin pour trouver ici cette paix idyllique, et encore si vivants. On n'a aucune peine à se représenter les soldats circulant dans les cours, les sabots des chevaux crépitant sur les chaussées pavées, les canonniers rechargeant par la gueule, la flotte ennemie manœuvrant sur la mer inondée de soleil et le jeune lieutenant mourant décemment pour... Hum, on ne sait pas très bien pourquoi, mais le cours de l'héroïsme gratuit était encore haut.

Elle ne devait pas avoir froid, la garnison. C'était l'époque des vestes en ratine rouge, des hautes ceintures blanchies à la craie, des culottes collantes et des guêtres. Un simple mousquet pesait près de sept kilos.

En faisant rouler les cailloux, nous redescendons la pente. La senteur de la myrrhe embaume l'air. A dire vrai, je suis incapable de distinguer la myrrhe de la potentille ou du lupin, mais elle est là, cette myrrhe, tous les bons auteurs le disent, et je suis sûre d'en avoir respiré la fragrance. Cela fait bon effet dans le texte et la myrrhe est si rare qu'il faut bondir sur l'occasion quand elle se présente.

L'école est finie, une bonne partie de la population vient assister à notre embarquement, des petits enfants cabriolent dans l'eau autour du canot, extasiés à la vue de ces incomparables étrangers. Un jeune homme qui lisait, assis dans l'affourchement de deux branches, abandonne son livre un instant. Le titre : *Teach Yourself Freelance Writing*[1]…

Le prototype de l'Antille déchue, c'est la petite Saint-Eustache, Sint-Eustatius ou familièrement Statia. Naviguant contre le vent parmi les varechs dorés, nous levons devant nous des compagnies de poissons volants qui rebondissent de lame en lame. Nous n'avons hissé que la grand-voile. Pas la peine de se fatiguer, avant midi nous sommes déjà arrivés aux Pays-Bas, comme l'indique le pavillon tricolore flottant sur la butte. C'est Oranjestad, petit bourg perché sur une falaise calcaire profondément striée.

Les astucieux Hollandais sont restés soigneusement neutres pendant la plupart des conflits qui désolèrent les autres îles, et Statia connut de ce fait, durant les périodes de blocus, une extraordinaire prospérité qui lui valut le surnom de Rocher-Doré. C'était un port franc, le principal marché des Antilles. Quatre, cinq cents navires, parfois plus, étaient ancrés dans le vaste mouillage forain où maintenant nous sommes seuls. Jusqu'en 1781, la riche Statia embusquée derrière son port opulent, fit du commerce à tout casser. Malheureusement, le sort est jaloux des trop belles réussites, et il fallut que l'Angleterre aille tout gâcher en déclarant la guerre à la Hollande. Rodney, qui rôdait dans les environs, s'empara en vitesse de Statia avant que la nouvelle de la guerre se soit répandue, ordonna traîtreusement de laisser flotter le pavillon néerlandais et prit au piège quantité de vaisseaux innocents plantureusement chargés. Sur ce, Oranjestad se recroquevilla comme une plume qui a pris feu. Bien que redevenue hollandaise par quelque miracle politique, Saint-Eustache ne se remit jamais de la surprise-partie. L'arrogant bastion marchand est devenu une mignonne bourgade paisible, propre et endormie.

1. *Devenez journaliste indépendant.*

Le bord de mer est tout à fait abandonné, seul le feulement des vagues brise un épais silence. Pour arriver au village, il faut grimper une chaussée en pente raide qui enjambe un ravin profond. Il fait aussi calme, aussi récuré que dans un village de Frise le dimanche. On doit s'y ennuyer exquisement. De l'ancien fortin on a fait la place communale, jardinet au centre, P.T.T. au fond, sans exclure un certain nombre de canons pointés vers la mer. Des poules et des chèvres y picorent et bêlent respectivement. Île heureuse, sans trafic, où les rares autos portent des plaques minéralogiques 1-E, 5-E. Pas besoin d'autos à Statia, où iraient-elles ? Sur la place palpite un soupçon d'énergie : on grée des haut-parleurs. A l'autre bout de la grand-rue, les nonnes de la mission font faire l'exercice à une vingtaine de robustes gamines. Renseignements pris, demain est un jour de fête (c'est décidément notre spécialité). Dans la lointaine Amsterdam, la princesse Beatrix se marie. Il y aura un cortège et on dansera le soir, loyalement. Car attention : les Antilles néerlandaises ne sont pas de ces protectorats, départements de plein droit, provinces semi-indépendantes ou Commonwealth du bout des lèvres, ce sont de vraies colonies. Nous fûmes quand même un peu déçus. Nous avions affûté notre meilleur néerlandais, fiers de n'être jamais pris linguistiquement au dépourvu, et partout on nous parle anglais. Pas de chance. Seuls les dirigeants parlent néerlandais, et ils se tiennent cois à l'abri de leurs rideaux empesés.

Il y a environ deux mille habitants à Saint-Eustache, et quatre religions différentes. Il doit être resté au peuple quelque chose des temps bénis du commerce intensif, car un brave homme crépu qui ressemble à l'oncle Ben des boîtes de riz réussit à nous vendre du paradis : nous versons un florin au bénéfice de la propagande pour les adventistes du septième jour et sortons de là tout ébaubis en nous demandant comment il a pu réussir ce tour de force.

En une heure, nous avons exploré le ban et l'arrière-ban

d'Oranjestad, et nous rentrons triomphalement porteurs d'un saucisson, de cinq bouteilles de bière et de quelques lumières sur le système monétaire antillo-néerlandais, qui n'est pas piqué des vers. A première vue cela ne se soupçonne pas, mais Oranjestad est resté le port franc qu'il était au XVIIIe siècle.

Nous n'attendrons point demain pour assister aux pompes de Statia. Cap sur la France, qui a la forme de Saint-Barthélemy.

11

Saint-Bart secrète, Saint-Martin hybride

Bonne traversée de tout venant, au près serré, brise modérée et mer de même, pas de grains sauf une courte averse qui glace notre peau imprégnée de soleil. Dans un parfait ciel d'alizé, de gros nuages crémeux naviguent, ballonnés au-dessus, plats par-dessous, soulignés d'une bande sombre. A mi-chemin, nous voyons autour de nous sept îles à la fois : Nevis, Saint Kitts, Statia, Saba, Saint-Martin, Anguilla et Saint-Barthélemy, et je ne parle pas de la Fourchue et de quelques rochers isolés ajoutés en prime. Une pareille aubaine nous enchante. La journée est bonne.

De toutes parts entaillée par la mer, Saint-Barthélemy offre un mouillage si proprement entouré de quais qu'on dirait un port artificiel, et il est si bien dissimulé dans un repli de la côte et derrière un redan de rochers que, même l'étrave dessus, on se demande encore où on va jeter l'ancre. Le Cap est courbé sur la carte :

— Il n'y a pas assez de fond pour nous dans le port. Faudra mouiller à l'extérieur.

— Mais Louis, je vois des mâts, il y a des goélettes et deux yachts. S'il y a fond pour eux, il y a fond pour nous.

— C'est pourtant vrai. Allons voir.

Dix minutes plus tard, nous étions ancrés en plein milieu, et dans le fond du port, au mât du yacht club, montait le pavillon belge. On a des usages.

Couscous reparut à la lumière du jour au moment où passait un pélican volant bas, lourd et compact comme un avion-cargo, et les yeux lui sortirent de la tête. Le pélican se posa sur la pomme de mât d'une goélette et regarda Couscous avec condescendance. Je présentai un morceau de thon diplomatique et un conflit immédiat fut évité de justesse. Passant au numéro deux de l'ordre du jour, je fis du café. Rien de plus profondément satisfaisant que le bon café frais pris dans le cockpit, à l'heure où le soleil déclinant étire les ombres, en examinant aux jumelles la physionomie d'un port nouveau. Cela ne vous ennuie pas, cette kyrielle de ports, jour après jour, semaine après semaine ? Non, merci, nous non plus.

Dans le sens des aiguilles d'une montre, nous repérâmes successivement un grand libre-service (cela veut dire qu'on fait tout le travail soi-même, qu'il faut néanmoins payer, et que ça ne va pas plus vite) ; un chalutier de l'École de pêche ; une belle maison bourgeoise en pierre, la seule ; le Yacht Club ; un speedboat qui doit appartenir à Rockefeller, le yacht suédois *Monsunen III* que nous voyons partout depuis Las Palmas ; et un gendarme en képi et short court surveillant mollement les quais. Le Cap, qui aurait déjà voulu être gendarme aux Saintes, révise son opinion : il sera gendarme à Saint-Barthélemy.

Ceux qui ont la langue paresseuse disent Saint-Bart.

En arrivant dans n'importe quel port français, notre premier mouvement est d'aller acheter du pain, du vin et du camembert. Tout bien réfléchi, je pense que ce devait être l'ordinaire des dieux de l'Olympe et peut-être les ingrédients originels qui ont permis à l'homme de se hausser d'un centimètre au-dessus de sa vile condition première. Quand nous serons morts et que nous nous présenterons à tout hasard aux portes du Paradis, nous dirons le mot de passe : « Pain, vin et camembert », et saint Pierre nous laissera peut-être entrer. Saint-Bart certainement. Muni de son mot de passe, le Cap navigua sans obstacles dans les rues du port et revint étonné de ce qu'on peut apprendre en deux heures. Il savait tout sur les magasins d'appareils photographiques et les heures de la poste, les prix des hôtels, les possibilités offertes par le club et les stocks de rhum. Il apportait une invitation à bord de *Monsunen* où s'amorçait un début de surboum aux sons de la mandoline du skipper.

D'un voyage en Suède nous avions rapporté le souvenir d'un peuple solennel et compassé, sans doute parce que nous ne l'avions vu que sobre. Nous observâmes qu'un coup de soleil sur le nez et un verre de rhum dedans font toute la différence. Nous trouvâmes aussi à bord de *Monsunen* le jeune couple anglais du yacht *Tamarin,* qui se rendait aux U.S.A., complet avec bébé. Tout ce monde émigra à bord de *Hierro* pour écouter de la musique polynésienne. On put voir au clair de lune le skipper scandinave danser le tamouré sur le pont, tandis que le plus jeune de ses équipiers devait être ramené à son bord et couché. Touchant loyalisme. Car il ne faut pas oublier que Saint-Bart a été suédoise pendant près de cent ans, ce pourquoi le port s'appelle encore Gustavia. Ce nom peu gracieux est la seule trace laissée par l'occupation scandinave. Occupation tout à fait légitime et pacifique, je m'empresse de le dire, ce n'est pas tellement courant. La France avait cédé Saint-Bart en échange du droit d'établir un entrepôt de marchandises à Göteborg pendant quatre-vingt-dix-neuf ans.

Dès l'aube la trompette du marchand de poisson me tira d'un cauchemar où se mêlaient un camembert féroce et le roi de Suède entortillé dans les fleurs d'un collier tahitien. Ces petits pêcheurs à barquettes ont l'habitude de sonner du cor dès l'entrée du port pour annoncer à la ronde que le poisson est arrivé, enfilé par les ouïes en rosaires tout frais. Ils continuent à faire du tapage jusqu'à ce que tout soit vendu, ce qui est une manière comme une autre d'assurer l'écoulement de la marchandise. Pour le reste, la situation de Saint-Bart sous le rapport des ressources est la même que dans la plupart des îles : le superflu est très abordable, le nécessaire est hors de prix, et c'est la grande misère des aliments frais. Pour ce qui est de la viande, par exemple, il n'y a pas de jour fixe. Le cri d'agonie du cochon qu'on égorge sert de signe de ralliement, c'est le moment de se rendre chez le boucher.

Par voie de conséquence, les hôtels de Saint-Bart sont onéreux. Il y en a deux ou trois disséminés sur l'île dans des positions stratégiques, tous extrêmement bien tenus, mais inaccessibles à notre bourse, ce qui excluait mon projet de faire le tour de l'île à pied en couchant à l'hôtel à mi-chemin. A Antigua, c'était du cordage, ici c'est un appareil photographique qui sollicite le budget. Mon vieux Rolleicord, après trente ans de service impeccable, venait de rendre l'âme fort malencontreusement. Nous avions attendu Gustavia, port franc réputé, pour le remplacer. Si le lait et les légumes y sont rares, en revanche les boutiques débordent de parfums français, de liqueurs, de colifichets et de caméras. M. Magras se fit un plaisir de troquer contre un appareil japonais les billets belges dédaignés par la banque martiniquaise, et le catastrophique mais regretté Rolleicord fut relégué dans un casier derrière une pile de camisoles.

Pour le tour de l'île, nous fîmes un compromis sous forme d'une très longue promenade. Saint-Bart n'est pas tellement grand qu'on ne puisse en voir une bonne partie en trois ou quatre heures de marche découplée. Et le déclic se fit : nous n'avions pas affaire ici à une escale ordinaire. Saint-Bart se jeta sur nous et nous conquit.

Sa population est blanche pour la plus grande partie, et plus que blanche : française, et plus que française : normande. Saint-Bart est un trou normand. Tout y est bien français, sauf… une bonne partie du territoire que depuis quelques années des spéculateurs surtout américains achètent à tour de bras. C'est une terre aride et brehaigne, corrodée par le vent, divisée en lopins par de typiques murets en pierres volcaniques, poreuses et inégales. Il y pleut très rarement, la vie y est avare et dure. Pourquoi cet engouement des Rockefeller, Rothschild et autres Dupont de Nemours ? Parce qu'ils croient en un avenir touristique froidement provoqué. Il y a bien un Rockefeller ou deux qui y viennent de temps en temps jouer à être richement des hommes comme les autres, mais le fond de la chose c'est la spéculation. Ce sont gens qui savent ce qu'ils font. Quand on aura assuré l'agencement des centres, l'apport de l'eau douce, le ravitaillement en *deep-freezer*, on pourra leur faire confiance : cela marchera.

Peut-être y a-t-il à cette subite passion pour Saint-Bart la déshéritée une raison plus profonde. Elle les a peut-être subtilement ensorcelés. C'est une île pas comme les autres dont l'atmosphère curieusement attirante défie les mots.

Arpentant ses routes étonnamment excellentes pour un terrain aussi accidenté, nous découvrîmes peu à peu cette qualité secrète de l'air et du sol qui la rend si poignante. Ça grimpe dur en lacets, escaladant ou enlaçant une colline après l'autre, plantée d'une flore maigre tordue par le vent de mer. La terre est jonchée de pierres et de rochers, couverte d'une herbe clairsemée comme une barbiche de vieillard, les murets courent dans tous les sens, enfermant des lots irréguliers, image d'un attachement paysan et normand pour son bien. L'idéal du Saint-Bart de bonne souche est d'avoir sa maison à lui, son lopin à lui, et aussi celui du voisin si possible. Les jeunes gens s'en vont travailler dans les prospères îles Vierges américaines, mais quand leur bas de laine est plein, ils reviennent sagement, avaricieusement, se faire construire la maison au pays.

Nous allons au hasard. Les hauteurs découvrent des paysages romanesques semés de rochers, la mer en argent niellé, le port tout petit en couleurs élémentaires, ou une plage battue par des rouleaux bleu de Prusse. A l'improviste apparaît, pris entre deux versants, un terrain d'atterrissage tout à fait minouche, une table de ping-pong avec quatre avions de poche accroupis dans l'herbe autour d'un petit arbre rond, et un troupeau de moutons qui vient leur brouter jusque sous le nez. Au bout, c'est la baie de Saint-Jean, la mer et une pointe rocheuse surmontée d'un hôtel. Entre l'océan et la montagne, c'est l'aérodrome le plus confidentiel et le plus sportif du monde, sauf peut-être celui de Saba, où pour 10 mètres de trop on se casserait la pipe au bas des falaises.

Tiens, une église, tassée dans une déclivité. C'est vrai, c'est dimanche. Les Saint-Barts sont fervents catholiques. Missel en main, chapeauté de paille, le paroissien se hâte le long des sentiers vers sa maison-bien-à-lui. Sur ces visages hermétiques, maigres, plissés, aux yeux clairs dans le hâle paysan, ne se lit nulle bienvenue, mais une espèce de lente évaluation. C'est tout à fait comme chez nous, en Flandre. Les vieilles femmes sont habillées long et portent parfois la coiffe empesée et tuyautée. A voir ces coiffes longer les noirs petits murs, on songe à un tableau de Cézanne, quelque chose comme la « Maison du Pendu », les coiffes en plus. Antille imprévue.

On dit les Saint-Barts réservés, farouches et même obtus. Si nous les avons trouvés accessibles, c'est peut-être parce que nous ne leur avons rien demandé, ou si peu, rien qu'un droit de regard sur leur île. Au fond de chacun de ces paysans il y a un corsaire. Les Suédois ont laissé moins de traces que les matelots et les engagés du temps où Gustavia était un abri pour la guerre de course.

Ayant gravi une certaine quantité de collines, nous cherchons un moyen plus original que la simple route pour rejoindre le port. Nous nous enfonçons dans les terres, arpentons des lopins écartés couverts de silex et de débris volcaniques verts et jaune soufre comme des solfatares, escaladons barrières et clôtures barbelées, et dévalons en sautant de roc en roc la broussaille épineuse d'une longue pente raide qui descend jusqu'à l'anse des Flamands. Paysans-corsaires, Normands et Flamands ont toujours dû s'entendre dans un même goût du laconisme, de l'épargne et du récurage. La propreté règne dans les villages de Saint-Bart, évoquant des habitudes de marin méticuleux. L'avenant village littoral où notre élan nous a portés peut laisser les portes ouvertes : les intérieurs sont impeccables. On voit dans la pièce commune pendre le hamac qui sert encore de couchette. La vieille au dos courbé tresse des vanneries qu'on vendra au prochain paquebot. Une statuette de la Vierge posée au sommet d'un gros rocher pose son regard de myope sur les villageois endimanchés appuyés aux barques tirées sur le sable grège. Convertis de la course à la pêche, les Saint-Barts ont vu la pêche disparaître presque entièrement en tant qu'industrie rémunératrice. Alors, que font-ils donc pour vivre, sans agriculture, sans industrie, sans pêche ? Traditionnellement, le Saint-Bart sait mettre la main à tout, mais il n'y a pas non plus d'artisanat tant soit peu développé. Le gros des troupes fraîches s'embauche, souvent dans l'hôtellerie, à Saint-Thomas ou à Sainte-Croix, et revient cacher ses billets sous l'oreiller natal. Pour le reste, il y a la contrebande, la marchandise de port franc, la terre. Le prix du terrain a centuplé (et je suis peut-être en dessous de la vérité) depuis que les Rockefeller s'y intéressent, et comme le Normand ne lâche pas facilement, sa valeur augmentera encore. C'est une plus-value stérile. Tous un peu cousins, de sang ou par alliance, les Saint-Barts se méfient de tout ce qui n'est pas Saint-Bart, et la fortune qu'on soupçonne sous l'extrême pauvreté de son aspect reste en circuit fermé.

L'*Argonaute*, petit paquebot de grand luxe, est venu mouiller en rade. Gustavia s'éveille brièvement à la fièvre du commerce, vend à tour de bras, réexpédie avec profit ce qu'elle a importé, puis rabat les volets, se referme comme un parapluie. Le port tranquille ne reflète plus que les lampes du quai. Nous écoutons confortablement le silence, tenant à la main un verre de punch où cliquette l'eau gelée la plus rare du monde, je pense, car l'eau est apportée en cargo. Et voilà qu'une voix s'élève sur un ton de meeting électoral. Nous saisissons des bribes d'un discours où il est question de propriété, de Rothschild et de parole d'honneur. Cela se passe derrière un petit mur brisé, dans un terrain vague. On voit s'agiter dans la lumière livide des réverbères un chapeau de paille, des bras de chemise blancs. Pour voir cela de plus près, nous débarquons sur la pointe des pieds et grimpons à pas de loup la rue en pente, dans l'intention de nous mêler discrètement à la foule.

Le conférencier est tout seul. Il harangue le port vide. Sa voix s'enfle et résonne et l'écho lui répond, représentant l'opposition. Il écoute et répond à l'écho avec force, avec éloquence, avec de pathétiques efforts pour persuader le désert :

— Moi, Jean Gréaux, quand je parle, tout le monde peut m'entendre. Le public doit savoir… Ma terre, ils n'en auront pas de petit bout. Non ! je ne parle pas pour moi. Je ne suis qu'un mannequin, moi, oui, un mannequin. Mais c'est pour les gosses…

— Les gosses…, proteste l'écho.

— Alors, les gosses, c'est pas important ? Rockefeller, il est venu, et il a dit : tout ça, tout ça… Il a dit… Moi, quand je vous parle, c'est pour vous tous, c'est pour la terre à vous tous. Les gosses, je vous le dis, moi, Jean Gréaux, qui vous parle…

— Vous parle…, dit l'écho, narquois.

Le pauvre Jean Gréaux est peut-être saoul comme une bourrique, et certainement propriétaire de toute une tribu d'araignées dans le plafond. Sa thèse, brièvement résumée et débrouillée d'un vaseux salmigondis, c'est : « Saint-Barthélemy aux Saint-Barts. Ploutocrates *go home.* » Mais les habitants de Gustavia ne l'écoutent pas. Ils comptent leurs sous. Je m'enthousiasme pour cet agitateur solitaire. Si tous les politiciens se contentaient de s'adresser aux eaux désertes et de semer le vent dans le vent, le monde s'en porterait mieux.

Invités à l'apéritif par M. de Haenen à l'hôtel Eden Roc,

nous pénétrons dans une autre sphère de cette captivante Saint-Barthélemy. M. de Haenen n'est pas n'importe qui. C'est un pionnier de l'aviation dans les îles, bâtisseur, organisateur, aventurier de haute volée et d'infatigable énergie, le *deus ex machina* volant de Tintamarre, Saba, Marie-Galante et tous les lieux inaccessibles. Les pirates heureux devenaient gouverneurs. M. de Haenen est maire de Saint-Bart. C'est l'homme-orchestre. Il sait tout faire et le fait, il voit tout le monde, connaît chacun, est agent de tout et tient ses assises à Eden Roc dont il est propriétaire. Cet hôtel est admirablement situé sur la baie de Saint-Jean, dont les eaux brisent décorativement sur les plateaux coralliens avant de mourir sur une plage du sable le plus fin et le plus blanc. Pourvus d'un ami commun, dont il ne se souvient plus du tout (il voit tant de monde), nous avions tenu à le rencontrer, mais nous trouvons un de Haenen fatigué et préoccupé, courtois mais distrait. Il a l'air d'écouter constamment quelque chose qui se passe derrière lui. Visiblement, nous n'avons rien à nous dire, nos mondes sont aussi éloignés que deux planètes. Ne sachant que faire de nous, il nous fait cadeau d'une langouste. Peut-être s'il avait eu le temps de venir nous voir à bord y aurait-il eu dégel, mais c'est un homme fort occupé, et nous rentrons déçus. Avec notre mentalité rétrograde, nous pensons de lui, comme de Bruce Robinson : à quoi sert de se limiter à une île tropicale si c'est pour s'y tuer à la peine ?

Pour essayer notre nouveau jouet, la caméra, nous escaladons une autre de ces collines épineuses comme des hérissons, riches en cactus gros comme des citrouilles. J'en emporterais bien quelques-uns. Mais le Cap n'est pas chaud. Le cactus et la navigation à la voile sont deux choses qui ne se marient pas. Je m'étonne d'une aussi totale absence d'agriculture utile. Il doit quand même y avoir moyen de faire pousser quelque chose ? Une jeune dame me dit :

— Avant, il y avait des jardins potagers partout.

— Et pourquoi plus maintenant ?

— Il ne pleut pas assez.
— Il pleuvait plus auparavant ?
— Oui, il pleuvait plus.
— Pourquoi ?
— Je ne sais pas.

C'est bien peu scientifique, comme théorie. Je reste incrédule. Sèche comme un coup de trique, Saint-Bart aurait été fertile. Bananes, cassave et tamariniers y auraient poussé généreusement, au temps où la pluie touchait encore ses sommets couleur de châtaigne. La pluie est partie quand les touristes ont commencé à venir. Bizarre. Est-ce que les naturels n'auraient pas la bosse agricole ? Grand bien leur fasse. L'inoubliable rappel de leurs coteaux rétifs hante nos souvenirs d'une énigmatique beauté, d'un charme mystérieux d'autant plus profond qu'il est informulable. Tapie sous le ruban bleu incandescent du ciel, Saint-Bart ramène sous elle ses secrets et les garde farouchement.

Le pêcheur du jour s'annonce à son de trompe et nous vend un fort beau poisson appelé Colas, ou plutôt colas. Je l'écaille avec la râpe à bois, un truc à retenir. Après cela il n'y a plus qu'à ranger, nettoyer.

Enfin prêts, nous hissons la grand-voile. Pour une fois que le vent est portant, elle palpite à peine et nous traîne languissamment jusqu'à l'île Fourchue, satellite de Saint-Bart. La houle de suet entre librement dans ce mouillage sous le vent, périlleusement proche d'un rivage aux rochers acérés. Le Cap hésite. Mais la Fourchue est déserte, donc irrésistible. De plus, l'honorable congrégation des Frères de la Côte, table de New York, a décrété qu'elle leur appartient du droit d'annexion mentale et parce qu'ils en ont décidé ainsi, un soir de boucan. Nous désirons jeter un coup d'œil sur nos propriétés et je commence par le bas. Sous l'eau, l'agencement est très satisfaisant. Je rencontre les concierges, deux barracudas au rictus féroce. Le Cap sort sa canne à pêche, mais hélas, sans succès. Il n'est pas un pêcheur patient, si le poisson ne mord pas dans les dix minutes, tant pis pour lui.

— Si je divisais, me dit-il, ce que j'ai dépensé dans ma vie en matériel de pêche par le nombre de prises, ça mettrait le kilo de poisson à un prix fabuleux.

La Fourchue possède cette grandeur aride, toute en pics aigus et en profils déchiquetés, chère aux illustrateurs romantiques. Il n'y manque que les « orages désirés ». Elle a d'autres armes dans sa panoplie et se défend bec et ongles contre le petit explorateur naïf. Couverte d'épineux barbelés et de cactus antitanks, elle dit non à l'invasion. Il y a de quoi rendre fou de joie un cactophile. Des grands, des petits, des ronds, des allongés, des réguliers, des tordus, des fleuris, des poilus. Nous sommes venus à terre, comme d'habitude, vêtus de peu et chaussés d'espadrilles. Cette effervescence barbare nous entre dans la chair de tous côtés. Dans ce paysage surréaliste, nous passons notre temps, perchés sur une patte, à extraire de l'autre des épines aiguës longues d'un pouce. Si on s'assied, c'est la catastrophe. La cactée ne fait pas un terrain hospitalier. Les collines en pierre « pourrie », comme disent les alpinistes, s'effritent sous le pas, rocs labiles fendillés de chaleur où se carapatent les lézards comme des petits éclairs verts. Je ramasse quantité de ces pierres volcaniques colorées que les îliens polissent pour en faire de jolis bijoux, puis j'abandonne mon fardeau pour ramasser des fragments de marbre blanc étincelant. Et les rejette aussitôt en m'apercevant qu'ils proviennent d'une espèce de citerne détruite, pas même très ancienne, étouffée d'une broussaille piquante. Ces îles sont bardées d'énigmes. Quel Frère de la Côte du siècle dernier est venu construire dans ce bled un bassin de marbre blanc ?

On se lasse vite de la promenade sur un porc-épic, quelque étrange et captivant que soit le paysage. Salvador Dali raffolerait, je pense, de son bizarre humour.

Dans cette baie très exposée, *Hierro* roule comme s'il

était monté sur roulements à billes, le tableau arrière tourné vers les escarpements rocheux de la rive. Ce n'est pas un endroit où passer la nuit. Nous aurons tout juste le temps d'atteindre Saint-Martin ce soir encore. Optimistes, nous enverguons un génois inutile : la brise ne gonflerait pas un voile de communiante. Il faut y aller du moteur. Nonobstant ce ronron qu'à la longue on n'entend même plus, ce fut une belle traversée. Car la soirée était somptueuse, toutes réfractions dehors, sculptant les îlots épars sur la mer, tirant de sa manche d'illusionniste des effets étonnants, semant partout ses foulards de couleurs vives. Le rocher de la Table a l'air d'une baleine échouée sur une mosaïque byzantine. On dit que ce sont encore toujours les poussières volcaniques qui colorent les couchers de soleil antillais de ces tons invraisemblables, et nous ne sommes pas de ceux qui dédaignent la carte postale. Nous nourrissons une passion enfantine pour les belles couleurs.

Nous abordons Saint-Martin, île hybride, par sa moitié hollandaise. Nous contournons Witte Kaap, Grote Baai nous ouvre les bras, prolongés à tribord par une nouvelle jetée qui abrite des chalutiers japonais. Par contrat, ces fils du ciel tombés dans la mer ont le droit de pêcher alentour en employant le port de Filipsburg comme base. C'est profitable à tous. Il y a déjà tout un quartier japonais et si les Martinais ne se méfient point, le jaune y évincera peut-être le noir, car rien n'est plus actif et plus insinuant que ce peuple à ressort, qui a perdu la dernière guerre avec tant de succès. Les Japonais pêchent scientifiquement, obstinément, aux Canaries, aux Antilles, au pôle Nord, au diable, partout. Près de leurs quartiers est mouillée la grande goélette *Yankee Clipper*. Elle paraît négligée et se trouverait bien d'un petit coup de pinceau, mais elle appartient à une organisation d'avenir : le trust du chartaire. Son propriétaire possède plusieurs yachts, les équipe et les lance dans la mêlée, ne gardant pour lui que la comptabilité. Il est presque inévitable que cette espèce de centralisation soit l'image de ce que sera un jour le chartering aux Antilles. La disparition du petit commerce indépendant est un phénomène partout visible.

Dans Grote Baai la houle entre librement. A bâbord, un ketch mouillé près de Fort-Amsterdam roule violemment. A ce spectacle, nous décidons de risquer la barre. La baie est barrée sur toute sa largeur par une bande de hauts-fonds au-dessus desquels la profondeur maximum est d'une brasse trois quarts, et minimum de presque rien. Comme la mer est relativement calme et que nous calons 1,50 m, le poids du rhum compris, nous osons tirer à vitesse réduite vers le fond du port, en sondant sans relâche. La barre passée sans contact, nous trouvons deux brasses, puis le sol se relève, une brasse trois quarts, une brasse et demie…

— Comment est le fond ? crie le Cap, un doigt sur la manette des gaz.

Je me drape sur le balcon avant, l'ancre prête :

— Du sable, de l'herbe et des boîtes de conserve !

— Ça va, leggo !

L'eau est si limpide que je plonge tout de suite pour m'assurer que *Hierro* flotte, qu'il n'est pas simplement assis sur le fond. Mais non, il doit bien y avoir 50 centimètres d'eau sous la quille. Regardant vers le large, on voit nettement la position de la barre, d'un bleu cérusé dans le bleu-vert plus soutenu des eaux de moins faible tirant. Au loin, juste au centre de l'horizon, Saba guette comme un gros chat. C'est l'île où nous n'irons pas, parce qu'il n'y a pas de mouillage praticable et que les débarquements sont trop difficiles sur ses côtes accores.

Le capitaine du port en personne vient nous accorder la libre-pratique de Saint-Martin, en néerlandais. Enfin nous avons réussi à le placer ! Il dissimule avec difficulté sa surprise en entendant des yachtmen lui répondre dans la même langue, mais enfin, il la dissimule, noblement : un indigène ne doit jamais exprimer de surprise, c'est le premier commandement de son catéchisme.

Ce n'est pas mal, Filipsburg. Le bord de mer est net, constellé de toits rouges devant quelques élévations sans prétentions. Tout cela paraît scrupuleusement propre, et endormi dans une quiétude insulaire et ensoleillée. Si on laissait faire les Hollandais, ils ratisseraient les plages et verniraient les troncs des cocotiers au polyuréthane. Derrière cette bordure très comme-il-faut, on trouve la même petite ville qui se répète à satiété depuis la Barbade, sans art et sans apprêts, à peu près entièrement tournée vers le tourisme, plante languide périodiquement irriguée par le flot des visiteurs, ou puma somnolent éveillé au passage d'une troupe de biches, au choix. A Filipsburg, c'est encore mieux organisé. Certaines devantures sont même franchement luxueuses, le businessman qui s'est disputé avec sa secrétaire y trouvera de très jolis bijoux de rupture. Le goût hollandais pour l'ordre et le décorum aidant, Filipsburg vous a un petit air honnête et bien essuyé assez plaisant. Les journées « libres » y sont très agréables pour le voyageur isolé, mais méfiez-vous des jours de paquebot.

Quand un de ces blancs mastodontes se colle comme une décalcomanie sur le bleu léger du ciel, une marée de visiteurs consciencieux déferle sur la ville. On les voit sortir par une trappe aménagée dans le franc-bord du navire, comme des fourmis voyageuses en colonnes par cinq. Les vedettes bourrées à couler passent à toute vitesse à 3 mètres de *Hierro,* nos verres tombent, nos livres glissent, nos plats débordent. Il faut lever l'ancre et mouiller plus à l'écart. Tourisme, passeport pour la paix. Nous devrions les aimer, ces gens-là. De les voir si obéissants, si moutonniers, si manifestement organisés nous donnait un exaltant sentiment de liberté. Et c'est exquis de se sentir un instant supérieur à tant d'oncles d'Amérique.

Il faisait chaud : 29° dans le carré. Pendant que je tapais à la machine en transpirant sans compter, le Cap était allé à terre régler quelques questions bancaires et postales et se faire couper les cheveux. Il tardait à revenir. Je m'inquiétais déjà, Dieu sait ce qu'on allait lui faire, un jour pareil. A tort : il revint tout guilleret, les touristes ne l'avaient pas mordu, il avait simplement rencontré un ami.

Cet ami, John Pflieger, nous en reparlerons encore. Belge de naissance, mais depuis longtemps new-yorkais d'adoption, il avait à Saint-Martin une petite maison de vacances. Nous avions déjeuné deux fois avec lui à Gand et échangé une assez abondante correspondance. Commodore et animateur de la Slocum Society, ce fil lâche mais solide qui unit par-delà les océans tout ce qui vit et se déplace en petit bateau, il se spécialisait dans l'accueil et l'encouragement qui lui semblaient être dus à tous ces errants des mers qui réalisaient ce que lui, John, avait toujours rêvé de faire. Homme plus charmant, plus courtois n'a jamais existé. Son humour très spécial, une espèce de fantaisie pleine d'imprévu, en faisait un sexagénaire jeune avec lequel nous nous sentions de plain-pied, nous retombions ensemble gaiement en enfance chaque fois que c'était possible. Avant de se retirer des affaires, il passait ses rares moments de loisir dans cette petite maison de Saint-Martin, nichée dans un jardin, près de cette mer qui l'attirait passionnément. Nous eûmes la chance de l'y trouver, avec sa fille et son petit-fils. La maison nous ouvrit ses portes.

En attendant la visite de John à *Hierro,* nous fûmes nous baigner sur la plage, tout juste en face, devant le temple. Elle borde tout le fond de la grande baie d'un sable fin comme de la poudre de riz Rachel, c'est de la bonne plage bien brûlante, bien éblouissante, devant de la bonne mer chambrée à point, dans laquelle on se roule comme dans un drap frais. La vie était belle et un peu écrasante. Nous regardions les petits garçons d'ébène poli s'ébattre et se poursuivre, la prudente jeune mère tremper avec précaution son bébé qui hurle de toutes ses forces, des bonshommes en casquette à visière étroite s'exercer au maniement de la caméra toute neuve. Un couple de voyageurs semblait n'avoir débarqué que pour se coller l'un sur l'autre dans le sable, bouche à bouche, pas un atome d'air entre eux, et sans doute font-ils de même d'une escale à l'autre, car on voyage pour s'instruire.

Là-dessus s'amenèrent les Carr en canot, *Havfruen* calant trop pour se permettre la traversée de la barre. Nous leur servîmes le thé dans le cockpit. Batchy éclaircit pour nous le mystère du pavillon rouge qui flotte au sommet du pylône flanquant la mairie. Nous avions déjà inventé toute une histoire de faction communiste pavoisant en l'honneur du paquebot. Pas de chance : c'est un signal de mauvais temps imminent. Batchy n'avait pas encore baissé le doigt que les premières gouttes de pluie se mettaient à tomber. Quand le moment fut venu pour Louis d'aller quérir John et sa suite à la jetée, il pleuvait des hallebardes. Tous les cirés du bord furent mis à contribution. S'ils étaient à demi trempés quand ils arrivèrent, nous le fûmes tous entièrement quand nous nous fûmes casés à six dans le canot, les pieds dans l'eau, pour aller dîner à terre. Rincés d'avance, nous étions prêts à tout, plus rien ne nous démontait, ni l'averse qui crépitait sur la piste de danse, ni le service à la sauvette sous un parapluie, dans une atmosphère de catastrophe. Le « Flying Dutchman », propriétaire Stet Risdon, est un restaurant-bar-salon de thé-épicerie-glacier où tout visiteur qui se respecte finit par échouer. Stet Risdon a organisé ce soir, pour fêter le paquebot, un dîner dansant en plein air aux sons du *steel band*, mais le drapeau rouge a tout gâché.

A notre arrivée, l'orchestre, se rappelant qu'il est payé pour cela, attaque de tout son cœur la première d'une série de meringues assourdissantes. Assis autour de fort bons steaks posés sur un monticule de riz, nous nous regardons en rigolant : impossible d'échanger un mot sans se briser une corde vocale. C'est ce qu'on appelle de l'ambiance. Les garçons courent avec leurs plateaux chargés sous l'ondée. La pluie redouble, l'orchestre en fait autant. Des lampes s'éteignent. John et Louis, qui tous deux détestent cordialement tous les bruits, depuis la sonnerie du téléphone jusqu'aux cris de détresse de Johnny Hallyday, endurent cependant leur supplice en souriant. Et même, quand la pluie diminue, nous faisons, John et moi, sur la piste de danse quelques pas très remarqués. En nous hurlant dans l'oreille des petits riens polis, nous expédions trop rapidement un excellent dessert, copyright J. Pflieger : prendre une cuillerée de glace à la vanille, la tremper dans le café fort, savourer, recommencer l'opération jusqu'à épuisement de la glace, boire le restant du café. L'essayer c'est l'adopter. Sourds mais satisfaits, nous nous retrouvons à bord, après avoir pris rendez-vous pour demain. Ma dernière pensée avant de m'endormir est pour me demander si c'est à cause du folklore musical qu'une île proche s'appelle Tintamarre.

Nous débarquons le lendemain dans un grave silence pluvieux et dominical, trempés, les vêtements collés à la peau, et c'est dans ce bel équipage que nous nous engouffrons dans la Volkswagen de John pour le tour de l'île traditionnel. Nous sommes le 21 mars, tiens, c'est le printemps. Mais les Antilles sont des îles sans printemps. Cela attriste un peu Louis, qui est un amateur des quatre saisons ; je le console en lui rappelant que corollairement il n'y a pas non plus d'hiver, et je marque un point.

Le sol de Saint-Martin est peu élevé et très découpé, la mer y pénètre de toutes parts, s'y installe en étangs et en salines, ne laissant aux cultivateurs que relativement peu de chose. Cela tombe bien, il n'y a presque pas de cultivateurs. Le sel est la principale industrie de Saint-Martin. Dans la partie basse, les Lowlands, un grand lac salé n'est séparé de la mer que par une si étroite langue de terre qu'on songe à la percer pour en faire une baie. Ce serait le *hurricane hole* parfait.

Quand je dis que le sel est la principale industrie, j'aurais dû mettre cela au passé. Car comme à Saint-Christophe les salins sont plutôt abandonnés maintenant en faveur de la pêche (petite échelle) et du commerce (grande échelle). Pas question de hameau-zombie : rien n'est moins mystérieux que Saint-Martin. Elle s'étale avec simplicité au vu et au su de tous, habillée d'une végétation basse d'où s'échappent quelques palmiers. Peu de cocotiers, John Caldwell n'est pas encore passé par ici. Des cotonniers, des eucalyptus, des bougainvillées, tout ce qu'on veut, en somme, si l'on voulait bien. La mer céruléenne, le sable semoule et les rochers ocrés s'entendent pour entourer Saint-Martin d'une série de plages paradisiaques, uniques.

Le sol de Saint-Martin, déjà naturellement découpé, fut encore divisé d'une autre façon, en deux comme le manteau du même nom. La moitié est française, l'autre moitié hollandaise. *East is east and west is west, and never the twain shall meet*[1] : il y a deux administrations, deux gouverneurs, deux bureaucraties, deux services postaux, deux manières de vivre. Mais une seule langue véhiculaire : l'anglais. Le tout sur à peu près 10 000 hectares et séparé par une vraie frontière, heureusement sans barrières et sans douaniers Nous ne l'eussions pas supporté. Selon la version accréditée et soigneusement colportée pour sa valeur pittoresque, sept Hollandais et six Français auraient visité Saint-Martin en même temps et, trouvant cette île à leur goût, se seraient mis d'accord pour faire le tour de l'île à pied et se diviser le sol en traçant une ligne idéale entre le point de départ et le point de rencontre des deux équipes. Les Français sont partis au trot du chasseur alpin et leur morceau est le plus grand. Mais les Hollandais, pas idiots, ont fait d'un pas plus lent le tour du côté le plus intéressant, économiquement parlant. A eux les salins. La frontière passe par le Morne des Accords où fut, dit la légende, conclu le traité de ce partage vieux de quelque trois cent vingt ans et toujours respecté. Qui dit mieux ? Nul Hitler n'est encore apparu pour répudier ce chiffon de papier.

1. « L'est est l'est et l'ouest est l'ouest, et jamais les deux ne se rencontreront », Rudyard Kipling.

Tout cela est maintenant très civilisé, fort coquet, nanti de villas douillettes et d'hôtels en bonne situation. Près de Fort-Amsterdam, on vient de construire un palace floridien d'un luxe apprêté. A voir de-ci de-là dans ces petites îles antillaises tant de luxueux phalanstères attendant candidement le milliardaire, on se demande un peu, quand même, qui va remplir tout ça, et combien de temps durera le boom du bâtiment. Car enfin, *tous* les milliardaires ne sont pas fatigués. Il y en a peut-être aussi pour lesquels lézarder au soleil sur une plage, si belle soit-elle, n'est pas tout, et qui tournent leurs regards vers l'incomparable Italie ou vers le zoo en liberté du Kenya. Or, m'a dit un hôtelier digne de foi, pour amortir ces modernes palais autant que pour les rendre socialement désirables, il faut maintenir les prix à des hauteurs éthérées où n'accède point le voyageur ordinaire. Pour peu qu'on soit pessimiste, on peut revenir dans une cinquantaine d'années visiter en solitaire des Bath Houses moins anciens que celui de Nevis, mais peut-être aussi délabrés et aussi déserts. Ce n'est point que je le souhaite : puisqu'ils sont là, ces hôtels, ils ont meilleure mine et plus joli jardin s'ils sont entretenus. Et vous aurez remarqué que l'architecture moderne, si passionnante et parfois si merveilleuse, ne fait pas de belles ruines.

En attendant, le prix du terrain augmente en progression géométrique.

L'aimable maison de John est située au bord de Simsonbaai, ce grand lac si étroitement connexe à la mer, qui est en réalité une vraie baie dont l'entrée s'est ensablée. Nous y trouvons sa fille, son petit-fils William et Miss Wenzel, la dame de compagnie. William n'a que dix ans, il est grand pour son âge, affectueux, trop gras comme tant de petits Américains bourrés de sucreries, et il veut devenir plus tard politicien, comme chez nous les garçonnets veulent devenir aviateur ou cow-boy. Si nous ne pouvons approuver cette ambition, il nous étonne cependant par sa connaissance précoce du sous-bois politique américain. A son âge, je croyais qu'un sénateur était un type vêtu d'une toge qui avait quelque chose à voir avec les chemins de fer (le train du sénateur).

J'aime la vie qu'on mène dans ces îles, si peu entravée. Aussitôt arrivés et sans regarder l'heure, nous enfilons nos maillots de bain pour aller toute affaire cessante nous baigner à la plage. Nous irons à pied, il y a au plus dix minutes de marche entre les frangipaniers sauvages et ces caractéristiques *sea grapes,* ceps marins qui portent des grappes de petits raisins verts. Ils sont comestibles, mais ne mûriront que dans un mois. Pas de gendarme dans le sentier sablonneux pour traquer le bikini, pas de tourniquet au bord de la mer. Une immense plage blanche pour nous tout seuls, bordée de rochers et de falaises, creusés en cavernes, érodés en ronde-bosse blanche, grise et rose, aussi flatteuse à la main qu'à la vue. Et les bleus, les verts profonds de la mer, incroyables, impensables, indicibles. Je dois faire attention au bleu. Il m'emberlificote et bientôt il n'y en aura plus que pour lui. Il n'y a pas assez de bleus sur ma palette ni assez d'adjectifs dans mon sac à vocabulaire pour encenser tous ces bleus comme ils le méritent. De céladon à outremer, de bleu Nattier à bleu de Chine, tout a été mâché et remâché, il faudrait réinventer des mots, trouver quelque chose de céleste, d'électrique, de plus bleu que bleu, quelque chose à vous remplir à ras bord jusqu'à en suer du bleu.

Par délicate attention, Monique, pour nous plaire, confectionna de ses mains un *waterzooi*, qui est notre façon régionale d'accommoder le poulet. A John et à moi, car Louis est un étranger né quarante kilomètres plus loin. *Waterzooi* fort réussi, compte tenu de la modicité des ressources de l'endroit. On s'approvisionne dans les *deep freezers* de Stet Risdon ou du supermarché gorgé de boîtes de toutes sortes, mais pas de provisions fraîches. A intervalles irréguliers, quand un cargo fait relâche dans la baie de Grand Case, les indigènes descendent de la colline avec quelques produits, et un petit marché s'organise pour initiés seulement. Résidents, hôteliers, gens de la ville le savent par radio-tam-tam, mais les étrangers ne peuvent soupçonner cette aubaine.

Guerres et disputes ne cessaient pas, en notre absence, de dépecer le monde en fines lanières. Il suffisait d'ouvrir un journal. Cela nous arrivait rarement, et les tragédies semblaient s'amortir sur le coussin mou des heures indolentes. De toute façon, ce n'est pas nous qui y changerons quelque chose. Nous avions opté pour un an d'égoïsme au soleil, bien bouchés aux cris de l'humanité en détresse, dont nous faisons partie bon gré mal gré, et que nous sommes si impuissants à soulager. J'ai horreur de la philanthropie rabâcheuse de miel qui s'essuie les pieds sur les pauvres en leur tendant la main. Le progrès moral dont nous avons si grand besoin n'est réalisable qu'individuellement. Si chacun faisait sa vie proprement et sans compromissions, avec un sain dégoût de l'injustice, ce serait déjà une bien belle chose, et peut-être n'y aurait-il pas de guerre au Vietnam. Replions ce journal. De toute façon, partout où l'homme se fixe, il se crée insensiblement des soucis, des obligations, des urgences, qu'il soit débardeur à San Francisco ou retraité à Saint-Martin. Témoin John, qui bougonne que son bateau est aux Bermudes et qu'il faudra le ramener, que son toit est percé, que les termites se font les dents sur les boiseries et que sa VW bat de l'aile, sans compter tout ce qu'il ne nous dit pas. Je n'en reste pas moins convaincue que les embêtements pèsent moins lourd sous un ciel plus clément, et loin des villes.

En retournant à bord, nous fîmes escale le long du gros bateau à moteur *Suntaner IV*, notre voisin. Aurait-il un peu de glace pour nous ? Bien sûr. Tout riant, le skipper nous ouvre une cale grande et givrée comme l'Alaska. Nous n'avons pas affaire à un yacht, mais à un petit navire en instance de pêche commerciale. Pour l'instant il est en prospection et gardé par un indigène généralement invisible et ce petit Américain râblé qui nous donne à pleines mains des citrons verts, du poisson, du rhum haïtien, des débris pour le chat, bref, un voisin en or. Bientôt attablé chez nous, il nous raconte sa vie par le menu, nous serre les deux mains dans les siennes, propose à Louis le capitanat de *Suntaner.* Notre pourvoyeur de glace a trouvé visiblement en nous les envoyés de la Providence venus à Filipsburg pour le délivrer de sa solitude et lui permettre d'ouvrir son cœur sevré de bons offices. Quand je le reverrai sur le quai, avant notre départ, il insinuera le torse par la fenêtre de la voiture de John, un peu étonné, et me fera de longs adieux loquaces. Encore une bonne adresse pour nous aux États-Unis.

John et Monique nous firent l'honneur de s'embarquer sur *Hierro* pour changement de port : nous allions à Marigot, dans la partie française de Saint-Martin. Marigot étant le nom local pour baie, il ne faut pas s'étonner de le voir réapparaître régulièrement. La brise soufflait force 5 du nordé. Il ne pleuvait plus. Contournant Saint-Martin par sa partie ouest, nous eûmes la belle vie pendant la première moitié de la route, et vent debout pendant la seconde. La mer était dure, nous fûmes un peu mouillés, mais on s'amusait bien. Nos équipiers étaient très satisfaisants. Durant un virement de bord, l'écoute de foc s'accrocha quelque part et le mousqueton de la fourche cassa. Avez-vous déjà remarqué que c'est toujours quand on a des invités qu'il se passe quelque chose d'insolite ? On passe trente jours en mer sans la moindre anicroche, au point que c'en est monotone ; vienne un invité de marque, et il attrape le foc sur la tête. Le Cap cria un peu. On se consola avec du genièvre hollandais.

Nous avions quitté la Hollande aux sons térébrants du *steel band,* la France nous salua par une musique militaire très tourlourou. Nous prîmes cela pour nous et trouvâmes l'accueil gracieux. En fait, l'orphéon se déchaînait en l'honneur d'un dragueur de mines mouillé en rade.

Sympathique, cette Marigot simplette, un peu indolente, sans doute fataliste. On sent tout de suite, malgré quelques boutiques de whisky et de souvenirs, que le morceau pécunieux de l'île est de l'autre côté. La flânerie, la sieste font pièce aux bonnes affaires. Dans les bureaux, un personnel qui se dit débordé se déplace lentement comme de nonchalants poissons tropicaux dans un aquarium. Le gentil cimetière est encore l'endroit le plus animé, il est au bord de la mer et des négrillons vifs et rieurs y jouent sans arrière-pensée, leurs ronds visages brillant de cette candeur espiègle qui rend les négrillons si adorables. Si j'adoptais un enfant, ce serait volontiers un petit nègre. En quête de pain (l'éternelle poursuite), nous conversons avec des voix mystérieuses à travers les jalousies, pénétrons dans des culs-de-sac à multiples détours. Le pain, chose inattendue, puisque nous sommes en France, ne vaut pas celui que cuit à Filipsburg un boulanger énorme, une espèce de taureau primé à figure de bébé borné, qui couche en camisole douteuse sur un lit de camp jamais refait et ne s'est certainement plus lavé depuis sa première communion. De là peut-être la qualité supérieure de son pain : c'est une espèce de bohème qui cuit pour l'amour de l'art.

Chez Totol, fruits et légumes, les réfrigérateurs sont vides : on attend les provisions ce soir, ou peut-être demain. Faut pas s'en faire pour si peu. Mais nous rencontrons dans la rue une tête de mouton fraîchement coupée et suivons sa trace jusqu'à une boucherie bien dissimulée, où l'on débite en famille sur une commode ornée de fleurs artificielles. On compte en francs français antillais, mais on accepte aussi la monnaie néerlandaise, anglaise ou américaine, fractions et multiplications dansent un calypso affolant dans nos pauvres méninges, nous fuyons, ne comptez pas sur nous pour avoir une idée du coût de la vie à Marigot, je n'ai pas encore fini de calculer. Quoi qu'il en soit, nous aurons du ragoût de mouton ce soir, avec des piments et des topinambours. Marigot a plus de cachet que Filipsburg, c'est incontestable, du moins pour nous qui avons le goût du vieux et d'une certaine pittoresque négligence. Du reste, parlez-moi français avec l'accent créole, et je deviens tout de suite sentimentale.

C'était l'époque de la Passion. Pâques faisait fleurir les hymnes dans les chapelles, les temples et les radios. On prêchait toutes les confessions, sur toutes les longueurs d'ondes. Notre grand favori était un certain Brother Bob quotidien. Il vendait de la religion, je ne sais plus de quelle marque, sur le même ton qu'un démarcheur d'assurance vie, en promettant à peu près la même chose. Son accent nasillard, son bagou de bateleur a dû persuader mainte cervelle enfouie sous le chapeau de jonc des avantages de la vertu. Il promettait des primes (porte-clefs, calendriers, lectures édifiantes) à quiconque lui enverrait un dollar, un seul, mes amis, pour l'œuvre de Dieu, et poussait fort à la consommation d'un pamphlet de sa propre plume intitulé : *Ce que Dieu pense des camps de nudistes.*

Nous visitâmes une île de plus. A une heure de voile de Marigot s'étire une île longue et plate appelée Anguilla, reptile à végétation basse, ressemblant à ces chenilles poilues plaisamment appelées chattepelouses. Nous sommes partis avec John et Monique, vers 10 heures du matin, vent arrière. Nous avons d'abord mouillé dans une petite anse très bien défendue par des récifs et toute baignée de blanc, de vert et d'or. Nous avons acheté des petites langoustes, puis un brave pêcheur est passé qui nous en a donné d'autres, de sorte que nous avions tout un seau de langoustes pour le dîner. Nous avons nagé et exploré une goélette coulée, dont les bordés déglingués marinaient sur fond de sable. Nous n'en ramenâmes que des trésors qui tombaient en pièces dès qu'ils arrivaient à la surface et dont le Cap ne voulut pas. Puis nous sommes allés mouiller dans une autre baie et nous avons encore nagé. Il faisait particulièrement chaud. Il n'y avait presque rien à voir sur cette île au relief monotone, sans arbres. Les plages, les rochers, les coraux, oursins et coquillages roses, ce sont ses seuls atouts. Nous avons découvert un hôtel vaste et nu, presque désert, sauf pour deux institutrices américaines venues là on ne sait comment, et qui avaient franchement l'air de s'ennuyer comme des croûtons derrière un radiateur. L'une se révéla professer dans l'école même que fréquentait William à New York, curieuse coïncidence. Le monde devint tout petit dans la conversation. Pendant qu'il y était, le petit monde, il doubla la mise. Le Pelican Inn était tenu par un couple de Noirs avec leur fille, des personnes bien convenables. Ils demandèrent d'où nous venions, avec ce petit bateau. Louis dit :

— De Belgique. Mais c'est un petit pays, sans doute ne savez-vous pas où est la Belgique. Que je vous explique. Vous voyez à peu près où est la Grande-Bretagne ?...

— Arrêtez, dit la maman. Notre fils termine en ce moment sa sixième de médecine à l'université de Bruxelles !

L'atmosphère devint extraordinairement bénévole.

Il y a quand même cinq mille habitants à Anguilla, concentrés de l'autre côté de l'île où se trouve le mouillage principal, mais comme c'est une île improductive, beaucoup d'Anguillais, comme les Saint-Barts, s'exportent en transit pour aller remplir ailleurs leur tirelire. J'oubliais de dire qu'Anguilla est anglaise[1].

Nous y passâmes la nuit. John voulut à toute force coucher dans le cockpit sur un mince matelas de plage, le chat drapé sur son ventre. Ces deux-là s'étaient plu tout de suite.

Puis nous retournâmes à Marigot, toujours mangeant de la langouste et buvant des petits punchs, j'en avais le foie tout détraqué, mais cela valait bien un petit malaise. Entretemps la gentille petite bonne de John avait lavé mes draps, résolvant un des problèmes les plus ardus de la navigation au long cours.

En allant faire quelques courses à Filipsburg, nous repérâmes un nouvel hôte, un joli petit Colchester smack anglais peint du même bleu turquoise que la mer, à voiles

1. Actuellement indépendante, après un « siège » auquel nous regretterons toute notre vie de n'avoir pu participer.

couleur de sang caillé, et vaguement converti en yacht. John n'était plus à tenir, il fallut tout de suite faire la connaissance de l'équipage, deux jeunes Anglais un peu farfelus, immédiatement d'accord pour nous rejoindre à Marigot. *Old Times* était très bien tenu sur le pont, très mal dans l'unique cabine, un capharnaüm, un vrai souk. Tandis que nous roulions vers Simsonbaai, John essaya de me persuader qu'il était impossible de faire autrement !

Nous reverrons nos deux Anglais plus tard, aux îles Vierges. Ils allaient en Nouvelle-Angleterre pour s'y fixer, Dick avec sa jolie figure de fille, Peter avec son chapeau melon, son plan du métro de Londres affiché en bonne place, et sa tignasse de cheveux épais comme un tapis-brosse, dans laquelle j'aurais le privilège d'essayer pour la première fois mes talents de coiffeur, avant d'attaquer la tête du capitaine. Car Louis, ayant résisté pendant des années à mes instances, s'était brusquement décidé à Saint-Martin même à confier sa chevelure à mes ciseaux inexperts, mais enthousiastes. C'était le fait d'un barbier du cru qui l'avait traité dans une arrière-cuisine, sans miroir, sans peigne, sans tondeuse, rien qu'à l'aide d'une paire de ciseaux rouillés et avait réclamé un prix assez exorbitant pour cette performance. En sortant de ses mains, Louis alla tout droit chez un quincaillier, acheta une tondeuse et me confia désormais son gazon.

Certains matins régnait à Marigot une toute petite animation, quelques maraîchères alignaient près de la jetée des paniers de légumes, les pêcheurs tiraient à terre leurs barques dont le fond était une mosaïque de poissons rouges, verts, jaunes, argentés, bleu horizon chatoyant au soleil, et chacun faisait son marché. Les pêcheurs emploient comme flotteurs des pièces de bois, simples morceaux d'arbres taillés à la hache, mais si admirablement frottés, patinés, blanchis par la mer que, rangés le soir sur la rive, on les aurait pris pour les saints de bois de quelque exposition de sculpture romane, un peu abîmés par les siècles et les guerres de religion. Une nuit, le Cap se rama à terre sans bruit et vola la plus belle.

J'entendis sur le pont le tapotement feutré des pattes de Couscous, chat silencieux qui ne miaule qu'à bon escient, suivi d'un bruit bizarre à nul autre semblable. Je m'enquis. Il s'agissait d'une invasion. Couscous, la queue en rince-bouteilles, se trouvait face à face avec son ennemi mortel le pélican, perché sur l'hiloire du cockpit, l'air goguenard, claquant son long bec affilé comme un rasoir, terminé par un redoutable crochet. Nous sortîmes doucement les caméras. Avec mille précautions et sans trop élever la voix, pour ne pas effaroucher l'oiseau, nous prîmes position pour fixer cet instant mémorable sur la pellicule. « Vite, dit Louis, attention, il va s'envoler ! » Le pélican ne bronchait pas. Il s'épouillait avec abandon, lissait ses plumes. Couscous, hésitant, frémissait de colère. Nous devenions de plus en plus audacieux. J'allai jusqu'à pousser le derrière de l'oiseau pour le déplacer. Nous avions pris douze photos en noir et en couleurs, qu'il était toujours là. Il s'incrustait. Plus moyen de s'en débarrasser. Il a fallu le chasser à coups de seaux d'eau.

John avait laissé tomber ses lunettes dans le youyou. Revenu pour les récupérer, il nous appela de la rive « que le port en réverbérait », dit-il, et comme nous restions sourds, il se mit simplement à l'eau et vint reprendre son bien à la nage. C'est à noter, car il y avait quand même 500 à 600 mètres entre nous et la plage, et John avait soixante-huit ans.

Il en profita pour nous emmener chez lui, où nous avions déjà nos habitudes. Un puzzle au tiers terminé nous attendait en permanence sur une table basse et nos maillots de bain pendaient constamment à sécher dans le jardin. Grâce à John et à sa famille, nous eûmes un long et excellent séjour à Saint-Martin, que pour diverses raisons nous ne sommes pas près d'oublier. Nous nous réjouissions de revoir notre ami aux Bermudes.

12

Les Vierges ne sont pas onze mille

Car enfin, il fallut bien, un jour, prendre congé de Saint-Martin, lui rendre la moitié du manteau que nous lui avions emprunté. Cela se fit sans tambour ni trompette (contrairement à l'arrivée), vers les 4 heures de l'après-midi, par beau temps et brise modérée du sud-est, signe que la saison s'avançait, de concert avec nous. Notre première nuit de quarts depuis pas mal de temps, c'était presque une virginité. Cela tombait bien, nous allions vers un nouvel archipel appelé Vierge en l'honneur de sainte Ursule. Ces vierges ne sont pas onze mille comme celles qui s'entassent, démesurées, dans les caraques de Memlinc, mais elles sont quand même nombreuses, belles comme le jour. Les Anglais se sont mis en ménage avec les unes, les Américains avec les autres.

En attendant de rencontrer ces dames embourgeoisées, nous filions benoîtement vent arrière en déplaçant à peine le velours de la nuit, sous le regard sans malice d'une pleine lune tout à fait généreuse. C'est elle qui nous permit de récupérer le canot suiveur, dont la bosse s'était dénouée et qui se baladait tout seul comme un collégien en ribote. Heureusement, je l'avais à l'œil. Pour une fois, je ne rêvais pas, à la barre, en inventant des romans à épisodes, effacés, repris au chapitre premier, ravaudés, rapiécés et pourvus de plusieurs dénouements interchangeables. Pour une fois que nous renaviguions de nuit, je la regardais.

La brise, maintenant que nous atteignions le nord des Petites Antilles, commençait à souffler avec plus d'à-propos. La terre fut en vue dès 7 heures du matin. C'était Virgen Gorda, la Grosse Vierge ou la Vierge Large. Les premiers conquérants étaient bien peu galants… Nous viendrons plus tard profiter de ses bontés, maintenant il faut avant tout déclarer à Tortola, chef-lieu des Vierges anglaises, notre présence en ces lieux. Nous n'avons pas mal marché : juste 80 milles en seize heures. Voilà déjà que nous passons entre Round Island et Ginger Island, une des portes du vaste couloir médian qui porte le nom de Sir Francis Drake Channel. Nul autre nom que celui de ce fringant canard, de ce pirate anobli, n'aurait mieux convenu à la petite mer intérieure qu'entourent des îles qui furent le lieu d'élection des pirates, boucaniers, écumeurs des mers de tout plumage. Ils y trouvaient des abris sûrs pour leurs vaisseaux, des cachettes garanties pour leurs doublons et de nombreuses issues par où se tirer des flûtes ou attaquer par surprise.

Round Island est un bloc rocheux balafré comme un vieux sabreur, Fallen Jerusalem est un tas de pierres éboulées telle Ilion vaincue, Ginger Island ressemble à une citadelle mangée de ronces vertes. Tous les îlots secondaires sont dominés par les 600 mètres couleur émeraude de Virgen Gorda et de Tortola, aux côtes découpées comme un puzzle. Au fond de Road Bay, le port de Road Town groupe des maisons mauves, jaunes et roses, pas plus laide, pas moins banale que bien d'autres petites villes, mais exaltée par une lumière nouvelle, aussi vive qu'une couleuvre et aussi cinglante qu'une langue de feu vivant. Est-ce un sortilège de la saison plus avancée ou une qualité propre aux îles Vierges, toujours est-il que là nous avons baigné dans une luminosité ensoleillée à nulle autre pareille. Ces Vierges, je les revois toujours entourées d'un cercle de flèches d'or comme un ostensoir.

C'est sans enthousiasme que nous sommes venus à Road Town, qui sera notre Q.G., mais nous révisons déjà notre opinion. Cela n'est pas trop moche, cette unique rue serpentine, bordée de petits négoces mieux fournis et plutôt moins onéreux qu'à Saint-Martin où, il est vrai, on se surpassait. Cela n'est pas trop large non plus, et le Cap se rebiffe quand il faut à tout bout de champ céder le pas à quelque longue limousine magenta, décapotée, au volant de laquelle un jeune noir vaniteux s'enchante à faire du quinze à l'heure. Ne prenons pas cela trop au sérieux. Qui n'a pas brandi un nouveau jouet pour en éblouir ses petits amis ?

L'air vibrait de chaleur, nous avions envie de quitter le mouillage de Road Town pour commencer l'épluchage systématique des îles Vierges. Le Cap était impatient d'entamer les fouilles. Il était convaincu, et il l'est encore, que le dernier mot n'est pas dit, que le dernier trésor n'a pas encore été déterré. Ces îles sont riches en planques. Mais, le moment des recherches fut retardé par l'arrivée du yacht *Treasure,* ayant à bord John Guzzwell, sa femme et ses enfants. Il est superflu de présenter John Guzzwell, qui a failli faire naufrage avec les Smeeton en route vers le cap Horn, le Guzzwell qui a fait le tour du monde en solitaire sur son *Trekka.* Nous avons assez entendu parler de lui pour différer notre départ en son honneur. Guzzwell est un bel homme bâti comme un chêne, sain, robuste et doux. Son *Treasure* est un trésor véritable, vingt-quatre carats, un excellent bateau de 45 pieds construit avec tout le soin, le fini et la minutie qu'on y met quand on bâtit pour soi. Il a tout fait de ses propres grandes mains de maître-ébéniste. Il a une jolie femme. Il a deux petits diables de jumeaux de trois ans, costauds et bourrés de vitalité. Il se donne le temps de naviguer. Tout est impeccable à bord. C'est à mes yeux l'image même du bonheur parfait.

Comme le Drake Channel est l'endroit idéal pour ce faire, nous décidons, tout de suite copains, de sortir ensemble demain et de passer la journée à nous photographier l'un l'autre, après avoir fait l'échange de nos caméras. C'est le seul moyen d'avoir des photos du bateau sous voiles.

Avant 8 heures, nous sommes déjà sur l'appontement, Maureen et moi, panier au bras, attirées, comme des mouches par l'annonce du marché hebdomadaire. Éternel esclavage, qui nous réserve bien des joies, car tout marché a son côté distrayant. Ananas, pommes et céleris débordant de nos filets comblés, traînant un bloc de glace, le soleil déjà chaud sur nos têtes, nous échangeons en soufflant des considérations, sur l'époque victorienne où les femmes étaient des êtres délicats auxquels le moindre effort physique ou moral donnait des vapeurs. Cette race semble éteinte.

A bord, c'est le branle-bas de combat. Tout doit être parfait pour la photo. On range, on lave, on love, on brosse le chat. Le Cap hisse un fanion de club tout neuf. Je sors mon maillot de bain n° 1, la loque immonde dont je me couvre habituellement ne pouvant se confier à la pellicule. Il fait si beau que c'en est attendrissant. La brise est modérée, la mer assez calme pour permettre les évolutions les plus compliquées. Quelques nuages dodus meublent le ciel. Nous mettons toute la sauce, changeant les focs, bordant les voiles avec un soin vétilleux ; bâbord amures, tribord amures, trois quarts arrière, un tour sur soi-même et le ventre plat comme un mannequin de grand couturier. Puis c'est le tour de *Treasure*. Entretemps, nous rencontrons *Old Times*, qui profite de cette occasion unique. En fin d'après-midi, nous mouillons côte-à-côte à Trellis Bay, derrière Beef Island, pour prendre congé : *Treasure* s'en va vers Panama et le Pacifique, en direction de la Nouvelle Zélande où John Guzzwell désire se fixer. Nous ne le reverrons plus de longtemps, mais si par aventure les vœux sincères servent à quelque chose, les nôtres doivent à présent le préserver de tout dommage.

Quant à nous, nous avons commencé une pêche miraculeuse d'îles et d'îlots, peuplés ou déserts, sauvages ou apprivoisés, notre pèlerinage aux Petites Antilles atteint son point culminant, s'achève en bouquet. Poussés par la seule fantaisie, nous allons errer d'un bout à l'autre du Drake Channel, nourrissant et mûrissant au soleil une peau couleur de marron d'Inde, pleins d'enthousiasme physique et de tranquillité morale, flânant ici, baguenaudant là, heureux comme des lionceaux dans l'herbe, et je ne veux pas de ce joli morceau épargner une miette.

Le mouillage de Trellis Bay (bleu canard, bleu de Chine, songez à un bleu intense tirant par moments sur le Delft) est entouré d'un cercle de terres protectrices, l'une d'elles une toute petite île occupée entièrement par un hôtel, ce qui n'est pas du tout rare. Plus étonnant est qu'il n'a pas l'air de marcher très fort. Plus loin, sur Beef Island, un petit chantier permet de mettre à sec des bateaux d'un tirant d'eau de 3 mètres au maximum. Beef Island, en forme de croissant, est si proche de Tortola qu'on a construit un pont entre les deux, les deux îles n'en font qu'une, c'est sur Beef Island que se trouve le champ d'aviation.

Dans le crépuscule, des vaches rentrent au bercail en file indienne, parfaitement propres et luisantes, longeant la plage, frôlant les mancenilliers et les « raisins de mer ». Ce sont sans doute leurs lointaines ancêtres qui étaient à l'origine du nom peu poétique de Beef Island. Elles s'arrêtent sous un groupe de cocotiers, posant pour un tableau inattendu.

A l'ouest, la plage s'arrondit et s'éloigne, décorée de rochers gris arrosés de blanc par les pélicans, on dirait des plum-puddings sommés de crème à la vanille. Tout cela vous a un aspect thérapeutique et confortable. Nous regardons autour de nous avec une profonde satisfaction cette abondance de bons mouillages offerts et la mobile beauté des collines. Je me sens parfaitement consentante. On va pouvoir navigoter à tire-larigot.

Allan Batham, propriétaire de l'hôtel de Marina Cays, rond et cordial, grand amateur de petits voiliers, vient nous proposer une bouée devant son île-auberge (encore une) et nous invite à dîner à la table d'hôte ovale, en plein air sur la terrasse. Il faut dire que nous sommes pour l'heure dans la partie anglaise des îles Vierges. C'est de loin la plus intéressante. Les Vierges ont connu le boucanier hollandais, le pirate anglais, la guerre d'Espagne et le Dannebrog, j'ai oublié comment tout cela a fini par se coaguler en deux groupes. Vers 1916, les U.S.A. ont acheté au Danemark Sainte-Croix, Saint Thomas et Saint John. Toutes les îles ont « Vierge » pour patronyme et chacune a un prénom.

Allan Batham a racheté le premier « White Squall » de nos amis Norgrove, et l'a mouillé devant chez lui, en attendant de pouvoir réaliser à son bord le grand rêve : le tour du monde à la voile. Peu à peu, il est en train de confier la gestion de l'hôtel à son frère, afin de pouvoir se libérer le temps nécessaire. Inutile de dire que, chez lui, on parle surtout bateau.

Marina Cays est adjacente de Great Camanoe et de Scrub Island, prétextes à promenades en youyou et à pied. Dans notre pays, il est bien rare qu'on puisse partir en excursion sans s'encombrer d'encas, manteaux, imperméables, fourre-tout. Ici, il suffit de repérer aux jumelles un petit coin intéressant, d'attirer le canot, de sauter dedans comme on se trouve, en maillot de bain et sandalettes, et nous voilà partis pour tout l'après-midi. Inutile de penser à la carte d'identité, au porte-monnaie et à la clef du garage.

Ces petites îles sont presque désertes, sèches, non pas de cette nudité sculpturale de certaines îles grecques, mais poilues de broussailles, sabrées d'agaves. Quiconque y construit une maison commence par la citerne, et poursuit par l'achat d'un bateau à moteur pour aller aux provisions. J'y aurais aussi un petit âne ou un mulet. Ces sentiers de jeep, pour ne pas dire de chèvre, se parcouraient très bien à dos d'âne. Au bout, on découvre une collection de vues sur la mer à faire pâlir un marchand de cartes postales. Autour de Marina Cays, les polypiers à fleur d'eau colorent les eaux d'absinthe, de menthe verte avec un nuage de lait, on voit jusqu'à Saint John, et de l'autre côté les Dogs veillent sur Virgen Gorda. C'est là que nous irons après. La forme de Virgen Gorda rappelle celle d'une vipère cornue qui aurait tout juste avalé un petit lapin et qui, le ventre distendu, aurait posé la tête près de Fallen Jerusalem pour digérer.

C'est le long de cette tête que nous mouillons. Les yachts ne manquent pas aux alentours de ces îles faciles et on ne peut regarder au large sans voir quelques voiles penchées au vent. Remercions la plaisance et même le chartering : ce que des navires de commerce enlaidiraient et gâteraient de fumée noire et de bruit, la voile l'embellit de légers papillons blancs. Par une chance insigne, nous sommes cependant seuls au mouillage. C'était indispensable. Il faut être seul devant une telle merveille. Imaginez… Non, c'est inimaginable. Il faudrait pouvoir écrire rien qu'en majuscules. Essayez quand même d'imaginer quelque immense bouleversement cosmique qui aurait lancé en l'air des blocs de granit gigantesques pour les laisser retomber en désordre au bord d'une fine plage de sable doré. Adoucis, polis par l'érosion, ces blocs de Titans tombés par hasard forment des couloirs, des réduits, des caves, des chambres, des salles. Rien de sinistre. Un art grandiose, aussi rigoureux et nécessaire que celui qui a fait les cathédrales, une symphonie de pierres géantes. Les rencontres du hasard, la grâce d'équilibres imprévus ont fait de ce puissant désordre un chef-d'œuvre d'architecture. Sept cocotiers gardent l'entrée, cierges élancés allumant au soleil leurs flammes vertes. On pénètre en ce saint lieu à quatre pattes, par un couloir étroit formé de deux dalles en V inversé. Nous débouchons dans une espèce de patio fleuri de frangipaniers, et de là dans un monde merveilleux, un palais secret à cheminées de soleil, au sol de sable doux et de feuilles mortes.

Pleins d'un désir passionné de posséder cette chose unique, nous courons comme des enfants d'une pièce à l'autre, jouant maison, distribuant les aîtres. Nous nageons dans une allégresse puérile. A nous la chambre à coucher au tapis de tendre sablon, le bureau bien éclairé par une fissure dans le roc. Ceci sera le grenier, comme creusé par une immense cuiller. Manifestement, cette salle est la chambre d'amis, avec ses confortables fauteuils de pierre. Dans le jardin d'hiver, un frangipanier ouvre ses étoiles de cire fine. De la terrasse qui s'élève par bonds successifs, gardée par de prodigieuses sentinelles monolithiques, la vue s'étend sur une cordillère d'îles en croissant.

Cet endroit est une propriété privée. J'aimerais bien connaître l'homme qui possède ce féerique monastère et n'en fait pas usage, n'en chasse pas le laïc. Louis furète, convaincu qu'il n'est pas un pirate capable de résister à un tel endroit. Une de ces crevasses doit nécessairement contenir un fabuleux trésor jamais découvert. Mais laquelle ? Nous descendons à la salle de bains colorée de mousses roses et violettes. La mer entre par des fissures dans cette piscine naturelle, couverte de grandes dalles lisses en porte-à-faux, et y entretient une eau pure et tiède. Une petite plage en pente douce y mène tout naturellement. Nous flottons, dépaysés, dans un nouvel univers de pierre, d'eau et de clair-obscur merveilleusement équilibré. Extase enchantée, mystérieux palais qui se continue dans la mer, habité de poissons et de corail vivant.

A cause de cette fabuleuse piscine, les Anglais prosaïques ont appelé cet endroit The Baths. Le monde est farci de tant de minables Fontaines des Fées et de Bains de Vénus de pacotille que l'admiration malhabile s'est réfugiée dans la litote.

Seuls, nous avons erré deux jours dans notre château de pierre au bord de la mer brasillante. Puis le *Maverick* est arrivé et a envoyé à terre deux canots à moteur bourrés de chartaires. Bientôt résonna sous les voûtes le cri nasillard de l'*homo americanus* et, bien pis, de ses petits. Nous levâmes l'ancre.

L'argent ne fait pas le bonheur. Il alourdit plutôt. Il fait le confort et parfois le contentement, mais le bonheur, c'est tout autre chose. En quittant les Baths, j'ai pourtant souhaité, une seule fois, être immensément riche. Je ferais un chèque pour toute ma fortune jusqu'au dernier centime et le déposerais aux pieds du propriétaire des Baths pour lui acheter le manoir de mes rêves. Nous n'aurions plus besoin d'autre chose.

Pendant que je tire silencieusement des plans sur la

comète, nous longeons en douce la côte de Virgen Gorda vers la queue du serpent, Gorda Sound. A bâbord défilent Great Dog, West Dog, George Dog, Seal Dog. Tiens, pas de Hot Dog. La brise de plus en plus contraire nous tire autour de Colison Point, de Mountain Point est enfin de Mosquito Island. Gorda Sound se trouve juste derrière le petit lapin indigeste, une très grande baie défendue d'îles, encombrée de récifs, accessible point trop facilement par une passe. Mosquito Island et Prickly Pear Island tendent l'une vers l'autre un long doigt de corail, séparés par un étroit passage de trois brasses de profondeur. La mer passe du bleu roi au vert le plus brillant, ce vert-là est nouveau, c'est le ton exact que ma première boîte de gouache appelait véronèse. Dans l'aquarelle nage une tortue en écaille brune.

Entre Biras Hill et la pointe est de Prickly Pear il y a une toute petite île déserte, une Saba de poche, protégée par un labyrinthe compliqué de madrépores ; nous mouillons devant, face au vent d'est. L'eau est d'une pureté ineffable. Nous avons beaucoup de peine à nous habituer à cette navigation où l'on voit constamment le fond, à cette mer si claire qu'on se trompe sur les profondeurs Pourtant, nous commençons à les juger savamment, à la couleur ; à une demi-brasse près.

Salut, Saba, petite île anadyomène, pièce montée simili-japonaise composée de rochers, de cactus candélabres, de cailloux et de sable. Ici, il y a *certainement* un trésor enfoui, ces agencements trop bien conçus sont suspects. Louis déplore la carence de pelles et de pioches à bord.

Je suis la reine de Saba et mes jardins sont sous l'eau, fleuris de corail. Des petits poissons rayés, bleus, jaunes, volettent entre les branches, il y en a de translucides dont on voit battre le cœur. Une vie muette, lente et obscure rampe sur le fond, bêche-de-mer, coquillages tourmentés, crabes obliques, algues et moules, tous imperceptiblement mobiles, mollement cruels, pourvus d'yeux et d'antennes qui suivent par centaines l'ombre inquiétante du nageur.

Le miroitement métallique du soleil sur l'eau nous gêne

un peu pour retrouver la passe. Nous sortons au compas en suivant un cap soigneusement calculé. Notre intention est d'aller vers d'autres îles désertes, mais le Cap secoue le dernier bidon d'eau douce : il faudra passer une journée à essayer de se procurer de l'eau. Nous tentons d'abord de mouiller à Savana Bay, devant l'inévitable hôtel de luxe édifié par le non moins inévitable Rockefeller. Semée de parasols, une plage éblouissante longe un lagon chartreuse. Je m'installe au balcon pour surveiller les fonds. Des récifs apparaissent de toute part. Deux brasses, une brasse… Nous passons. Mais cela nous chiffonne de nous trouver comme dans une cuvette en plastique vert, sans profondeur et sans espace vital. Le Cap se sent très mal à l'aise. « Demitour ! », crie-t-il. Renversons la vapeur. Nous nous extirpons de ce ravissant traquenard pour filer sur Spanish Town, séparée de Savana Bay par la pointe Colison. Devant ses deux petites jetées, nouveau labyrinthe de récifs, et nous mouillons dans si peu d'eau que le Cap m'envoie « au jus » avec mission de me mettre debout sur une tête de corail, ma hauteur hors tout équivalant exactement au tirant d'eau de *Hierro*. Tout va bien, car je bois une tasse.

Faire aiguade à Spanish Town, c'est toute une expédition. Deux pompes à essence et une pompe à eau grand modèle sont en service, beaucoup trop importantes pour débiter une vingtaine de litres. Nous nous mettons en route avec nos deux bidons, et d'enquête en renseignements, aboutissons dans une espèce de fabrique à conforts, puis enfin dans une laverie, véritable petite usine où passe tout le linge de l'hôtel, dans une buée aseptique. L'eau coule à flots. L'indifférence générale nous permet de placer nos bidons sous un robinet. Où donc vont-ils chercher toute cette eau ? Sources et rivières sont absentes et il n'a pas plu depuis des mois. Sans nul doute, on doit avoir installé quelque part une distillerie d'eau de mer. Toutes ces machines à laver, ces rouleaux repasseurs, ces ouvrières automatiques en blouse blanche, dans un coin perdu d'une île aux trois quarts déserte, partie d'un archipel quasi inconnu du reste du monde, cela nous écarquille les prunelles comme le prince Belavoir découvrant un palais de cristal au fond de la forêt.

Une fois les bidons pleins, il s'agit de les transporter par étapes. Ils pèsent bien trente kilos. Un indigène offre de porter le mien, je refuse poliment, mais fermement. Vexé, il marche devant nous les mains dans les poches, pendant que nous trébuchons sous le faix, et je rumine mes doutes. Tant pis, c'est de leur faute après tout. On ne sait plus sur quel pied danser. A voir tant de mains tendues, on devient incapable de discerner entre l'affût du pourboire et le désir sincère de prêter assistance. Peut-être l'aurais-je vexé plus encore en lui tendant une pièce. On ne sait pas, et c'est bien ce qui gêne.

Une dent de récif derrière *Hierro* déchire la mer et la roule en paupiettes, le Cap n'aime guère passer la nuit en cette compagnie. Sportivement, nous détachons la chaîne d'ancre de son pâté de corail pour la troisième fois aujourd'hui et retournons mouiller plus au large, le long de Colison Point, où une légère houle nous berce, tandis que l'ineffable Brother Bob (c'est vendredi saint) nous conte la Passion avec l'accent américain et de savoureux détails que nous ne connaissions pas encore. A l'entendre, il a dormi sur la carpette de Ponce Pilate et campé au pied de la Croix.

Le matin est fait d'une matière lumineuse et palpitante qui sent le plancton tiède. Pris par trois quarts arrière, *Hierro* avance avec le bonheur et la facilité du fil coupant le beurre. On n'a pas encore fait mieux à mon goût, je donne tous les fouets de nos vents du nord, si sains, si stimulants, pour ce doux pinceau qui caresse mes épaules et ma tignasse ravagée de soleil. Sur le front serein d'un capitaine en paix avec lui-même, je lis des pensées similaires. Irons-nous refaire un petit tour aux Baths ? Non. Une futaie de mâts les hérisse, les vacances de Pâques ont fait sortir les charter yachts comme des crocus. Nous enfilons l'une après l'autre Jérusalem tombée, Round Island, perle bleue, Ginger Island,

Cooper Island, Salt Island. Nous irons bivouaquer à Peter Island, en faisant une pause à Dead Man's Chest en passant.

C'est l'îlot où Stevenson a logé un épisode de son *Île au Trésor.* C'est ici que furent abandonnés quinze hommes avec le traditionnel coutelas et la bouteille de rhum, ainsi que le narre le distique :

Fifteen men, on the dead man's chest,
Yo, ho, ho, and a bottle o' rum.

Abandon symbolique : un nageur, même médiocre, couvrirait assez facilement la distance qui sépare Dead Man's de Peter Island et de là, d'île en île... Mais j'y pense, à l'époque toutes ces îles étaient inhabitées, sauf pour quelques pirates occasionnels pas toujours bons à rencontrer, et du reste les marins ne savaient pas nager. La forme assez régulière de l'île peut, à la rigueur, faire penser à une espèce de cénotaphe.

Les îles Vierges ont été, pour quelques forbans notoires ou petits détrousseurs besogneux, le repaire et le quartier général idéal, parfaitement approprié à l'usage qu'ils voulaient en faire. Elles en sont restées truffées de légendes et auréolées d'un prestige infâme, comique et romanesque. On y faisait grosse bombance sur la plage, on y enterrait des perles, des pièces d'or ou quelque copain assommé par inadvertance. Je ne m'avance pas sans preuves : il n'y a pas soixante ans que le dernier trésor en date a été déniché par un natif de Tortola, systématique et tenace, qui est authentiquement devenu par la grâce des pièces de huit, un notable riche et considéré. Celui-là est connu. Mais qui nous dit que d'autres coffrets n'ont pas été trouvés, embarqués en catimini sans déclaration fiscale ?

Avant d'aborder d'autres îles désertes, il faut songer à la pitance et nous ravitailler à Road Town. Nous y tombons dans les bras de deux yachts anglais long-courriers, *Foam* et *Haidasea,* qui présentent cette caractéristique originale que les occupants de l'un marient leur fille après-demain à l'occupant de l'autre, ce qui donne lieu à quelques célébrations préalables et nous retient plus longtemps que prévu. Le futur devant se rendre à Saint-Thomas pour affaires, il rapportera notre courrier. Nous attendons donc le retour de l'*Empress of Tortola,* nom ronflant qui recouvre le très affreux et très bruyant ferry-boat qui fait le service de Saint-Thomas. En fait, vingt-quatre heures nous suffisent pour en avoir plein le dos, de Road Town. Gâtés par les mouillages édéniques des derniers jours, nous trouvons qu'il y fait chaud et le bruit obsédant des générateurs répercuté par les collines alentour nous casse les oreilles. Ses jetées sont funestes aux canots auxiliaires. Elles sont hautes et creuses, elles trempent dans une mare mazouteuse émaillée de légumes pourris, il y a du ressac et un constant trafic de gros bateaux à moteur. Les canots se coincent fermement sous les pilotis et parfois s'y brisent. Le major Roberts, très britannique seigneur de *Haidasea*, s'y est fait aujourd'hui même sérieusement amocher le dinghy et le hors-bord, avec l'aide d'un poivrot tombé dedans par accident. Comme il manifestait un certain déplaisir, l'affaire a failli dégénérer en émeute raciale. Cela prouve bien que l'émeute ainsi nommée trouve souvent son aliment dans tout autre chose que la race proprement dite. Les indigènes des îles Vierges, dans l'ensemble, nous les avons trouvés estimables, et bien distincts des habitants des îles voisines. Ils sont hardis et intelligents, et font peut-être les meilleurs marins des Antilles. Il ne faudrait pas les prendre pour des sauvages : Tortola peut se vanter d'une compagnie théâtrale nègre qui joue Shakespeare avec beaucoup de justesse et de fraîcheur, en costume moderne.

A force d'arriver et de repartir, nous connaissons si bien la musique que les départs se font mécaniquement. Remonter l'ancre à la manivelle, la saisir sur le pont (travail en commun). En retournant sur l'arrière, on dénoue en passant les rabans de la grand-voile. Le Cap la hisse, l'établit, se visse à la barre. Je love les drisses, je hisse le foc et la trinquette. Le chat s'installe sous le vent. Il n'y a plus qu'à laisser courir. Tout se fait en un temps record et avec une précision d'horloger. Je ne cesse de m'étonner de cette navigation pour jeune fille, par temps toujours favorable. Une heure après, même opération en sens contraire.

Sitôt qu'on bouge, les volumes de toutes ces îles se déplacent, les couleurs se redistribuent dans un délayage de bleu et de mauve magnifié par une lumière somptueuse. Comme lieu de croisière, les Vierges sont si généreuses que bien des yachts, malgré la proximité de tant d'autres terres rayonnantes, y restent incrustés pendant des années.

En allant à Norman Island, nous rencontrons *White Squall II,* le bateau de Ross Norgrove, qui va en sens inverse et le déplore d'une voix de stentor. Une nouvelle baie nous reçoit, la baie par excellence au point qu'elle s'écrit avec une majuscule, c'est la Baie, *the Bight.* Totalement vide, elle arrondit ses nobles proportions autour d'une eau si claire, si calme et si bien prise entre les hauteurs qu'on dirait un lac de montagne. Pélicans et fous de Bassan remorquant leur ombre sur le vert-de-gris des coteaux, se laissent tomber sur l'eau comme des pierres en soulevant une gerbe d'embruns, imités en sens inverse par les poissons d'argent qui font des bonds prodigieux. En nous frayant un chemin parmi les ronces altérées, nous gravissons une butte derrière la plage. Pauvre végétation qui attend la pluie depuis longtemps. L'air chaud sent la sauge et vrombit de ces mouches qui ne viennent jamais à bord. On entend roucouler les ramiers qu'on n'entend plus à Tortola, à laquelle ils ont pourtant donné son nom. Un muret circulaire couronne la butte, nous nous plaisons à penser qu'il fut construit par Norman le Pirate lui-même. Norman Island a quelque chose de très attirant, qui n'est sans doute que la faculté de faire rêvasser à la vie boucanière. Qui n'a jamais brandi le coutelas et pris à l'abordage en imagination n'est pas digne d'avoir été un enfant. J'y rêve un peu aussi à ce terrible livre de William Golding : *Lord of the Flies*, qui pourrait très bien se dérouler ici.

La Baie-par-définition se prolonge sous eau en sousjacences magiques colorées de nuances subtiles et de formes élusives, reptiliennes et pustuleuses, traîtreusement vénéneuses, fonds pomponnés d'oursins noirs, méandres balisés de têtes de corail. Je me mets en rapport avec une belle langouste, mais c'est raté : seule une antenne me reste dans la main. Notre souper s'est sauvé, changé en un petit tourbillon de sable et a disparu dans un trou protégé par une herse d'oursins. Pas moyen de l'en extirper. Les oursins piquent mon bras d'aiguilles couleur d'aniline. Une anémone de mer en balade me frôle paressceusement, laissant une brûlure douloureuse. Pendant ce temps, le Cap a rencontré un requin. Bref, on s'amuse.

Le soir tombe et nous avons tant regardé le fond de la mer que le ciel nous paraît constellé d'oursins qui brillent comme des étoiles. Des nuées de petits poissons pas plus grands que le petit doigt, que nous fendions en nageant comme un autre flot, bondissent d'un coup hors de l'eau avec un frétillement platiné et retombent comme des gouttes de pluie.

Pour visiter les cavernes renommées de Norman Island, nous mouillons derrière Privateer Point dans six brasses. Vingt brasses de chaîne à relever ! Les caves béent devant nous. Nous y pénétrons en youyou, bravant l'obscurité et les chauves souris à la lumière d'une lampe torche. Dans ces trous sinistres, rugueux et sombres, son rayon intermittent allume les mêmes couleurs que dans un cratère de volcan, soufre, rouille, vert colique, mi-végétales mi-animales, seule beauté de ces cavernes intéressantes, d'accord, mais bien éloignées de la sublime grandeur des Baths. C'est de la seconde caverne que fut tiré le trésor de Norman, dont acte plus haut, et il faudrait être bien blasé pour ne pas fouiller à tout hasard le moindre recoin. On pourrait avoir oublié quelque chose. Mais nous ne trouvons que des pipistrelles agglomérées en paquets apeurés, criant comme des rats.

Le récif est beau et bien peuplé, le long de cet îlot accidenté. Il descend presque à pic, ce serait un très bon endroit pour une pêche au trident un peu sérieuse, mais le

Cap me convoque à bord, le mouillage n'est pas sûr. Sans transition (et sans déjeuner), nous revoilà partis. Nous retraversons le Drake Channel, tel un grand boulevard, les Champs-Élysées des îles Vierges. Little Thatch nous offre le visage inattendu d'un groupe coquet de maisons crépies à toit rouge, genre villa avec dépendances le long du lac de Garde. Le passage est si étroit entre Tortola et Little Thatch que par les hublots de la cuisine, pendant que je bats les œufs, je vois passer des arbustes, spectacle rare et déroutant qui m'amène sur le pont en cinq secondes.

Nous remontons dans le vent pour longer la côte nord-ouest de Tortola. A bâbord, c'est Jost Van Dyke, île raboteuse et accidentée aux longues plages molles. Nous voyant encalminés, Windy Hill nous sert quelques rafales du bon faiseur et de bourrasque en bourrasque, survolant une barre de deux brasses de fond, nous pénétrons dans Cane Garden Bay.

C'est le rhum qui nous mène. Sous le manteau de la confidence, quelqu'un a susurré dans nos oreilles attentives que Cane Garden Bay s'honore de la plus vétuste distillerie des Antilles. A ne pas manquer. Ce côté-ci de Tortola doit bénéficier d'un plus grand pourcentage de pluie, car nous y trouvons de vrais arbres, des manguiers, des acajous, soulignés d'une ombre dense. De très beaux cocotiers se penchent les uns vers les autres d'un air affectueux. Cane Garden Bay est exclusivement indigène et très libre, très peu gâtée par le touriste. Nous errons un peu aux alentours, mais ce n'est que bagatelle de l'entrée : ce qui importe, c'est d'aller voir le bouilleur de cru. Pour ce qui est du primitif, nous sommes comblés. C'est de la très vieille distillerie branlante et croulante, noire de fumée, qui n'a jamais entendu parler de l'indice de productivité. L'hygiène n'y a pas fourré son nez chromé et ses burettes en Duralex *(sed lex)*. Le jus de canne qui a fermenté dans les foudres sous un grand pavois de toiles d'araignées est mis à bouillir dans une sorte de citerne. Justement le patron est en train d'en colmater les fentes en les remplissant de colle. Le produit de la distillation, après avoir accompli un parcours hélicoïdal, débouche dans la grande salle, bureau, magasin et débarras conjugués, en un petit pipi constant recueilli par une tige de cuivre ou tout autre récipient se trouvant à portée de la main. Cette distillerie est une entreprise de famille, et de grande famille, si j'en crois la marmaille qui grouille à même le terreau de la cour. La crasse est belle, épaisse, incontestable, mais je soupçonne un peu, très peu, le maître de ces richesses de l'entretenir exprès. Conversant avec ce brave homme sous les ombrages, nous nous rendons compte que ce n'est ni un imbécile ni un sous-produit de son propre alcool. Je l'en admire : il doit y avoir quelque chose de très satisfaisant à entretenir cette confortable négligence pour le plaisir de choquer le client, de retourner comme un gant l'estomac délicat du chartaire américain. Ce soupçon d'ostentation n'empêche pas sa rhumerie d'être une antiquité véritable.

Pour la somme d'un dollar, le patron nous déniche dans un coin une bouteille douteuse, la tient sous le pipi-constant, la bouche d'un tortillon de papier et y colle une étiquette à son nom. C'est un rhum blanc et brutal non sans analogie avec l'alcool à brûler. Les « ouvriers » qui, dehors, cartonnent sous un manguier, nous regardent passer, narquois : encore deux pigeons. Mais pigeon content se moque des commentaires. Ce rhum n'est pas le *nec plus ultra* de notre cave à liqueurs, il doit en rester encore un peu à fond de cale à l'heure où j'écris, mais c'est notre rhum le plus pittoresque.

Dans le sentier longeant la plage, en pleine cocoteraie, nous éprouvons soudain l'agréable sensation d'être sur la route d'Arué (Tahiti).

Trois étoiles à Cane Garden Bay pour n'être qu'un modeste affluent du Grand Courant Moderne.

Nous n'avons guère envie de retourner à Road Town dans le seul but de prendre congé des autorités. West End Bay fera l'affaire, elle n'est bonne qu'à ça, la nudité crayeuse de son bord de mer n'a rien d'affolant, c'est le côté « gare de banlieue » de Tortola.

13

Les Antilles en plastique

D'ici à Saint John, c'est l'affaire d'une promenade, mais quelle promenade ! Aisée, agréable, les pieds sur l'hiloire, barrant d'un doigt, les yeux à la découverte. Presque tout Saint John est une réserve naturelle, défense de ceci, défense de cela, le ton est tout de suite donné. Nous sommes maintenant aux U.S.A., en fait Saint John est une manière de colonie américaine, mais chut... ce n'est pas comme cela qu'il faut le dire. C'est plutôt un bastion avancé des États Unis, dont les quatre possessions antillaises s'avancent en éclaireurs sur ses approches orientales. Vers la fin de la Première Guerre mondiale, Saint John, Sainte-Croix et Saint-Thomas (et plus tard Porto Rico) ont acquis, contre bon argent, le privilège de battre pavillon étoilé. Elles ont toutes un peu souffert de l'infortuné Volstead Act, lequel rendait illégales la manufacture et la vente des liquides alcoolisés. Une île antillaise qui n'offrait pas au visiteur le pouvoir de combattre la chaleur méridienne armé d'un punch parfumé et glacé était une île perdue. Heureusement, la prohibition ne tint pas longtemps le coup, et le touriste revint bien vite pour relever la canne à sucre prostrée. On voit de loin les traces d'une sérieuse organisation et d'une antiseptique prospérité. Pelouses tondues, poteaux téléphoniques, speedboats cascadeurs, et le paradis artificiel de Caneel Bay, Floride en petit, chic et exclusive. On voit de plus loin encore, à côté d'un moulin à sucre tout bête sur le haut d'une colline, une immense statue apparemment faite en lait condensé gelé, qui ressemble à un sinistre fantôme affilié au Ku-Klux-Klan. Phare, épouvantail à moineaux ou Jésus, bénisseur issu du ciseau de quelque sculpteur dévoyé, la chose a une dégaine profondément inquiétante. Le bureau de tourisme nous révélera plus tard, en s'excusant, qu'il s'agit de l'œuvre d'un résident, placée sur son propre terrain et donc difficile à expulser, et qu'elle est censée représenter le « Christ des Caraïbes ».

On nous avait prédit pis que pendre au sujet des difficultés qui nous attendaient à notre entrée aux îles Vierges américaines, surtout si nous y allions sans visa, comme c'était le cas. Cruz Bay fait fi de ces racontars. Louis s'en fut narrer sa petite histoire à l'immigration et un fonctionnaire compréhensif (vous voyez bien qu'il y en a) arrangea temporairement, la chose par téléphone le plus simplement du monde, laissant le Cap libre de fouler le sol sacré et d'acheter un paquet de crème glacée. Il revint à bord à l'allure du lévrier pressé, de crainte qu'elle ne fonde. Il n'avait vu de la ville que le marchand de glaces. Les U.S.A., fédération critiquable et abondamment critiquée, se rachètent largement par la qualité de leur crème à la glace. En léchant, nous regardons autour de nous. Il y a du monde. Des yachts gourmés dans une indifférence d'habitués. Des vedettes rapides qui amènent de Saint-Thomas de mirobolants visiteurs. Un sympathique petit hydravion patinant sur l'eau comme ces mouches à pattes fines qu'on appelle chez nous *schrijverke,* celles qui écrivent sur les étangs. Deux heureux négrillons s'amènent galopant à cru sur deux jolis chevaux qu'ils vont exercer sur la plage et baigner dans la mer. Ils barbotent à mi-corps, dans l'eau, mêlés, riant, hennissant, s'amusant fort. A la nuit tombée s'allument des projecteurs éclairant crûment l'envers acide des cocotiers sous lesquels se dispute un match de basketball. Mais ce qui emplit l'air et mes souvenirs, ce qui caractérise Cruz Bay, c'est le cri incessant des paons : Léon ! Léon ! Léon !, braillent-ils à la cantonade, et Léon ne vient pas, ne répond jamais. Ils traînent leur queue éplorée dans le jardin d'un restaurant. Il est à souhaiter que de temps à autre on en mette un à la broche.

Saint John cultive encore sporadiquement le laurier rose pour en tirer une essence employée en parfumerie. Elle a connu son heure de gloire quand le sucre de canne était roi. Elle a sombré dans la fadeur. Il faut remercier quand même Rockefeller pour en avoir fait une réserve naturelle. Cela fait un peu confiture, mais empêche le pourrissement, Saint John est un joli jardin un peu ennuyeux.

Entre Saint John et Saint-Thomas, il y a Pillsbury Sound, où la mer en travers nous prend et nous roule jusqu'à un petit détroit nommé Current Passages. On passe à gauche ou à droite d'un îlot rocheux planté au milieu du pertuis, fendant un courant de trois nœuds qui tire en tourbillonnant au nord ou au sud selon l'état de la marée. Par un jour comme celui-ci, blanc et lourd, presque sans vent, cela n'est pas tellement facile à négocier et je pousse un soupir de soulagement en débouchant de l'autre côté. L'aspect riant de Saint-Thomas, verdure fraîche et rochers rouges, fait présumer qu'il y pleut parfois. La vie grouille de tous côtés, de petits bateaux bougent, des villas ouvrent portes et fenêtres, des plages aménagées remuent de baigneurs. On chercherait cependant vainement, derrière cette façade agreste, apprivoisée et sans mystère, le quart de l'exubérance restée si fraîche de la Martinique, par exemple, pourtant tout aussi cultivée. C'est de la vie très sage, tout à fait comme sur les prospectus. Saint-Thomas sera notre dernière escale antillaise, et ce n'est plus du tout ça. C'est une Antille truquée.

Nous pénétrons dans la rade par un goulet entre Muhlefeld Point et l'ombre tutélaire du fortin de service. Entre Charlotte-Amalie, port de Saint-Thomas, et Yacht Haven, son port de yachts, les autos courent comme des cancrelats le long du bord de mer.

— Sapristi ! », s'écrie le Cap, en fronçant ses noirs sourcils, il y a longtemps que je n'ai plus vu une telle concentration de yachts.

Paradis du chartering au nord des Petites Antilles, Yacht Haven fagote ses bateaux en paquets le long des pontons et en disperse une bonne cinquantaine dans une vaste rade. Nous choisissons prudemment une position à l'extrême-bord du peloton, en dehors de tout, et repérons dix, vingt silhouettes connues : *White Squall II, Betty-Joans, Shellback, Odd Times...* Devant nous est mouillé *Ragnhild,* un beau bac large et franc, construit en Suède il y a bien cinquante ans. Nous ferons rapidement connaissance avec le couple anglais, jeune, sympathique et de bonne mine, qui, comme tant d'autres, fait du chartering provisoirement définitif ou définitivement provisoire, en souhaitant d'aller un jour plus loin. Par contre, le yacht mouillé juste derrière nous est visiblement à bout de course, une ruine hirsute dont les vergues carrées se balancent sans retenue à la houle, usant honteusement les mâts par frottement, invraisemblable débris qui provoque le fou rire à force d'être négligé ; habité, semble-t-il pourtant, car on voit parfois une jeune fille rincer le pont encombré, avec une touchante et inutile sollicitude. Comme pour faire contraste, on reconnaît un peu plus loin un superbe 12 mètres français, appelé *Cerigo,* racé, laqué, luisant comme un croissant de lune.

Nous prévoyions un séjour de deux semaines, il fallait se préparer et s'approvisionner pour une traversée de 800 milles. Pour cela, et pour cela seul, Saint-Thomas nous intéressait, île utile que la grâce a fui, l'Antille des faubourgs, faux bourg mal pavé, étoilé de vieux papiers et de bouteilles vides, sans style, coupé de terrains vagues. Au-delà de Charlotte-Amalie, port et ville principale, c'est encore une Antille, ma foi, en bon ordre de marche avec tous ses accessoires, le bleu, le vert, le pétillement du soleil, le poinsettia en rouge multitude, les monts volcaniques, les panoramas, mais déparée par la médiocrité des cottages maladroitement distribués. Après tant de semaines que nous avions passées en heureux lotophages, je m'exagère sans doute la prétentieuse indigence de cette île qui ne m'intéresse pas. Le clinquant, l'absence de qualité véritable, cela m'énerve un peu et me révolte comme une injustice.

Essayons de mettre Saint-Thomas à part, Saint-Thomas ne compte pas, il faut rester sur l'impression éblouissante des îles Vierges dans leur ensemble, ce bouquet d'étoiles, ce merveilleux jardin d'enfants.

C'est pourtant à Saint-Thomas que je voudrais mourir : sauf exprès avis contraire, la coutume y est d'immerger les morts en mer. Mais en attendant, nous ne ferons pas ici de tourisme. Trois occupations combleront notre temps : travailler au bateau, compléter les provisions, rendre visite aux autres yachts. Mais il y a temps et temps, et le temps météorologique contrecarre quelque peu l'emploi du temps horaire. Il a sa crise. Précédé d'une houle fort inconfortable, le vent forcit, culmina en tempête, ulula dans les haubans, battit un jazz fiévreux sur les mâts en alu. Les yachts tournaient comme des toupies autour de leur mouillage, chassaient sur leur ancre. Sur tous les ponts, on s'agitait. Les rafales dévalaient de la montagne, atteignant force 10, faisant gîter les bateaux, claquer tauds et gréements. Nous pûmes voir notre youyou soulevé, planant au bout de sa bosse raidie à 30 centimètres au-dessus de l'eau. Des objets volaient dans les airs et s'abattaient sur l'eau autour de nous, puisque nous étions mouillés à l'extérieur du groupe. Je récupérai divers objets à la nage, mon plus beau trophée fut un capot d'écoutille tout entier, arraché de vive force. Des charter yachts rentraient en hâte se mettre à l'abri, *Havfruen* cassa sa chaîne d'ancre et dragua toute une journée pour la récupérer. C'était comme une répétition générale pour un futur ouragan. Bien entendu, il était impossible de travailler à bord, le vent cueillait la peinture au bout des pinceaux et l'envoyait à Mühlefeld Point. Enfin le baromètre baissa (il semble fonctionner à l'envers dans les Antilles) et nous pûmes cesser de penser à travailler pour passer à l'action. Il faisait chaud. Perdue dans des hectares de grand-voile déverguée, je recousus quelques ourlets de laizes usés par le frottement, pendant que le Cap ponçait la lisse de plat-bord. Rien de tel qu'une longue traversée en vue pour vous faire entreprendre les petites choses que dans l'euphorie vacancière on a laissé traîner. Je désherbai la ligne de flottaison. Nous graissâmes les outils, les hublots, les ridoirs, et en général tout ce qui nous tombait sous la main, le Cap se paye parfois une petite débauche de lubrification. Nous remplaçâmes un ou deux cordages affaiblis, battîmes en vain les shipchandlers pour un certain cordage de Térylène de 7/16 de pouce, introuvable. Quand tout fut poncé, on peignit. Le chat n'était pas content. Il tournicotait dans mon ombre, chassé de partout, anxieux de ne pas poser ses précieuses pattes dans les produits adhésifs à odeur forte que, brusquement, son bateau sécrétait. C'est peut-être cela qui provoqua son accident. Une de ses occupations nocturnes favorites était de galoper tout autour du pont en équilibre sur la lisse de plat-bord. Une nuit, ce que nous avions toujours craint arriva : il glissa et tomba à l'eau. Par une chance insigne, je fus éveillée par le griffement de ses pattes sur la coque, à hauteur de mon oreiller. Je jaillis sur le pont dans le plus simple appareil : mon Couscous, entraîné par le faible courant, était à hauteur du cockpit, toujours griffant la coque lisse pour essayer de remonter à bord. Je me penchai pour le repêcher, perdis l'équilibre… Le Cap, percevant quelque bruit, parut muni à tout hasard d'une serviette-éponge et s'arrêta, médusé par le spectacle de sa femme nageant, à 3 heures du matin, en compagnie du chat…

Yacht Haven offrant des facilités désirables, nous fîmes le plein d'eau à un robinet bien placé et la lessive en laverie automatique. Il y avait une machine à débiter des petits blocs de glace, des douches, une boutique, un service postal et même un hôtel avec piscine. Deux supermarchés tout proches présentaient dans une ambiance cosmopolite grande abondance de produits plastifiés, gelés, étiquetés, pesés d'avance, drapés dans la cellophane et le papier doré, parfaitement insipides et inodores. Légumes géants, viandes d'où le moindre microbe a fui, conserves où la main de l'homme n'a jamais mis le pied. Il fallut acheter les yeux fermés, sans tâter ni goûter. Ainsi on fait perdre au bon peuple l'usage de ses papilles gustatives et de son sens critique. Nous avions déjà observé que Saint-Thomas, en ce qui concerne le coût de la vie, ne craignait aucune concurrence. Grosso modo, on peut dire qu'il est d'un tiers plus élevé qu'à New York, sauf pour les marchandises de port franc. De sorte qu'on en arrivait à payer une citronnade le même prix qu'un double whisky, ce qui bouscule l'échelle des valeurs jusqu'à donner le vertige.

Quand tomba notre vingtième anniversaire de mariage, nous calculâmes habilement nos occupations de façon à être rendus à bord vers midi, chargés d'un gallon entier de crème glacée en quatre couleurs différentes, dont nous fîmes notre déjeuner de gala, vieux rêve enfin réalisé. Tout barbouillés de crème, nous espérions avoir repris un bon départ, pour vingt ans.

Puis la foire et les casse-pipes s'installèrent derrière une palissade, les feux d'artifice fusèrent dans le ciel, des disques de plastique multicolore enguirlandèrent les rues et le carnaval nous rattrapa, précédé d'une active propagande. Dans les rues se bousculaient des gars fortiches venus d'un peu partout et des jolies filles très voyantes, pleines d'aplomb et d'abattage, futures reines du carnaval ou décidées à gagner le concours de calypso. Visiteurs, résidents, organisateurs, employés en goguette, se coudoyaient dans la foule bruyante et bigarrée, chaque jour apportait son spectacle, chaque nuit vibrait du rythme des *steel bands*. Transpirant sous le soleil vertical, nous attendîmes pendant des heures le cortège final qui envergua toute la largeur de la ville de son étincelante margaille, non pas un de ces défilés lourdauds de chez nous, ponctués de géants de fort tonnage, mais un long serpent annelé, cliquetant, dansant, hurlant, tapant, suant, rigolant dans une explosion de soleil et de couleurs. Le spectacle est plus encore dans la rue où tournoie et se déchaîne une foule folle, parée d'oripeaux éclatants, un festival de pantalons ultra-collants, de corsages en bataille, de chapeaux extravagants ; ça danse sur les trottoirs, brandit des transistors, miaule et glapit, grimpe dans les arbres, c'est fin saoul dès midi, ça rit, se tortille, provoque et se dérobe, un petit Rio, mais avec addition de rhum. La joie dure jusqu'au surlendemain et je vois le dernier poivrot, avant de reprendre le collier du labeur, ramper jusqu'au bord du quai et vomir avec simplicité les restes du carnaval dans le port.

Nous étions exceptionnellement sociables. On se rendait visite de bateau à bateau, nous échangions des recettes et des adresses, des souvenirs aussi et les dernières nouvelles, car dans ce petit monde, chacun se connaît et on finit toujours par se rencontrer quand on circule un peu. *Ragnhild* nous plaisait beaucoup, équipage et bateau, le Cap lui enviait notamment le petit canon de bronze qui ornait le pont, une caronade rondelette qui pouvait tirer des amours de petits boulets. Sur *White Squall II,* on parlait des mers du Sud, Ross Norgrove chantait en s'accompagnant de la guitare des chansons polynésiennes nostalgiques. *Odd Times* nous fit apprécier sa recette de choc, le « stew à l'Entente Cordiale ». J'avais toujours un sérieux béguin pour *Havfruen,* j'allais souvent nager par-là, saluer les deux chats siamois montant la garde, hiératiques, sur les coussins de la plage arrière.

Mais le départ approchait, il s'agissait maintenant de se procurer un bulletin du temps. Riche en superflu, Saint-Thomas est inféconde en matière de météorologie.

Pour la région qui nous occupe, la radio est muette. Les prévisions de Porto Rico nous parviennent hors d'usage. La Coast Guard, interrogée, cogite et nous sort ses pressentiments d'avant-hier. Le Commandant du Port tombe des nues. Qui sont ces primaires qui veulent qu'on leur prédise l'avenir ?

Havfruen part pour les Bermudes un jour avant nous, et Batchy nous promet de nous appeler à la radio à 17 h 15 pour nous dire quel temps il aura trouvé à 50 milles au large. Dans un nuage de « friture », je crois comprendre E.-N.E. force 5, mer agitée, et qu'il rappellera à 8 heures du matin. Mais je ne parviendrai plus à saisir un autre mot. Le rapport toutefois nous convient. Du reste, le canot est lavé et replié, la deuxième filière de sécurité posée, tout objet baladeur a été saisi, et *Ragnhild* nous a offert le champagne d'adieu. La politesse exige un départ immédiat.

14

Des Sargasses aux Bermudes

On dirait qu'on a bourré le ciel avec du coton, le soleil anémique s'est coiffé d'un halo. A midi et demi, nous nous sommes libérés d'une ribambelle de petits îlots qui prolongent l'île Saint-Thomas et nous laissons glisser à l'eau une hélice de loch qui doit en principe tourner pendant plus de 800 milles. Avec tout cela, nous n'avons pas songé à agiter la main en direction de ces Antilles qui nous étaient devenues si familières. Nous partons pourtant, et peut-être pour toujours. Mais la dernière Antille était si peu antillaise que nous ne voyons plus le rapport avec Grenade, la Dominique, Saint-Bart et les Baths. Nous sommes partis sans y faire attention, l'esprit déjà fixé sur les Bermudes. Ce n'est que plus tard que nous nous rendrons compte que nous avons perdu quelque chose, et gagné des souvenirs ineffaçables.

Entre-temps, nous avons aussi perdu l'habitude des traversées et les premiers jours nous nous mouvons comme des somnambules. N.-E. force 5, comme l'a dit Batchy, mer modérée, tangage assez prononcé. Un tour de rouleau dans la grand-voile rend la vie plus confortable et me permet de me consacrer à l'étouffement systématique du mal de mer qui châtie toujours mes premières vingt-quatre heures. La pleine lune me fait les gros yeux durant un quart de nuit vaseux : est-il possible de n'être pas encore amarinée, après toutes ces années de bourlinguage ? Oui, c'est possible. Et Nelson alors, hein, lune moqueuse ?

Presque tout de suite *Hierro* entra avec majesté dans la mer des Sargasses. Elles sont partout, en larges plaques, prés d'algues ondoyantes et dorées, qui deviennent noires en se fanant sur le pont, et s'enroulent en gros toton autour de l'hélice de loch. Le système Wakelam fonctionne, si on lui donne un petit coup de main de temps à autre. Mais il faut prendre des quarts de surveillance, car le navire n'est pas absent de ces parages, un cargo est même passé si près que son sillage a lavé le pont.

Puis quelques grains se formèrent et le temps sembla se décomposer. Nous nous hâtâmes de nous taper un repas sérieux, question d'être parés à toute éventualité, mais pendant plusieurs jours il n'y eut pas de changement notable. Le vent fléchit, tourna à l'est. Mais si les grains hachaient nos nuits, les journées restaient ensoleillées et le point de midi ne présentait pas de problèmes. Le 7 mai, nous nous trouvions juste sur la limite nord théorique des alizés de nord-est et la brise, docile aux instructions, passa carrément au sud-est, restant cependant alizéenne pendant 100 milles encore, et plus. Avec le vent de trois quarts arrière, il fallut barrer, le gouvernail automatique, pour quelque obscure raison en connexion avec les dimensions du safran parallèle, n'aime pas cette allure et permet trop souvent à *Hierro* de remonter dans le vent. Il commençait à faire froid, toutes sortes de pelures qui n'avaient plus vu le jour depuis longtemps réapparaissaient, défroissant des faux-plis vieux de six mois. On assista notamment à la revanche des pantoufles en peluche du capitaine, à peine moisies. Moins que le pain. Ce pain de Saint-Thomas, purifié, dévitaminé, revitaminé, enrichi, majoré de diacétate de quelque chose pour « assurer une longue conservation » s'altéra en quatre jours jusqu'à en être méconnaissable, alors que notre honnête pain ordinaire dure de huit à dix jours.

Les poissons volants volaient assidûment, oiseaux de cette prairie de sargasses, délices de Couscous. On commençait à voir des argonautes. Sous le tapis d'algues, il devait y avoir de la vie, des amours, des poursuites et des meurtres. Un jour, je reçus un calmar en pleine poitrine. Ramassé sans doute en un prodigieux effort musculaire pour échapper à un ennemi, ce sportif mollusque avait jailli dans les airs et nos trajectoires s'étaient rencontrées. C'est encore Couscous qui en profita. On fait souris de ce qu'on trouve.

Nous passions beaucoup de temps à désentortiller l'hélice de loch, lourde de sargasses, la lecture du cadran devenait si inexacte que nous aurions mieux fait de la rentrer tout à fait. Car un jour nous ne trouvâmes plus que le filin proprement sectionné, l'appétissant morceau d'acier fleuri d'algues avait fait l'objet d'un repas de fête pour un requin. Il s'était payé là un gueuleton de qualité, ainsi que l'indiquait l'étiquette de l'hélice de réserve que nous déballâmes en grommelant, sans toutefois la larguer. Je vidai par-dessus le couronnement un petit paquet de bicarbonate de soude, car j'aime toutes les bêtes.

Il faisait de moins en moins beau. Les nuages faisaient comme du *pack-ice* dans le ciel, traversé de nuées plus sombres et plus rapides. La brise fraîchissait, engrossant la mer qui nous envoyait à l'improviste des potées d'eau à bord. Il fit froid, humide et crasseux. Sans loch, donc sans estime, à 100 milles des Bermudes, une bonne hauteur de soleil devenait indispensable. Les Bermudes, c'est un archipel plat qui peut se rater facilement si on n'a l'œil à tout. Celui du Cap resta vissé au sextant quasiment tout le jour, essayant d'attraper un rayon parmi le *pack-ice*. Le mien était en bas, attaché au chronomètre. De temps à autre, j'entendais Louis bondir à la barre pour rétablir l'équilibre compromis par une vague particulièrement énorme. La mer mugissait et écumait, nous portait comme un surf-board, parfois nous prenait à contre-rythme et brisait à bord. Imprécations. Le soleil voilé se laissa enfin capturer à contrecœur.

On marchait vite. Mais partagés entre les quarts, les repas précipités, hisser le foc, débrouiller la nouvelle ligne de loch, éponger l'eau, changer de vêtements, essayer de sécher ceux qui sont mouillés, nous n'avions pas une minute à nous. On dormait de moins en moins sur ce bateau, et on ne sortait plus sans ciré. Toute la nuit, des grains violents venus du sud se succédèrent. A l'aube, il pleuvait. Nous marchions comme un cheval emballé vers les feux des Bermudes aperçus vers 1 heure du matin. Assis dans le cockpit, piteusement, le dos rond sous la pluie, les pieds glacés, ballottés, absorbés par une gouverne délicate, nous buvions un café scandaleusement matinal en mordant dans des biscottes détrempées, et je me disais comme la mère Ubu : « Merveilleuse chose que la navigation ! »

Mais les îles du soleil, ça ne se donne pas comme ça, gratuitement. Il faut les mériter. Et comme nous approchions de cette drôle de Bermude basse, hérissée de petites pointes, elle nous envoya par bouffées le parfum délicat de ses champs de lys.

Comme c'est notre ridicule coutume, nous nous remerciâmes l'un l'autre pour la bonne fin de la traversée. Elle avait été assez rapide : 860 milles en huit jours exactement. *Havfruen,* qui mesure le double de *Hierro,* n'aura pas fait mieux.

La mer se calma. Les récifs des Bermudes sont d'une étendue et d'une complexité extraordinaire ; un chenal bien balisé mais compliqué serpente là-dedans pour mener à Hamilton, capitale et port principal. Nous lui préférâmes le petit chenal conduisant au second port, Saint-George, où le séjour serait plus tranquille. Nous mîmes le moteur en marche. Alarme ! L'hélice vibre et peine, elle est encombrée de sargasses. Pendant que je ramonais l'arrière à l'aide du manche à balai, le Cap par un judicieux emploi du renversement de marche parvint à la débarrasser suffisamment, et nous embouquâmes l'entrée étroite du chenal de Saint-George. L'eau calme d'une rade immense nous accueillit. Passé l'épave rouillée d'un grand trois-mâts défunt, nous trouvâmes l'entrée d'un tout petit bassin et nous nous amarrâmes à quai, quasiment sur la grand place de Saint-George. Au quai opposé, *Stella Maria* nous attendait et dix minutes plus tard John Pflieger était attablé dans le carré, emmi un grand désarroi de couchettes bouleversées, de cirés dégoulinants et de vaisselle sale empilée dans l'évier. Il nous apprit que nous avions essuyé une tempête. Essuyé est joli.

Les Bermudes nous plurent tellement que nous les avons épinglées comme retraite possible de nos vieux jours. Les Bermudes ont tout ce qu'il faut pour plaire à un vieux couple revenu de tout. Oh, cela n'a rien de sauvage. Elles sont très habitées, admirablement organisées et l'apport touristique venu des U.S.A. est important. Mais les Anglais, en possession depuis toujours, ont très bien fait les choses. Tourisme, mais discipline. Défense d'abîmer ces ravissants bouts de terre dont les côtes alternent la plage splendide avec la crique profonde, où des bateaux sont amarrés au pied de délicieuses villas dont les toits à clins, en pierre et ciment, si typiques, émergent de gros bouquets de fleurs. Point de monstres architecturaux aux Bermudes. Il n'est pas permis de construire n'importe quoi, n'importe comment et n'importe où. Tous les murs sont obligatoirement peints de couleurs tendres, vert d'eau, rose, blanc cassé. Il s'est ainsi développé un style proprement bermudien, maisons de poupées anglaises, qui donnent à toutes les îles une unité de ton sans fausse note.

Je dis les îles, on pourrait dire l'île, car si les Bermudes sont plusieurs, elles sont très rapprochées et ont été reliées entre elles par des chaussées et des ponts. La Grande-Bretagne semble avoir ici anglicisé tout ce qu'elle a touché, mais dans le bon sens du terme. Il y a une base aérienne américaine, une population noire, une nuée de retraités et de résidents de toutes nationalités et un flux constant de touristes, mais l'atmosphère, le style, les mœurs sont très anglais. Tout est propre, moral, bien portant, discret. La population est infiniment aimable et détendue, c'est un plaisir de se rendre à la poste ou dans une administration.

Je crois qu'avant la guerre les autos étaient interdites aux Bermudes. Il n'en est plus ainsi, mais il y en a relativement peu et elles sont obligatoirement de petite cylindrée. La vitesse est sévèrement limitée à 30 milles à l'heure. La bicyclette, le vélomoteur sont les modes de transport qui s'imposent. Tout cela concourt à créer une atmosphère décontractée et civilisée qui se reflète dans le comportement.

Nous étions amarrés devant le Saint George Dinghy and Sports Club, dont les bâtiments souvent vides étaient à notre disposition. L'endroit était idéal pour faire un peu de peinture. Nous vivions à moitié sur le quai, les écolières noires auréolées de petites nattes, les rentiers badauds et les agents de police venaient nous faire la causette. Pas de problèmes raciaux aux Bermudes. La population de couleur ne dorlote pas le complexe, elle est du reste bien nourrie, bien habillée, bien logée. Ceux qui sont pauvres, c'est parce qu'ils n'ont pas envie de travailler. Il n'y a pas trace de bidonville. Je vois peut-être un peu court ? Nos frères de couleur, ces énigmes brunes et noires, nous sommes condamnés à ne jamais entièrement les comprendre et les pénétrer. Mais enfin, la revendication politique, par définition, cela ne se cache pas, et à Sainte-Lucie, par exemple, nous avions compris dès la première heure.

La dignité, la bonté, la grâce même des indigènes de couleur aux Bermudes plaident pour une paix durable. Ils semblent être tout à fait intégrés. Chez notre ami Carl Holmes, par exemple, dont je reparlerai, quand passe un voisin du plus beau noir, on l'appelle, on le fait asseoir et on fait la conversation, car c'est un copain. Quand je pense que les Anglais se font traiter de vipère lubrique à cause de ce genre de colonialisme, cela me fait quand même tiquer. Et je ne cite que pour mémoire les nombreux Noirs qui ont fait leurs études à Oxford. Certains bars de club ne les reçoivent pas ? La belle affaire. Ils ne reçoivent pas non plus les femmes, je n'en conçois cependant pas le moindre complexe démolisseur.

Nous nous installâmes donc dans la jolie, aimable et tranquille petite ville de Saint-George en nous donnant le plaisir de jouer à ne jamais la quitter. Je connaissais déjà un tas de gens. Ils nous présentèrent à leur Bermude, farcie de petits souvenirs historiques bien propres. Sur la place de Saint-George, il y a un ancien carcan, qui prend la tête et les chevilles et fait la joie du touriste. Certains jours s'y déploie autour d'un canon de bronze une fanfare municipale en tenue XVIIIe. A mi-chemin de Hamilton on vous montre encore un rocher appelé Ducking Stool, espèce de sellette ou de trébuchet où les mauvaises langues de l'endroit recevaient le traditionnel châtiment : on les trempait publiquement dans la mer. Cette coutume est malheureusement tombée en désuétude.

Cent cinquante petites îles forment l'atoll des Bermudes, déchiqueté par la mer, sillonné de routes et de sentiers, creusé de cavernes souterraines, défendu de petits fortins, couvert d'arbres et de fleurs. Le terreau accumulé est fertile, la culture maraîchère abondante. Spécialités du pays : les lys (il y a une fabrique de parfum), le cèdre, les pommes de terre, les oignons et les shorts bermudiens. Un jour, je rentrai de mes courses parée d'un de ces shorts, laids mais si commodes, et je portais des fraises propitiatoires destinées à faire passer les culottes. Le Cap sortit de derrière son dos un colis mystérieux contenant des fraises. Ni l'un ni l'autre n'avions pu résister à ce symbole printanier. La Bermude se trouve assez au nord pour avoir des saisons plus ou moins à l'image des nôtres, bien que considérablement plus belles. La fraise mûrit sur ses coteaux au même titre que le palmier et le rhododendron.

— *Havfruen* est à Hamilton ! Ann nous invite !

Toutes affaires cessantes, nous abandonnons le grattoir pour prendre l'autobus. Les transports en commun sont très bien organisés. Notre bus nous conduit par la route du nord à travers les petits bois, les lauriers-roses, longeant la digue, saluant la mer de temps à autre, dévoilant un tas de petits détails plaisants. En une heure, la cathédrale de Hamilton est devant nous. C'est la grande ville, ou plutôt la grand-ville, nuance utile. Faraude le long de son port actif, elle garde un air bien élevé et dédaigne de la grouillante et puante metropolis la douteuse contagion. Elle aligne quelques monuments de bon ton, des jardins loyaux, et des magasins cossus où l'on trouve tout ce que l'Europe produit de mieux. Un des clubs de yachting les plus fameux du monde y élève ses bâtiments distingués. C'est ici qu'aboutit la célèbre Newport-Bermuda race, du reste imminente. Déjà, une régate d'entraînement autour de l'archipel a permis à un de ces lévriers de la course-croisière de se taper sur le récif en essayant de gagner un quart de minute, et de couler par 30 pieds de fond à 11 milles de la côte. Il n'est pas le premier. Depuis qu'un certain Juan Bermudes toucha ces îles vers 1515, les navires se sont empalés à qui mieux mieux sur leurs défenses naturelles ; on est loin d'avoir dénombré les centaines d'épaves qui mijotent leur dernier rêve en faisant des bulles.

Aux côtés du très britannique Bermuda Y. C. nous reconnaissons *Monsunen* au mouillage, mais *Havfruen* a choisi de se mettre à l'écart près de Hinson Island où nous dépose le ferry. Punch, déjeuner, ski nautique, c'est la belle vie, quoi, la vie de millionnaires à bon compte et à bons amis.

Autre autobus, que nous quittons à mi-chemin pour visiter l'aquarium, cet indiscret regard sur une vie muette qui se meut à l'étroit. Nos visages illuminés d'un vert phosphorescent se reflètent dans les vitrines, les hippocampes déroulent à petits jets leurs queues en spirales, les tortues se chevauchent maladroitement, cent sortes de poissons collent leurs lèvres à la vitre en baisers mouillés, et le requin nous décoche un sourire gaillard. A côté, c'est le musée, fort intéressant, où parmi les modèles de navires et les défroques militaires sont exposés des échantillons de trésors récupérés fort récemment sur des épaves. Il y a toute une vitrine d'objets en or fin de facture espagnole. Attenant au musée, il y a une volière. Nous avisons sur un perchoir, en pleine pelouse, un amusant oiseau noir à bec orange avec des rouflaquettes jaunes, plein d'effronterie, très sûr de lui. Je m'en éprends sur-le-champ. Il n'a pas de pancarte, celui-là, nous tournons autour de lui, intrigués. Une brave dame américaine qui passait se penche et lui demande, facétieuse : *And what kind of a bird are you* ? Sur quoi nous enregistrons le choc de notre vie quand l'oiseau répond, d'une voix patiente, précise, un peu agacée : *I'm a Mynah bird* ! je l'aurais embrassé. Renseignements pris, le Mynah bird *(gracula religiosa),* c'est le mainate, une variété d'étourneau originaire d'Asie, « bon parleur », dit le dictionnaire, il est en dessous de la vérité : c'est un véritable orateur, plein d'aisance et de mordant. Sur l'autobus du retour, je harcèle le capitaine. Où pourrions-nous acheter un mainate ? Laquelle de nos nombreuses relations exotiques pourrait m'envoyer un mainate ? Heureusement pour lui, il appert bientôt que le Mynah bird ne survivrait pas à un contact avec les frimas belges.

Nous avions fait la connaissance d'un couple de résidents bien sympathiques, lui un aviateur américain, elle une Française d'origine vietnamienne, très jolie, fine, intelligente et simple. Bernadette, parfois, nous enlevait pour nous montrer les plus jolis coins des Bermudes, pour nous emmener nager sur une des plages édéniques, ou encore pour aller chez elle nous gaver de bonnes choses. Éprise d'essentiel, elle savait toujours exactement ce qui nous plairait, la vue la plus réussie, le sentier le plus agreste et le moins connu, la plage aux plus beaux rouleaux de jade où l'on trouvait le bois d'épave le plus intéressant. Les Zell habitaient une adorable vieille maison, dans le sous-sol de laquelle Parker entassait la plus riche collection de bricoles, de brocante et de pièces détachées que nous ayons jamais vue, de quoi faire perdre la tête à Henry Wakelam. Bernadette me donna un petit livre de vieilles recettes culinaires et médicales bermudiennes, où on apprenait pêle-mêle comment faire la galette de cassave, les confitures de papayes et le hochepot aux poivrons, et comment guérir l'asthme par l'absorption des cancrelats vivants enfilés en chapelets.

Une fois par semaine, j'allais faire ma lessive chez Carl Holmes, à Gate's Fort. Carl Holmes, gardien et conservateur de ce petit fortin, ce qui lui laissait d'amples loisirs, vivait seul avec ses poules et ses lapins à un bout de l'île, juste à l'entrée de la passe, et s'y imbibait consciencieusement de gin et de whisky, ce qui ne l'empêchait pas d'être un excellent homme infiniment serviable. Né aux Bermudes, il avait dans sa jeunesse fait la traversée New York-Hamilton à bord d'un très petit voilier, le *Spirit of Bermuda.* D'avoir boulotté ces 1 000 milles dans des conditions précaires, il avait gardé de la considération pour tout ce qui navigue et vouait à John Pflieger une indéfectible amitié de pirate fidèle. Il mit à ma disposition sa machine à laver, son jardin, ses pinces à linge et sa bonne volonté de bon chien pataud. J'arrivais à vélo et pendant que mon linge virevoltait dans la savonnée, je furetais dans Gate's Fort et regardais le ressac briser à mes pieds. On voyait très bien la passe balisée et le courant qui, au large, tirait très fort. Entre deux petits verres de gin, nous rincions, tordions, pendions à sécher et échangions les derniers potins.

Entre-temps, ça ne chômait pas non plus à bord. Nous avions sorti toute la chaîne pour l'étaler sur le quai et la nettoyer, et en profitions pour récurer et repeindre le pic à chaîne. Le Cap repeignit tout le blanc, rouf, hiloires, panneaux. *Hierro,* pimpant, tout en bleu et blanc comme un enfant de Marie, était comme un jouet. Le Cap suspendit un écriteau *Wet Paint,* à cause des visiteurs. Puis il grimpa dans le mât pour y clouer une feuille d'épais plastique destiné à le protéger contre le frottement de la mâchoire de pic. Sur ce, un groupe de jeunes femmes vint installer sur le quai toiles, chevalets et boîtes de peinture, et Louis, voyant à vue d'oiseau la façon dont ces dames transféraient la peinture des tubes sur la toile, dégringola de son mât et ôta son écriteau.

Au club, on commençait à s'agiter beaucoup. La régate de l'année approchait. La Newport-Bermuda race n'est que roupie de sansonnet à côté de la célèbre course des *fitted dinghies.* Ce sont des dériveurs à coque menue, avec un très long mât et un bout-dehors extensible, abondamment survoilés. L'astuce consiste à choisir un mât de longueur calculée, d'allonger ou de raccourcir judicieusement le beaupré et d'élire le nombre maximum de mètres carrés de toile que le bateau pourra supporter, en fonction du temps et de la force du vent. Une fois le départ donné, le gréement doit rester invariable, il est défendu de prendre des ris ou de hisser une voile supplémentaire. L'équipage se compose au départ de cinq hommes, accroupis comme ils le peuvent dans la yole exiguë, mais si la brise venait à faiblir, le barreur a le droit de jeter un ou plusieurs équipiers à la mer et même de finir le parcours tout seul, laissant dans son sillage quatre têtes sacrifiées. Inutile de dire que cette régate est extrêmement populaire et que le Tout-Bermudes se rassemble à Saint-George pour la suivre. Elle se court dans le vaste lagon qui forme le port de Saint-George. Je trouvais pour ma part que ce n'était pas là un spectacle édifiant pour le capitaine ; s'il en prenait de la graine et se mettait à jeter ses équipiers par-dessus bord ?

Pour laisser le champ libre, nous fûmes nous amarrer au quai en face, derrière *Stella Maris.* Le petit bassin et le club se couvrirent de fanions. Le White Horse Inn afficha complet. La foule se massa partout d'où l'on pouvait voir filer ces masses de toile surmontant un insignifiant dinghy. Le canon tonna. La fanfare s'époumona. Le cruiser du gouverneur des Bermudes souleva des vagues plus belles que les autres. C'était une belle fête. Toute la jeunesse de l'île et beaucoup de moins jeunes se réunirent ensuite au club où l'on servait le *clam chowder*[1] à pleines louches, et dans un brouillard de cocktails on ne savait plus très bien quels

1. Soupe aux coquillages.

étaient les vainqueurs et lesquels les vaincus de cette faramineuse rencontre, mais cela n'avait pas d'importance. Un orchestre se dépensait sans compter dans la grande salle. On s'écrasait. On s'épuisait à imiter les prestigieux trémoussements vus à la télévision et au cinéma. Ma jeunesse déjà lointaine a connu le bon vieux swing et le boogie-woogie des grands-mères et en ce temps-là ça ne me paraissait pas idiot. A regarder danser l'avenir des Bermudes, passionnément sérieux, livré à un surf provincial mais intensif, nous avions cependant l'impression de contempler une foule de malheureux atteints d'une maladie nerveuse particulièrement inquiétante. Même John, qui prolongeait pourtant sa jeunesse depuis quarante-huit ans, semblait un peu dérouté.

— *If this doesn't bring rain,* dit-il, *nothing will*[1].

Le moins qu'on puisse dire, c'est que nous ne manquions pas de distractions. Bien que laborieux à bord, nous nous trouvions entraînés dans un mode de vie amusant et flâneur qui nous convenait parfaitement.

Pendant la guerre, Saint David's Island fut cédée aux Américains contre un certain nombre de destroyers dont la Grande-Bretagne éprouvait le pressant besoin, et elle est devenue une base aérienne commerciale et militaire américaine. L'aviation militaire nous régala, un dimanche, d'une séance d'acrobaties aériennes exécutées en avions à réaction qui nous laissa pantelants d'admiration. C'étaient de surprenantes superpositions, des croisements hardis, de ravissantes arabesques écrites dans le ciel à du 800 à l'heure, d'audacieux élans aussi gracieux, aussi précis que ceux des hirondelles, on croyait toucher au frémissement de l'éternel. Je ne savais pas qu'on faisait d'aussi jolies choses avec de simples avions supersoniques.

Parallèlement à nous, John préparait son départ. Ses amis se faisaient pour lui quelques soucis dont il n'avait cure, et sa fille lui recruta comme équipier un jeune Anglais, bon

1. « Si ceci ne fait pas pleuvoir, rien ne le fera ».

garçon un peu gros de ficelle et plein d'une juvénile énergie qui risquait d'entrer en conflit avec la fantaisie flâneuse de son futur capitaine. John eût préféré partir seul ; il tenait beaucoup à accomplir ce premier, unique et dernier grand voyage en solitaire. Il voulait en quelque sorte mériter ainsi sa retraite à Saint-Martin. Le *Stella Maris* était petit et très simplement équipé, mais bien gréé et certainement en état d'accomplir une traversée, somme toute, facile. Louis avait fait quelques observations concernant le manque de garde-corps et deux ou trois autres lacunes de ce genre, mais John s'entendait à le tranquilliser. Il venait le matin sur le coup de 8 heures pour la tasse de café, avec un « Hi, Captain ! » plein d'optimisme, expliquait : « J'ai l'habitude. Quand je me déplace sur le pont, je mets une main ici, un pied là, et de toute façon je n'ai pas le temps de faire forger des chandeliers et tout ce qui s'ensuit. »

A force de trafiquer dans son carré, de regarder dans le fond des bocaux de l'année dernière, de jeter des vieux bouts de cordages et de répartir équitablement son matériel et ses provisions, un jour, il se déclara prêt. Nous fûmes au bout de l'île chez Carl pour saluer au passage le *Stella Maris,* remorqué aimablement par la vedette du pilotage jusqu'en dehors de la passe. Bernadette m'emmena ensuite sur sa plage favorite, d'où nous regardâmes jusqu'à la nuit le petit bout de toile blanche tirant vaillamment vers le sud-est.

Trois jours plus tard, nous le vîmes revenir. Une voie d'eau s'était manifestée, qui n'avait pu être localisée. John aurait voulu continuer en pompant un peu de temps en temps, et plût à Dieu qu'il l'eût fait... Mais le jeune équipier, effrayé, avait insisté pour rebrousser chemin. Il était visiblement dégoûté et se hâta d'accepter un boulot qu'on lui proposait dans l'hôtellerie. Cela convenait parfaitement à John, qui préférait décidément naviguer à sa guise, peu brillamment peut-être, mais sans se presser et en prenant la cape quand il le voulait, pour se reposer.

Plus tard, le jeune homme déclara aux journalistes que le

bateau n'était pas « marin ». A mon avis, c'est lui qui n'était pas marin. N'en parlons plus.

John se trouvant ainsi retardé, nous en profitâmes pour passer la brosse à reluire sur ses notions de navigation astronomique, nettement du genre vague et fantaisiste ou, comme il le disait lui-même, *sloppy.* Louis se faisait beaucoup de soucis à ce sujet. Il entraînait John sur le quai avec son sextant et pendant des heures lui faisait faire des exercices pratiques. Suivaient d'ardues leçons de théorie pour essayer de lui inculquer les rudiments de la méthode H. O. 249. John se retrouvait toujours, comme on dit, à Saint-Pierre de Rome. Louis l'engueulait beaucoup. Pauvre John, le plus gai, le plus distrait, le plus charmant, le plus patient des amis. Malgré son âge, il était robuste et fort leste, et nous nous efforcions d'étoffer sa maigreur en le gavant de nourriture. C'était notre poulain. Nous tenions autant que lui à l'arrivée en triomphe de *Stella Maris* à Saint-Martin.

Un qui ne se faisait pas de mousse et raffolait des Bermudes, c'est Couscous. Se moquant éperdument des lois qui dans ces îles régissent la rage et la psittacose et refoulent de leur sol tout élément étranger à poil et à plume, il… ou plutôt elle avait découvert à la fois la liberté et l'amour. Couscous avait deux amoureux qui lui chantaient la sérénade toute la nuit, jusque sur le pont. Le Cap leur jetait des brosses et des pantoufles à la tête et les poursuivait nuitamment sur le quai en fulminant des menaces, Il aurait pu aussi bien danser le menuet. Couscous savait d'instinct faire l'indifférente ou l'enjôleuse et menait ses soupirants par le bout de la moustache exactement où elle le voulait. L'aire de ses promenades sentimentales s'élargit, on l'aperçut dans les venelles de Saint-George, d'où elle gagnait ensuite la soute à voiles de *Stella Maris* pour s'y reposer. Elle reparaissait à bord à des heures scandaleuses. Nous prîmes la décision de la laisser dans ce séjour qui lui convenait si bien. Car, sans se plaindre, cette chatte n'aimait visiblement pas la mer. Nous trouvâmes une gentille jeune fille qui voulut bien s'en charger. Ne le dites à personne, c'est strictement illégal. Toutefois, l'adjonction d'une jolie petite bête saine et de nature aimable n'a pu nuire au cheptel bermudien et ma conscience est en paix.

Le temps vint où il fallut songer à partir, non sans regret. Nous nous étions installés dans ces Bermudes comme dans la vieille maison de famille. *In extremis*, j'allai faire nos adieux à la petite église Saint-Pierre, début XVIIIe, sans affectation mais non sans attraits, et entourée d'un jardin exquis qui est le cimetière. Nous n'avons pas cette passion bien anglaise du cimetière, pourtant je m'aperçois que voici le troisième où nous nous attardons volontiers. C'est que sous les tropiques le cimetière n'est pas comme chez nous cette ville des morts où règne un affreux et dérisoire snobisme, divisée en rues froides, en quartiers étiquetés, gardée policièrement, où il est défendu de parquer, de marcher sur l'herbe et de pénétrer la nuit. Où les os bourgeois ne se mélangent pas aux os prolétariens ; et il est probable que les vers de terre eux-mêmes ont appris à faire la distinction. Mais à Saint-George, l'entrée est libre. Dc vicilles petites tombes toutes simples et confortables y sont semées dans l'herbe, sous les frangipaniers et les poivriers. Point de vastes couronnes de fleurs plastifiées ni de ces regrets éternels, si brefs, coulés dans la forme pétrifiée d'une pleureuse qui doit avoir coûté fort cher. On prenait la mort plus simplement aux Bermudes. Les inscriptions parlent de la mer, de pionniers, d'assauts repoussés, de maladies tropicales foudroyantes. Comme à Brimstone Hill, ces morts sont jeunes et il en reste quelque chose de léger. Il ne vient pas non plus, ce terme inexorable où un corps est considéré comme dissout et prié de faire place à des cadavres frais. Les lettres à demi effacées ont été gravées il y a bien longtemps, repose en paix n'est pas un vain mot. Elles perpétuent pour le passant le souvenir d'une petite maman morte à dix-sept ans en 1783 et de ses deux bébés « l'un de deux ans et l'autre de trois semaines », ou d'un jeune lieutenant de vaisseau noyé sur le récif en 1817. On y retrouve souvent les mêmes noms. Point de pensées horribles dans ce délicieux jardin, la mort y est une réunion toute naturelle, et on s'y assoirait bien pour l'attendre.

C'est John qui se trouvait à Gate's Fort pour nous saluer et nous photographier, avec Bernadette, Carl, un ou deux autres amis et Gay-Gay portant Couscous dans un sac et lui faisant secouer la patte pour un dernier adieu. Nous hissâmes la grand-voile, le foc. Je lovai les drisses en pleurant. Nous entamions notre cinquième traversée de l'Atlantique.

John partit une semaine après nous. Aux Açores nous attendait une lettre de lui écrite juste avant son départ. Lorsque nous arrivâmes en Belgique, nous apprîmes avec une brusquerie bouleversante que *Stella Maris* avait été retrouvée seule en bon ordre, sagement échouée sur un banc de sable, près d'Antigua. Le foc dessus, une pipe toute bourrée prête sur le banc du cockpit. La navigation de John avait été bonne, mais la mer avait pris notre ami.

Cette disparition se nimbe d'une espèce de mystère, de « non fini ». On ne peut s'empêcher de rêver que John est encore là, quelque part, sur une île déserte, et qu'un jour il reviendra et dira « Hi, Captain ! ». Les matelots des anciens voiliers ne croyaient jamais entièrement à l'évanouissement définitif des noyés. Ce sont, parmi tous les disparus, ceux qui ont le plus tendance à revenir, et leur âme flotte autour des pommes de mât. C'est une faible consolation, sans doute, de penser que nous désirons pour nous-mêmes une fin comparable. Pour John, nous eussions préféré le voir jouir encore longtemps d'une retraite ensoleillée dans sa jolie maison. Mais peut-être nous reverrons-nous un jour entre deux eaux, nous nous tendrons la main dans la pénombre fluide, et nous entendrons sa bonne voix nous conter, avec cet humour discret qui lui était particulier, comment, ayant bourré sa pipe, il s'appuya un instant contre le hauban et…

15

Drôle de coin, ces Açores…

Autant la traversée de l'Atlantique d'est en ouest est facile, autant le retour paraît ardu, et ce n'est pas seulement parce qu'on rentre. Le trajet Canaries-Barbade se fait comme une fleur, le long de latitudes commodes, d'un maniement aisé. Pour revenir des Antilles, il faut aller chercher le vent beaucoup plus au nord. Finies les vacances, on redevient marin.

— Bon voyage, capitaine.

— Bon voyage à toi. Passe-moi donc mon ciré, s'il te plaît, il commence à pleuvoir. Tiens, on ne voit déjà plus les Bermudes… Ne pleure plus ce chat, va, il est sûrement plus heureux là-bas. Tu pourrais peut-être jeter son baquet par-dessus bord ? Il sent.

Je m'exécutai en reniflant.

Les Bermudes effacées, le premier quart de nuit les restitua avec cette netteté ineffaçable propre aux rêveries nocturnes. Dans la fièvre du départ, on prend congé brusquement, presque sans avoir le temps de penser qu'on part. Puis tout revient en essaim, on revoit des gestes, on entend des voix, on recommence des conversations, on songe à ce qu'on aurait dû dire, faire, répondre, observer. L'esprit du quart de nuit, c'est l'esprit de l'escalier.

Sans doute nous prenons-nous un peu trop pour des vétérans. La mer tint à nous rappeler à une salutaire humilité. Tous deux, pendant les trois premiers jours, nous luttons contre un affreux mal de mer de novices. Et la paranausine a disparu. Je crois me rappeler que j'en ai fait cadeau, imprudemment, à quelque plaintive visiteuse. Quoi qu'il en soit, il nous faut passer sans aide ces pénibles moments, et les poissons du quartier n'ont jamais été à pareille fête.

La mer est plutôt forte, le vent du sud frais et par le travers. Le gouvernail automatique ne fonctionne pas très bien dans ces conditions, et nous nous attelons au régime de quart et quart, consolés par l'idée que nous avançons vraiment bien. Nous qui espérions des vents d'ouest établis et la bénédiction des trinquettes jumelles… Tant pis. Autant dire tout de suite qu'entre les Bermudes et la Belgique, lesdites trinquettes resteront soigneusement pliées dans leur sac, et que nous aurons en tout et pour tout trois ou quatre jours de ce fameux vent d'ouest, ce qui est chose extrêmement curieuse. Entre les Açores et l'Angleterre, cela tournera presque au tragique. En attendant, nous barrons et rebarrons, les nuits froides et humides alternant avec les jours ensoleillés.

La mer n'est point vide. Il passe pas mal d'argonautes en petites processions, portant bannière gonflée au vent, tricotant sous l'eau de longues tresses de filaments de couleurs tendres. Deux petits cachalots pleins de grâces éléphantines viennent nous souffler sous le nez. Des hirondelles de mer, des phaétons apparaissent de nulle part et retournent à tire-d'aile vers rien du tout. Quelques poissons volants, mais plus de Couscous pour semer leurs écailles comme confetti dans tous les coins. Bien sur, Couscous en mer était encombrant et moins heureux qu'à terre. Mais ma main cherche encore une petite tête ronde et dure à caresser et je ne descends pas l'échelle sans regarder où je mets le pied.

Enfin le Cap surmonta le mal de mer et se rétablit, tandis que je faisais surface plus lentement, encore nauséeuse, le crâne comme un grand tambour. Une nuit que je me trouvais à la barre en compagnie de ma petite radio, entre une sonate de Beethoven et la Petite Musique de Nuit, un monsieur annonça : « Dans vingt minutes, Surveyor I atterrira sur la Lune. » En douceur, du moins on l'espérait. J'attachai le regard sur la grande veilleuse, très soigneusement, mais ne vis rien. A cette époque, on parlait beaucoup de la Lune, elle en avait pris une tout autre physionomie, moins irréelle, moins poète-prend-ton-luth. Cette Lune faisait partie du bagage scientifique de tout petit garçon moderne. Attardés sur notre archaïque petit bateau et sur cette pauvre vieille Terre aux quatre cinquièmes inondée, nous imaginions déjà les attardés futurs, les Bernicot du XXIIe siècle qui iront à la Lune en solitaire à bord d'une petite fusée lente d'un modèle périmé, hippogriffe complaisant qui les emmènera hors de la réalité.

Un soir, nous en eûmes marre des vingt-quatre heures découpées en tranches de trois heures comme un sempiternel saucisson. Nous laissâmes remonter le bateau dans le vent, amarrâmes la barre et dormîmes jusqu'à 4 heures du matin sans nous soucier des gifles que la mer courroucée par cet abandon appliquait à l'étrave en l'inondant de bolées d'embruns. De nous trouver toujours entre ciel et mer nous arrache à nos petitesses et j'espère bien aussi que cela nous trempe l'âme. Mais le corps a ses impératifs parmi lesquels le sommeil est le plus irrésistible.

Je sors à l'aube juste à temps pour voir l'énorme rubis du soleil sortir de son lit de nuages, tandis que de l'autre bord la lune comme une grosse perle coule dans la coupe de nacre de la mer. Des processions d'argonautes roses, mauves, certains encore tout bébés, se font parfois renverser comme une page d'un livre dans le vent. L'exocet du matin pantèle encore sur le pont et je le rejette dans les ors et les escarboucles de cette étincelante féerie en lui rappelant qu'il a de la chance.

Que dit le loch ? Quatre cent cinquante milles. Nous avançons. Je me permets la première cigarette depuis le départ. Ce n'était point vertu, mais mal de mer. Preuve que ce mal est bienfaisant et qu'on a tort de le redouter. A l'imitation du cheval Blanchet, on pourrait dire : « La mer est bonne. Puisqu'elle nous veut du mal, c'est que le mal est un bien.[1] »

Mais le ciel se couvre de cumulus ventripotents et après un fâcheux grain le temps change complètement de tournure. L'ennuyeuse pluie glougloute dans la gouttière du passavant. La brise, passant par le nord-ouest sans s'y arrêter, se met au nord-est modéré et l'amure a changé de bord. On amarre la barre aux acclamations de tout l'équipage et pour la première fois nous déjeunons en bas, ensemble, un peu humides et au milieu d'un confortable désordre où tout est sous la main, immédiatement préhensile, même dans l'obscurité. Du reste, l'éclairage au pétrole a ceci d'excellent qu'on peut laisser une lampe en veilleuse toute la nuit.

Le dimanche 5 juin fut un de ces jours sans faste où on est sans relâche occupé sans obtenir de résultat appréciable. Brise debout. Nous tapons dans la lame en suivant un cap pas très satisfaisant, mais toujours barre amarrée. Vers 9 heures le Cap fusille à l'aide du sextant un soleil blanc et nous calculons un intercept. Grains un peu partout, dont la noirceur nous inquiète et nous incite à prendre un ris.

Après quoi, bien entendu, la brise tombe et nous laisse danser dans la houle, bôme battante. Un grain passe sans rien lâcher. Nous larguons le ris. Une demi-heure après, ça recommence : prendre un ris, calme, larguer le ris. Toujours disponibles, jamais tranquilles. Mais nous flottons sur une mer de plus en plus apaisée et nous ne nous plaignons pas trop : cette nuit, nous dormirons. Profitons-en, en attendant, pour faire le plein de pétrole dans les lampes et le primus. J'exhume de sous le sofa un paquet de pruneaux couvert de poils et les brosse un à un avec la brosse à ongles. En ajoutant un peu de citron et un trait de rhum, ils

1. Anatole France, *les Juges intègres.*

seront très présentables. Il ne faut pas mépriser les petites joies : chaque jour, par exemple, nous chantons le los de John, qui nous a fait présent d'une dame-jeanne de vin rouge. Je ne conseillerais à personne d'entamer une traversée un peu longue sans pinard pour égayer les nourritures tristes. Un ban aussi pour un certain dynamique et indescriptible M. du Prey qui sortit un jour de ses inépuisables poches une feuille de papier antidérapant, d'origine Pan-Am-éenne, de la plus éminente utilité dans une cuisine de bateau. On peut déposer sur ce papier n'importe quel plat par n'importe quel temps, il ne glisse pas.

Nous lisions à l'époque, quand nous étions de loisir, l'effrayant livre de Rachel Carson, *le Printemps silencieux,* et nous en sommes marqués pour la vie. Je pèle maintenant tous les fruits et je me méfie des insecticides. J'attrape mes cancrelats à la main, ils sont d'ailleurs un peu engourdis par la baisse de la température. En effet, c'en est bien fini du nudisme. C'est Brother Bob qui serait content s'il savait. Mais les ondes de Brother Bob ne parviennent plus jusqu'à nous.

Ce qui nous atteignait clairement, ce fut le premier avertissement de la saison. Alma était précoce. Dès les premiers jours de juin elle avait lâché son coup de semonce du côté de Cuba. Nous étalâmes les cartes des vents, épluchâmes tous les textes ayant trait aux ouragans saisonniers, suivîmes à la radio les progrès d'Alma presque heure par heure, en français, en néerlandais, en espagnol et en anglais. Nous étions hypnotisés. Alma, après avoir amoché Cuba, progressait le long de la Floride, remontant vers le nord. Nous en étions assez loin. Mais justement, notre carte des vents pour le mois de juin retraçait les trajectoires de quelques cyclones historiques initialement strictement similaires à cette Alma de malheur. L'un d'eux, né à la même date et au même endroit, avait foncé vers le nord par La Havane, la Floride, la côte de la Caroline et s'était mis ensuite en route dans l'Atlantique, au large des Bermudes, pour aller mourir près des Açores après avoir passé exactement sur l'endroit où nous nous trouvions.

Nous regardions autour de nous avec une nouvelle acuité tous les détails du bateau. Alma en était à sa phase Caroline. Et si la radio annonçait qu'elle s'infléchit vers l'est, vers l'Atlantique ? Il faudrait commencer les opérations préliminaires. Nous calculâmes qu'il lui faudrait de deux à trois jours seulement pour nous rattraper. Le Cap irradiait positivement la réflexion. Je le voyais mentalement faire l'inventaire du bord et la répétition des couturières. Il me posait à brûle-pourpoint des questions à 1 000 francs : Où est le Grand Câblot ? Est-ce que la voile de cape est à portée de la main ? Avons-nous, en fin de compte, emporté ce parachute qui devait servir d'ancre flottante ? Est-ce que tu aurais peur ?

Je chutai sur la dernière question. Je n'en savais rien. Je n'en sais toujours rien, fort heureusement. En imagination, le Cap déverguait, obturait, saisissait, sacrifiait, je le voyais regarder son bateau sous un angle nouveau. Nous tentions de bannir de notre mémoire ce sacré bouquin de Conrad.

Et puis Alma s'est épuisée dans l'Atlantique, non loin des côtes américaines, et la radio se consacra sans transition à la grève des marins anglais. A noter cependant que pendant plusieurs jours une houle complexe se tordit dans tous les sens et que le temps, alternant grains violents et calmes plats, resta fort indécis.

Je sors pour prendre mon quart et il me semble que l'air tout entier bat sourdement comme un cœur. Après m'être demandé pendant quelques minutes (on a l'esprit plutôt lent en mer) si ce battement est issu de ma tête ou de mes entrailles, je découvre un navire sur l'horizon. Nous croisions en oblique la ligne Panama-Europe. Le navire est un pétrolier l'*Overseas Ambassador,* de Londres. Il se déroute pour venir nous regarder, on se fait des signes amicaux. Sans que nous le lui ayons demandé, il se donnera la peine, nous le saurons plus tard, de nous signaler à Lloyds, qui en avisa notre club gantois.

Le vent tourne et vire. Nous sommes souvent au près, et parfois encalminés. Certaines nuits sont entièrement coiffées par deux, trois, quatre grains d'une rare noirceur qui maintiennent tout le monde sur le pont, sacrant généreusement, calibrant la voilure, sans noter en contrepartie de nos labeurs grande avance au loch. Après le café matinal, la vie recouvre ses roses couleurs et nous prenons de bonnes résolutions, notamment de ne faire des quarts de nuit que lorsque cela se justifie par des progrès intéressants. Inutile de se crever pour abattre cinq milles entre deux grains. Le temps est si instable qu'on ne peut compter sur deux jours de suite un peu ressemblants. Et comme toujours durant les grandes traversées, jour et nuit se confondent et les journées se replient les unes dans les autres dans une routine qui endort la mémoire. Nous vivons entièrement dans le présent coupés de tout ce qui n'est pas nous-mêmes, abstraits du monde dont nous sommes le centre perpétuel.

Que nous prenions des quarts ou non, mon organisme semble avoir choisi 5 heures du matin pour le moment idéal du réveil. Le Cap dort encore, la bouche entrouverte comme un enfant. Aucun des bruits familiers ne l'éveille. Mais que le vent tourne de cinq degrés et fasse frémir le foc, le voilà sur le pont comme une fusée. Je souffle la veilleuse, j'éteins les feux de position. Un bel incarnat souligne à l'est un banc de nuages. Une brise matinale s'est levée et je remets le bateau dans le droit chemin en savourant ce petit vent de suet qui nous maintient gentiment dans la bonne direction. Cap à l'est. Dès 6 heures je chauffe l'eau pour la vaisselle d'hier soir et je me sens excessivement vertueuse. Deux dorades coryphène nous suivent examinant avec une curiosité presque injurieuse l'appât de la ligne de pêche larguée à tout hasard. Puis d'un souple coup de rein elles portent ailleurs le beau fuseau bleu et doré de leur corps lisse… Cette fois-ci, c'est parce que notre allure est trop lente pour eux que la ligne ne tente aucun poisson.

Une curiosité de la nature qui n'a pas encore été codifiée : le ciel le plus pur battra toujours le rappel des nuages épars pour les disposer devant le soleil au moment même où le capitaine s'installe pour prendre ses hauteurs. Ceci peut être observé partout dans l'Atlantique, quel que soit le midi local.

Vers mi-chemin, les calculs de navigation donnèrent lieu à de longues spéculations. Vérifications et contre-vérifications firent conclure à une déviation du compas. Sur un bateau tout en acier, la compensation du compas est chose délicate. Elle avait été très bien faite avant le départ par le capitaine Pierlot, célèbre manipulateur de magnétismes. Mais une immobilité de trois semaines à Saint-George peut avoir légèrement perturbé cet équilibre fragile. Le moment du crépuscule où le bord inférieur du soleil touche l'horizon permit au Cap de trouver un azimut et de calculer approximativement la déviation. A l'est de la rose des vents, ça devait aller chercher dans les sept degrés, compte tenu de la déclinaison du nord magnétique pour l'année.

Toujours en quête du point parfait où se fixer, la brise se mit à souffler bon frais de l'arrière, il fallut barrer. C'est dur. On a rarement le temps de se payer un petit roupillon de rabiot pendant la journée. Les levers nocturnes se font de plus en plus pénibles à mesure que la température refroidit. Atteint par une main chercheuse, le dormeur remonte à longues brasses rapides des profondeurs du sommeil, sans paliers de décompression. Il se lève rarement d'un bond joyeux. Il considère l'univers avec aversion, se harnache en silence. Il s'installe à la barre sans la moindre manifestation de cet enthousiasme photogénique si fréquent dans les revues de yachting. Il lui faut une bonne demi-heure pour se résigner à l'inévitable, se décoller la langue et les paupières, trouver la bonne inclinaison du bonnet de laine et la parfaite obturation de toutes les fentes à courant d'air. Le temps passe à la vitesse de la tortue à freins-tambour. Au bout d'une heure et demie il commence le compte à rebours et se ragaillardit, s'envoie le petit coup de rhum roboratif et embraque un peu l'écoute de foc. Bien éveillé maintenant, son cerveau embraye et se remet à tourner rond. Il trouve à l'océan une noble beauté et glisse vers la métaphysique. Quand la dernière demi-heure est entamée, il est si occupé qu'il décide d'accorder à l'Autre dix minutes de grâce. Extravagante largesse, comme s'il avait gagné le gros lot des heures supplémentaires. Et nous connaissons si bien l'amertume du réveil qu'il nous arrive de nous excuser, navrés :

— Tu sais, je regrette beaucoup, mais il est déjà 2 heures un quart. C'est ton tour.

Le Cap me dit qu'il a, comme moi, durant les quarts de nuit, des moments d'intense activité mentale, et il est dommage que les lettres admirables, les essais transcendants et les magistraux discours que nous élaborons ainsi se perdent dans le sillage dès le lever du soleil, qui les dégonfle et les efface.

Une houle immodérée, venant du côté de Terre-Neuve, se combina pendant quelque temps avec une mer plus humble du nordé et une brise plus discrète encore du même quartier. L'ensemble manquait de confort, mais le ciel était d'un bel azur éclairé de petits nuages dispos et de belle humeur. La lune s'amenuisait, s'éteignit tout à fait. Un poisson-pilote nageait avec application le long de la coque, fidèle mais surpris : puisqu'il était là, pourquoi n'allions-nous pas plus vite ? Il fallut lui expliquer qu'il n'y avait pas beaucoup de vent, que la coque était sale… Mais chaque matin, quand j'allais lui faire mes dévotions, je le voyais se hâter, freiner, se dépêcher de nouveau, poussant *Hierro* de l'épaule comme un chien de berger pousse le mouton qui lambine.

Devant nous, « ils » avaient encore vidé la poubelle : on vit passer des papiers, des bouteilles vides, un talon de caoutchouc, un petit flotteur orange avec deux malins argonautes amarrés à contrebord. « Ils » jonchent les mers de débris. Les petites hirondelles de mer nous accompagnaient en voltigeurs, glissant dans les creux comme dans des vallées, virage sur l'aile et retour plein gaz, descente en piqué sur l'étrave, rase-mottes le long de la ligne de loch, ascension à 500 mètres d'un seul coup d'aile. Elles font vingt fois la route. Et quand on les croit loin, les voilà, soutien moral, comme ces angelots qui soutiennent sur les fresques de glorieux personnages en lévitation.

Non certes, nous n'allions plus très vite. La brise capricieuse nous mettait à toutes les sauces, des calmes nous faisaient perdre tout le bénéfice des heures de bon vent et abaissaient la moyenne. Nous n'étions pas non plus très pressés. On ne s'ennuie pas en mer, il y a toujours quelque chose à voir ou à faire, et ne rien faire est du reste un art difficile, à cultiver diligemment. Deux fois, nous avons écouté parler les dauphins.

Nous étions tous deux en bas. Voilà qu'à travers la coque nous entendons comme une conversation murmurée, avec beaucoup de sibilantes, pareille à un chuchotement dans une pièce voisine qu'on entend sans en saisir le sens. Nous tendons l'oreille, captivés. Y aurait-il réunion de petits oiseaux sur le pont ? Nous sortons et trouvons une troupe de dauphins bondissant autour du bateau avec leur habituelle prestesse, très affairés, visiblement s'encourageant l'un l'autre à se hâter au plus vite vers un rendez-vous urgent. Nous étions ravis. Simples signaux ou embryon de langage, leur babil nous a semblé très harmonieux.

On voyait surtout beaucoup de marsouins la nuit. Dans l'eau phosphorescente, ils filaient comme des torpilles lumineuses, traînant une queue de comète fluorescente et brisant de temps en temps la surface avec ce chuintement suivi d'une petite explosion, si caractéristique.

Les considérations sur le temps qu'il fait et qu'il fera sont la conversation favorite du marin comme du paysan. Passons, passons sur ces oiseux détails de voilure et de température. Cela soufflait dur, puis cela ne soufflait plus du tout, nous laissant bouchonner sur une grosse houle à double sens. L'aube se levait sale comme un peigne, et à midi il faisait beau. Le soir tombait, moche, et on peinait vent debout dans la pluie et les paquets de mer, mais le lendemain était calme et froid. On ne savait pas du tout à quoi s'en tenir. La bouteille à encre alternait avec les métaux précieux, soleil d'or, ciel de platine et une mer bleutée comme un canon de fusil bien tenu. Nous aurons eu de tout, et chaque mille de cette traversée aura été arraché à la force du poignet. Entre un plafond de ciel gris et rêche comme une couverture de pauvre et une mer olive crevant de méchanceté, où était l'océan scintillant des Caraïbes ?

Un visiteur américain, à Tortola, me demandait si durant les traversées nous ne nous portions pas mutuellement sur les nerfs. J'ai répondu non, pas du tout. En effet, les expressions de mauvaise humeur dans nos rapports sont plus que rares. Nous passons nos nerfs sur le vent, le froid, le tangage, la vaisselle, mais pas l'un sur l'autre. Si après vingt ans de mariage on ne peut pas vivre ensemble en harmonie, c'est à désespérer de l'amour.

Le baromètre baissait. Tombe un soir si patibulaire que le Cap moud promptement deux tours de rouleau dans la grand-voile et m'envoie remplacer le foc de route par le foc n° 2. Peu de brise, cependant.

— Nous avons l'air ridicule, dit Louis, hésitant.

— Il n'y a personne pour nous voir, et mieux vaut être ridicule que mal préparé.

La nuit consacre le triomphe du pessimisme, nous sommes gratifiés d'une série de petits « fronts froids[1] » qui s'amènent à fond de train du N. N. W., déversent petite pluie et grand vent et font place au suivant, grains si violents que les ris prématurés sont les très bienvenus. Drôle de coin, ces Açores.

Car nous arrivons. Le Cap, descendu brièvement vers les

1. Un « front » est une zone de transition en plan incliné entre deux masses d'air de température et de degré d'humidité différents. Lorsque l'air froid déplace l'air chaud au sol, nous avons affaire à un front froid. Le passage du front froid est généralement marqué par des grains violents et de la pluie.

4 heures du matin pour se faire un thé, voit remuer mon sac de couchage et m'éveille pour me dire que Pico est en vue. Au diable Pico !

— Ça m'est égal, déclarai-je.

— Mais il est un peu à bâbord à nous, et Faial encore plus. En plein dans le vent, quoi.

Dérive, courant, vents dominants, tout nous a repoussés un tout petit peu vers le sud, juste assez pour que nous nous trouvions à peu près dans la même situation qu'il y a quinze ans, sauf qu'il fait quand même moins mauvais. Je me lève en rechignant et empoigne la théière les yeux fermés :

— Qu'est-ce qu'on fait ?

— On abat et on laisse porter sur São Miguel, dit le Cap, sur le ton et avec l'expression de Don Basile dans l'air de la Calomnie.

Mais nous ne nous laissons point si facilement circonvenir et la consommation du petit déjeuner porte conseil. « *Let's give it a try* », dit le Cap. Pour autant, le soleil a nettoyé le ciel et le vent est presque tout à fait tombé. Plus de finasseries : tout dessus et le moteur en marche. On verra bien qui aura le dernier mot.

Ce sera, au terme d'une traversée pas tellement mirifique, une des plus longues et plus éprouvantes journées de notre carrière, moralement et physiquement. Contre une mer très creuse, tourmentée, active, agissante, cruellement calculatrice, nous grattons pendant près de douze heures, escaladant sans relâche une lame après l'autre, et cette grosse bête de Pico reste apparemment immobile à nos côtés. Il faut serrer au plus près la bôme qui bat, car la maigre brise est tombée tout à fait. Et hop, et hop, le nez dans la plume et l'hélice battant l'air, on se croirait sur un cheval à bascule motorisé. Cela est combiné pour liquéfier les nerfs les mieux accrochés. Nos progrès sont lamentables. Exacerbés, nous nous partageons de très petits quarts, nous nous obligeons à passer à tour de rôle quelques moments en bas, non pour trouver un repos impossible, mais pour au moins ne plus voir ce tangage inopérant et imbécile, et cet éternel Pico. A 10 heures, c'est tout juste si nous ne nous disputons pas et à midi, nous ne pouvons rien avaler. Nous qui aimons à être en mer le plus longtemps possible, il nous semble aujourd'hui que notre bonheur dépend de cette arrivée, qu'une nuit de plus nous perdra. Cette île de Faial, qui se refusa il y a quinze ans, il nous la faut cette fois-ci. C'est un point d'honneur. Nous serrons les dents. On dirait que Pico s'est un peu rapprochée. Changeons d'amure et essayons d'aller vers Faial en direct. Une mer tocarde nous dispute chaque mille, et il y en a plus de vingt-cinq. De plus fortes turbulences, couronnées d'un cercle de mouettes, indiquent des bancs de thons. Deux ou trois barques de pêche viennent nous voir de près, on leur fait un sourire jaune et crispé. Puis voilà qu'une toute petite brise revient, debout bien entendu, et nous nous mettons à tirer des espèces de bords courts et très serrés. Jamais le temps, cet impertinent élastique, ne s'est plus longuement étiré. Alors, cette île ? Elle vient, à la vitesse de 2 nœuds environ. C'est la prime à la persévérance. Interminable journée d'entêtement grincheux, d'intolérable tension ; nous sommes butés : plus Faial se dérobe, plus nous la voulons.

Et puis, on ne sait pas bien comment c'est venu, nous avons commencé à distinguer des cubes de maisons, des champs bien enclos. La mer s'est calmée très graduellement. A la tombée de ce jour de grand labeur et grande fatigue, nous entrons victorieux dans le port de Horta, les yeux petits, le nez ciré, les orteils crispés, en proie à cette curieuse exaltation rentrée des arrivées difficiles, et contenant avec peine un désir d'éclater en chansons.

Dès notre première visite, nous avons aimé les Açores, non pas à la folie, mais de cette amitié qui voit clair et dure longtemps. Nos constantes amies les Açores n'ont presque pas changé. Ce n'est plus l'extravagance des Antilles, ni l'éclat rose et bleu des Bermudes, mais une grâce un peu farouche qui ne s'embarrasse pas de vaines séductions et ne jette pas de poudre aux yeux. J'ai déjà dit tout le bien que nous en pensons et je crains d'en dire trop. L'homme tue tout ce qu'il aime, abîme tout ce qu'il touche. Isolées par une mer souvent turbulente, elles se tiennent encore un peu à l'écart de l'universel brassage qui ramène tous les pays à un niveau également médiocre, et nous prions tous les saints pour qu'elles gardent cette fierté, leur apanage. Surtout, qu'on ne les découvre pas…

C'est sur ces rochers volcaniques, presque sans plages, aux falaises bretonnes, au sol riche ardemment cultivé, que se forment les fameuses « dépressions centrées sur les Açores ». C'est peut-être à cause de leur abord sévère qu'elles ont attendu le XVe siècle pour voir un début de fermage. Ce sont les anciennes « îles Flamandes » : Faial, Pico, Flores, Terceira ont été colonisées par les Flamands. Un seigneur de Huertere ou Van Hurtere, de Moerkerke en Flandre occidentale, y vint vers 1450 avec deux mille compatriotes pour le compte de la duchesse de Bourgogne, sœur d'Henri le Navigateur. Pour le compte des Portugais en somme. Le nom du port de Horta est une déformation de Hurtere. Il serait tentant de faire remonter jusqu'à lui également le nom de l'hortensia, si commun aux Açores, malheureusement il n'en est rien. L'hydrangelle a reçu son nom français d'une dame Hortense bien parisienne Le nom d'Açores lui-même repose sur une petite erreur, le baptiseur en fonction ayant pris des milans pour des vautours.

Il y a sur Faial un gros bourg, un de ses premiers villages, qui s'appelle Flamengos, et partout nous fûmes surpris de trouver encore le type flamand parmi la population. Pour le reste, le Ménapien a été complètement assimilé par les Portugais, il ne reste notamment pas trace de la langue, sauf quelques rares noms de famille aussi précieusement conservés que ceux des émigrants du *Mayflower.* La plupart ont été franchement traduits, tel Silveira pour Van der Haeghen. Et pour cause : nos gens de Moerkerke ne parlaient sans doute à l'époque qu'un dialecte non codifié, alors que le portugais était déjà une langue formée, unifiée.

Les Açores n'ont que deux ports : Horta sur Faial, et Ponta Delgada sur São Miguel, à 150 milles dans l'est. Ils suffisent aux gros bateaux, mais ils sont mauvais pour les petits. Les barques locales s'amarrent entre deux corps-morts, mais *Hierro,* qui est posté à quai, souffre du ressac et d'un curieux mouvement de contre-marée, mortel pour les amarres, les pare-battages et la peintures du franc-bord. Toute médaille a son revers. Faial ne nous en plaît pas moins infiniment. Nous retrouvons avec affection cette population açoréenne si honnête et généreuse.

Nous arrivions fourbus et passablement sales. Justement, un peu en retrait du quai, il y a des bains publics. Je m'y rends incontinent, pour apprendre qu'il n'y a d'eau chaude que le samedi, mais si nous voulons d'une douche froide... Je colporte la nouvelle au Cap, qui prend un air dubitatif. Ce climat est sans réelle froidure l'hiver mais sans lourde chaleur estivale, et la douche froide se reporte aisément à un autre jour. Un moment plus tard, le gardien des bains paraît sur le quai, accompagné d'un natif qui parle anglais, et nous fait savoir par son truchement qu'un bain sera prêt pour nous à 4 heures. Et en effet, nous le trouvons patiemment occupé à chauffer des cuves d'eau sur un triple primus et à les déverser dans les baignoires. Dans quel autre endroit du monde trouvera-t-on encore un employé disposé à se donner cette peine, point prescrite par le règlement, pour le plaisir et l'honneur de réconforter le voyageur fatigué et crasseux ? Je dis bien le plaisir et l'honneur, car il nous demanda le minime prix officiel, et le modeste pourboire que nous y avons ajouté n'était visiblement pas attendu et n'ajoutait rien à l'affaire.

Autre exemple de cette bonne grâce confiante devenue si rare de nos jours : Louis est allé un samedi à la poste porteur d'un gros paquet de courrier, il y en avait pour un tas d'argent, si bien que lorsque tous les timbres furent colles il s'aperçut qu'il n'avait pas assez sur lui pour les payer. La demoiselle de la poste lui dit : « Cela ne fait rien, je vais envoyer vos lettres, et vous payerez quand vous repasserez, la semaine prochaine. » Essayez donc d'obtenir cela dans n'importe quelle autre poste, même celle de votre village, où l'on vous connaît bien.

Le natif qui parle anglais, dont mention ci-dessus, c'est « Peter » Azevedo, propriétaire du Café Sport dont on voit la façade bleu ciel sur le quai, derrière la promenade. Il se spécialise dans le navigateur de passage. Son livre des visiteurs est une pièce de collection, on y trouve noms et photos les plus prestigieux, Gerbault, Bernicot, Bardiaux, Tabarly, tout ce qui est depuis trente ans passé par ici, a jeté l'ancre au Café Sport. Le violon d'Ingres de Peter est de nous aider. Il nous pilote, nous renseigne, nous accompagne. Il m'envoie une lavandière pour le gros linge. Je lui demande si je peux laver le petit linge sous le robinet de sa cuisine, mais il ne veut rien entendre : il veut que je donne tout à sa femme pour qu'elle le lave elle-même. On pense bien que je ne puis accepter cela. Il n'a pas vu mon linge ! Les Portugaises si nettes en parleraient pendant des années. Au bout d'une discussion courtoise, je coupe court, c'est trop de prévenance, je le ferai à bord, et *Hierro* se garnit du grand pavois.

Au cours de cette longue, de cette insupportable journée précédant l'arrivée, le Cap m'avait dit : « Si on arrive à Horta, je te paye le restaurant. » Comme cela n'était pas tombé dans une sourde oreille, nous revêtons nos plus beaux atours et nous nous rendons chez João de Tailhe (Jean le Boucher). C'est le spécialiste local du bifteck, mais le Cap n'aime pas beaucoup la viande, et nous mangeons de la soupe de poisson, puis du poisson à l'oignon nageant dans beaucoup d'huile d'olive, de la salade, des légumes, en buvant à volonté le gros et excellent vin rouge de Pico, le tout pour la modeste somme de 38 escudos, soit environ 7 francs, tout compris, même le service brutal et sans façon, mais efficace, et un attendrissant décor rococo-moderne en cinq couleurs insistantes. Nous rentrons la main dans la main en flânant le long de la digue. Je n'ai jamais pu donner le bras à mon mari, il y a entre nous trente-six bons centimètres de différence.

C'est la Saint-Jean. Des feux sont allumés un peu partout, comme de grosses fleurs orange sur le bord de la mer et au flanc des collines, les ombres des enfants sautent par-dessus avec des cris de joie. Ça sent bon le bois qui brûle. Dans un établissement genre Café de la Gare (mais heureusement il n'y a pas de trains) nous sirotons le café épais et le cognac parfumé, repus, très contents de nous, de Faial, des Açores et de la vie en général.

Nous sommes partis par le ferry de 7 heures et demie pour Pico, où nous arrivons à 8 heures après une traversée calme. Ce n'est pas toujours le cas. Dans le chenal entre São Jorge, Pico et Faial, il peut faire de ces temps à faire peur aux poissons. Pico est un cône en pain de sucre de 2 500 mètres environ, dont le pic baptismal est assez haut pour être enneigé l'hiver. On aborde dans le port, Madalena, qui n'est qu'une calanque avec une jetée, exposée à toutes les houles et entourée d'un village qui rappelle le pays breton, sauf l'église blanc et noir à deux pointes et pignon à volutes. M. José de Torre Telles de Hurtere, etc., que Louis a rencontré au Café Sport, nous y prend en charge et nous véhicule toute la journée pour nous montrer son île au grand complet. M. Telles connaît le monde, cela ne l'empêche pas, natif de Pico, de mettre au-dessus de tout sa belle île sauvage et de nous vanter la vie tranquille, simple et saine qu'on y mène. Visiblement, il en raffole. Elle est à peu près deux fois grande comme Faial, et d'un caractère assez différent. Elle est rude, rocheuse, ses côtes accores plongent dans le bouillonnement du ressac, ses pentes montent raide à l'assaut du pic, ses paysages sont romanesques et lyriques. Tout est basalte et trachyte. Grosso modo, le côté ouest est couvert de blocs et de pierres de lave noire qui lui donnent un aspect sombre. Un cep vigoureux, donnant le meilleur vin des îles, y pousse tout gris entre les murets de lave noire entassée. L'autre côté, à l'est, est unanimement vert et fertile, fort cultivé, tout garni d'arbres et de fleurs. Volcaniques et libérales, les Açores produisent à profusion à la fois bananiers et figuiers, vignes et fraises, les routes sont bordées de roses trémières accortes et chiffonnées, de gaies reines-marguerites et d'hortensias superbes portant droites leurs grosses têtes d'un bleu suave. Sur les pentes, des pâturages. Le lait est très bon, le fromage de Pico excellent. Nous visitons la laiterie centrale, où on nous fait cadeau de deux belles boules de fromage qui dureront presque jusqu'en Angleterre. Puis c'est une usine en construction destinée à assurer l'avenir du thon en conserve. Enfin, le chantier naval de San Amaro où Louis est prié d'expertiser un nouveau thonier en construction, voir si ses hautes superstructures ne risquent pas de le faire chavirer le jour du lancement. A Lajes, par-dessus le poulpe et la langouste d'un excellent déjeuner, nous perdons déjà le compte des beautés de Pico. En un jour, notre guide nous en a fait absorber la quintessence, et elle restera mon île préférée, parce que la moins habitée. Louis reste un fidèle de Faial.

A la Saint-Jean, tout Horta, tout Faial, se rend à la campagne, ou plutôt à la montagne, en pèlerinage à la chapelle Saint-Jean, près de la Caldeira, pour se recueillir, pique-niquer, se promener et s'esbaudir.

La Caldeira est l'entonnoir rempli d'eau du volcan défunt. Pas si défunt que cela, attention. Ces îles vivent perpétuellement sous la menace du tremblement de terre et de la déflagration volcanique. Il n'y a pas si longtemps (en 1957, si j'ai bonne mémoire) une violente explosion sous-marine fit émerger tout près de la pointe de Capelinhos, à Faial, trois îles toutes neuves, encore chaudes et craquantes, démolit un village et couvrit tout un coin de l'île de lave et de noire poussière. Deux de ces îlots sombrèrent en bas âge, le troisième se rattacha au littoral et Faial est un peu plus grande qu'avant, enrichie d'un bout de paysage lunaire tout à fait fantastique, sur lequel presque rien n'a encore eu le temps de prendre racine, sauf l'indispensable phare. Mais déjà le paysan de Faial est à l'œuvre et la bêche mord dans la terre brûlée. Fascinés par ce phénomène, nous voyons soudain en raccourci le monde bouger, les terres se former, l'Atlantide engloutie.

Dans son mirador, le pêcheur de vigie balaye l'océan du bout de sa longue-vue, en quête de cachalots. En cinq ou six autres points de l'île, un autre pêcheur tout pareil fait la même chose. Dès qu'elle souffle, la bête est annoncée par radio, l'équipe de garde prévient chacun, on pousse à l'eau les magnifiques baleinières effilées comme des navettes, on fait force rames vers le large, le harponneur prêt sur la proue, posé en cet équilibre plein de force et de grâce qui rappelle celui de la Victoire de Samothrace. Dangereux et vibrant métier qui n'enrichit pas son homme. On a bien essayé, il y a quelques années, de faire adopter aux pêcheurs de baleines des Açores la vedette à moteur et le canon à harpon. Ils n'en ont pas voulu. Le bruit du moteur, l'odeur de l'essence font fuir le cachalot, à ce qu'il paraît, et puis ce n'est pas la même chose. Ah, certes non ! Souque matelot. Pique la baleine, gentil baleinier, on va naviguer. Et tant pis pour les gros sous.

Nous y sommes allés, à la foire de Saint-Jean. Nous en sommes restés éberlués et à demi morts de colossale réplétion. A Faial, ils appellent cela un pique-nique… Papa Azevedo, père de Peter, vint nous chercher avec son gendre Dimitrio Feijo, qui tient un commerce de bonneterie et vit dans l'aisance. Les autos sont très chères aux Açores. Je voulus préparer en hâte quelques sandwiches, il m'arrêta : il y a tout ce qu'il faut là-haut.

Nous sommes brièvement admis à contempler au passage la vue sur le port, la Vierge blanche et touchante, au pied d'une croix immense, qui le domine, quelques beaux moulins à vent typiques, et le village de Flamengos disposé à ravir au fond d'une vallée. Mais il est évident que le pique-nique passe avant tout. Nous arrivons au centre de l'île au beau milieu d'une pinède qui appartient à Dimitrio ; assis sur des bancs de pierre autour d'une table de pierre, protégés du vent par des couvertures tendues, nous trouvons toute la famille, mère, sœur, enfants, tantes, cousins, associé.

Au travail. On sort des coffres des voitures, non les tartines fourrées et le thermos attendus, mais un plat de l'agneau le plus délicieux de la création, bien chaud, longuement mitonné avec des herbes et des pommes de terre. Le Cap se régale. Il en reprend deux fois, avec moultes grâces à la cuisinière, arrose le tout de vin de Pico, et attend le dessert avec confiance. Suit une estoufade de poulpe à l'oignon. Nous n'avons plus faim du tout quand paraît la poularde délicieusement farcie, et au moment où nous croyons ne plus rien pouvoir avaler on amène un plat de cigales de mer et une grande casserole fumante pleine de *cracas.* C'est un coquillage alvéolaire excellent qu'on ne trouve qu'aux Açores et dont il faut absolument goûter. Va pour les *cracas.* Ensuite, plus moyen de reculer, il faut empiler là-dessus de la compote d'ananas et de pêches, un gros morceau de gâteau à la crème, des bananes, des pommes et une large tranche de cake pour boucher les trous éventuels. Ces gens seraient-ils un peu flamands, par hasard ? Nous devons à l'honneur de notre pays de tenir notre rang à ce festin, et je puis fièrement écrire que nous n'avons pas reculé, le vin aidant. Pour aider à la digestion, nous fûmes voir la Caldeira. C'est un cratère très bien formé, joli et verdoyant, pas tellement impressionnant pour qui a vu le Nyamlagira au Kivu, par exemple, mais très propre à la digestion. Toute la population de l'île s'est donné rendez-vous à la modeste chapelle de São João et aux alentours. Prés et petits bois pullulent de pique-niqueurs, les routes sont encombrées d'un fleuve de promeneurs, comme nous lents, épanouis, méditant d'abondantes nourritures. Il y a une fanfare adossée au chœur de la chapelle, une tombola sur le parvis, des bars en plein vent, des vendeurs de bonbons et de jouets, des tourniquets à macarons, des jeux de billes, des joueurs de guitare et de mandoline tout enrubannés, une animation sans pareille. Nous sommes harponnés par des amis de Peter, induits par surprise à pénétrer dans un pré enclos, poussés devant une autre table et nous voilà de nouveau le verre dans une main, le morceau de gâteau dans l'autre, apprenant le portugais à toute allure au milieu d'un cercle de visages heureux, gras et souriants. Au retour, dans la pinède, nous attend un petit en-cas composé de langouste, araignées de mer, macédoine de légumes, suivis de gâteaux et fromages. Comme nous n'en pouvons plus de ripaille, on nous remplit un sac de bonnes choses, sans doute pour le cas où nous aurions une petite faim dans la soirée. D'avoir tant parlé, tant ri, tant bu, tant mangé, nous rentrons fourbus, nous nous écroulons dans nos couchettes. Quand je pense que ce repas, vraiment une des plus extraordinaires kermesses de notre carrière, a été entièrement confectionné à la maison, jusqu'au pain, il me semble que Mme Feijo doit passer sa vie entière dans sa cuisine. Saint Jean, là-haut, doit s'en trouver tout réjoui. Ses pupilles de Faial sont les gens les plus hospitaliers du monde, et les plus intrépides fourchettes.

Nous nous remettions consciencieusement de nos peines ou, comme le dit Pantagruel « mettions en oubly et nonchalance les fatigues qu'avions paty sus la marine ». Et nous nous sentions chez nous. C'est l'avantage de cette sorte de voyage. Au lieu de connaître des terrains d'aviation par douzaines et des listes d'hôtels standardisés, nous connaissions des gens, des chemins fleuris, des modes de vie, et la manière de s'en servir. Mes pieds déshabitués du soulier se couvrirent de cloques et je dus, à regret, laisser au Cap le soin de faire nos emplettes dans l'exquis petit marché disposé autour d'une fontaine, ombragé, rustique et tout rafraîchi d'eau courante. Après les Antilles, il était très agréable de retrouver des victuailles non réfrigérées, d'une saveur sincère. C'était amusant d'arrêter dans la rue deux galopins revenant de la pêche avec un panier plein de sardines, de s'en faire enfiler deux douzaines sur une ficelle, de payer 2 escudos, et d'en recevoir comme au bon vieux temps treize à la douzaine.

Il ne faut pas aller à Horta pour l'amour de l'art. L'architecture y est banale, le musée pour ainsi dire absent. Sauf pour les *azulejos* de céramique bleue, rien de typiquement portugais. Le soir, nous allions parfois nous asseoir sur un banc dans le jardin du port, pavé de mosaïques noir et blanc disposées, en lignes onduleuses, près de l'austère buste de l'infant Dom Henrique, gardien de la devise « Talent de bien faire » (en français). Ce talent de bien faire, comme ils l'ont, les gens des Açores ! Talent libre et original, encore imprégné du goût de l'artisanat exécuté avec soin, en y mettant le temps qu'il faut. Nous regardions la mer d'orichalque et la pure silhouette de Pico. Cela valait bien toutes les architectures.

Pour ce qui est de la peinture, nous avions le quai du môle. D'un bout à l'autre, il est décoré de fresques peintes à même la pierre. Chaque navire qui s'est amarré là, pour peu que l'inspiration ait soufflé sur l'équipage, y a laissé sa marque. Lieutenant ou matelot a trempé le pinceau dans la réserve de peinture et a peint le portrait de son bateau, imité naïvement la vue sur Pico, dessiné une rose des vents ou une roue de gouvernail, ou encore laissé courir son imagination poétique et fait des vers.

Neste cruzeiro das ilhas
E apesar de temporal
So' levamos maravilhas
Desta terra de Faial.[1]

Coloré, direct, captivant, notre mur vaut bien une exposition de tableaux.

1. « En cette croisière des îles / et malgré la tempête / nous emportons les merveilles / de cette terre de Faïal ».

Nous avons acquis un équipier, un jeune Herberto de dix-neuf ans à cheveux longs et taille déliée, qui nous accompagnera jusqu'à São Miguel. Après un dernier repas au club Amor de Patria, la société chic de Horta, il s'amène à bord muni d'imposantes provisions, comme s'il avait peur d'avoir faim, et d'assez de gomme à mâcher pour mastiquer vingt ans. Je plonge dans l'eau (très froide) pour dénouer une amarre frappée sur une bouée, et nous voilà partis. Adieu moulins, adieu prés verts, araucarias, laves violettes, blanc-et-noir des églises. La mer nous reprend brièvement. Traversée facile. Comme nous sommes trois, les quarts sont aisés. Herberto est gentil, serviable, bien élevé comme le sont les gens d'ici, d'un bout à l'autre de l'échelle sociale. Il se trémousse à la barre aux sons de ma petite radio ou bien, la tête renversée, contemple l'univers stellaire. On n'a rien dû lui expliquer, il est comme tous les îliens, né marin. C'est la première fois qu'il vient à Ponta Delgada. C'est une ville beaucoup plus grande que Horta, plus vivante, plus riche, plus moderne, mais notre Herberto est chauvin : il fait la moue et trouve que tout est mieux à Faial ! Pour nous, São Miguel, la plus grande île des Açores, ne détrompe pas le souvenir émerveillé que nous en avons gardé. Nous la retrouvons intacte, avec ses jolies routes bordées d'hortensias bleus, avec Furnas et son lac tranquille et son admirable jardin botanique entourant les eaux sulfureuses d'une piscine naturellement à température humaine, avec ses côtes rudes ou tendres. Nous y retrouvons des amis, aussi aimables qu'avant, notamment le consul de Belgique et sa ravissante femme. Nous renouons nos liens et en nouons de nouveaux, par exemple avec un couple belge excellemment installé aux abords de la ville, qui devient notre source de bons conseils et de précieux avis. Herberto, auquel nous donnons avec plaisir la permission de loger à bord aussi longtemps qu'il le voudra, enquête pour voir s'il est bien vrai qu'il y a sur São Miguel douze mille cinq cents jeunes filles à marier.

On dit qu'il ne faut jamais, sous peine d'être déçu, retourner aux endroits qu'on a beaucoup aimés. C'est vrai en règle générale, mais le dicton ment en ce qui concerne São Miguel. Accommodé d'une large avenue neuve au bord de la mer, à piliers et arcades, encadrant une belle place pavée de galets blancs et noirs, sur fond d'arc à trois baies et fronton, Ponta Delgada a nettement embelli. A la faveur d'une excursion en auto consulaire nous retrouvons exactement la São Miguel douce et charmante que nous avons connue, fraîche à l'œil, fleurie et cultivée. Ici, on retrouve l'art baroque et précieux qui fait de Lisbonne une des plus belles villes d'Europe, mais avec une touche açoréenne qui lui donne un cachet personnel, toujours blanc de façade rehaussé de lave noire, dans le style le plus heureux, noble sans tape-à-l'œil, savoureux sans excès. Notre ami choisit sans faillir ce qu'il faut nous montrer pour ranimer l'ancien enchantement : le port de pêche de Vila Franca, gardé par sa petite île en faction ; Caloura et son austère monastère blanc presque sans fenêtres, et cette princière villa, admirablement meublée, qu'il nous fait visiter et qui sert de maison de campagne, deux mois par an, à un noble lusitanien.

Pourquoi a-t-il fallu que tout cela soit, pour nous, gâté par un criminel petit cargo gibraltarien, sale et vieux, qui a déchargé subrepticement quelques tonnes de mazout et d'huile de vidange dans le port ? Jamais, nulle part, nous n'avions rien vu de semblable à cet immonde et puant cloaque qui monte à l'assaut des quais et, grâce au clapot, arrive même sur le pont. C'est infernal. Notre joli *Hierro* tout bleu et blanc, tant soigné… Coque, amarres, défenses, tout est noir et visqueux, c'est un désastre. Le Cap est furieux. Il fait feu des quatre fers. Nous protestons auprès des autorités, alertons la presse. Car ce qui nous désole plus encore que la vie impossible qui nous est ainsi faite, c'est l'idée qu'on nous abîme bêtement « notre » São Miguel. *Hierro,* dans quelques mois, n'en portera presque plus de traces, on en sera quitte pour jeter quelques cordages et ballons de défense, nettoyer, repeindre. Mais le port ? les plages ? les beaux rochers ? les oiseaux morts ? Laissera-t-on par incurie n'importe quel minable capitaine de rafiot gâcher toute la beauté naturelle, ici comme dans tant d'autres endroits du monde ? Il faut se secouer, se rebiffer, éveiller les consciences. Déjà le port n'est pas le dernier mot du confortable pour un yacht, mais là n'est pas l'important. Nous nous réfugions finalement sur une bouée où, au moins, nous sommes à l'écart des quais poisseux. Le pilote du port, l'excellent Coutinho, qui nous a reconnus après quinze ans d'absence, et l'administration portuaire sont bien un tantinet interloqués par notre fureur sacrée, mais ils finissent par avouer que, en effet, il y a de l'abus. La direction nous envoie une équipe d'ouvriers pour nettoyer le franc-bord. Le lendemain, tout est à refaire. Excédés, nous décidons de filer de là au plus vite, de fuir cette hydre qui empeste et devant laquelle nous sommes si totalement impuissants. Honte sur les commandants négligents qui vidangent dans ou aux abords des ports. Ils se préparent, je l'espère, en enfer un éternel et nauséeux tourment.

Depuis, il y a eu le retentissement mondial de l'affaire du *Torrey Canyon.* Peut-être éveillera-t-elle les vigilances endormies, peut-être fallait-il cette catastrophe pour que le monde se rende compte qu'on est en train de l'empoisonner, de l'étouffer, de le vouer à une implacable laideur qui le fera mourir de chagrin.

En hâte, nous prenons quelques provisions, faisons nos adieux, partagés tristement entre le regret de quitter si vite un milieu qui nous convient si bien, et le désir énervant de planter là ce beau port blanc pataugeant dans une ignoble gadoue. Lentement, les frais bocages de Mosteiros et de Bretanha, à l'extrémité ouest de São Miguel, se dérobent à notre vue.

16

Une longue et peu brillante traversée

Comme Saint-Exupéry dans le ciel, ce n'est encore qu'en mer que nous nous retrouvons en paix avec un monde confortablement invisible et inodore.
C'est la dernière étape, 1 300 milles, une paille. Une paille qui grossit et devint poutre et faillit nous assommer.
Les Açores se trouvent à califourchon sur la limite des vents d'ouest et, du moins pour São Miguel, des contre-alizés du nord-est. Nous sommes partis au près contre un nord-est modéré, faisant route au nord-nord-ouest pour aller chercher dans leur repaire les vents d'ouest. Un jour ou deux, en principe, devraient nous les faire rencontrer. En 1953, ils s'étaient présentés très vite et nous avaient portés en douze jours jusqu'à l'entrée de la Manche. Hélas, cette année, rien de tout cela n'était vrai. Les vents d'ouest avaient été supprimés, abolis, escamotés.
Trois jours de près par N.-N.E. assez frais nous rabattent sur la longitude de Faial. La distance jusqu'en Angleterre ne s'en trouve pas diminuée d'un mille, mais enfin, nous voilà déjà plus au nord, en bonne position, et les vents portants ne sauraient tarder. Voilà déjà que le nordé faiblit et tombe, ce sera pour bientôt.
Et les jours passent. Calme plat ou très légère brise de nordé (notre cap, comme par hasard), alternent capricieusement avec des grains désagréables et contrariants. Huit jours

après notre départ, nous étions toujours sur la latitude de Faial. Cela devenait un peu inquiétant. Et quand le nordé fragile fabriquait un clapot freinant, nous espérions le calme annonciateur de changements. Et quand persistait le calme, nous appelions le vent, n'importe quel vent. Qui a pris le vent d'ouest ? Qu'il le rende tout de suite, sans quoi…
Au bout de huit jours, nous commençons à compter l'eau par demi-verre et à inventer des astuces pour économiser les cigarettes, car il ne faut déjà plus compter sur une traversée rapide. Louis tient pour couper la cigarette en deux, je ne jure que par la conservation des mégots. J'y gagne, car deux demi-cigarettes font deux mégots, sans compter qu'on a dû employer deux allumettes. A ces arguties passent les longs jours d'attente sur une mer morte. Les nuits sont si calmes qu'on entend de très loin se froisser la mer, voix murmurante qui ne s'adresse qu'à nous. Comme solitude, on ne fait pas mieux. Je propose cette profonde paix en guise de consolation au capitaine. Car un découragement sournois commence à nous miner. Fort heureusement, la Providence, bonne fille au fond, s'arrange pour nous envoyer nos papillons noirs en colis séparés ; quand l'un sombre, l'autre est justement plein d'optimisme, et nous nous consolons l'un l'autre en antiennes alternées, remployant les mêmes arguments. Le Cap appelle cela des quarts de démoralisation. Un voilier sans vent est un bateau triste.
Mais notre principal souci n'était pas tellement de ne pas avancer. Nos ressources étaient loin d'être épuisées. Nous étions surtout inquiets pour la réserve d'eau et ennuyés à l'idée que Maman, accompagnée de César, nous attendait déjà sur la côte anglaise, sans doute tous deux postés sur quelque falaise d'où l'on voit loin.
Le neuvième matin, toujours calme et ensoleillé, sans trace d'un nuage de pluie, un navire grandit derrière nous. C'est un pétrolier qui se dirige du même côté que nous, si tant est qu'on puisse dire que nous nous dirigeons. A tout hasard,

nous brandissons le pavillon national. S'il s'arrête, notre principal souci sera écarté. Il nous rejoint, il est par le travers, il nous dépasse… Hourra ! il vire de bord et met en panne. Grand branle-bas, le moteur en marche, à baisser le foc, ramener les tangons sur l'avant, hisser sur le pont pare-battages, amarres et bidons. En dernière minute, j'enfile un pyjama propre. Une rangée de têtes scandinavement impassibles nous contemple du haut du gigantesque franc-bord que je repousse de toutes mes forces. C'est un Norvégien, le *Prometheus*, de Haugesund, auquel nous empruntons un peu d'eau, 20 litres d'un gas-oil sirupeux et deux pains, et qui se charge bénévolement d'expédier un radiogramme pour prévenir de notre retard. Un officier nous dit que la zone de calme règne sur tout l'Atlantique-Est et jusqu'aux latitudes de l'Écosse, et qu'on n'en voit pas la fin. Sur ces renseignements peu encourageants, largue l'amarre ! Nous nous séparons, tout sourires. Dix minutes après, le *Prometheus* a déjà disparu, bouffé par l'horizon, nous laissant quand même ragaillardis. Nous nous permettons, pour fêter l'événement, 10 milles au moteur dans la bonne direction, en faisant un pied de nez à ce stupide vent d'ouest qui, à l'encontre des marmottes, dort l'été. Puis tout retombe dans le calme. Rien n'a changé. L'image nous hante de *Hierro* tout seul et presque immobile sur le vaste Atlantique.

Deux canots, à cette époque, avaient entrepris la traversée au départ de New York à l'aviron, entreprise folle s'il en fut et qui du reste pour l'un deux se termina tragiquement. A l'allure où nous allions, nous nous attendions à les voir un jour nous devancer, faisant forces rames, avec un salut amical.

Douze jours ont passé, nous sommes toujours encalminés. De temps à autre, un famélique nordé nous ramène à la barre, dociles et sans grand espoir. Il ne sert pas à grand-chose, car huit ou dix grains journaliers se chargent à présent de maintenir une laide petite mer hachée. Nous rationnons les provisions, les repas commencent à manquer de cette variété qui fait leur charme. Encore heureux que Herberto ait apporté avec lui une telle quantité de pommes de terre que nous ne mangerons la dernière qu'en Angleterre. Je me mets à fumer la pipe. Nous nous consolons en dormant du petit soir au grand matin et, histoire de nous occuper, nous faisons tourner parcimonieusement le moteur, une heure le matin, une heure l'après-midi. Nous faisons ainsi sur la carte, aidés de quelques bords tirés sans conviction contre des petites brises folles, des bonds minuscules de 15 à 20 milles, rampant tenacement vers un but que paradoxalement, très au fond de nous-mêmes, nous n'avions même pas très grand désir d'atteindre. Contradiction de la nature humaine… Pas question, bien entendu, de faire toute la route au moteur, nous avions de quoi l'alimenter quarante-huit heures. Non, ce qu'il faut à un voilier, c'est du vent.

Le capitaine donne du poing sur la table :

— C'est quand même insensé ! Cela ne va pas durer comme ça toujours ? Regarde-moi cette idiote de carte : rien que de l'ouest, 2% de nordé pour toute la région. Total : pas plus de vent d'ouest que sous une cloche à fromage. Ce n'est pas normal.

— Normal ou pas normal, faut prendre ce qui vient.

— On ne peut quand même pas attendre des semaines ?

— Et que veux-tu faire d'autre ?

— Je sais, je sais.

La même conversation, pareille à s'y méprendre, se répétait périodiquement. Retourner aux Açores ? Outre que nous avons horreur de faire retour en arrière, avec quel vent l'aurions-nous fait ? Comme Macheth, nous étions dans le bain, si bien avancés que, « *should we wade no more, returning were as tedious as go o'er*[1] ».

Un jour, une petite brise de suet, parole d'honneur, nous fit

1. « Si je ne traverse pas le gué, j'aurai autant de peine à retourner qu'à avancer » (A, III, Sc, 4).

accomplir la merveilleuse distance de 18 milles, nous bougions, ce n'était plus l'immobilité, et c'était un dimanche. Nous déjeunâmes avec un nouvel optimisme de café léger et de pain grillé un peu verdâtre. L'économie : ne rien jeter, faire durer. Peu après, nous croisions, à des centaines de milles de partout, une grosse boule orange solitaire. En approchant, nous constatâmes qu'il s'agissait d'un flotteur relié au fond de l'océan par quelque chose comme 2 000 brasses de filin. Nous flairâmes du pêcheur japonais. Effectivement, le lendemain nous croisions un grand chalutier nippon vaquant à ses travaux, sale et rouillé, mais supérieurement équipé. C'est le *Chiba Maru.* Peu après une grande baleine bleue, ou rorqual, passa si près sur notre arrière que nous vîmes la ligne de loch escalader son aileron. Attention, baleine, il y a du pêcheur dans les environs. Elle se fend la gueule en ondulant, me fait un clin d'œil malin et replonge.

La maigre brise persiste toute la nuit, nuit pavoisée d'étoiles, belle dame noire couverte de bijoux. C'est un plaisir de barrer par si beau temps, traînant derrière soi une queue de feu pâle phosphorescent. Soudain arrachée à la mollesse du calme plat, je ne trouve plus le sommeil et passe mes deux fois trois heures en bas à compter les moutons. Une aube d'une pureté liliale et très précoce (le ciel blanchit déjà avant 3 heures du matin) annonce un beau jour, un très beau jour, hélas, et le vent tombe. Nous essayons vainement d'attraper dans les voiles les derniers souffles de la brise agonisante.

Nous observions un tas de petites choses que du pont d'un grand navire on ne voit plus, menues physalies, petites pièces de cent sous blanches et légères dont je ne sais pas le nom, groupes d'oiseaux endormis en conclave au creux des vagues, une poutre à la dérive chargée de bernacles, un bouquet d'algues dorées gonflées de suc. Le soir, quelques petits grains, quatre gouttes de pluie, pas de vent. Brusquement, il fit chaud et le ciel s'ennuagea, ça y est…

— Ne parle pas du vent d'ouest, je t'en prie. Ou alors, touche du bois.
Je tombais dans la superstition, grattais le mât secrètement, laissais la vie sauve aux cancrelats, comptais les marsouins qui venaient se gratter le dos à l'étrave. Mais rien n'y fait. La mer lisse et argentée est comme le ventre d'un poisson, et puis plus calme encore, c'est la classique mer d'huile qu'on voit si rarement. Une brume lumineuse déforme l'horizon. Les moindres détails des nuages se reflètent dans le miroir de l'eau. Il y a du maléfice là-dessous, c'est sûr. Nous avons quitté la sphère terrestre et flottons hors du temps dans la quatrième dimension, peut-être dans la cinquième.
Je repasse en revue, pour la énième fois, les provisions de bord faites avec trop de précipitation. Heureusement, nous avons un stock apparemment inépuisable d'excellentes vitamines en tablettes, c'est la seule chose vraiment abondante à bord, avec le savon. Nous sommes plus prisonniers sur cette vaste étendue vide que derrière des barreaux, mais la cellule est bonne. A condition de garder un bon moral, labeur de tous les instants. Puisqu'il faut à tout prix trouver quelque chose pour nous réconforter, nous faisons parfois toilette ; je me casse la tête sur des mots croisés ; ou nous causons, essayant de nous persuader mutuellement que, à part quelque contretemps, tout est pour le mieux. La coque est affreusement sale, les bernacles s'en sont donné à cœur joie, appelant tous leurs petits copains au passage, et notre allure s'en ressent, si allure il y a. Une attaque de nettoyite me trouve « faisant » à fond la cuisine, et à mesure que je passe le Vim et le torchon, le ciel s'éclaircit : on dirait que je récure le temps. Un vague soleil permet au Cap de prendre une droite, aux sons consolants du concerto en ré de Bach. Le moral remonte un peu en proportion inverse du baromètre, qui tombe.
Il y eut le mystère du point. Privés d'observations solaires depuis que le ciel s'était couvert, le nouveau point calculé nous déposait comme une fleur pas mal plus à l'est qu'es-

péré, grâce peut-être à quelques grains violents qui nous avaient permis de tirer un ou deux longs bords, tout en nous rejetant vers le sud. C'était très agréable, mais nous n'osions trop y croire. On calcula, on recalcula. Le Cap n'a pas encore, à mon su et en quelque dix-sept ans de navigation, fait beaucoup d'erreurs, et pour ce qui est de l'estime il est imbattable. Alors ? Solution de l'énigme : nous avions oublié un jour. Un de ces jours gris où nous dérivions sans but, nous avions omis de marquer son point sur la carte.

Seize jours. Nous avons fait jusqu'ici, Dieu seul sait comment, une distance utile de 600 milles. Suit une période assez fatigante de froid piquant et de brises à lubies, brutales ou nonchalantes, issues de tous les points de l'horizon. On prend des ris, on largue des ris, qu'on élève une statue à l'inventeur de la bôme à rouleau, sans lequel nous aurions noué des centaines de garcettes. Il ne semble pas y avoir de fin à cette série noire. Le Cap, me voyant griffonner, m'encourage : « Écris, écris. Il faut tout dire », et jour après jour je dénonce le scandale en pattes de mouche vengeresses. *Hierro,* tout malheureux, avance en se tire-bouchonnant, traînant le derrière comme un chien qui a quelque chose à se reprocher. Parfois, je boude. Ou, pendant les périodes de vasouille, nous essayons patiemment de déloger quelques-uns de ces anatifes qui s'accrochent à la coque comme des sangsues. Nous nous sentons fatigués, inquiets, frustrés. Tirant à hue et à dia, constamment sur la brèche, nous commençons à trouver que c'est trop de malchance. Mais la devise du bord, c'est « Ne pas céder ».

Dix-huit jours. De temps en temps, un souffle glacial gonfle les voiles pendant cinq minutes, retombe. Il finit par s'établir, et quand on se croit déjà bien installé dans le noroît, une énorme masse de nuages le fait tourner au nord, et puis au nordet, il faut serrer les voiles. La mer grossit rapidement, mais nous nous déclarons contents, car nous avançons un peu. Va te faire fiche ! tout retombe, ne laissant plus qu'une grosse houle qui prend la bôme, la ramène et la rejette violemment en s'efforçant de tout casser. Ce matin, il m'est arrivé une chose curieuse ; environ dix minutes avant l'heure de mon quart, j'ai rêvé que le Cap venait m'éveiller. J'ai grogné, je me suis levée… Je rencontre Louis à l'échelle de descente, tout étonné de me voir prête. Il n'avait pas bougé de la barre.

Dix-neuf jours, et ça continue. Brises folles, calmes, un brin de vent debout, calme derechef, mais la mer, elle, se ne calme plus. Des grains nous jettent fiévreusement au labeur, car il faut faire flèche de tout bois, et une nuit nous trouve même, pendant quelques heures, tirant des bords par force 7. Le matin moqueur nous laisse, découragés, ballottés et déventés sur la mer cruelle.

Vingt et un jours. Derrière tout ce micmac venait le mauvais temps, et quand enfin vint le vent d'ouest il y en eut trop. D'abord le noroît s'établit, forcit, et *Hierro* fila comme un zèbre, entraînant facilement bernacles, anatifes, jardin d'hiver et compagnie, dépassa le bord de la carte de l'Atlantique et déboucha sur celle des Western Approaches. Deux cent dix milles pour le Lizard, bientôt les fonds vont se relever et la mer va devenir plus difficile à manier. Il fait amèrement froid et la barre est assez dure. Je vais sûrement arriver comme Bébert les Gros Bras, avec des biceps comme ça. Mais nous marchons bien, enfin ! Ça y est, nous le tenons. Au bout de deux jours le noroît fraîchit encore, passe à l'ouest et peu après nous avons retrouvé le sud-ouest de nos pères. Le ciel se couvre de menaces, la mer verdit et devient folle, nous passons à toutes pompes de 500 brasses à 110 brasses de fond. Le baromètre fit une chute spectaculaire. Nous avions déjà arisé la grand-voile de moitié et la trinquette du tiers et courions devant la brise, *Hierro* bondissant comme un cabri, mais sec et fort à l'aise, quand cette mer fantastique, épileptique et tonitruante se mit à déferler. Le creux entre les vagues doit avoir 10 mètres et cela ne fait que croître et embellir. Le Cap déclara qu'avec la mer de tempête subie dans l'océan

Indien en 1952, c'était la plus impressionnante que nous ayons rencontrée. Cela me rassura. Nous vîmes plusieurs brisantes grimacer derrière nous et allonger une énorme patte préhensile, sans pouvoir nous atteindre encore. Dans sa puissance frénétique, cette mer était si extraordinairement belle que nous y puisâmes le courage de faire des photos, usant de ruses de Sioux pour ne pas mouiller la caméra. Tout était difficile, les mouvements violents, le vent assourdissant. Couverts d'assez de vêtements pour faire la fortune d'un fripier, on se mouvait avec le poids et la lourdeur empotée d'un scaphandrier. Il pleuvait.
Une déferlante particulièrement gigantesque nous décida. Le bateau commençait à requérir beaucoup d'attention et le Cap comprit qu'une erreur pourrait nous coûter cher. Il jugea qu'il était temps de prendre la cape, opération délicate qu'il fallut préparer avec soin. Lorsque tout fut prêt, il attendit longtemps le moment favorable, donna le signal, nous gambeyâmes avec précision et sans casse et mîmes le bateau dans le vent. Par le travers, toute la force du vent se révéla et nous fûmes un moment, très bref, plaqués contre la mer, mais le bateau remonta vite au vent et trouva la cape. Nous restions accrochés chacun à un hauban, le nez en l'air, à nous demander si la grand-voile allait tenir, mais tout se passa bien. Nous nous réfugiâmes en bas, toutes écoutilles fermées, et je restai debout à dégouliner sur le plancher de la cuisine. Soudain, j'étais très lasse. Je ne sentais plus mes épaules et pour la première fois de ma vie j'avais peur. Cette mer… Le Cap haussa des sourcils surpris, me passa la bouteille de rhum (il y a belle lurette qu'on ne s'encombre plus de verres) et en quelques mots releva les pièces de mon échiquier mental dévasté et les remit proprement en place. Enfin, quoi, tout allait pour le mieux, notre solide petit bateau se comportait comme un grand, n'embarquait pas et bouchonnait tranquillement en dérivant vers les lointaines côtes françaises. On en avait vu d'autres. Allons, couche-toi et dors un peu. Tu dérailles.

La radio débitait de la musique. Le dernier bulletin de la météo n'avait rien annoncé de particulièrement mauvais. Soudain, en plein programme, on arrêta tout pour annoncer une tempête « imminente ». Le soir, la BBC fit état d'un yacht à moteur, le *Darlwin,* porté manquant avec trente et une personnes à bord, entre Fowey et Falmouth, c'est-à-dire à une soixantaine de milles de nous. Ce qu'elle appelait *a freak gale* faisait rage sur toute la côte des Cornouailles, abattant des arbres, décoiffant des maisons, mettant toutes les stations de sauvetage sur les dents.
Nous prîmes durant la nuit des quarts de garde en bas, habillés de pied en cap, car nous étions dans une région fréquentée. L'aube nous trouva les muscles raides, mais reposés. Le vent tomba d'un fifrelin, la mer restait très creuse, mais plus maniable, et nous remîmes en route, sans toutefois larguer le moindre centimètre de ris. Un dernier effort : il n'y a plus de farine que pour un jour, plus de sucre, plus de café, plus de tabac. Une droite attrapée de justesse dans un ciel torturé nous plaçait plus près des côtes françaises que des anglaises. Nous discutions longuement des destinées de *Darlwin,* nous ne pouvions nous empêcher de chercher, l'œil rétréci, tout autour de nous des traces improbables de naufragés et toute la nuit j'imaginai des sauvetages pathétiques. A 2 heures du matin il pleuvait et après un moment presque calme, le suet s'établit, comminatoire. La radio proposa dès potron-minet un grand choix d'avis de gros temps, notamment pour nos régions. L'annonce n'était pas nécessaire, nous avions déjà compris : une horrible aurore carmin, groseille et chaudron envahissait le ciel, le soleil étala des lueurs écarlates rehaussées à l'encre noire, tout l'orient baignait dans le sang, épouvantable et somptueux. Nous fonçâmes sur Falmouth. Déjà la mer se reformait, le ciel se rebouchait, la visibilité déclinait rapidement. Nous nous jetâmes juste à temps dans les bras pleins de mansuétude de Falmouth, en même temps qu'un nouveau coup de gros temps qui dura deux jours. Une heure

après notre arrivée, la cochonnerie ambiante était si épaisse qu'on ne voyait même plus l'entrée du port.
Et voilà terminée cette longue et peu brillante traversée. Au loch : 1658 milles, en vingt-quatre jours. Et sur la carte une route au crayon aussi sinueuse que le serpent de mer.
Nous nous regardons, soudain vidés. Le mouillage de Falmouth autour de nous, bourré de yachts réfugiés, bordé de villas et de feuillage bucolique, nous paraît plus étranger que la Grande Ourse. La plume me tombe des mains, je n'ai plus rien à dire. C'est la Manche trop familière, nous avons inconsidérément été mettre des milliers de milles entre le soleil des Antilles et nous. Il s'agit de redevenir ordinaires et raisonnables. On a beau dire, ça fait un peu mal.
Nous n'étions pas les seuls à attendre une éclaircie. Un yacht français, parmi des dizaines d'autres, vint mouiller non loin de nous, auquel après un bref salut nous cessâmes de penser. Après une traversée un peu longue, nous ne sommes jamais très liants, il nous faut une période de réadaptation. En mettant de l'ordre sur le pont, je vis du coin de l'œil que nos voisins se préparaient à relever l'ancre. Je vis aussi qu'ils nous détachaient un canot, monté par un adolescent qui godillait avec adresse.
— Avec les compliments de *Dieu me Garde* et de son équipage, me dit-il, en me tendant un paquet enveloppé d'un papier blanc, ressemblant assez à un cocktail Molotov. Et repartit aussitôt, sans vouloir monter à bord.
Comme j'ai l'esprit lent, je restai un moment, le sourcil froncé, à considérer ce présent. Je le démaillotai : c'était une bouteille de champagne, et sur le papier était écrit quelque chose de gentil et de flatteur à l'adresse d'une certaine Pénélope. Que faire pour remercier d'une aussi élégante et discrète attention ? Ils appareillent, nous agitons la main, les voilà partis. J'en reste un peu vacante, touchée. Je ne sais pas leur nom, mais me voilà réconciliée avec le retour, et même un peu avec l'Europe.
L'aviation cherchait partout le *Darlwin* et ne trouvait qu'un

canot vide et quelques débris. Frappé par la soudaineté du coup de vent brutal, le bateau avait dû se disloquer et sombrer très vite. Une semaine plus tard, on retrouva quelques corps. Il n'y eut aucun survivant. On imagine avec peine l'affreuse agonie de ces trente estivants, dont beaucoup de femmes et d'enfants, encaqués dans une vedette de 30 mètres mal équipée, aux prises avec la tempête. Deux jours plus tard, par temps provisoirement beau, sur le chemin de Salcombe, nous rencontrâmes le yacht royal *Britannia,* qui nous avait quittés à la Dominique quelques mois auparavant, et qui participait maintenant aux recherches. Des hydravions volaient, attentifs comme des vautours, quadrillant la surface de la mer. Nous aussi, nous étions aux aguets. Le moindre éclat de bois valait un détour.

En passant tout près d'une bouteille flottante, nous voyons qu'elle contient un papier, et nos petites cellules grisent de s'agiter, nos esprits d'échafauder tout de suite un minuscule roman d'aventure et de mort. La mer est encore creuse et nous marchons bon train. Que celui qui n'a jamais essayé, dans ces conditions, de repêcher à la voile une bouteille nous jette le premier sarcasme. Il a fallu recommencer la manœuvre quatre fois, et je faillis passer par-dessus bord, mais enfin, nous le tenons, le précieux message, dernier appel au secours… Nous lisons : « *Please write to X,* hôtel Y à Z. Bonnes vacances ! » Cette fine plaisanterie ne nous a même pas arraché un sourire.

Salcombe. Le tour est bouclé, la boîte à surprises est vide. Maman, lasse d'attendre, est repartie. Un nouveau coup de suroît ébouriffe tous les yachts comme une compagnie de mouettes effarouchées et nous bloque à bord, à veiller à la bonne tenue de l'ancre. A rebrousse-marée, le clapot est si fort qu'on peut voir le canot d'un gros yacht à moteur soulevé et déposé sur le pont ! Mais nos amis retrouvés nous serrent sur leur cœur, nous abreuvent, nous nourrissent, nous écoutent. Peu à peu, les souvenirs antillais encore en vrac, se trient, se décantent et se répartissent.

Dans le Salcombe du mois d'août règne l'entente cordiale, on parle français dans les rues, cheveux longs et jupes courtes fraternisent. Les minets londoniens en complet de velours rose à jabot de dentelle coudoient les solides campeurs à gros genoux. Il y a quelque chose de changé dans le Royaume-Uni.
Nous consultons, pour la première fois depuis un an, le calendrier sur lequel les jours fuient à tire-d'aile. Nous craignons par-dessus tout de rentrer le 15 août, mais le temps de ce bel été se charge de nous retarder efficacement. De plus, les marées s'arrangent admirablement pour nous mettre dehors à des heures invraisemblables.
Au départ de Salcombe, nous pénétrons dans un épais brouillard qui dure toute la nuit et ne commence à se dissiper que le lendemain après-midi. Il n'y a presque pas de brise, il faut faire tourner le moulin pour aider les voiles, tout le monde est sur le pont sans relâche, l'un à la barre, l'autre assis à l'avant, poisseux de brume et transis de froid, tendant l'oreille pour épingler tous les meuh, les tuuut, les ouin qui nous entourent, navires-fantômes bramant aveuglément dans l'universel coton. Passé Saint Catherine's Point, sur Wight, le suroît se lève, nous nettoie tout cela d'un coup de balai, dévoile l'ennemi, fraîchit, clame son goût de la pagaille et nous envoie presto dans Portsmouth endimanché, pour attendre une éclaircie qui ne se fera que deux jours plus tard. Nous passons en rechignant quelques heures à Newhaven pour attendre la renverse de la marée, puis c'est Douvres, où nous avons des amis à voir.
Nous en sortons à minuit, fonçant tête baissée dans l'étourdissant trafic qui sillonne ces eaux étroites, grand-rue de la Manche, aussi belle et dangereuse à traverser que la via Condotti. Notre continent natal nous salue du premier beau jour de l'été, un jour ensoleillé traversé de nordé, ce nordé qui veut être tout à fait sûr que nous arriverons comme nous sommes partis : vent debout. Nous mouillons au bord

d'un banc de sable devant Dunkerque, attendant qu'encore une fois la marée tourne. Le soleil vif, clair, aigrelet, blanchit la côte plate d'un éclat crémeux, ce ne sont plus les bleus et les ors des tropiques, mais des argentements miroitants déversés par un ciel immense et lointain.
Au plus près serré, nous tirons un bord devant Ostende, le dos au large souquant sur la barre comme dans un dériveur. Bou-ouh ! fait la malle Ostende-Douvres, si près que nous faisons un bond de carpe et virons de bord avec une célérité exemplaire. Le pilote a dû bien rire.
Et puis, au crépuscule, sur la pointe des pieds pour ne pas déranger, nous rentrons sagement, en citoyens disciplinés, dans le port de Zeebrugge en Flandre.

Toi qui es à la barre de ma vie, toi le taciturne avec lequel je ne m'ennuie jamais ; toi qui réussis à aimer même mes bêtises et secrètement attends de me voir toute vieille et ridée comme une nèfle pour m'en aimer mieux encore ; toi qui gueules quand il le faut et jauges froidement les tempêtes ; toi qui respectes ma liberté et dissipes mes doutes ; toi à qui je dois les sept mers et les trois océans et toutes les îles et les Antilles, merci pour la bonne fin de la traversée.

Appendice technique et moins technique

Hierro est un cotre aurique en acier, dont les dimensions sont les suivantes :

Longueur hors tout	9,53 m
Longueur à la flottaison	7,64 m
Largeur maximum	3,10 m
Tirant d'eau	1,40 m
Déplacement	6,60 tonnes

Je l'ai conçu et dessiné pour un usage très personnel, le nôtre, et sans aucun but de propagation commerciale. Néanmoins, et en fait un peu malgré moi, il s'est trouvé plusieurs amateurs aux désirs et aux ambitions desquels ce bateau répondait. Il en résulta une série qui compte en ce moment sept unités, dont trois cotres, un sloop et deux ketchs, tous bermudiens, *Hierro* seul étant gréé en aurique.

Les motifs pour lesquels notre *Hierro* est aurique sont, eux aussi, très personnels. Sans aller jusqu'à recommander ce gréement aux autres, nous y voyons certains avantages pour le genre de navigation qui nous intéresse, c'est-à-dire les voyages océaniques. Il est certain que dans le cas d'une navigation à caractère local, comme la plupart la pratiquent, nous aurions un gréement bermudien comme tout le monde. J'avoue qu'il y a aussi à notre choix des raisons sentimentales. Nous connaissons bien le gréement aurique, nous en avons une grande habitude, et il nous satisfait esthétiquement et pratiquement.

Hierro, comme *Omoo,* est en acier. La raison principale en est que, dans nos régions (Belgique et Hollande), l'acier a définitivement pris la place du bois, pour des unités d'une certaine importance, et cela depuis trente à quarante ans. Il serait très difficile, fort cher, et probablement décevant, de faire construire chez nous un bateau de ce tonnage en bois. Je reconnais avoir émis, dans l'appendice technique du livre dans lequel ma femme racontait le voyage autour du monde d'*Omoo,* certaines réserves au sujet de la coque en acier *pour de longs séjours dans les eaux tropicales* et des difficultés d'entretien que nous avions rencontrées. Si j'ai, depuis, changé complètement d'opinion à ce sujet, cela est dû en grande partie aux améliorations dont ont profité entre-temps les peintures anticorrosives et les protections cathodiques ; il est certain que *Hierro,* par exemple, ne nous a jamais, jusqu'à présent, occasionné le moindre souci soit d'entretien, soit de corrosion ou d'électrolyse. Par ailleurs, de tous les bateaux (yachts ou bateaux de service), dessinés par moi et construits sous ma surveillance au cours des dernières six ou sept années, tous en acier, un seul, pour des raisons jusqu'à présent inconnues, semble souffrir de phénomènes d'électrolyse relativement ennuyeux. De nos jours, à condition d'employer des peintures anticorrosives ayant fait leurs preuves, de prendre certains soins dans le choix, l'accouplement et l'isolation de métaux dont le potentiel électrique diffère, et de placer judicieusement des anodes vraiment efficaces, l'entretien d'une coque en acier ne devrait poser aucun problème.

Cela acquis, les avantages d'une coque en acier sur une coque en bois deviennent énormes, et personnellement je ne pourrais plus envisager pour moi un bateau qui ne soit pas en acier. Il serait possible de s'étendre longuement sur la parfaite rigidité et la solidité de la coque en acier ; sur son étanchéité et sur le gain considérable de volume intérieur ; sur la facilité d'incorporer les tanks à eau et à gas-oil dans les fonds en se servant pour cela de la coque même ; sur le fait que cadènes, ferrures, bittes, œillets, etc., s'attachent aisément par simple soudure. Il faut avoir été à bord d'un yacht en acier, à flot, en plein hiver et dans nos régions humides, pour se rendre compte du plaisir que l'on a à trouver la literie, le linge, les livres, les allumettes parfaitement secs. Sur *Hierro*, les provisions vivent à fond de cale, à même le ciment du lest, certains sacs en papier et boîtes de carton y séjournent des mois en restant parfaitement secs.

Dès la conception d'un voilier lesté à coque en acier, il faut tenir compte des problèmes posés, dans le cas d'un bateau de faible tonnage, par le poids spécifique de son matériau. En effet, pour des raisons pratiques de soudure, déformation, etc., la tôle doit avoir 3 mm d'épaisseur au minimum. On a fait, exceptionnellement, des voiliers lestés en acier d'un échantillonnage inférieur, mais ces unités étaient souvent du genre expérimental, dont on n'exige pas une longue durée de vie. On peut comparer le poids d'un bordé de 3 mm d'acier à celui d'un bordé de bois de 30 mm ; on voit tout de suite que pour une coque dont le déplacement prévu serait de moins de 7 ou 8 tonnes, le poids de la coque pose un problème. En d'autres mots, il ne reste plus beaucoup de déplacement disponible pour supporter le poids d'un lest considérable. On peut donc généraliser en disant que, pour un déplacement de moins de 5 tonnes, l'acier n'est pas indiqué, mais que pour un déplacement entre 5 et 10 tonnes, et c'est le cas pour *Hierro,* l'acier est très indiqué, à condition de dessiner une coque ayant une grande fiabilité de forme initiale, et qui puisse se contenter d'un rapport modéré déplacement-lest. Disons de 30 à 35% au maximum (*Hierro* a un rapport déplacement-lest de 30%). Il serait, par exemple, difficile et à déconseiller de faire un bateau en acier étroit et profond de moins de 10 tonnes, dépendant pour sa stabilité et sa raideur à la toile d'un lest important. Dans ces dimensions, il faut nécessairement un bateau large, dont les bouchains sont bien dans l'eau. Au-dessus de 10 tonnes, le poids de la coque décroît sensiblement en proportion. Aux alentours de 20 tonnes, on arrive à un poids de coque comparable à celui d'un bateau en bois.

Pour des raisons d'économie à la construction, le pont et le rouf de *Hierro* sont également en acier, de sorte que par mauvais temps nous n'avons jamais d'eau en bas.

Hierro est un bateau sans problèmes. Nous l'avons conçu soigneusement et réalisé lentement, et rien n'a jamais cassé ou lâché ou failli. Avec un minimum d'entretien en route, au cours de ce voyage, nous sommes rentrés chez nous avec un bateau presque aussi propre et pimpant qu'au départ. A ce propos, je dois signaler qu'il n'y a pas de vernis à bord. Tout ce qui est extérieur est peint, y compris les espars, et les aménagements en teck sont huilés et polis au chiffon.

La surface de voilure est de 43 m^2. Les voiles de route sont en tergal de 350 g, le génois est en 170 g et les voiles de cape sont en coton d'Égypte, cousues main et traitées au Kanvo.

Les trinquettes jumelles, de 12 m^2 chacune, sont en tergal de 350 g et s'établissent exactement comme sur *Omoo,* c'est-à-dire que les tangons sont portés en permanence sur leur vit-de-mulet soudé au tabernacle du mât à hauteur de la bôme et sont, de ce fait, toujours prêts à l'emploi. En mer, tout comme sur *Omoo*, nous les débordons à toucher les haubans et dans les ports ils se rangent vers l'avant, à toucher l'étai. Dans des régions où nous ne nous en servons pas, par exemple pendant toute la durée de notre séjour aux Antilles, ou dans les eaux européennes, nous les rangeons en V en amarrant leur extrémité dans les haubans.

Contrairement à *Omoo, Hierro* ne navigue pas barre amarrée sous trinquettes jumelles : une action corrective des bras de tangons sur la barre est nécessaire. J'attribue cela au profil beaucoup plus découpé de *Hierro* et à sa quille beaucoup plus courte. Également à l'impossibilité de régler la fixation de la barre franche de *Hierro* de manière aussi précise que sur *Omoo,* qui avait une roue de gouvernail très démultipliée, permettant un réglage presque microscopique.

Le système de gouvernail aérien dont *Hierro* fut gratifié, littéralement au pied levé, au cours d'une brève escale dans les Antilles, est du type nettement expérimental, imposé par l'impossibilité de caréner à Sainte-Lucie, où sévissait alors le génie bricoleur de Henry Wakelam. Nous étions en fait en train de sortir du port, à destination de la Martinique, lorsque Henry nous intercepta en canot et nous fit part de son désir de nous fabriquer quelque chose en l'espace d'un jour. Ce qu'il fit, et exclusivement par les moyens (impressionnants) de son bord. Nous décidâmes de tenter l'expérience d'un petit gouvernail secondaire, excentrique à l'axe du bateau, destiné à corriger les écarts de route, le gouvernail principal restant bloqué. Un essai au large, par petit temps, fut assez concluant, mais il apparut plus tard que par vent frais et mer assez forte le gouvernail auxiliaire, trop petit à mon avis, ne suffisait plus à remplir son rôle correcteur. Par moments, cela marchait assez bien, par exemple pendant la traversée de Saint-Thomas aux Bermudes ; à d'autres moments, entre les Bermudes et les Açores, nous n'arrivions pas à trouver le bon réglage. Si nous repartions, nous aurions à revoir et à modifier le dispositif, mais il est certain que beaucoup d'aspects de cette variété de gouvernail automatique, inventée et réalisée par Henry Wakelam pratiquement sur l'heure et sur-le-champ, tels que le support de la girouette, la girouette elle-même, son réglage et son blocage, et surtout le système des paliers, qui sont de simples bouts de tuyaux de plastique lubrifiés, sont les manifestations d'un véritable génie de l'improvisation définitive. Je n'y changerais rien.

Quoique, l'âge aidant, nous apprécierons sans doute les

avantages de facilité et de confort offerts par un système de gouverne automatique, nous n'en avions jamais vraiment déploré l'absence sur *Hierro,* qui est un bateau sage et sans aucun vice, facile à conduire et à barrer en toutes circonstances, gardant bien un cap barre amarrée, à certaines allures. C'est un bateau sec, très raide, bien défendu de partout, d'allure confortable et qui, pour un aurique, marche remarquablement au près.

Ses aménagements sont confortables pour trois personnes, notre limite pour les longues croisières. Il n'y a que trois vraies couchettes, quoique le sofa du salon, extensible, permette de loger un visiteur, au port. Un sister-ship de *Hierro* loge à satisfaction jusqu'à six personnes, mais je trouve cela excessif. Ce qui caractérise nettement l'aménagement de *Hierro* et celui d'un de ses frères, c'est la fameuse cloison en acier, sous rouf, située à environ un tiers de sa longueur en partant de l'arrière, et qui sépare le poste arrière, contenant moteur, table à cartes, W.-C., soute à voiles, matériel, etc., en somme toute la partie « travail », de la partie « aménagements ». Elle nous donne, avec son écoutille séparée, le grand avantage d'avoir une partie arrière entièrement utilisable jusqu'au tableau, un moteur réellement accessible de partout, pas d'odeur de gas-oil ni de toilette et peu de bruit dans les aménagements, une table à cartes et tout le matériel de navigation à portée du barreur et accessible sans déranger le quart en bas.

Tous les hublots sont ouvrants, ce qui est bien agréable dans un port ou un mouillage tropical. Ils sont de bonne fabrication hollandaise et parfaitement étanches à la mer.

Le tank à eau, en tôle galvanisée, facilement amovible, occupe l'espace sous la partie transversale du sofa, à l'avant du salon. Il contient cent soixante litres, ce qui peut paraître un peu juste. Pour les longues traversées, nous emportons deux ou trois jerricans de réserve. Pendant la traversée de l'Atlantique, des Canaries à la Barbade, nous avons voulu faire un essai de consommation d'eau réduite au minimum. Sans nous rationner, mais en nous limitant au plus juste, et en cultivant l'art de la réutilisation de certaines eaux, en utilisant des mélanges d'eau douce et d'eau de mer pour la cuisson de certains aliments et sans aucunement nous priver en ce qui concerne la boisson, nous arrivâmes à la Barbade avec un tiers du réservoir et le contenu des jerricans intacts. Soit donc une consommation de 100 litres pour une traversée d'un mois, ou 3 litres par jour pour deux (sans compter le chat). Nous avons également un prélart destiné à capter l'eau de pluie des grains, mais son système de fixation a besoin d'être considérablement amélioré ; il ne nous fut pas, jusqu'à présent, fort utile. Le principe est sain, toutefois, et, judicieusement disposé, son rendement devrait être efficace.

Le moteur est un monocylindre diesel de marque Sabb et de fabrication norvégienne. C'est un moteur de 10 CV à 1 500 tours, avec réducteur 1/2 et hélice à pas variable et réversible. Nous en sommes extrêmement satisfaits. C'est un moteur simple, parfaitement marin sans être lourd, et éminemment sûr. Sa mise en marche, toujours facile, se fait par démarreur ou à la main. Il n'y a pas de pression d'huile à surveiller, la lubrification se faisant par barbotage. Il consomme moins de 2 litres par heure, de sorte qu'un réservoir de 180 litres nous donne une belle autonomie.

Nous restons fidèles à l'éclairage au pétrole pour l'intérieur. Tous les feux extérieurs, ainsi que la lampe de la table à cartes et une baladeuse à tout usage, sont électriques. Une batterie de 120 ampères et une consommation pratiquement réduite aux feux de route nous permettent de ne devoir recharger qu'une fois par semaine.

Nos autres concessions à l'électronique se bornent à un sondeur et à un petit aspirateur marchant sur 12 volts. Le récepteur radio est à piles, toutes ondes, de marque Zénith.

Nous avons un petit guindeau à main et 70 mètres de chaîne de 3/8 in. (9,5 mm). L'ancre courante est une C.Q.R. de 35 livres. Comme seconde ancre, pour certains fonds rocheux, coralliens ou d'herbes, il y a une ancre classique à jas, de type Thomas & Nicholson, probablement la seule ancre de ce type qui ait été convenablement pensée et dessinée. En plus, une petite Danforth de 20 livres comme ancre à jet ou de déhalage, ou comme « ancre à déjeuner ».

Tout le reste est fort simple et largement dimensionné, sans toutefois tomber dans aucun excès de poids ou de fardage, et se caractérise plutôt par une remarquable absence de gadgets et d'accessoires spéciaux et onéreux, communément considérés de nos jours comme indispensables. Tout ce qu'il y a sur et dans *Hierro,* l'essentiel et l'accessoire, est uniformément de toute première qualité, ce que nous pouvions trouver de meilleur sur le marché. Par exemple, le câble en inox pour le gréement dormant vient de Merriman. Le tableau électrique, de par la simplicité de l'installation, a pu se limiter à deux boîtiers de fabrication anglaise, parfaitement étanches même à l'immersion, comportant l'un tous les interrupteurs, l'autre tous les fusibles.

Nous mettons un peu notre fierté à faire un bateau, tout au moins pour notre usage, qui soit simple quoique complet, fonctionnel mais esthétiquement satisfaisant, capable d'aller partout avec un minimum de travail, de fatigue et d'entretien. Sans concession à aucune idée de compétition, de mode ou de tendance d'origine commerciale. Nous ne sommes pas portés sur la compétition, je veux bien l'avouer. Sans doute parce que nous avons toujours été des marins plus que des yachtmen, parce que la mer a été pour nous une vocation, une profession et un mode de vie, plus qu'un sport, un délassement, une plaisance.

Hierro est le reflet d'une expérience, personnelle certes comme toute expérience et pas nécessairement valable pour d'autres, acquise après plus de 80 000 milles de haute mer. Nous avons nos idées fixes et nos dadas, nos goûts et nos dégoûts. *Hierro* répond pleinement à cette expérience et à ces goûts.

Ce voyage aux Antilles fut relativement facile. Du point

de vue de l'éditeur, c'est peut-être un défaut. Le naufrage et les aventures sont sans doute, dans ce domaine, plus rentables. Outre que nous n'avons jamais, du moins en mer, cherché l'aventure, surtout pas l'aventure, et que nous prenons notre plaisir à naviguer proprement et sans histoires, sans plus, un tel voyage n'en reste pas moins une affaire de marin. Naviguer est devenu pour nous, un peu, une routine, un travail de tous les jours, et nous pensons que naviguer vraiment, par vocation, c'est cela. Cette année fut aussi une année de vraie vie, à ajouter aux autres.

Louis VAN DE WIELE.

Table

Collection Le Grand Dehors

Edward Abbey, *Désert solitaire*
Gerald Durrell, *La forêt ivre*
William H. Hudson, *Sous le vent de la pampa*
Barry Lopez, *Le chant de la rivière*
Robert Fortune, *La route du thé et des fleurs*
John Muir, *Voyages en Alaska*
Anita Conti, *Racleurs d'océans*
Anne Vallaeys, *Sale temps pour les saisons*
Gerald Durrell, *Le aye-aye et moi*
Edward Hoagland, *Journal d'un autre monde*
Anita Conti, *Géants des mers chaudes*
Robert Fortune, *Le vagabond des fleurs*
Alain Gerbault, *Un paradis se meurt*
Ernst Löhndorff, *Chasseur d'orchidées*
Alain Gerbault, *Iles de beauté*
Jacques-Yves Le Toumelin, *Kurun autour du monde*
Alexander Frater, *A la poursuite de la mousson*
Gérard Calmettes, *Un Parisien à la campagne*
Jacques-Yves Le Toumelin, *Kurun aux Antilles*
Annie van de Wiele, *Pénépole était du voyage*
Fridtjof Nansen, *Vers le Pôle*
John Muir, *Un été dans la Sierra*
Annie van de Wiele, *Au fil de l'étrave*
Rick Bass, *Sur la piste des grizzlis*

Cet ouvrage a été composé par les Ateliers du Dragon
et achevé d'imprimer sur presse Cameron
par ***Bussière Camedan Imprimeries***
à Saint-Amand-Montrond (Cher)
pour le compte des Editions Hoëbeke
en avril 1997

ISBN . 2-84230-027-0
ISSN : 1159-7429
Dépôt légal : avril 1997

Imprimé en France